Die Welt vor 40 000 Jahren. Ein besonders strenger Winter hat die letzte Sippe der Neandertaler hart getroffen, nur wenige haben überlebt. Unter ihnen auch »Mädchen«, die älteste Tochter. Nun bricht die Familie auf zu dem jährlichen Treffen, um einen geeigneten Partner zu finden. Doch die raue und unwirtliche Natur fordert ihren Tribut. Mädchen und »Mickerling«, ein Bastard ungewisser Herkunft, bleiben allein zurück. Als die Zeit der Winterstürme naht, erkennt Mädchen, dass es nur eine Möglichkeit gibt, ihr Leben zu retten. In der Jetztzeit arbeitet die schwangere Archäologin Rosamund fieberhaft daran, neue Neandertal-Artefakte zu bergen, bevor ihr Kind auf die Welt kommt. Über Jahrtausende verbunden durch gemeinsame urweibliche Erfahrungen geht die Geschichte beider Frauen zentralen Themen im Leben aller Frauen auf den Grund.

Claire Cameron, geboren 1973, ist eine preisgekrönte kanadische Schriftstellerin und Journalistin. Ihre Romane sind in ihrer Heimat Nummer-1-Bestseller und begeistern Lesepublikum wie Kritik gleichermaßen. Ihre Texte erschienen u. a. in der *New York Times* und in *The Globe and Mail.* Cameron lebt mit ihrem Mann und ihren zwei Söhnen in Toronto.

Claire Cameron

NEANDER
TAL

Roman

Aus dem Englischen
von Marie Rahn

btb

Die Originalausgabe erschien 2017 unter dem Titel
»The Last Neanderthal« by Little, Brown and Company, New York.

Dieses Buch ist auch als E-Book erhältlich.

MIX
Papier aus verantwortungsvollen Quellen
FSC® C014496

Verlagsgruppe Random House FSC® N001967

1. Auflage
Deutsche Erstausgabe Juli 2020
btb Verlag in der Verlagsgruppe Random House GmbH,
Neumarkter Straße 28, 81673 München

Covergestaltung: semper smile, München, nach einem Entwurf von
Little, Brown and Company unter Verwendung von Motiven
© Getty Images/Totajla; kristianbell
Satz: GGP Media GmbH, Pößneck
Druck und Einband: GGP Media GmbH, Pößneck
MK · Herstellung: sc
Printed in Germany
ISBN 978-3-442-71949-5

www.btb-verlag.de
www.facebook.com/btbverlag

Unsere Handlungen aus der Vergangenheit begleiten uns, und was wir waren, macht uns zu dem, was wir sind.

George Eliot, *Middlemarch*

NEANDERTAL

Prolog

Über Unterschiede dachten sie kaum nach.

Es gab einen guten Grund dafür, denn sie lebten in kleinen Familienverbänden und verbrachten jeden Tag mit Menschen, die ihnen ähnlich waren. Die anderen, mit denen sie am Feuer saßen, hatten denselben Wirbel am Hinterkopf, dasselbe Lachen oder genauso schiefe Zähne. Jedes Mal, wenn sie den Kopf wandten, um einander anzusehen, fanden sie etwas von sich im Gegenüber.

Ihre Ähnlichkeit zu uns erlaubt mir, für sie zu sprechen und zu behaupten, dass vieles von dem, was über sie gesagt wird, nicht der Wahrheit entspricht.

Sie waren gutartig und schlau. Sie hatten Hände mit beweglichen Daumen wie wir, und ihr Rücken war mit Haarflaum bedeckt. Sie hatten Herzen in der Brust, die beim Anblick bestimmter Menschen schneller schlugen, und das geschah öfter, als wir uns das vorzustellen vermögen. Ihre Gehirne waren etwa zehn Prozent größer als unsere. Viele von uns haben bis zu vier Prozent ihrer DNA geerbt, und jetzt, da sowohl ihr als auch unser Erbgut entschlüsselt wurde, wissen wir, dass ihres nur etwa um 0,12 Prozent von unserem abweicht. Allerdings sind diese leichten Abweichungen ziemlich bedeutsam.

Auf dem Zahnfleisch über ihren Schneidezähnen hatten sie eine empfindsame Stelle, und wenn sie die Oberlippe hochzogen, konnten sie die Wärme eines Körpers bis zu einer Meile entfernt erspüren. Ihre Ohren konnten lokalisieren, wo ein Tropfen Wasser in einen Teich gefallen war, und dies noch lange, nachdem das Wasser sich nicht mehr kräuselte. Ihre Augen erfassten das einzigartige Muster der Rinde eines jeden einzelnen Baumes, sodass sie sie unterscheiden konnten wie wir Gesichter.

Wüssten sie, dass ich dies alles erzähle, wären sie jedoch eher unangenehm berührt. Sie konzentrierten sich nicht gern auf Inneres wie Gedanken, da dies den Körper anfälliger für äußere Gefahren machte. Dann hoben sie wohl eine Hand und senkten, mit leicht erröteten Wangen, den Blick. Würden sie heute immer noch leben, würden sie eines ganz deutlich machen: Sie sind uns sehr ähnlich.

Aber sie leben nicht mehr. Sie sind ausgestorben. Das Wissen, dass eine Art ausgestorben ist, führt oft zu Unbehagen. Wahrscheinlich fühlen Sie sich bereits schuldig, weil Sie annehmen, ich wollte den modernen Menschen die Verantwortung für ihre Auslöschung geben. Wir vergleichen uns mit ihnen durch diesen einen Filter: Wir haben überlebt und sie nicht. Doch genau dort, zwischen Leben und Tod, hat das Problem seinen Ursprung. Wir konzentrieren uns auf den Unterschied und lassen davon all unsere Gedanken beeinflussen. Als Nächstes kommt dann die Schuldzuweisung.

Sie hingegen würden auf gar keinen Fall wollen, dass wir uns über ihr Aussterben den Kopf zerbrechen. Unterschiede interessierten sie kaum; es war die Ähnlichkeit zwischen Jahreszeiten, Körpern und Arten, die ihnen ins Auge fiel. Es gab nur so wenige von ihnen. Die Welt, in der sie lebten, war riesig und leer. Um zu überleben, konzentrierten sie sich auf das, was gleich war.

Wenn Sie einem von ihnen im Wald begegnen würden – sagen wir einem weiblichen Exemplar namens Mädchen mit roten Haaren –, dann geschähe dies nicht zufällig. Sie hätte schon lange zuvor Ihre Nähe gespürt, wäre neugierig auf einen anderen aufrecht gehenden Primaten gewesen und hätte ihre Begegnung zugelassen. Erst hätte sie im Gebüsch ein Geräusch von sich gegeben, um Sie von ihrer Anwesenheit in Kenntnis zu setzen. Vielleicht hätte sie ihren Speer fallen lassen, um zu zeigen, dass sie nichts Böses im Sinn hat. Sie hätte die Finger ihrer linken Hand gespreizt und Ihnen die Handfläche gezeigt, um Sie zu begrüßen.

Die Höflichkeit hätte geboten, Ihre rechte Hand in derselben Weise zu heben und dann ganz langsam auf sie zuzugehen.

Ihr Körper starrt vor Schmutz und ist nur zum Teil mit einem Umhang aus Bisonpelz bedeckt. Ihr ist oft zu heiß, außerdem stört sie das Gefühl enger Tierfelle auf ihrer Haut. Ihr Atem strömt in Dampfwolken aus ihren Nasenlöchern und verbreitet ihre Körperwärme in der kalten Luft. Ihre Muskeln sind stark, sie verfügt über Kräfte wie die eines Bären. Wenn Sie sich ihr nähern, bemerken Sie den erdigen Geruch von Bisonfleisch und übersäuertem Magen. Doch das ist ganz normal und kommt einfach davon, wie sie lebt.

Holen Sie tief Luft, denn Sie werden sich eingeschüchtert fühlen. Das sollten Sie auch. Es ist Ihr Instinkt, der sich meldet. So eine prächtige Kreatur haben Sie noch nie gesehen – ganz im Gegensatz zu Ihren Vorfahren. Die wussten aus Erfahrung, dass sie Sie an der Kehle packen und mit nur einer Hand erwürgen könnte. Daher gaben sie diese begründete Angst an Sie weiter.

Aber rennen Sie nicht weg. Sie haben Angst, weil sie instinktiv spüren, dass Sie schwächer sind. Sie sollten sich jedoch vergegenwärtigen, dass Ihre Präsenz sie nicht beunruhigt. Sie weiß, sie ist stärker und kann es sich erlauben, Sie ungeniert anzustarren. Konzentrieren Sie sich lieber darauf, dass Sie das eindrucksvollste Ding sind, das sie je gesehen hat. Da die Population der Neandertaler immer sehr klein war, hat sie in ihrem ganzen Leben nur eine Handvoll aufrecht gehender Primaten gesehen, aber noch nie einen wie Sie. Jetzt empfindet sie Staunen.

Zeigen Sie ihr Ihre Handfläche. Spreizen Sie zur Begrüßung die Finger wie sie. Gehen Sie ganz langsam auf sie zu.

Wenn Sie nahe genug bei ihr sind, drücken Sie Ihre Handfläche gegen ihre. Spüren ihre Wärme. Unter Ihrer Haut strömt das gleiche Blut wie ihres. Holen Sie Luft, um Mut zu fassen, heben Sie den Kopf und blicken ihr in die Augen. Aber vorsichtig, denn Ihnen werden die Knie weich werden. Tränen werden Ihnen in die Augen steigen, und Sie werden das Gefühl haben, aufschluchzen zu müssen. Weil Sie ein Mensch sind.

Wenn Sie ihr in die Augen blicken, werden Sie sofort die Verbindung spüren. Und alle Unterschiede werden verblassen. Sie wissen beide ohne jeden Zweifel, dass Sie den Geist des anderen spüren können. Sie denken beide dasselbe: *Ich bin nicht allein.*

TEIL I

1

Es war die Wärme, an die sich Mädchen erinnern würde. Die Nacht, diese ganz besondere, an die sie später oft dachte und die sich als eine der letzten erweisen sollte, die sie zusammen erlebten, war voller Wärme gewesen. Frühling lag in der Luft, obwohl der Boden noch hart gefroren war. An bloßer Haut zwackte die Kälte.

Wenn sie schliefen, waren sie der Körper der Familie. So empfanden sie sich zusammen: als *einen* lebenden, atmenden Körper. Ihre Gliedmaßen waren ineinander verschlungen; die Wölbung eines Bauchs schmiegte sich gegen die Kurve eines Rückens; ein Bein lag über einer Hüfte, und eine kalte Fußspitze fand Wärme in einer Achselhöhle.

Als die Sonne ihr Gesicht abgewandt hatte, waren sie alle erschöpft von der Arbeit, die der Frühling mit sich brachte. Daher hatte es diesmal weder nächtliche Schattengeschichten, noch Gespräche oder Lachen gegeben – aber als sie es sich alle bequem gemacht hatten, hatte Er, der älteste Bruder, einen großen Furz gelassen, so mächtig, dass er damit einen Holzklotz hätte spalten können. Mickerling imitierte das, indem er mit den Lippen fest auf seinen Handrücken blies. Krumm lachte auf, nur einmal, und Mädchen verzog den Mund zu einem Lächeln, sparte sich aber vor lauter Müdigkeit jede weitere Reaktion. Große Mutter sagte: »Hom.«

Und dann war es still in der Hütte, man hörte nur noch schweres, langsames Atmen.

Vergraben im Haufen der Körper lagen Mädchen und Wildkater. Normalerweise schlief Mädchen immer tief und fest, doch in dieser Nacht wachte sie zu früh auf und zog ihren tauben Arm unter der großen Katze hervor. Dabei hatte ihn Große Mutter am Anfang der Nacht an den Rand des Nests gescheucht. Der schlaue Kater hatte gewartet, bis der pfeifende Luftzug aus der breiten Nase von Große Mutter gleichmäßig wurde, und war dann wieder hineingekrochen. Wildkater war grau und hatte spitze Ohren mit schwarzen Zipfeln. Er war kräftig und starkknochig und hatte dichtes Fell. Sein Schwanz war mit mehreren schwarzen Ringeln geschmückt. Nun hatte er einen zirpenden Laut von sich gegeben, ein Signal für Mädchen, und näherte sich, um sich an sie zu schmiegen. Er rieb Kopf und Ohren an den ihren. Sie antwortete ebenfalls mit einem schwachen Zirpen. Die beiden waren gute Freunde, und sie kannte nichts, das so weich war wie Wildkater.

Mädchen kratzte an einem Floh, der sich aus ihrer Achselhöhle flüchten wollte. Schläfrig strich sie mit den Fingern über die Haut, um ihn wegzuschnippen. Sie rutschte leicht hin und her und grunzte leise, kam aber nicht dran. Kurz darauf drückte ein dicker Finger gegen ihren Rücken, fuhr über ihr Schulterblatt und bohrte sich in ihre Achsel. Es war ihr Bruder Er, das erkannte sie an seinen rauen Fingerspitzen. Nach kurzem Kneifen und Schnippen zerquetschte er den Floh zwischen den Zähnen. Mädchen bedankte sich nicht. Das war nicht nötig. Es war für alle Zeit in Stein gemeißelt, dass sie auch seine Flöhe oder Läuse entfernen würde. Worte konnten hohl sein. Von Bedeutung war, dass man eine Geste erwiderte.

Und dann war es still. Seufzend ließ sich Mädchen zurücksinken und wurde wieder Teil des Gliedergewirrs. Die schützende Schicht von Haut und Knochen verschwamm. In der Wärme verschmolzen die Grenzen ihrer Körper. Dichte Wimpern legten sich auf Wangen, Atemzüge wurden immer langsamer, und von den Gliedmaßen wich alles Gewicht. Wenn einer einen Traum hatte, sahen auch alle anderen die Bilder in ihren Köpfen, ob sie es am nächsten Morgen noch wussten oder nicht. Im Schlaf waren nicht nur ihre Körper miteinander verbunden, sondern auch ihre Seelen.

Die Familie lagerte auf zwei dicken Bisonfellen. Darunter hielt eine Schicht frischer, kreuz und quer angeordneter Kiefernzweige die Kälte des nackten Bodens ab. Mädchen und Mickerling hatten just an diesem Tag die Zweige ausgewechselt, sodass die Luft von Kieferduft erfüllt war. Auf ihren Körpern lagen Tierhäute, die so lange bearbeitet und gekaut worden waren, bis sie sich auf der Haut ganz weich anfühlten. Ganz oben sorgte noch eine zusätzliche Lage Pelze für die Gemütlichkeit der Familie. Dieses Nest befand sich in einer Hütte, die unter einem Felsvorsprung gebaut worden war. Die Position war sorgfältig gewählt, denn die Hütte stand auf einem schmalen Sims mit dem Vorsprung darüber und einem steilen Abhang darunter. Um sie zu erreichen, musste man vorsichtig einen schmalen Pfad hinaufsteigen. Das war zwar mühsam, minderte aber auch die Gefahr sich anschleichender Raubtiere.

Wenn die Familie schlafen ging, stellte sie sich vor, sie kröche in den Bauch eines Bisons. Die Hütte glich nämlich grob der Form der Tiere, die sie aßen. Das Ende war niedrig und eng, damit die Wärme nicht entwich. Der vordere Teil war solider, besser gestützt, mit Spitzen bewehrt und breiter, damit man Wache halten konnte. Ein langer Ast bildete das Rückgrat des Baus. Er wurde an einem Ende mit der Astgabel aufgestützt und mit Schnur aus Fasern von Zedernrinde an Ort und Stelle gehalten. Nachdem dieser Hauptstützbalken stand, waren lange Stöcke wie Rippen darübergelegt worden. Für bessere Stabilität waren noch dickere Äste vorne und hinten mit Steinen befestigt. Dann wurde eine erste mit Hirnsaft behandelte Haut über den Rahmen gespannt. Auf das Gerüst kamen danach tote Kiefernzweige wie eine dicke Fettschicht. Die äußerste Lage bestand aus groben Fellen vom dichten Rückenpelz zweier alter Bisonmännchen, die über den Bau geworfen und mit haltbar gemachten Sehnen befestigt wurden.

Durch die Körperwärme war es in der Hütte behaglich. Die Stärke der Tiere verblieb in ihren Körperteilen und schützte die Familie auf ganz besondere Art. In einem Land voller Gefahren musste man sich Schutz suchen, wo man ihn bekam. Die Sicherheit für den Körper war auch Trost für den Geist.

Wenn Mädchen in der Hütte war, murmelte sie für gewöhnlich: »Warm.« Sie genoss das Gefühl, mit so vielen schlagenden Herzen verbunden zu sein, mit vielen lauschenden Ohren und Augen, die aufpassten, dass sich nichts von hinten anschlich. So gab ihr Blut die Wärme an die Körper ab, die sie liebte. So blieb sie am Leben.

Und viel später, als die ganze Familie verschwunden war und Mädchen ganz allein, war es die Wärme dieser Nacht, die ihr in Erinnerung blieb. Dann äußerte sie ihre Sehnsucht in einem einzigen Seufzer: »Warm.«

2

Als Mädchen an jenem Morgen aus der Hütte lugte, roch sie den drängenden Frühling. Es war der erste Tag der Jagd, und das Land war zum Leben erwacht. Die Sonne gab sich viel Mühe, die Eisschicht des Winters von der Erde zu schälen. Dabei kam auch der tiefe Hunger des Landes zum Vorschein. Dieses verzehrende Gefühl erfüllte ebenfalls die Bäuche all der Tiere im Tal des Gebirges. Mädchen sah, wie die Bäume vor Sorge erzitterten. Sie spürten die Schwingungen der knurrenden Mägen, die über die Erde an ihren Wurzeln übertragen wurden. Kalte Luft umgab die Kiefernnadeln, und jeder wachsende Zapfen am Ende jedes Zweigs erbebte vor Angst. Der Boden bewegte sich in Pein, als das Eis sich von ihm löste. Frühling bedeutete Leben, aber nur für manche. Für andere bedeutete er den Tod.

Am Fuß des Abhangs stocherte Große Mutter an der Feuerstelle in der Glut, um das Morgenfeuer zu entfachen. Die alte Frau trug ihre Bisonhörner, die an einer weichen Lederhaut befestigt und an den Kopf gebunden waren. Genau am tiefen Haaransatz ihrer niedrigen Stirn ragten sie hervor. So konnte jedes Tier auf einen Blick erkennen, dass Große Mutter das Sagen hatte. Sie war schon alt, sie konnte sich an über dreißig

Frühlinge erinnern, wenn auch nicht im Einzelnen. Doch ihre milchigen Augen konnten immer noch Formen, Licht und Bewegungen erkennen. Ihre Nase erspürte immer noch aus einer Entfernung von hundert großen Schritten den Geruch eines frischen Sprösslings.

Als Oberhaupt der Familie würde Große Mutter entscheiden, welches Tier sie an diesem Tag erlegen wollten. Obwohl ihre Tage der Jagd vorüber waren, würde sie gemeinsam mit dem Rest der Familie zur Furt der Bisons gehen. Zu dieser Zeit im Frühjahr konnte Mädchen es nicht riskieren, Große Mutter oder einen der Schwächeren allein zu lassen. In letzter Zeit schlich ein junger Leopard in der Nähe der Feuerstelle herum. Er war neu in ihrer Gegend und unruhig. Früher hätte die Familie ihn mühelos vertreiben können, aber in diesem Frühling waren sie besonders wenige. Daher wagten sie nicht, dem Leopard auch nur die geringste Chance zu lassen, bei ihnen Beute zu machen.

Als Er, Mädchens Bruder, zum Feuer kam, brach Große Mutter in Gelächter aus. Mädchen brauchte einen Moment, bis sie den Grund erkannte: Er hatte oft eine Anschwellung, und da sein Umhang nur lose seinen Körper bedeckte, sah sie, dass dies auch an diesem Morgen der Fall war. Große Mutter lachte vor Freude, denn ein steifes Glied bedeutete Gesundheit. Es war Glück.

Große Mutter hatte schon vieles von ihrem Körper eingebüßt, nicht aber ihr Lächeln. Ihr Lachen war ein scharfes Gackern und zeigte, dass sie bereits alle Zähne verloren hatte, bis auf ein paar vorne links oben und zwei Backenzähne. Wenn sie lachte, drückte sie die Hand an die Wange. Mädchen wusste, dass die alte Frau wünschte, die verbleibenden Zähne würden ebenfalls zu Boden fallen. Denn vor lauter Schmerz fühlte sich ihr Körper an wie Dörrfleisch. Aus ihrem Kinn sprossen ein paar borstige graue Haare, und ihre großen, stolzen Brüste lagen platt auf ihrem Bauch. In der dicken Haut ihres Gesichts war eine Tränenspur zu sehen. Große Mutter glaubte, man könnte den Wert eines Lebens an kleinen Dingen ablesen. An der Zahl der Falten etwa, an der man erkannte, wie oft der Körper ein Lachen und wie oft ein Stirnrunzeln hervorgebracht hatte. Mädchen wusste, dass die alte Frau deshalb darauf geachtet hatte, ganz oft zu lachen.

Leichtes Unbehagen überkam Mädchen, als sie wahrnahm, wie sich der Geruch des Frühlings und der ihrer alternden Mutter vermischten. Ihr war klar, dass Große Mutter jeden Augenblick tot umfallen konnte. Sie selbst sagte oft, ihr Atem würde stinken wie das Hinterteil eines Bisons, weil sie so viele Jahre ausschließlich das gegessen hätte. Bisons verströmten von hinten einen ganz besonderen, aber nicht unbedingt unangenehmen Geruch. Ihre Scheiße roch in gewisser Weise süß und nach Leben. Wenn man sie mit Sand vermischte, konnte man sie auf die Kiefernäste der Hütte schmieren und damit die Löcher abdichten, durch die sonst der Wind drang. Es war nichts Schlimmes daran, den feuchten Wind abzuhalten, der einen anwehte, genauso wenig wie das Altern etwas Schlimmes an sich hatte. Wenn Mädchen klug genug war, so lange zu leben, würde sie sich diesen Atem ebenfalls verdienen.

Die Weisheit von Große Mutter war dringend erforderlich. Nur die besten Instinkte sorgten dafür, dass der Körper so lange überlebte, und Große Mutter hatte Mädchen beigebracht, dass im Rhythmus der stets vorwärts stürmenden Jahreszeiten zu leben bedeutete, dass alles ständig im Wandel war. Alles um sie herum spross, wuchs und erreichte irgendwann seinen Höhepunkt. Wenn etwas nicht länger in der Lage war, sich zu erneuern, schwand seine Kraft. Und dann starb es – wurde Totholz. Ein Blatt, das vom Baum fällt, zersetzt sich und ernährt den Boden. Die gesättigte Erde nimmt Regen in sich auf und wird zur Nahrung für den Baum. Und über einen längeren Zeitraum betrachtet, stirbt somit eigentlich nichts. Es verändert sich nur. Aber alle Veränderungen bringen Angst und Schmerz mit sich. Und Große Mutter gab sich viel Mühe, ihrer Familie Trost dadurch zu spenden, dass sie immer wieder das Gleiche tat. All die Jahre stellte sie ihre Werkzeuge aus demselben Stein her, aß dieselbe Nahrung etwa zur selben Zeit im Jahr und baute auf immer dieselbe Art und Weise ihre Hütten.

Jetzt sah Mädchen Er an und bewunderte sein glänzendes braunes Haupthaar. Dass es so schimmerte, war auch ein Zeichen für Gesundheit. Es war von seiner niedrigen Stirn über die Ohren zurückgestrichen und mit einem Riemen zusammengebunden. Sein Rücken war kräftig und ging von der Mitte aufwärts in die Breite. Auch er hatte eine Veränderung durchgemacht, obwohl diese später als bei anderen kam, da er die vergangenen Jahre noch schmal und mager gewesen war. Mit der Veränderung war auch sein Verhalten sprunghaft geworden, in gewisser Weise eine Warnung an Mädchen vor dem, was noch kommen würde. Da sie auf engstem Raum zusammenlebten, ertrug sie diese Launen ziemlich gleichmütig. Doch obwohl sie so tat, als wäre ihr das nicht klar, wusste sie, dass er in diesem Sommer beim Fischsprung die Aufmerksamkeit einer Frau erregen konnte.

Allein der Gedanke an die leuchtenden Farben beim Fischsprung ließ Mädchens Herz schneller pochen, und ihr lief das Wasser im Mund zusammen. Ihr Hunger wurde drängender. Sie dachte an das Gefühl der weichen Fischeier zwischen ihren Fingern. Im Jahr zuvor hatte sie sie ganz genau betrachtet, und sie hatten ausgesehen, als wäre der Fluss darin gefangen. Dieser winzige Fluss enthielt die nächste Generation der

Fische, deshalb wollte sie ihre Stärke in ihren Körper aufnehmen. Sie hatte die Eier zwischen die Backenzähne geschoben, sie zerquetscht und auf das Geräusch des Zerplatzens gelauscht. Jetzt stellte sie sich die schlüpfrige Haut der Fische in ihren Händen vor, das weiche orangefarbene Fleisch darunter, und mit einem Mal fühlte es sich an, als würde ihr das Blut unter der Haut kochen.

Wenn die Frühlingssonne hoch genug stieg, um den Felsvorsprung oberhalb ihrer Hütte zu küssen, würde sich die Familie auf den Weg zum Treffpunkt machen. Die anderen Familien, die an verschiedenen Verästelungen des Flusses lebten, würden sich ebenfalls in Bewegung setzen. An der Stelle, wo die Arme des breiten Flusses zusammenkamen, gab es eine Vielzahl von flachen Stromschnellen.

In dieser Jahreszeit diente jener Ort auch als Treffpunkt für die Fische. Wenn sie ihre Körper die Felsstufen hochschleuderten, wurden viele am Stein zerschmettert, einige gerieten in die wartenden Schilfnetze der Familie, und manche wurden von den Bären geschnappt. Nur ein paar Fische kamen durch. Jeder einzelne war so lang wie ein Arm und so dick und kräftig wie ein Oberschenkel. Aus ihrem Unterkiefer ragten zwei Fangzähne hervor. Die Fische waren so schlau wie Krähen und so schnell wie Schlangen. Ihre Schuppen leuchteten fleckig grau, aber die leckersten hatten flammendes Orange auf dem Rücken, das zeigte, dass sie reif waren. Diese hielt die Familie für die besten Fische. Es waren nicht immer die stärksten, aber ihre Eigenschaften – Klugheit, Stärke, Größe oder Sehvermögen – waren in diesem speziellen Jahr am besten an die Bedingungen angepasst. Es waren auch diejenigen, die ihre orangefarbenen Eier im flachen Wasser flussaufwärts ablegen konnten. Aus diesen kam die neue Generation der Fische.

Mädchens Gedanken wanderten immer wieder zum Treffpunkt, dabei wusste sie doch, dass sie sich nicht ablenken lassen durfte. Also wandte sie sich abrupt der Gegenwart zu und betrachtete ihre Familie an der Feuerstelle: Große Mutter, Er, Krumm und Mickerling. Sie waren nur eine kleine Gruppe, und ein paar von ihnen wirkten schwächer als andere Tiere. Von früheren Besuchen des Treffpunkts wusste sie, dass sie vielleicht nicht die Attraktivsten der Horde sein würden. Aber sie ließ nicht zu, dass die Sorgen über ihre Chancen sie jetzt überfluteten. Wie das Lernen zu jagen, zu reparieren und zu bauen gehörte auch zum Erwachsenwerden, dass man seine Sorgen in Schach hielt. Sie musste sich auf die Jagd konzentrieren und durfte ihre Aufmerksamkeit jetzt nicht auf anderes lenken; das konnte sie alle in Gefahr bringen und ihr Ende bedeuten.

An diesem Morgen war Er als Erster den steilen Abhang zur Feuerstelle hinuntergestiegen. Zwar war das Gebiet der Familie immer noch von Eis überzogen, doch die Kälte machte ihm nichts aus. Er war getrieben vom Drang, sich zu paaren. Er wusste, das konnte er nur, wenn er am Treffpunkt gesund aussah, und seine Gesundheit hing von dem Essen ab, das er zu sich nahm. Im Frühjahr konnte nur Bisonfleisch die Bedürfnisse seiner großen Gestalt und seiner starken Muskeln befriedigen.

Er unterbrach seine Arbeit nicht, als Große Mutter lachte. Sein steifes Glied stand für den Drang, zu essen und sich zu paaren, und trieb ihn nur noch heftiger an. Er lächelte, trat das Feuer aus und schob mit einem Stock die Asche auseinander. Mit Hilfe einer Tierhaut schützte er die Hände und hob einen großen Stein mit einer deutlichen Vertiefung aus der Glut, der dafür benutzt wurde, klebriges Harz aus Birkenrinde herzustellen. Vor langer Zeit hatte jemand aus dieser Familie den Stein gefunden, und seitdem war er von einem Mitglied zum nächsten weitergereicht worden. Da sie oft umzogen, um Nahrung zu finden und Tiere zu verfolgen, war es unpraktisch, ihn mitzunehmen. Daher versteckten sie den großen Stein jedes Jahr dort, wo die Frühlingshütte erbaut werden sollte. Er behandelte ihn wie einen Schatz. Der Stein zählte zu den wenigen Dingen, die schon Generationen vor ihm benutzt hatten. So wurde etwas kostbar: weil es vor ihm bereits viele Hände aus der Familie berührt hatten. Die Arbeit, die er jetzt vor sich hatte, verband ihn durch die Zeit mit seiner Familie.

Am Tag zuvor hatte er mehrere Lagen Birkenrinde in die Mulde des Steins gelegt und dafür gesorgt, dass die Hitze des Feuers schwarze Flüssigkeit aus der Rinde austreten ließ. Nun fügte er heiße Asche hinzu und benutzte die entstehende klebrige Masse, um ein zugespitztes Stück Stein am Ende eines hölzernen Speers zu befestigen. Er arbeitete schnell, weil das Harz rasch hart wurde, und leckte sich oft die Finger. Er drückte und formte das Harz, damit die Steinspitze fest saß. Als er mit der Form zufrieden war, tauchte er die neue Spitze in kaltes Wasser.

Während er darauf wartete, dass sie abkühlte, beobachtete er seinen jüngeren Bruder Krumm, dessen einer Unterarm geformt war wie das Horn eines Bisons. Der Daumen zeigte von Krumms Körper weg, und sein Handgelenk war starr. Krumm versuchte gerade, zum Schutz bei der Jagd ein Stück gehärteter Tierhaut an seinem Schienbein zu befestigen. Mit seinem verkrüppelten Arm fiel ihm das schwer, da er seine Hand nur zusammen mit dem Ellbogen drehen konnte. Es sah auch so aus, als täte ihm der Arm weh, was bei Wetterumschwüngen oft der Fall war. Jetzt spuckte Krumm vor lauter Verdrossenheit aus.

»Mickerling!«, rief Er laut und durchdringend. Da sein Kehlkopf klein war, klang seine Stimme schrill und dazu leicht nasal, weil die Luft durch seine breite Nasenhöhle schoss. Dabei hallte sie durch den mächtigen muskulösen Brustkorb nach. Wenn Er sprach, brach seine Stimme laut hervor und ermüdete seine Kehle.

Allerdings musste Er seine Kehle nicht besonders oft mit Wörtern strapazieren. Große Mutter hatte für einen leisen Umgangston gesorgt, und da sie in einer so kleinen Gruppe lebten, musste vieles gar nicht erst ausgesprochen werden. Weil Große Mutter ebenfalls schnell ihre Kehle anstrengte, missbilligte sie allzu viel Gerede, obwohl diejenigen, die Zeugen eines ihrer seltenen Wutanfälle geworden waren, ihre Vorliebe für Stille in Frage stellen würden. Jemanden, der zu viel redete, nannte sie Krähenkehle; dann streckte sie die Hand aus und ließ ihre Finger gegen den Daumen schnappen, um den Schnabel des Vogels zu imitieren, den sie am meisten hasste. Die Krähen krächzten und kackten ohne Rücksicht auf ihre Umgebung.

Als Mickerling seinen Namen hörte, folgte er Ers Blick und sah, wie Krumm sich abmühte. Mickerling lebte bereits sechs oder sieben Winter bei ihnen, aber niemand wusste, wie alt er wirklich war. Wegen seiner zarten Statur konnte man das schwer sagen. Er war nur froh, dass der Junge langsam versuchte, sich nützlich zu machen. Jetzt kam Mickerling zu ihnen geflitzt, drückte seinen mageren Zeigefinger auf Krumms Knoten und zog mit der anderen Hand einen Riemen hindurch. Gemeinsam befestigten sie den Schienbeinschutz an Krumms Bein.

Für Er war Mickerlings Position in der Familie immer noch unklar. Kurz vor dem Fischsprung war er am Fluss gefunden worden. Eine andere Familie hatte ihn mit zum Treffpunkt gebracht, ihn aber schlecht behandelt und kaum gefüttert. Schon bald war er aus ihrer Hütte vertrieben worden und musste wie eine streunende Wildkatze umherlaufen und um Reste betteln. Schließlich hatte Große Mutter Mitleid mit ihm bekommen und ihm ein schönes Stück Fisch gegeben. Seitdem war er ihr nicht mehr von der Seite gewichen und hatte es geschafft, seinen Platz bei ihnen zu behalten.

Aber Mickerling wuchs nicht so, wie er eigentlich sollte. Deswegen hegte Er den Verdacht, dass Mickerling krank war. Am Morgen zuvor hatte Er ihm befohlen, sich vor Große Mutter hinzustellen, damit sie dessen Atem riechen konnte. Er hatte Angst, der Junge könnte Sonnenbiss haben. Die Familie wusste, dass diese Krankheit mit einem ganz besonderen Mundgeruch anfing. Bald darauf folgten dann tiefe Erschöpfung, Schmerzen im Rücken und in den Gelenken und Erbrechen. Die nächsten und oft tödlichen Anzeichen waren flache rote Pusteln, die sich zu Blasen entwickelten. Der Sonnenbiss brannte im Körper und zehrte ihn auf: Der Körper war der Sonne zu nahe gekommen. Aber Große Mutter entdeckte an Mickerling keinerlei Symptome. Offensichtlich war mit ihm alles in Ordnung.

Dennoch hatte Er weiterhin Zweifel. Selbst in diesem Frühjahr wurde der Junge einfach nicht muskuloser. Die Knie und Ellbogen ragten wie Knollen aus seinen Gliedmaßen, seine Augen quollen leicht hervor, und seine Haut war dunkler als üblich. Er wusste nicht, wieso Mickerling so schwächlich war oder ob ihm mehr Fleisch beim Wachsen helfen würde. Er wusste nur, dass es ein Risiko war, diesen Jungen zu füttern. Denn jedes Stück Nahrung, das sie ihm zukommen ließen, konnte verschwendet sein. Das Leben bestand aus einer Reihe sich immer wieder verändernder Entscheidungen. Selbst wenn man den Arm ausstreckte, um einen Floh zu zerquetschen, musste sich das wegen des gesparten Bluts lohnen.

Er spürte, dass die Familie irgendwie aus dem Gleichgewicht geraten war. Vielleicht lag es an seinem starken Paarungsdrang, dass er dies deutlicher wahrnahm als die anderen, seine Haut schien ständig zum Zerreißen gespannt.

3

Als Mädchen fertig war, kraxelte sie den schmalen Pfad zur Feuerstelle hinunter und kam gerade in dem Augenblick an, als Er ihren neuen Speer bewunderte. Sie alle hatten ihre Aufgabe bei dem, was sie herstellten, und das galt auch bei diesem Speer. Krumm hatte den Schaft gefunden und in die richtige Form geschnitzt, Mickerling hatte die Sehne vorbereitet, mit der die Speerspitze vor der Versiegelung am Stock befestigt wurde, Mädchen hatte die Spitze selbst behauen, und Er hatte alle Teile zu einer Waffe zusammengefügt. Keiner von ihnen konnte sich getrennt von den anderen betrachten.

Mädchen streckte die Hand aus und berührte Ers Schulter. Er schaute sich nicht um; das war auch nicht nötig, da ihm Mädchens Geruch so vertraut war. Sie spürte das Pochen seines Herzens. Jeder von ihnen konnte die körperlichen Reaktionen der anderen spüren, und zwar dort, wo ihre Haut besonders dünn war: an den Handgelenken, an der Wange oder an der Kehle. Mädchen bemerkte, dass sich Ers Glied wieder aufrichtete. Dazu musste er nur ganz kurz ihren Geruch aufnehmen. Sie wusste, wie sie aussah: Für die Jagd hatte sie gehärtete Tierhäute ganz eng um ihre Schienbeine und Unterarme gewickelt. Die schwarze Erdfarbe in ihrem Gesicht zeigte die beiden Familienstreifen auf jeder Wange. Ihr dichter roter Haarschopf leuchtete auf ihrem Kopf. Sie hatte eine Muschel an einem dünnen Riemen um ihren Hals gebunden. Ihre Haut spannte sich über ihren Muskeln und glänzte vom Haselnussöl. Sie spürte, welche Wirkung ihre Stärke auf ihn hatte. Am liebsten hätte sie ihre Zähne in sein Fleisch gebohrt. Doch sie hielt den Blick gesenkt und wandte sich in eine andere Richtung. Wenn Große Mutter sie dabei ertappte, wie sie Er ansah, würde es Ärger geben.

In den Jahren zuvor hatten sie die Abende nach der Jagd mit Essen und Verdauen im Schutz einer Höhle verbracht, die in die Felswand in der Nähe ihrer Frühlingshütte hineinragte. Zuerst machten sie Feuer, und die Flammen erhellten das Dunkel. Dann baute sich Große Mutter davor auf, sodass sie mit ihrem Körper Schatten an die Wand werfen und mit diesen Schatten und einer Mischung aus Lauten und Singsang Geschichten erzählen konnte. Sie fand, dies wäre die Anstrengung ihrer Kehle wert.

Die Geschichte, die sie am häufigsten erzählte und die sie alle sehr gerne sahen, war von Große Mutter als Warnung gemeint. Es ging um einen Bruder und eine Schwester, die eine Schwäche füreinander hatten. Es war zu einer Zeit, als sich viele Familien am Treffpunkt begegneten. Als die beiden Geschwister nicht voneinander lassen konnten, wurde ein Mann in der Familie auserwählt, der sie töten sollte. Zwar gelang es ihnen zu fliehen, aber nur, indem sie den Fischen folgten.

Der Bruder und die Schwester ließen sich Richtung Meer treiben, bis in ein Gebiet, das die Familie nie aufsuchte. Dort gab es aber weder Bisons, noch war das Wasser frisch. Sie tranken nur Salzwasser und aßen nur Tiere mit Scheren statt Tatzen oder Hufen. Das Salz vergiftete ihren Geist, und sie wurden verrückt. All dies zeigte sich auch an den Kindern, die sie bekamen. Deren Augen blieben stets geöffnet wie bei den Fischen im Meer. Ihre Lippen waren verkrustet vom Salzwasser, das sie tranken. Statt Händen wuchsen ihnen Scheren, und sie sahen immer mehr aus wie die Tiere, die sie aßen. Große Mutter hockte sich an dieser Stelle stets hin und kniff Daumen und Zeigefinger zusammen, um mit Hilfe der Schatten ihre gespenstischen Formen zu zeigen. Es war eine Geschichte, die sie alle liebten, denn sie rief sowohl Entzücken als auch Entsetzen hervor.

Um ihrer Botschaft Nachdruck zu verleihen, hatte Große Mutter Mädchen eine Muschel in der Größe einer Walnuss geschenkt. Mädchen zog einen Riemen hindurch und hängte sie sich um den Hals. Doch die Geschichte, die bereits seit Generationen weitergegeben wurde, veränderte sich mit der Zeit. Mit Hilfe von Lauten und Schatten ließ sich eine Botschaft nicht so genau vermitteln, wie Große Mutter sich das gewünscht hätte.

Mädchen verstand den Zusammenhang der Geschichte mit dem Zeitpunkt, zu dem sie erzählt wurde. Das war nach der Jagd, wenn ihr Bauch voll war. Außerdem nahm Mädchen die Geschichte vor dem Hintergrund der Veränderungen in sich auf, die zu dieser Zeit an ihrem Körper sichtbar wurden. Die Erzählung von Große Mutter entwickelte sich in Mädchens Geist zu etwas Neuem. Für Mädchen war es eine Geschichte, die ihre Art zu leben bestätigte. Sie erinnerte Mädchen daran, warum sie die Jahre im immer gleichen Rhythmus lebten und warum ihre Fähigkeit, Bisons zu jagen, sie zum stärksten Tier an Land machte. Wenn sie sich dicht bei ihrem Bruder hielten, konnten sie die schwersten Zeiten durchstehen. Deshalb trug sie immer die Muschel, die sie *Das Meer* nannte, um ihren Hals.

»Mädchen«, rief Große Mutter jetzt, als sie sich umdrehte und entdeckte, dass Mädchen aus der Hütte auftauchte. Große Mutter hatte jedem von ihnen einen Namen gegeben, der nur für sie eine Bedeutung hatte. So konnte man einen vom anderen unterscheiden, ohne sie zu sehr zu trennen. Sie glaubte, besser zu den Einzelnen passende Namen würden nur die Kehle unnötig beanspruchen. Das Muster ihres Lebens war eher durch Rituale statt durch Worte geprägt, und jetzt war es Zeit für die Morgenmahlzeit vor der Jagd. Der Ruf bedeutete, dass Große Mutter von Mädchen gefüttert werden wollte. Dazu waren keine weiteren Worte nötig.

Allerdings zeigte Große Mutter damit auch ihre Vorliebe für Mädchen. Es war selten und etwas ganz Besonderes, dass zwei erwachsene Generationen gleichzeitig lebten. Die meisten von ihnen wussten, dass sie wahrscheinlich nicht lange genug leben würden, um noch eine dritte aufwachsen zu sehen. Mädchen hatte nur selten mit mehr als acht Familienmitgliedern zusammengelebt. Und für Große Mutter war sie die letzte Tochter. Es war eine so kostbare Stellung, dass sie gegenüber Mädchen besondere Beschützerinstinkte hegte. Aus dem alten Leib von Große Mutter würde nie wieder ein fruchtbares Weibchen kommen. Ihr eigener Bauch war mittlerweile wie eine glatte Kuhle mit Sand. Daraus konnte nichts mehr erwachsen. Aber in Mädchen konnte neues Leben seinen Anfang nehmen.

Es wurde langsam Zeit für die Nachfolge. Große Mutters Lebenszweck war, den Fortbestand der Familie zu sichern, und ihre Überlebensstrategie drehte sich um den Fischsprung am Treffpunkt: Dort würde das älteste Männchen, also Er, versuchen, eine neue Frau in die Familie zu locken, die dann die nächste Große Mutter werden würde. Das älteste Weibchen hingegen, also Mädchen, musste versuchen, sich einen

Platz als Große Mutter in einer neuen Familie zu ergattern. Wenn beides gelang, war die Familie stark wie die Fische in einem guten Jahr. Dann würden sie weiterhin zum Treffpunkt zurückkehren.

Mädchen steckte sich ein Stück Trockenfleisch in den Mund und begann zu kauen. Das Fleisch musste gerade so lange bearbeitet werden, dass es von ihrer fast zahnlosen Mutter gegessen werden konnte. Wenn sie zu lange kaute, würde es zu trocken werden, es musste noch so saftig sein, dass es durch den Mund die Kehle hinuntergleiten konnte. Also kaute Mädchen so lange darauf herum, bis es sich weich anfühlte, dann nahm sie den breiigen Bissen aus dem Mund. Sie kniete sich neben ihre Mutter und hielt ihr das Stück Fleisch vor die Nase, damit sie es begutachten konnte.

Große Mutter starrte auf den durchgekauten Bissen und holte schnüffelnd Luft. Die drahtigen Haare auf ihrem Kinn leuchteten in der Sonne. Dann nickte sie und öffnete den Mund. Ihr Atem drang in stark riechenden Dunstwolken heraus. Sie zog die Lippen zurück und schnappte sich das Fleisch mit dem Zahnfleisch.

»Hom«, sagte sie.

Sie saugte daran und schluckte es herunter.

Nachdem die alte Frau gegessen hatte, gab Krumm jedem von ihnen eine Handvoll geröstete Nüsse und einen Streifen Trockenfleisch aus dem Vorrat. Hungrig nagte Mädchen an ihrem Streifen Fleisch. Da sie wichtig war für die Jagd, war er etwas größer als sonst, allerdings in ihren Augen längst nicht groß genug. Ihre Portionen kamen ihr immer zu klein vor. Sie hatte unentwegt Hunger.

Auch Mädchen bemerkte ein besonderes Gefühl unter ihrer Haut, so als nagte etwas an ihr. Sie versuchte, sich zu beruhigen, indem sie sich vorstellte, wie es nach der Jagd sein würde –

mit einem warmen Stück Fleisch in der Hand, an dem sie, erfüllt vom Geruch des frischen Bluts, saugte; ihre Füße mit dem leichten Haarflaum würden vor Zufriedenheit zucken, während sie kaute und saugte und ihr das Blut vom Kinn tropfte. Der Gedanke an frisches Fleisch erfüllte sie mit Hoffnung. Nicht all ihre Erinnerungen waren notwendigerweise etwas, was sie selbst erlebt hatte; es konnten auch Erfahrungen von einem anderen Familienmitglied sein, die durch Träume weitergegeben wurden oder durch etwas, das sie gemeinsam aßen. Diese Erinnerungen trugen dazu bei, dass der Körper in seinem gegenwärtigen Zustand in Sicherheit blieb, dass man Nahrung fand oder etwas Neues, Ungewöhnliches deuten konnte. Also schloss Mädchen die Augen und ließ die guten Gefühle von frischem Fleisch durch ihren Körper strömen. Sie dachte an die vielen Jagden, die sowohl für sie als auch für ihre Vorfahren erfolgreich verlaufen waren. Die vor ihr liegende Jagd würde ihrem Hunger vielleicht ein Ende setzen.

Sie hörte Große Mutter hinter sich schnüffeln. Dann umfasste diese mit ihrer alten, klauengleichen Hand ihre Schulter und hielt sie fest. Das Schnüffeln kam näher, die alte Frau hatte eindeutig etwas an ihr gerochen. »Hom.«

Mädchen erzitterte wie ein Blatt, das zu schwer für den Zweig geworden war. Große Mutter schnüffelte an ihr, als wollte sie prüfen, ob sie den Sonnenbiss hatte. Mädchen drückte sich die Hand an die Stirn. Sie kam ihr etwas wärmer vor als üblich, aber sonst bemerkte sie keinerlei Anzeichen an sich. Sie fühlte sich nicht krank – eher im Gegenteil. Ihre Muskeln zuckten vor Verlangen. Vielleicht hatte sie noch mehr Hunger als sonst, wenn das denn möglich war. Sie spürte noch nicht, was Große Mutter bereits erschnüffelt hatte.

Mädchen selbst fand es heraus, als sie sich hinter einen Busch hockte: der letzte Schritt der Jagdvorbereitungen. Da entdeckte sie eine Art Schleim auf ihrem Oberschenkel. Sie musste kichern, da es eher aussah wie Eiweiß und nicht wie etwas, das von ihr kommen konnte. Als sie es mit einem Blatt abwischte, stellte es sich als überraschend glitschig heraus. Nicht wie das Blut, das im Jahr zuvor gekommen war. Schmerzen hatte sie nicht, nur einen leichten Krampf im Becken. Ein kalter Schauer rann ihr über den Rücken, als sie erkannte, dass dies die Hitze war. Die bekam sie zum ersten Mal. Durch die Hitze verströmte sie einen Geruch, der anderen signalisierte, dass sie sich paaren wollte.

Mädchen wusste, dass sie dafür bis zum Treffpunkt warten musste. Große Mutter hatte ihr den Winter über mehr Fleisch als sonst gegeben und angedeutet, Mädchen könnte dieses Jahr fett genug sein, sodass die Hitze rechtzeitig zum Fischsprung käme. Dann wäre sie alt genug, um sich eine eigene Familie zu ergattern. Große Mutter wollte, dass ihre Tochter sie stolz machte. Genau wie zuvor Mädchens Schwester, Großes Mädchen.

Doch obwohl Mädchen diesen Winter das zusätzliche Fleisch genossen hatte, war sie unruhig gewesen. Sie wollte nicht die Familie verlassen wie ihre Schwester. Großes Mädchen war immer fröhlich gewesen. Sie hatten miteinander gespielt, geflüstert und sich die Flöhe vom Rücken entfernt. Die meisten fanden, dass sie mit ihren roten Haaren und den breiten Nasen vollkommen gleich ausgesehen hatten. Und doch gab es einen Unterschied zwischen ihnen. Wenn Große Mutter nicht wusste, wer von ihnen wer war, befahl sie ihnen zu lächeln. Denn Großes Mädchen hatte einen besonders heftigen Zusammenstoß mit einem Felsen gehabt und es nicht geschafft, ihren Frontzahn zu behalten. Mit der Lücke grinste sie nur noch breiter. Wenn Großes Mädchen ihre Schwester zum Lachen bringen wollte, hatte sie ihre Zunge durch die

Zahnlücke gedrückt und gezischt wie eine Schlange. Mädchen hatte Angst vor Schlangen. Beide liefen geduckt durchs Lager und kreischten vor Lachen, bis eine hinfiel. Dann ließ sich die andere auf die am Boden fallen und kitzelte sie. Manchmal beendete aber auch der Riesenfuß von Große Mutter das Spiel. Die Zahnlücke von Große Schwester war ein steter Quell der Heiterkeit.

Aus Mädchens Sicht war Großes Mädchen eine starke Frau, denn sie hatte beim Fischsprung eine Familie für sich gewonnen. Aber jetzt war sie fort. Vielleicht lebte sie zufrieden mit ganz viel Fleisch, aber das konnte Mädchen nicht in Erfahrung bringen. Mädchen hatte das Gebiet der Familie bisher nur verlassen, wenn sie sich auf den Weg zum Treffpunkt machten. Also wusste sie nicht, wie das Leben woanders war. Wenn sie versuchte, sich das Leben ihrer Schwester vorzustellen, spürte Mädchen nur die Bisse der Flöhe, die sie ihr nicht abpflückte. Genau so stellte sich Mädchen das Weggehen vor: wie einen Floh, an den man nicht heranreichte. Und jetzt war die Hitze gekommen, und Mädchen würde sich ebenfalls verändern. Was vor ihr lag, war so dunkel und schattig wie der hintere Teil einer Höhle.

Mädchen wusste, dass dieses Gefühl der Familie keinen Nutzen brachte. An die Zukunft zu denken lenkte einen nur ab und machte den Körper in der Gegenwart angreifbar. Am liebsten hätte sie es einfach weggeschoben. Aber alle in der Familie würden es merken. Mit der Hitze würden alle Tiere im Umland ihre schneeweiße Haut neu betrachten. Wenn auch vielleicht noch nicht sofort, dann doch bald. Auch ihre Haare würden mehr glänzen, um die Hitze anzuzeigen, die zwischen ihren Beinen hervordrang.

Mädchen hoffte nur, es vorerst verbergen zu können. Rasch suchte sie etwas Moos, um sich damit abzuwischen und den

Geruch zu mindern. Sie hielt den Kopf gesenkt und ließ den Blick zu beiden Seiten huschen, weil eine neue Furcht vor Fleischfressern sie überkam. Dann richtete sie sich auf und ging zu den anderen zurück. Wie immer nahm sie ihren Platz am Anfang der Reihe ein. Wie so viele vorher in ihrer Familie tat sie so, als hätte sich nichts verändert. Sie konzentrierte sich auf das, was gleich geblieben war.

Dr. Pepper

Warum gibt es Leben? Lange plagte mich die Frage nach dem Zweck meines Daseins. Doch davon wurde ich an dem Tag erlöst, als ich sie fand: eine Neandertalerin, die schon lange in der Erde ruhte. Als Archäologin wusste ich, dass der wesentliche Unterschied zwischen etwas Lebendigem und etwas Totem die Wärme ist. Nur Lebendiges ist in der Lage, Energie aus der Erde zu gewinnen und umzusetzen, aber diese Neandertalerin war – über vierzigtausend Jahre nach ihrem Tod – irgendwie in der Lage, *mich* zu gewinnen. Ich hatte das Gefühl, sie hätte mit ihrer großen Hand durch die Zeit gegriffen, um mich an meinem schmuddeligen T-Shirt zu packen und zu der Stelle zu ziehen, wo sie lag. Als ich sie fand, war mir der Grund meines Daseins endlich klar: Ich wollte ihre Geheimnisse erfahren.

Zu der Zeit hatte ich bereits ein männliches Skelett in der Höhle entdeckt. Es waren die sterblichen Überreste eines anatomisch modernen Menschen, eines *Homo sapiens* (lateinisch für »vernunftbegabter Mensch«), aus der einzig überlebenden Spezies der Gattung *Homo*. Einer von uns. Geologische Aktivitäten hatten zur Fossilation seiner Knochen geführt. Da sein Zustand makellos war, griff ich bereitwillig auf meine Ersparnisse zurück, um mein Forschungssemester zu verlängern und zu untersuchen, was die Ausgrabungsstätte noch zu bieten hatte.

Mein Assistent Andy und ich bauten ein Lager an der Höhle auf, steckten sorgfältig den Innenbereich ab und begannen mit dem langwierigen Prozess, eine dünne Schicht nach der anderen abzutragen. Bereits innerhalb kurzer Zeit fegte ich eine Sedimentschicht beiseite und legte dabei das Fragment einer Schädelwölbung frei.

»Andy?«

Andy zwängte sich durch die dicke Plastikplane, die wir vor den Eingang gehängt hatten, um Kontaminierungen zu vermeiden. »Rose?«

»Ich hab sie gefunden«, verkündete ich mit zitternder Stimme.

»Wen?«

Hinter mir hörte ich das Zischen entweichender Kohlensäure. Wohin Andy auch ging, stets hatte er eine Dose Dr. Pepper dabei, zumindest fast immer. Zwar hatte ich ihm verboten, sie mit in die Höhle zu bringen, denn ein einziger Spritzer davon konnte augenblicklich Artefakte zersetzen, die alle anderen Bedrohungen überlebt hatten. Doch als ein Mann, der über zweiundvierzig Jahre verheiratet gewesen war (bis seine Frau starb), hatte Andy eine ganz eigene Überlebensstrategie entwickelt: Sein Gehör war ausgesprochen selektiv.

»Es sind die sterbliche Überreste eines zweiten«, erklärte ich.

»Wirklich?« Andy seufzte und trank einen großen Schluck. »Ich sehe nur ein winziges Stück Knochen.«

Wir befanden uns in einer kleinen Höhle, die zu einem Höhlennetz in der Nähe der Gorges de l'Ardèche bei Vallon-

Pont-d'Arc in Frankreich gehörte. Bekannt wurde das Höhlensystem durch die Chauvet-Höhle, in der 1994 spektakuläre, von anatomisch modernen Menschen angefertigte Bilder entdeckt wurden.

»Wir wollen doch nichts überstürzen«, sagte Andy und tippte auf seine Uhr. »Ich werde dein Notebook holen, aber vergiss nicht, wir müssen aufhören. Morgen können wir ja weiter an ihm arbeiten.«

»Ihr«, widersprach ich instinktiv.

»Also gut, morgen kommen wir als Erstes zu *ihr* zurück«, sagte er scherzend. »Hat sie denn schon einen Namen?«

»Ich muss weiterarbeiten, Andy.«

»Ich stimme für ›Patricia‹, aber mit den Einzelheiten der Taufe können wir uns morgen beschäftigen. Ich musste dir versprechen, dass ich dich zwinge, um fünf Uhr mit der Arbeit aufzuhören. Erinnerst du dich?«

»Andy?«

»Rose?«

»Auf gar keinen Fall werde ich jetzt die Fundstätte verlassen, verdammt noch mal!«

Andy stieß einen langen Seufzer aus. »Ist ›Jane‹ zu schlicht?« Er trank einen weiteren Schluck aus seiner Dose.

Ich lehnte mich zurück und schaute ihn an: sein gutmütiges Gesicht wirkte müde. Vielleicht war ich es, die ihn in seine Dr. Pepper-Sucht trieb? Aber er schenkte mir sein breites Oregon-Grinsen, um mir zu zeigen, dass es ihm gut ging. Ich tat es ihm gleich und tätschelte die leichte Rundung meines Bauchs.

»Hol dir eine frische Dose«, forderte ich ihn auf. »Und mein Notebook und die Kamera.«

»Heißt das, wir machen noch nicht Feierabend?«

»Ich bin schwanger, aber nicht debil.«

»Hom«, äußerte Andy achselzuckend und zwängte sich wieder durch die Plastikplane.

»Andy?«, rief ich ihm nach.

»Jaa?«

»›Jane‹ ist viel zu schlicht.«

Erst als Andy weg war, rieb ich mir über die schmerzende Stelle im unteren Rücken. Ich war im dritten Monat schwanger. Zwar sah man noch nichts, doch ich wusste auch ohne Test Bescheid und hatte es Andy sagen müssen. Wenn man sich mit jemandem ein Zelt teilt, kann man morgendliche Übelkeit einfach nicht verbergen. Ich hatte vor, zum Arzt zu gehen, wenn ich in zwei Wochen nach London zurückfahren würde. Sollte ich dann die Bestätigung bekommen, würde ich es Simon sagen, meinem Freund. Er hielt in London die Stellung, da er den ganzen Frühling hindurch Seminare gab. Ein Teil in mir hätte sich am liebsten das Telefon geschnappt und lautstark die Neuigkeit verkündet, aber ein anderer Teil in mir fand das verfrüht. Simon wünschte sich schon seit Langem ein Baby. Ich war neununddreißig und wusste, dass er im Grunde schon die Hoffnung aufgegeben hatte. Schweigend hatte ich zugesehen, wie er sich insgeheim mit einem Leben abfand, das er sich so nicht vorgestellt hatte. Wenn ich erneut seine Zukunftsaussichten änderte, wollte ich vollkommen sicher sein.

Andy seinerseits hatte mit zweiundsechzig befunden, dass das Leben nicht ewig währt, und war frühzeitig in Ruhestand getreten, um Archäologie zu studieren. Er bezeichnete sich selbst als Spätzünder. Als ich eine Rundmail mit der Bitte um Hilfe bei einer Erkundungstour losschickte, meldete er sich als Erster. Er hatte an der Stony Brook University bei einem guten Freund von mir studiert, Dr. Conn Bray, der auf Techniken der Altsteinzeit spezialisiert war. Anfänglich wollte ich

Andy nicht nehmen, da ich dachte, er wäre der Typ Student, der sich selbst als Indiana-Jones-Abenteurer in Schlangengruben sah und sich nicht mit der normalerweise zähen und langwierigen Mühsal an Ausgrabungsstätten abfinden würde. Conn neigte dazu, die Archäologie der Altsteinzeit als großes Abenteuer darzustellen, und war dafür bekannt, in seinen Seminaren Ziegen mit Steinwerkzeugen zerstückeln zu lassen. Aber je länger Andy und ich zusammenarbeiteten, desto mehr erkannte ich, dass er zum besten Studententypus gehörte: Er hörte zu und lernte, hatte aber auch viel beizutragen. Sehr rasch wurde er mein williger Mitverschwörer in Sachen Archäologie – und ein guter Freund. Ich weiß nicht, was ich ohne ihn gemacht hätte.

Jetzt kam Andy durch die Plastikplane zurück. Mit meinem Notebook, meiner Kamera und einer frischen Dose Dr. Pepper in der Hand mühte er sich ab, einen Blick auf seine Armbanduhr zu werfen. »Simon bittet dich um Rückruf, sobald du wieder im Lager bist. Deine Mutter hat auch angerufen.«

Ich hörte nur mit halbem Ohr hin. Da Andy das klar war, versuchte er es erneut. »Ich schieß kurz ein Foto, kartiere die Stelle, mach eine Skizze, und dann hören wir auf, ja?«

»Wer ist hier der Boss?«, fragte ich und ruckte scherzhaft mit dem Kinn.

»Eine schwierige Frage.«

»Wie bitte?«

»Dr. Rosamund Gale, Sir!« Er führte die Dose zum Salut an die Stirn.

»Und wie viel Uhr ist es, Andy?«

»Viertel nach fünf.«

»Mach Fotos. Markiere die Fundstelle.«

»Mein Boss wird mich feuern!«

»Andy?«

»Rose?«

»Als dein Boss befehle ich, die verdammte Dose rauszubringen«, rief ich lachend.

Ich hatte mir ein Freisemester genommen, um einigen interessanten Spuren nachzugehen, die ich in den vorangegangenen Jahren entdeckt hatte, als ich mit ein paar Vermessern Höhlen untersuchte. Mit Andy als Unterstützung und dem letzten Rest meiner Ersparnisse unternahm ich die gleiche Reise noch mal. Doch diesmal, ohne Druck von der Gruppe und in der einsamen Stille, stieß ich auf ein Luftloch. Eine Höhle atmet wie ein Körper. Wenn der Luftdruck sich ändert, wird die weniger dichte, kühle Nachtluft eingesogen wie beim Einatmen. Wenn die Sonne die Luft erhitzt, atmet die Höhle im Streben nach Ausgleich wieder aus. Ich entdeckte das Luftloch, als ich eine Trinkpause machte. Zuerst spürte ich es, es war, als würde mir jemand sanft gegen die Wange blasen. Ich brauchte zwei Tage, bis ich eine Hohlrinne fand, die zu dieser bislang auf keiner Karte verzeichneten Höhle führte.

Vielleicht hatte ich damals schon geahnt, dass ich schwanger war, doch irgendwie war es mir gelungen, dies ein paar Wochen lang zu verdrängen: eine altbewährte Methode, um Pläne leichter umzusetzen.

Das erste Mal gelangte ich durch einen engen Felstunnel in die Höhle. Dazu musste ich mich wie eine Schlange hindurchwinden. Die Höhle am anderen Ende war über Jahre unentdeckt geblieben, vielleicht, weil der Tunnel selbst für Männer von nur mittlerer Statur zu eng war.

Nachdem ich mich hineingezwängt und auf dem Boden niedergelassen hatte, dauerte es nur ein, zwei Stunden, bis ich das Stück eines Faustkeils fand. Später konnte ich es als Beispiel der Châtelperronien-Industrie identifizieren, einer Werkzeug herstellenden Kultur, die meiner Meinung nach Neandertalern und anatomisch modernen Menschen gemeinsam war. Andy und ich konnten ein Loch in den Fels der Höhle schlagen, um so einen leichteren Zugang zur Höhle zu ermöglichen. Schon bald glich sie mehr einer richtigen Ausgrabungsstätte, obwohl das Geld und der Glanz à la Indiana Jones fehlten. Andy meinte, er würde zumindest das gute Aussehen beisteuern.

Innerhalb eines Monats hatten Andy und ich das erste Skelett gefunden; es stammte von einem männlichen Angehörigen der anatomisch modernen Menschen.

In dem Moment, als ich das Fragment eines zweiten Schädels freilegte, ahnte ich, dass wir auf etwas Bedeutendes gestoßen waren. Da konnte ich doch nicht die Werkzeuge niederlegen, bloß weil es fünf Uhr nachmittags war. Also arbeiteten wir weiter, fegten still und vorsichtig vor uns hin und kartografierten das Ganze.

»Alles klar?«, erkundigte sich Andy.

»Ja, danke der Nachfrage.« Ich zwang mich zu einem Lächeln, um zu verbergen, wie erschöpft ich war.

»Hübscher Schnurrbart«, gluckste er. Ich hatte die Angewohnheit, mir mit dem staubigen Ärmel den Schweiß vom Gesicht zu wischen. Als Ergebnis schmierte ich jeden Tag einen Streifen über meine Oberlippe. Damit hielt ich wenigstens Andy bei Laune.

Der Spätnachmittag ging in den Abend über. Bevor ich mich's versah, wurde es draußen vor der Höhle dunkel. Andy maß und dokumentierte, während ich langsam weitere Sedimentschichten abtrug. Wir hatten ein paar Nüsse und Granola-Riegel gegen den ärgsten Hunger dabei. Irgendwie ließ ich mich dazu überreden, einen Schluck Dr. Pepper zu trinken. Ich gebe zu, danach hatte ich ein bisschen mehr Pepp. Je mehr von dem Schädel aus der Erde auftauchte, desto mehr verfestigte sich mein Eindruck, dass sie auf der Seite lag und den Kopf zum anatomisch modernen Menschen gewandt hatte. Sie befanden sich eindeutig in demselben Stratum, derselben Erdschicht.

Dann bemerkte ich, dass der Schädel länger war als erwartet. Und über der Augenhöhle gab es einen deutlich erkennbaren Knochenwulst. Ich schaute zu Andy auf, um zu prüfen, ob er das auch sah, aber er benahm sich, als wäre alles ganz normal.

»Soll ich wechseln?«, fragte er.

Da wurde mir klar, dass Andy mit mir geredet hatte, während wir arbeiteten, doch worüber? Der Knochen hatte mich zu sehr gefesselt. Andy deutete ohne Mühen meine verwirrte Miene.

»Zu Diät«, erklärte er.

»Diäten funktionieren nicht«, erwiderte ich. »Unsere Körper entwickeln sich wesentlich langsamer als unsere Essgewohnheiten.«

»Ich meinte eigentlich Diät-Dr. Pepper. Dazu könnte ich wechseln.«

»Diätgetränke sind für Dicke, Andy.«

»Ich bin ja auch dick.« Er tätschelte seinen Bauch.

»Sei froh, dass du nicht schwanger bist«, murmelte ich und wandte mich wieder meiner Aufgabe zu.

»Hast du dich je gefragt, ob wir auch etwas anderes ausgraben könnten …«

»Hast du schon mal Cherry-Dr. Pepper probiert? Wäre das nicht etwas?«

»… und zwar deinen Sinn für Humor?«

»Oder du könntest mal etwas ganz Gewagtes tun und zu Fanta wechseln – schmeckt dir die? Vielleicht brauchst du einfach mal eine Veränderung.«

»Ich hab gefischt, Rose.«

»Was denn, willst du jetzt mit Angeln als Sport anfangen?«

»Nach Komplimenten.«

Ich musste mir gar nicht die Mühe machen, meine Unaufmerksamkeit zu verbergen, da sie so offenkundig war. Ich streckte die Hand aus und tätschelte Andy den Bauch, was ihm außerordentlich gefiel. Er zog niemanden lieber auf als mich – was auch umgekehrt galt –, aber jetzt sah er mir nicht mehr ins Gesicht, sondern starrte auf meine Brüste.

»Also ehrlich, Andy.« Ich drückte mit meinem Zeigefinger sein Kinn hoch. »Du bist doch echt wie alle anderen Männer.«

»Tropfst du etwa?«

Normalerweise verströmte Andy Zuversicht und Begeisterung. Das war einer der Gründe, warum ich ihn mit auf Tour genommen hatte. Doch jetzt klang er so unsicher, wie ich ihn noch nie zuvor gehört hatte. »Wirklich, du läufst aus.«

Ich blickte an mir hinunter. Er hatte recht. Auf meinem T-Shirt über meiner linken Brust hatte ich einen Wasserfleck. »Scheiße«, murmelte ich.

»Nein«, gluckste Andy, der sich wieder gefasst hatte. »Ich bin ziemlich sicher, das ist Milch.«

»Kolostrum!«, heulte ich auf. »Viel zu früh, oder etwa nicht? Wieso werde ich denn jetzt schon zur Milchkuh?«

»Du wirst eine gute Kuh werden.«

»Ich bin eine wütende Kuh.«

»Erwähnte ich schon, dass ich dir versprechen musste, dich nach fünf vom Arbeiten abzuhalten?«

»Halt, warte.« Ich richtete meine Kopflampe auf das T-Shirt, um es mir genauer anzusehen. »Das ist nur ein Tropfen Dr. Pepper. Puh!«

»Wow, du bist aber ganz schön nervös, was?«

»Kann sein.«

»Na gut, aber jetzt verschütte nicht noch mehr von dem guten Zeug, sonst gerate ich auch in Panik.«

Ein paar weitere Schlückchen Dr. Pepper gaben mir neue Energie. Um nichts in der Welt hätte ich jetzt aufgehört. Dies war der Höhepunkt jahrelanger mühsamer Arbeit. Ich hatte auf mein Gehalt als Dozentin und auf Zeit mit Simon verzichtet, um diese Gegend zu erkunden. Und möglicherweise war dies der erste große Fund, den ich für mich beanspruchen konnte. Zwar mochte man mich als Erstgebärende für zu alt halten, aber um in meinem Beruf eine bedeutende Entdeckung zu machen, war ich zu jung. Andy hatte recht. Ich war nervös.

Während wir weiterarbeiteten, erlaubte ich mir, über eine Zukunft mit Baby nachzudenken. Ich hatte gesehen, was mit anderen Frauen in meinem Berufsfeld geschehen war, die vor mir schwanger geworden waren. Die meisten Frauen mit Kindern waren kaltgestellt worden oder hatten sich freiwillig zurückgezogen. Männer, die sich aktiv an der Erziehung ihrer Kinder beteiligten, erlebten Ähnliches. Daher hatte ich keinen Grund anzunehmen, dass es bei mir anders sein würde. Und wenn sich dies hier tatsächlich als bedeutsamer Fund herausstellen sollte, war das Timing entscheidend. In der Archäologie ist eine Entdeckung zwar wichtig, aber derjenige, der den Fund deutet und die Deutung veröffentlicht, erntet den Ruhm. Ich wusste, wenn ich nicht mehr bei der Fundstelle wäre, würde mein Name entweder nur unter »ferner liefen« erwähnt werden oder, noch schlimmer, ganz unter den Tisch fallen. Die Liste weiblicher Wissenschaftler, deren Beitrag relativiert oder ganz vergessen wurde, war deprimierend lang.

Und dann begann die Geschichte, nachdem ich noch ein bisschen weiter weggefegt hatte, vor meinen Augen Gestalt anzunehmen. Es wird etwa zwei Uhr morgens gewesen sein, als ich genug vom Schädel freigelegt hatte, um die Umrisse zu sehen.

»Guck!«, brachte ich krächzend hervor. Mit dem Zeigefinger wies ich auf das Profil mit deutlichen Augenwülsten, einer breiten Nasenhöhle und einer fliehenden Stirn. »Was siehst du da?«

»Einen ziemlich hässlichen Kerl«, sagte er und stieß einen leisen Pfiff aus.

»Andy?«

»Rose?«

»Es ist eine Neandertalerin.«

Da seufzte Andy schwer und anhaltend. Dieser Seufzer zeugte davon, dass er ursprünglich ganz und gar nicht von meinen Theorien überzeugt gewesen war, wo und wie wir Artefakte finden würden. Jetzt wurde weder gewitzelt noch eine neue Dose aufgemacht. Dazu staunten wir beide viel zu sehr. Mit offenem Mund packte Andy mich am Arm. Keiner von uns brachte ein Wort hervor. Schweigend saßen wir da und starrten auf den Schädel.

Und langsam dämmerte uns, welche Konsequenzen dieser Fund nach sich ziehen würde. Vielleicht waren mir irgendwie sogar selbst langsam Zweifel gekommen. Von einer neuen Studie über DNA-Entschlüsselung wussten wir, dass viele anatomisch moderne Menschen über Gene von den Neandertalern verfügten – und umgekehrt –, aber abgesehen von der offensichtlichen Methode der Übertragung wussten wir nur kaum etwas über die Beziehung zwischen diesen beiden Spezies. In stillen Momenten hatte ich auch daran gezweifelt, dass sich das jemals ändern würde.

Doch jetzt lagen hier in der Höhle vor uns die sterblichen Überreste einer Neandertalerin neben denen eines anatomisch modernen Menschen. Es sah so aus, als wären sie gemeinsam gestorben, vielleicht bei einem der Vulkanausbrüche, die für diese Gegend dokumentiert sind. Vielleicht waren sie aber auch von jemandem so hingelegt worden, der dachte, sie würden einander im Tode ansehen wollen. Gut möglich, dass sie zusammenlebten. Wie es auch immer gewesen sein mag, dieses Arrangement jedenfalls war der Beweis für eine komplexere Kommunikation zwischen den beiden Arten. Zwar war ich immer davon ausgegangen, dass die Zeit einen solchen Beweis vernichtet hätte, aber jetzt war er gefunden. Eine Beziehung, ein Gefühl, ein Blick: Das, was nicht fossilisiert, ist am bedeutsamsten.

4

Die Familie wanderte zur Bisonfurt. Mädchen war die Erste in der Reihe. Sie gab die Richtung vor und zerbrach die Zweige, die während der Winterstürme auf den Pfad gefallen waren. Vor ihrem inneren Auge sah sie Bilder von Fleisch und erinnerte sich an den Geschmack unterschiedlicher Fleischstücke auf ihrer Zunge. Den ersten Bissen würde sie roh essen und später mehr an einem Stock braten. Von den Keulen würde sie Streifen trocknen. Zwar aß sie hin und wieder auch Pflanzen, wenn das Essen knapp wurde, aber sie hatte nicht das Gefühl, dass sie besonders nahrhaft waren. Ihr Körper wollte lieber Fleisch. Während sie ging, stieß sie mit jedem Schritt Wörter aus, die einen kraftvollen Gesang bildeten: *»Cu-cu-cling, Cu-cu-cling, Cu-cu-cling« – mein Kopf ist ein Bison.*

Mädchens Helfer, Wildkater und Mickerling, begleiteten sie. Wildkater hielt sich im Unterholz, aber Mickerling hüpfte direkt hinter ihr. Am Tag zuvor hatte sie einen ihrer seltenen Ausflüge in ein Wäldchen gemacht, wo eine kleine Bisonherde graste. Im Wald konnte die Familie nicht jagen, da er für sie keinerlei Vorteile bot. Aber Mädchen wollte wissen, was sie von dieser Herde zu erwarten hatte, wenn sie an der Furt Jagd auf sie machten. Sie hatte Mickerling mitgenommen, weil er lernen musste, was zu tun war, wenn das Eis schmolz. Wollte er überleben, musste er ein klares Bild von der Landschaft um sich herum haben. Das war die Voraussetzung für jede kleine Entscheidung, die danach kam.

Als sie das Wäldchen erreichten, furchte sich Mädchens Stirn noch mehr als sonst. Die Bisons suchten im schmelzenden Schnee nach dem ersten Grün. Sie hatten lange, pferdeähnliche Beine, zottige Kinnbärte und bewegten sich so langsam und bedächtig wie Tiere, die nicht damit rechnen, in naher Zukunft etwas Grünes zu finden. Je länger Mädchen sie betrachtete, desto mehr hatte sie das Gefühl, dass irgendetwas während des Winters gekippt war. Es gab so wenige Bisons. Normalerweise lebten sie in Herden mit mindestens zehn bis fünfzehn Tieren, aber dies war nur ein Grüppchen mit fünf verloren wirkenden Geschöpfen. So konnte die Herde unmöglich bestehen, es sei denn, sie tat sich mit einer anderen zusammen. Zwei Kälber staksten auf Beinchen umher, die eher an lange Finger erinnerten. Sie pflügten mit der Nase durch den schmutzigen Schnee, um Grasstoppeln vom Vorjahr zu finden, was eigentlich kaum möglich war.

Mädchen hatte prüfend geschnüffelt und Mickerling angewiesen aufzupassen. Die zitternden Bäuche der Tiere verströmten einen sauren Geruch, der durch die Zweige der Bäume driftete. Über ihren Rücken ballte sich der Dunst.

»*Ye?*« Sie hatte seine Nase berührt.

Mickerling blähte seine runden Nasenflügel.

»Bärden.« Sie nickte. *Furcht.*

Auf dem Rückweg ins Lager hatte Mickerling die Füße nachgezogen. Mädchen spürte die Erschöpfung des Jungen und nahm an, dass selbst eine so kurze Wanderung zu viel für ihn war. Da bereits jüngere Kinder aus der Familie schon oft diese Strecke zurückgelegt hatten, wuchsen ihre Zweifel, was

Mickerling betraf. Aber da Große Mutter entschieden hatte, dass er zu ihnen gehörte, konnte Mädchen nichts dagegen tun. Also hatte sie mühelos seinen Körper hochgehoben und sich ihn auf die Schultern gesetzt, damit sie schneller vorankamen. Mit ihrer großen Hand auf seinem Bein schien Mickerling sich sicherer zu fühlen. Das Glück stieg wie eine Blase in ihm hoch und platzte aus ihm heraus. Er hatte ununterbrochen geplappert. Doch anstatt ihn als Krähenkehle zu beschimpfen, hatte sie versucht, ihm zuzuhören. Seine Laute belustigten sie. Die schnellen, abgehackten Wörter zischten an ihren Ohren vorbei und zerstoben im Wind. Doch sie machte sich auch Sorgen. Die Knochen von Mickerlings schmalem Hinterteil hatten sich in ihre Schultern gebohrt, dabei wusste sie doch, dass es beim Fischsprung viel runder und breiter sein musste. Während sie jetzt mit den anderen unterwegs war, dachte sie an die geschrumpfte Bisonherde und die hungrigen Mäuler ihrer Familie. Sie brauchten dringend Kraft.

Mädchens zweiter Helfer Wildkater ging ebenfalls mit ihnen zur Furt, allerdings etwas abseits im Schutz des Unterholzes. Er gab einen zirpenden Laut von sich, um Mädchen zu signalisieren, dass er da war. Als sie sich umwandte, sah sie seine Schwanzspitze hinter einem Baum verschwinden. Am Ende der Reihe vernahm Er ebenfalls das Zirpen. Mädchen sah, wie ihr Bruder unwillkürlich die Nase krauste. Er mochte keine Katzen, und diese spezielle würde er zweifellos besonders gerne häuten. Vom Unterholz aus erwiderte Wildkater Ers Blick mit ebenfalls argwöhnisch zusammengekniffenen Augen. Er trat nach der Wildkatze, aber sie flitzte gerade noch rechtzeitig davon. Mädchen verkniff sich zu lachen, konnte sich aber gut vorstellen, wie stolz Wildkater sein musste, wieder einmal erfolgreich Ers Fuß ausgewichen zu sein.

Nach Mickerling kam Große Mutter: langsam, mit schwankendem Gang und wiegenden Hüften. Während sie ging, neigten sich ihre Hörner von einer Seite zur anderen. Dicht hinter ihr folgte Krumm, immer bereit, die alte Frau zu stützen. Als Mädchen etwas krachen hörte und sich umdrehte, sah sie Große Mutter stolpern und fallen. Doch als sie zu ihr stürzen wollte, war Krumm bereits bei ihr und bemühte sich, die alte Frau wieder hochzuziehen. Große Mutter war zu stolz, um sich anmerken zu lassen, wenn sie das Gleichgewicht verlor. Fiel sie dann wirklich, wurde es zunehmend schwerer, ihr wieder auf die Beine zu helfen.

Vom Boden aus starrte Große Mutter zu ihnen hoch, als fragte sie sich: *Wollen sie etwa, dass meine Knochen tief in der Erde vergraben bleiben?* Krumm versuchte, sie mit sanften Lauten und Berührungen zu beruhigen. Mädchen wusste, dass er wegen ihres schwächer werdenden Körpers Angst hatte, und zwar am meisten von ihnen allen. Solange Große Mutter das Familienoberhaupt war, blieb sein Platz als ihr Sohn gesichert. Doch ohne sie wäre seine Position geschwächt, und Mädchen wusste, dass er sich nur schwer vorstellen konnte, was dann geschehen würde. Jetzt half Krumm der alten Frau auf die Beine und schaute zu Mädchen. Als ihre Blicke sich trafen, zog Krumm zaghaft die Lippen zurück, um seine Zähne zu zeigen – als Zeichen der Zuneigung.

»*Aruu?*«, sagte er mit leiser, hoher Stimme.

Mädchen nickte und zog ebenfalls die Lippen zurück. Auch wenn er körperlich schwach war – oder vielleicht auch genau deswegen –, war er der Freundlichste von ihnen allen. Sie wandte sich von ihrem Bruder ab und wanderte weiter Richtung Furt, nun so langsam, dass Große Mutter mitkam.

Alle Tiere, die in diesem Gebiet lebten, ließen die Familie ungestört vorbeiziehen, und das aus gutem Grund: Sie wussten, was zu dieser Jahreszeit passierte. Wenn die Familie ein Tier erlegte, würden viele andere Lebewesen davon profitieren. Wie immer würde die Familie einen Teil des Kadavers für die Höhlenbärin zurücklassen. Die Bärin war aus dem Winterschlaf erwacht, das sah man an einem großen Dunghaufen. Wahrscheinlich kam sie vom Fluss her, weil sie hoffte, dass die Familie Erfolg haben würde. Die große rote Hirschkuh und ihr Kitz waren schon viel früher vorbeigekommen, vermutlich, um nicht in die Nähe der Bärin zu geraten. Ihr Geruch haftete leicht am schmelzenden Schnee und hatte eine milchige Spur. Die Hyänen und Dachse würden später erscheinen, wahrscheinlich in der Abenddämmerung, um nach Resten zu suchen. Die Vögel würden den Kadaver sauberputzen. Die Würmer würden sich hindurchwinden und Blut und Knochensplitter auf der Erde verteilen. Wenn dann der Regen kam, würden die Reste zum Fluss hinuntergespült. Die kleinen silbernen Flussfische würden die grünen Algen fressen, die auf den verwesenden Knochen wuchsen. Die Jagd verband sie alle.

Mädchen roch nichts von dem jungen Leoparden, was ihr seltsam vorkam. Als er vor den Winterstürmen aufgetaucht war, hatte er sich des Öfteren gezeigt. Er suchte nach einem eigenen Territorium. Mädchen achtete besonders auf Gefahrenzeichen von ihm und fragte sich jetzt, wo er steckte.

Alle Tiere hatten ihre besonderen Charakteristika, und die Familie betrachtete sich nicht als Ausnahme. Wie die Bären besaßen sie die weichen Füße von Raubtieren, die es ihnen erlaubten, sich an die Beute anzuschleichen. Wie die Höhlenlöwen hatten sie Augen, die vorne am Kopf waren, um die Entfernung zu einem Ziel einschätzen zu können. Wie die Vögel konnten sie in ihrer Kehle Laute bilden, um sich miteinander zu verständigen und vor Gefahren zu warnen. Wie die Füchse sammelten und lagerten sie Nahrung für den Winter.

Die Unterschiede zwischen ihren Körpern und denen der Tiere um sie herum betrachteten sie nicht als Makel, sondern als Quelle der Inspiration. Wenn ein Bär mit seinen Klauen Haut zerfetzen konnte, suchten sie nach etwas, womit sie es ihm gleichtun konnten. Vor langer Zeit hatte einer aus ihrer Familie angefangen, Steine so zu bearbeiten, bis sie die Form von Klauen hatten. Mit der Zeit wurde ihre Technik, Steine in bestimmte Formen zu hauen, immer ausgefeilter. Zum Beispiel stellten sie Faustkeile her, indem sie eine Seite von einem Stein abrundeten, zuspitzten und mit einer scharfen Kante versahen. Dieses Werkzeug lag dann bequem in der Hand und diente ihnen dazu, ebenfalls Felle zu zerreißen. Ein Wolf bohrte seine Fangzähne in die Ader seiner Beute und saugte ihr das Blut aus; die Familie konnte einen Stein in Form eines Fangzahns an einem zugespitzten Stock befestigen. Ein Vogel lockte mit einem bestimmten Ruf zur Paarung; die Familienmitglieder konnten die heiseren Laute aus ihrer Kehle miteinander verbinden, damit sie etwas sanfter klangen.

Alle Tiere bestanden aus Fleisch und Blut. Sie mussten meist täglich irgendwas durchbohren. Wenn die Familie die Tiere um sie herum aufschlitzte, sahen ihre Innereien ihren eigenen ziemlich ähnlich. Das Blut von Rotwild schmeckte so ähnlich wie ihr eigenes. Ein Knochensplitter von einem Vielfraß war von dem eines Bruders nur schwer zu unterscheiden. Doch trotz all dieser Ähnlichkeiten trennte die Tiere eine tiefe Kluft. Es gab nur zwei Arten von Fleisch: das Fleisch, das frisst. Und das Fleisch, das gefressen wird.

5

Die Familie versteckte sich und wartete darauf, dass das erste Bison der kleinen Herde den Fluss überquerte. Sie befanden sich an einer seichten Stelle, wo das Wasser in einer Art Tümpel zusammenlief, bevor der Fluss sich verengte und das Tal steiler wurde. An der Furt waren die Felsen flacher, sodass alle Tiere mühelos hindurchkonnten. Die kleinen Bisonherden nutzten die Furt oft, um von ihrem Winterquartier zwischen den Bäumen zu den offenen Wiesen auf den Hängen zu gelangen. Dazu betraten sie den Fluss auf der einen Uferseite, brachen durch das dünner werdende Eis und schwammen in dem Versuch, nicht abzutreiben, so schnell sie konnten durch das kalte Wasser. Wenn die Bisons das andere Ufer erreicht hatten, wurden sie gezwungen, sich voneinander zu lösen, denn sie mussten durch eine Art Felstunnel einzeln an Land.

Mädchen schob ihren Speer in die Achselhöhle. Jagen hieß warten. Dies war das Jagdgebiet der Familie, so lange ihre Schattengeschichten zurückreichten, doch es gehörte nicht nur ihnen. Alle Tiere im Umkreis jagten hier oder überquerten hier den Fluss. Die Stelle eignete sich gut zum Trinken und Spielen, aber sie war auch gefährlich. Es war überall gefährlich, wo es Nahrung und frisches Wasser gab.

Da: *Knack.* Ein Geräusch. Wo? Mädchen zog ihre Oberlippe hoch, damit der Wind an der empfindsamen Stelle auf ihrem Zahnfleisch vorbeistrich. Sie spürte einen wärmeren Luftzug. Doch was war das? Sie spitzte die Ohren und wandte den Kopf nach rechts. Der Schreck über das Knacken stach ihr in den Nacken.

Dies war das Land, in dem sie geboren war, und sie kannte es wie ihren eigenen Körper. Sie hatte an keinem anderen Ort gelebt. Da sie von Große Mutter abstammte, war ihr Geist mit all den Erinnerungen der Jagden gefüllt, an denen auch Große Mutter und davor deren Mutter teilgenommen hatte. Dazu hatte Mädchen noch die Geschichten, die ihr in ihren Träumen von den anderen Familienmitgliedern übermittelt wurden. Jede Wölbung, jede Senke und jede Biegung des Landes lag in den Tiefen ihres Geistes, aber nicht nur dort. Auch ihr Körper barg diese Erinnerungen. Von einem Fall war in ihrem Kinn eine Kerbe zurückgeblieben, wie ein Loch im Pfad. An ihrem Finger hatte sie eine wulstige Narbe von einem scharfen Stein, die aussah wie der Felsgrat einer Klippe. Wenn sich die Härchen auf ihren Armen aufstellten, sahen sie aus wie die Gräser, die die Bisons fraßen. Ihr Körper nahm die Form ihrer Umgebung an.

Jetzt tauchte das schmale Maul eines Bisonkalbs zwischen den nackten Zweigen auf. Das Wäldchen war von der Kälte immer noch braun und knorrig. Bislang hatten sich nur wenige Knospen gebildet. Mädchen sah einen Kopf, einen zarten Körper und staksig schwache Beine. Das würde ein leichter Fang werden.

Sie hörte, wie Große Mutter leise mit der Zunge schnalzte. Die alte Frau hielt sich der Sicherheit wegen etwas abseits, passte aber gut auf. Niemals würde sie zugeben, dass sie nicht mehr jagte. Stattdessen hatte sie auf Mickerling gezeigt, ihre

Augen mit den Händen abgeschirmt, um zu erklären, dass jemand auf ihn achten musste, und sich dann zwischen den Wurzeln eines Baumes versteckt. Sie beobachtete und gab ihnen mit der Zunge Signale. Zweimal schnalzen für eine Bisonkuh, einmal für das kleine Kalb. Da sie nur einmal geschnalzt hatte, wusste Mädchen, es war entschieden. Das Kalb zu töten, hieß auch, das junge Tier würde niemals trächtig werden und sich fortpflanzen. Kurzfristig bekamen sie dadurch Fleisch, langfristig aber hieß das, die Herde würde wahrscheinlich aussterben. Die einzelnen Tiere einer so kleinen Herde konnten nicht mehr ersetzt werden.

Mädchen atmete langsam ein, um ihren Körper mit Luft zu füllen. Sie blickte zu Er und zog ihre Oberlippe hoch. An ihrer empfindsamen Haut spürte sie, wie sein Herz schneller schlug; es war der Puls seines Körpers, der die Gefahren der Jagd erahnte. Er schnüffelte und warf ihr ebenfalls einen Blick zu. Kannte er ihr Geheimnis? Konnte er ihre Hitze riechen? Sie löste den Blick von ihm.

Da kam die Bisonkuh aus dem Wäldchen. Vorsichtig bahnte sie sich einen Weg über den schmalen Uferpfad. Es war kalt, und ihr Atem bildete Dampfwolken. Eis hing an ihren Zotteln. Nur wenige Tiere hatten sich dieses Jahr so weit vorgewagt. Die Kuh musste einen kleinen Umweg machen, um eine Stelle zu erreichen, wo das Eis unter ihren Hufen zerbrach. Es schmolz später als in anderen Jahren. Alles an Land musste sich darum herumbewegen.

Mit rutschenden Hufen schloss das Kalb zu seiner Mutter auf. Die Kuh sah sich gründlich um, glitt in das eiskalte Wasser und wandte sich zu dem Kalb, das ein kleines Stück weiter stromaufwärts in den Fluss trat. Kaum hatten seine Hufe den schlammigen Flussboden verlassen, musste es gegen die Strömung kämpfen, um voranzukommen. Der Fluss war immer noch stark genug, um seinen Körper unter Wasser zu drücken und zu verschlucken. Eine dicke Eisscholle prallte gegen sein Hinterteil und drohte es unterzutauchen, aber seine Mutter hielt es mit dem Maul fest. Sie zog es durch die stärkste Strömung, und beide schafften es auf die andere Seite.

Jetzt bemühte sich das Kalb mit seinen spindeldürren Beinen, das Ufer hinaufzukommen. Die Kuh stapfte aus dem Wasser und schüttelte sich. Die ersten Fliegen, die in der wärmenden Sonne herumschwirrten, stürzten sich auf ihr dichtes Fell. Als sie durch den Schlamm trottete, blieb der an ihren Beinen hängen. Der harte Winter zeigte sich an ihren sich deutlich abzeichnenden Rippen und dem knotigen Rückgrat. Das Kalb schob sich so nah an seine Mutter heran, dass seine Nase fast ihren Schwanz berührte. An seinem ängstlichen Blick war zu sehen, dass es am liebsten wieder in ihren Bauch zurückgekrochen wäre, wenn es die Möglichkeit gehabt hätte.

Etwas weiter das Ufer hinauf verengte sich der Pfad und zwang sie, einzeln durch einen engen Tunnel zwischen hohen Felswänden hindurchzugehen. Es war eine Falle mit nur einem Ausgang: dem anderen Ende. Genau diese Form des Landes gab der Familie Nahrung. Manches Fleisch bekommt zu essen.

Mädchen hockte auf dem hohen Felsvorsprung, blickte hinunter, hielt den Atem an und ließ ihren Körper gleichsam zu Stein erstarren. Wieder fühlte sie, wie Ers Herzschlag sich beschleunigte, genau wie ihrer, als die Bisonkuh durch den Tunnel voranging. Mädchen wartete, bis das größere Bison vorbei war, und holte tief Luft.

Brüllend ließ sie sich vor dem Kalb in den engen Tunnel fallen. Die Felswände ragten hoch über ihr auf. Ihr Brüllen hallte dazwischen wider, während ihr Körper in wilde Bewegung ausbrach. Sie schwenkte die Arme über dem Kopf, wirbelte wild scheuchend die Luft umher, riss den Mund auf und fletschte die Zähne. Sie wirkte doppelt so groß wie sonst.

Das Kalb riss die Augen auf und blökte entsetzt, seine schwarze Zunge zitterte. Die Kuh erkannte die große Gefahr, konnte sich aber in dem engen Tunnel nicht umdrehen. Sie wusste genau, es wäre dumm, rückwärts an Mädchen heranzurücken und ihr wehrloses Hinterteil einem Speer auszusetzen. Aus dieser Richtung konnten sowohl Wölfe als auch die Familie angreifen. Stattdessen stürzte die Kuh vorwärts, um aus dem Tunnel zu kommen. Dort konnte sie sich umdrehen und mit gesenkten Hörnern wieder auf Mädchen zustürmen. Mädchens einzige Chance lag in dem Zeitraum zwischen ihrem Verschwinden und ihrer Rückkehr. Sie musste das Kalb zu Er treiben, der am Fluss wartete, bevor die Kuh es zurückschaffte. Krumm würde sein Bestes geben, um die Bisonmutter abzulenken und aufzuhalten, aber Mädchen wusste, Fehler durften sie sich nicht erlauben.

Wenn das Kalb erstmal verwundet war, konnten sie alle auf einen hohen Baum klettern und warten, bis der Zorn der Kuh nachließ und das Kalb starb. Oder wenn die Kuh blind vor Zorn wurde, konnten sie sich auch auf sie stürzen. Sie versuchten, die Gelegenheit bestmöglich zu nutzen, aber gleichzeitig Abstand zu dem Tier zu halten, das sie mühelos töten konnte. In dieser Hinsicht ähnelte ihre Art, Bisons zu jagen, der der Wölfe. Der Unterschied lag in der Wahl des Angriffspunkts. Die Familie konnte nicht so schnell rennen wie die Wölfe, daher nutzten sie den Vorteil der engen Furt.

Das Kalb blökte zweimal und stieg auf die Hinterbeine. Es wich vor Mädchen zurück, hin zum Eingang des Tunnels, wo Er lauerte. Mädchen brüllte und spuckte, und ihr Gebrüll wurde von den Felswänden zurückgeworfen. Das Kalb war klein genug, um sich in dem engen Tunnel umdrehen zu können. Wenn es das tat, konnte sie ihm von hinten den Speer in den Leib rammen. Doch das Kalb drehte sich nicht um und wich auch nicht mehr zurück, sondern blieb wie angewurzelt stehen. Als Mädchen erneut brüllte, schnaubte das Tier. Es verdrehte die Augen und senkte den Kopf. Sie bemerkte den sauren Geruch seines leeren Magens. Es war verrückt vor Hunger und ging auf Mädchen los.

Ihr Bruder sah, was passierte, und stürzte in den Tunnel auf das Hinterteil des Kalbs zu. Er war schnell, aber nicht schnell genug. Er würde es nicht schaffen, bevor das Tier mit dem Kopf gegen Mädchen rammte. Denn das war eindeutig seine Absicht. Seine dünnen Beinchen stampften auf dem kalten Schlamm. Der Kopf war gesenkt. Selbst ein Kalb hatte genug Kraft, um Mädchen die Rippen und Beine zu brechen.

Mädchen sah das Kalb auf sie zukommen. Sie wusste, die Bisonkuh würde sich umdrehen und jeden Augenblick von hinten heranstürmen. Das kleinere Bison mit dem dichten Fell auf dem Schädel reichte ihr bis zur Brust, es stieß heiße Atemwolken aus und war nur ein, zwei große Schritte von ihr entfernt. Die Felswände zu beiden Seiten waren zu hoch, um hinaufzuspringen. In diesem Augenblick wurde alles um Mädchen herum langsamer, so als hätte sich die Luft in etwas Zähflüssiges verwandelt, das jede Bewegung aufhielt. Sie hatte Zeit genug zu bemerken, dass sich ihr Körper wie zweigeteilt anfühlte. Ein Teil in ihr fing schon an, die nackte Felswand hochzuklettern, um zu fliehen. Wenn sie Glück hatte, Haltegriffe fand und schnell war, konnte sie vielleicht weiterleben und jagen. Der andere Teil in ihr blieb an Ort und Stelle und riskierte es, das Kalb von vorn mit dem Speer anzugreifen, dann drüberzuklettern und am Ende des Tunnels in Sicherheit zu gelangen. Obwohl ihr klar war, dass sie nur einen Körper hatte, spürte sie, wie sie beide Handlungen gleichzeitig ausführte. Fast schon erwartete sie, eine zweite Ausgabe ihrer selbst den Tunnel hinunterrennen zu sehen.

»*Arruu*«, drang es an ihr Ohr. Sofort schnellten ihre beiden Hälften wieder zusammen. Der warnende Ruf kam von Große Mutter. Mädchen riss den Kopf herum und blickte hinter sich. Da sah sie die Bisonkuh. Das große Tier stürmte durch den engen Felstunnel direkt auf sie zu.

Mädchen schmeckte förmlich die wilde Wut der beiden Tiere. Diese Wut würde sie befeuern und ihnen mehr Kraft verleihen. Die Hufe von vorne oder hinten würden ihren Körper mühelos zerschmettern. Die Spitze eines Horns in ihrer Brust würde sie verbluten lassen.

Das große Bison jagte ihr mehr Angst ein, aber sie erinnerte sich, dass der Winterfrost ein Stück aus der Felswand gebissen hatte. Als sie sich auf diesen Unterschied konzentrierte, verloren sich ihre Instinkte. Sie begann, auf die Kuh zuzurennen. Da war eine leichte Erhebung, von der aus sie hoffte, noch rechtzeitig auf die Felswand klettern zu können. Aber die Kuh war zu schnell. Sie stürmte heran, um Mädchen den Weg zu blockieren.

Mädchens Gedanken rasten. Sie wusste, die beiden Hälften ihres Geistes hatten sich irgendwie verbunden. Sie musste wieder zum Kalb zurückrennen. Es zu töten war nicht mehr ihr Ziel, doch wenn ihr nur die Flucht blieb, dann lieber dort, wo mit weniger Widerstand zu rechnen war. Mädchen blieb stehen. In dem kalten, tiefen Schlamm fand sie nur schwer Halt, doch sie grub ihre Fersen hinein und drehte sich um.

»*Aruu!*«, brüllte sie voller Furcht: tief, guttural, eindringlich. Die Kuh würde ihre Angst spüren. Und sie hörte das große Tier durch den Tunnel donnern. Krumm oder Er hörte sie nicht. Jetzt nahmen Mädchens Ohren nur noch die Geräusche ihres Kampfs wahr. Ihr eigenes Keuchen, das feuchte, wütende Schnauben des Bisons, den schmatzenden Schlamm: All das war so laut, dass sich ihre Sicht trübte. Sie roch den beißenden Gestank ihrer eigenen Angst. Und dann spürte sie den heißen Atem des Bisons im Tunnel. Es war schon ganz nah.

Auf einmal stellten sich ihr alle Haare auf. Das Bison hatte den Kopf gesenkt und zielte mit den Hörnern auf sie. Mit Schaum vor dem Maul und einem spitzen Horn auf jeder Seite seines massiven Schädels schnaubte es drohend. Mädchen blieb keinerlei Fluchtweg. Dies war der Augenblick, dem sich alle einmal stellen mussten: Jetzt ging es um Leben und Tod. Keine Zeit mehr für bewusste Entscheidungen. Sie handelte rein instinktiv. Mit drei großen Schritten würde das Bison bei ihr sein. Der dicke Kopf würde ihre Brust zerschmettern. Hufe stampften, Schlamm spritzte, und heiße, wirbelnde Wut erfüllte die Luft.

Vor Mädchens Augen bewegte sich ein schmaler Streifen Himmel. Sie hatte den Arm gehoben und vors Gesicht gedrückt. Das Bison legte den massigen Schädel schräg. Mädchen konnte deutlich eines seiner tief liegenden, dunklen Augen sehen. Ein langer Speichelfaden hing ihm aus dem Maul. Das breite Hinterteil senkte sich, die Beine stemmten sich gegen den Schlamm und stampften. Noch ein Satz, und das Bison würde seinen Kopf gegen Mädchens Brust rammen.

Es richtete den Kopf zum Angriff nach vorn. Damit aber verschwand Mädchen aus seinem Sichtfeld. Das Bison hatte seine Augen zu beiden Seiten des Kopfes, um besser wahrnehmen zu können, wenn sich Fleischfresser von hinten näherten. Es konnte sogar eine Stelle hinter seinem eigenen Schwanz sehen, doch wie ein Pferd konnte es nicht erkennen, was direkt vor ihm war. Mädchen verschwand im Raum zwischen den Augen des Bisons. Der riesige Schädel berührte schon fast ihre Brust. Mädchen spürte eine letzte, heiße Atemwolke auf ihrer Wange. Dann griff das Bison an.

Erst in diesem Augenblick sah Mädchen Krumm. Er sprang in den Tunnel, auf den Rücken der Kuh. Mit der einen Hand packte er ein Horn, klemmte sich das andere in die Armbeuge und riss den Kopf zur Seite. Beide prallten hart gegen die Felswand. Mädchen wurde jäh zurückgestoßen. Sie sah Hufe und Hörner, Fell und Speichel, und dann wurde alles schwarz.

Rosa Striche

Ich hatte Stunden am Handy verbracht, um abzuchecken, ob ich Gelder zur Ausweitung der Grabungen auftreiben könnte. Zwar arbeitete ich für eine Universität, aber deren Finanzverwalter waren nicht gewillt, mir mehr als eine höchst mickrige Summe zur Verfügung zu stellen. Damit konnte ich Andys und meine Lebenshaltungskosten, einen ständig wechselnden Aushilfsstudenten und die wichtigsten Werkzeuge abdecken. Wenn ich das und dazu das Wetter und die Arbeitsbedingungen berücksichtigte, würden die Ausgrabungen grob geschätzt in drei Jahren beendet sein. Meine innere Uhr allerdings tickte wesentlich schneller.

Dann hatte ich ein vielversprechendes Gespräch mit Tim Spalding, einem Kurator am Museum für Frühgeschichte in New York. Ich war ihm schon ein paar Mal begegnet, und er war mit meiner bisherigen Arbeit vertraut. Jetzt war er interessiert und meinte, er wollte gerne persönlich mit mir über das Projekt reden. Außerdem schien er genauso wie ich daran interessiert, die Vorgänge zu beschleunigen. Er sagte, das Museum sei ins Hintertreffen geraten und ruhe sich auf vergangenen Erfolgen aus. Die Kuratoren müssten der Einrichtung wieder zu neuem Glanz verhelfen, indem sie nach großen

Entdeckungen Ausschau hielten. Sie hatten gerade erst einen neuen Direktor eingestellt, der einige Innovationspläne und Ideen zur Zusammenarbeit mit anderen Ländern hatte. Tim bat mich, sofort ins Flugzeug zu steigen und mich am nächsten Tag mit ihm zu treffen. Aufgeregt sagte ich zu und verstummte dann, damit er die Möglichkeit hatte, mir anzubieten, die Reisekosten zu übernehmen. Doch ich erntete nur Schweigen. Also holte ich tief Luft und erklärte, ich würde da sein.

Als ich das Gespräch beendete, wurde mir klar, wie knapp die Zeit war. Ich musste nach Hause, einen Arzt aufsuchen und, wenn ich die Bestätigung hätte, Simon von meiner Schwangerschaft erzählen. Dann war da noch das Problem mit dem Geld, genauer gesagt: mit dem Mangel an Geld. Nach kurzem Zögern entschied ich, dass Kreditkarten für genau diese Umstände erfunden worden waren. Ich rief Simon an, und kaum hatte er sich gemeldet, verkündete ich: »Manhattan ruft.«

»Das Getränk oder die Stadt?«

»Könnten wir uns vielleicht dort treffen?«

»Ich gebe doch Seminare. Meine Studenten würden sich fragen, wo ich abgeblieben bin.«

»Ich treffe mich mit Leuten vom Museum für Frühgeschichte.«

»Was? Das klingt, als könnten Andy und du euch bald wieder Cocktails genehmigen.«

»Bitte doch jemanden, für ein paar Tage deine Seminare zu übernehmen.«

Simon überlegte eine Weile. »Es geht das Gerücht, dass zwei Fakultäten zusammengelegt werden sollen. Also besser nicht.«

»Möglicherweise finanziert das Museum mein Projekt.«

»Dann sind gleich mehrere Cocktails angesagt.«

»Ich hätte dich gerne bei mir«, sagte ich.
»Ich wünschte, ich könnte kommen.«
»Ich auch.«

Nachdem Andy und ich es uns in unseren Campingstühlen bequem gemacht hatten, erzählte ich ihm vom kurzfristigen Treffen mit den Verantwortlichen vom Museum. »Könntest du auf die Höhle aufpassen, während ich in New York bin? Ist das okay für dich?« Ich hatte Sorge, dass ein Außenstehender kommen und versuchen würde, Anspruch auf die kostbaren Funde der Ausgrabungsstätte zu erheben. »Kein Problem«, erwiderte Andy, der den Grund für meinen besorgten Ton missdeutete: »Ich werde mich schon nicht einsam fühlen, versprochen.«

Seine Frau war zwei Jahre zuvor gestorben, und das Ausmaß seiner Trauer traf mich manchmal unerwartet. Ich fühlte mich schrecklich, als er das jetzt sagte, weil mir dabei klar wurde, dass ich vor Urzeiten Verstorbenen mehr Bedeutung beimaß als jetzt lebenden Menschen. »Bist du sicher?«, hakte ich nach.

»Ich komm schon klar.«

»Denkst du oft an sie?«

»Dazu habe ich keine Zeit, aber sie fehlt mir. Nachts, die Wärme eines anderen Körpers, du weißt schon …« Er verstummte.

»Komisch, dass du das sagst, schließlich teilen wir uns doch ein Zelt.« Ich versuchte, ihn zum Lächeln zu bringen.

»Ich hätte lieber jemanden, dem nicht jeden Morgen übel wird. Bin ich zu wählerisch?«

Ich gab ihm einen Kuss auf die Wange. »Lass niemanden auch nur in die Nähe der Höhle.« Ich wollte nicht, dass andere Schatzsucher dort rumschnüffelten.

»Wenn sich jemand blicken lässt, knurre ich und fletsche die Zähne.«

Ich umarmte ihn. »Danke.«

»Du wirst das großartig machen.« Er erwiderte meine Umarmung und blickte dann theatralisch hoch zum Himmel. »Bitte, lieber Gott, lass Rose so erfolgreich sein, dass ich ein eigenes Zelt kriege.«

Mein Flug ging schon ganz früh am Morgen von Avignon aus. Am Flughafen kaufte ich einen Schwangerschaftstest. Den Besuch beim Arzt würde ich später in meinen Terminkalender quetschen. Als die Maschine in der Luft war, schloss ich mich auf der Toilette ein, öffnete die Schachtel und pinkelte auf die Filzspitze des Testgeräts, das seltsamerweise aussah wie ein durchsichtiger Textmarker. Ich setzte mich auf die Toilette, schloss die Augen und zählte langsam bis sechzig. Dämpfe von den blauen Chemikalien in der Toilettenschüssel stiegen mir in die Nase, die Motoren dröhnten, und als ich von der Kabine nebenan die Spülung hörte, fragte ich mich, ob ich wohl selbst hinausgespült werden konnte. Ich stellte mir vor, wie ich in den Abfluss gesaugt und in die kalte Luft außerhalb des Flugzeugs katapultiert würde. Irgendwo über dem stahlgrauen Wasser des Atlantiks würde ich einige Sekunden über den Wolken schweben … und dann fallen.

Als ich bis sechzig gezählt hatte, machte mein Magen einen nervösen Purzelbaum. Ich öffnete die Augen und betrachtete das Testgerät. Es hatte ein kleines, durchsichtiges Fensterchen in der Mitte, das zwei deutliche rosa Striche zeigte. Wieso rosa? Klischeehafter ging es doch gar nicht. Und was bedeuteten zwei Striche? Ich suchte in der Schachtel nach dem Beipackzettel, entdeckte aber, dass ich den weggeworfen hatte. Nachdem ich tief Luft geholt hatte, schob ich meine Hand durch das runde Loch, hinter dem sich der Abfalleimer befand. Glücklicherweise lag der Zettel mit der Anleitung ganz oben auf dem Müllhaufen. Ich überflog ihn – zwei Striche bedeutete »positiv«.

Natürlich hatte ich es in gewisser Weise längst gespürt. Wir Wissenschaftler arbeiten viel mehr mit Ahnungen, als wir jemals zugeben würden. Aber es sind die harten Fakten, die eine Idee in etwas Konkretes verwandeln. Andy würde sagen: Das ist der Moment, wo die Scheiße real wird. Meine Hände begannen zu zittern, dabei konnte ich es mir nicht leisten, mich von Gefühlen überwältigen zu lassen. Schließlich würde das Baby ja nicht sofort aus mir herausploppen. Was das alles wirklich bedeutete, konnte ich mir noch überlegen, wenn ich mich mit Simon in Verbindung setzte. Jetzt hingegen wollte ich mich auf das Meeting konzentrieren. Ich erhob mich, warf den Test weg und strich mein T-Shirt glatt. Ich zwängte mich aus der Kabine, dachte daran, mir einen Brandy zu bestellen, und lachte auf, weil ich mich ertappt hatte. Von nun an würde ich mich mit etwas anderem stärken müssen.

Vor der Landung ein letzter Besuch der Toilette: Ich kämmte mir die Haare und trug Lippenstift auf. Schon bald stand ich verbindlich lächelnd in der Schlange der Zollabfertigung. Das Gepäckkarussell ließ ich links liegen. Eine meiner eisernen Regeln beim Reisen lautete, nie mehr bei mir zu haben, als ich tragen konnte. Draußen wartete schon ein Fahrer, der ein Schild mit meinem Namen in die Höhe hielt. Während der Fahrt zog ich mir Schuhe mit kleinem Absatz an.

Als ich dem Assistenten durchs Museum folgte und das Klackern der Absätze auf dem glänzenden Boden hörte, gratulierte ich mir zur Wahl meiner Schuhe. Der Assistent drehte sich um und wies in einen Raum, wo zu meiner Überraschung vier Personen an der langen Seite eines Konferenztischs saßen, jede mit einem Glas Wasser vor sich. Auf der gegenüberliegenden Seite des Tischs stand ein Stuhl, der wohl für mich gedacht war; es sah aus, als sollte ich gleich gefeuert werden. Die Anwesenden unterhielten sich, standen aber auf, als sie mich eintreten sahen. Auf den ersten Blick erkannte ich nur Tim Spalding, den Kurator, mit dem ich telefoniert hatte.

»Dr. Gale, wie schön, Sie wiederzusehen. Danke, dass Sie gekommen sind.«

»Ich freue mich auch, Sie wiederzusehen, Mr. Spalding«, antwortete ich.

»Nennen Sie mich doch bitte Tim.«

Seine Hand war trocken, sein Griff fest. Ich entzog ihm meine Hand und warf kurz einen Blick darauf. Ich hatte noch Schmutzränder unter den Fingernägeln. Zwar hatte ich mir die Finger geschrubbt, mir aber nicht besonders viel Mühe dabei gegeben. Alle Archäologen an Ausgrabungsstätten haben dreckige Fingernägel. Andererseits fühlte es sich unter dem majestätischen Deckengewölbe des Konferenzraums so an, als wäre das Graben in der Erde ganz weit weg.

Tim schienen meine Fingernägel nicht aufzufallen. »Sie sitzen hier«, erklärte er und wies auf den einzelnen Stuhl an der Längsseite. Ich stellte meine Laptoptasche ab. Eigentlich hatte ich erwartet, mit ihm in einem Büro zu reden. Als ich das letzte Mal eine so einschüchternde Sitzordnung erlebt hatte, musste ich meine Doktorarbeit verteidigen. Jetzt überkam mich ähnliche Nervosität.

»Dr. Gale, ich habe mir die Freiheit genommen, dieses Komitee zusammenzustellen. Wir alle haben Termine verschoben, um hierherzukommen.« Tim stellte die anderen vor. Als Erstes kam eine Paläoarchäologin namens Maya Patel, mit der ich ein paar Jahre zuvor in einem Gremium gewesen war.

Dann eine Frau namens Caitlin Alfonso, eine recht bekannte Primatenforscherin, von der ich bislang nur gehört hatte. Ihr Aussehen passte zu ihr, denn wie Jane Goodall hatte sie graue Haare, die zu einem Pferdeschwanz zurückgebunden waren. Die letzte Person hatte ein bisschen abseits gewartet, während die anderen vorgestellt wurden. Sie trat einen forschen Schritt vor, als Tim sagte: »Und dies ist Guy Henri.«

Der Mann streckte die Hand aus. Ich ergriff sie und spürte, wie meine Schwielen, die vom Graben mit der Handschaufel herrührten, sich in seine Handfläche bohrten. Er zuckte leicht zusammen; ich senkte den Blick. Sein Daumen schob sich über meinen. Seine Haut wirkte rosig und frisch, der Daumennagel war ein perfekt manikürtes Oval. Ich roch etwas Zitroniges mit einer würzigen Note, ein Geruch, der viel zu geschmackvoll war, um von einem Allerwelts-Rasierwasser zu stammen. Er betrachtete ebenfalls unsere so wenig zusammenpassenden Hände.

»Rosamund Gale.« Ich entzog ihm meine Hand.

»Ihr Ruf eilt Ihnen voraus.«

»Sie sind Franzose.« Ich lächelte, weil ich erkannte, dass Tim seinen Namen am Telefon englisch ausgesprochen hatte, so dass er eher an einen Teilzeit-Fitnesstrainer erinnerte, der behauptete, sein Astralkörper bestünde nur aus Muskeln. Aber das hier war Guy Henri, der bekannte Kurator aus Paris. Mit Museumspolitik hatte ich mich noch nie abgegeben, aber von Guy hatte selbst ich schon gehört. Er war für einen Anbau des Museums in Arles verantwortlich, der wie eine riesige, an das triste, modernistische Betongebäude angeklebte Glasscherbe wirkte. Damit war das Museum bekannt geworden und hatte so viele Touristen angelockt, wie Arles noch nie zuvor gesehen hatte. Doch der Anbau hatte auch seinen Preis. Da die konservative französische Regierung sich aus der

Finanzierung regionaler Kulturprogramme herauszog, war Guy mit einem Ölkonzern eine bis dato beispiellose Partnerschaft eingegangen und hatte die Firma als Sponsor für den Neubau gewonnen. In der Welt der Archäologen wurde dies als amerikanisches Modell betrachtet, als erster Schritt, öffentliche Räume für kommerzielles Gewinnstreben zu vereinnahmen. Meine französischen Freunde waren der festen Meinung, Guy wäre der Barbar, der dem Tür und Tor geöffnet hätte.

»Ich wusste gar nicht, dass Sie ans Museum für Frühgeschichte berufen wurden«, sagte ich.

»Sie kennen meine Arbeit in Arles?«

»Aber natürlich.«

»Mein Aufgabengebiet hier umfasst in etwa das Gleiche.«

»Einen Sponsor einzuladen, seinen Namen auf die Tür zu meißeln?«, gab ich zurück.

Er lachte leicht und wirkte gänzlich unbesorgt. »Meine Liebe, wir sind in New York. Hier müssen sich die Reichen nicht hinter einem Unternehmen verstecken. Sie meißeln selbst ihren Namen ein, und zwar in Lebensgröße. Das wahre Problem liegt darin, dass aus dieser Institution eine staubige Krypta für Artefakte geworden ist. Ich will sie in ein Zentrum für Bildung und Diskussion verwandeln. Die Öffentlichkeit wird mit einer dynamischen Einrichtung in Kontakt kommen, die so wichtig ist wie die öffentlichen Bibliotheken im neunzehnten Jahrhundert.«

»Carnegie hat die Bibliotheken finanziert«, erwiderte ich. »Mit privatem Geld.«

»Mit einer Vision für das Wohl der Öffentlichkeit. Wir könnten der Beginn der nächsten amerikanischen Revolution sein.« Guy zog zufrieden die Mundwinkel hoch. Ich erkannte bereits, wie er sich das Ganze vorstellte. Meine Theorien über die Neandertaler waren kontrovers genug, um die Aufmerksamkeit auf sich zu ziehen, die Guy brauchte. Er hatte die Verbindungen, um eine Sammelausstellung mit Artefakten zu organisieren, die in französischem Boden gefunden worden waren. Er mochte Tür und Tor geöffnet haben, doch jetzt forderte er mich auf hindurchzutreten.

Tim wirkte angesichts des Schlagabtauschs zwischen mir und Guy verunsichert. War der ein gutes Zeichen oder nicht? In dem Bewusstsein, dass er irgendwas vom Subtext verpasst hatte, wies er auf meinen Stuhl: »Aber jetzt sind Sie an der Reihe, Rose.«

Ich setzte mich, schluckte hart und nahm mir die Zeit, etwas Wasser aus dem Glas zu meiner Rechten zu trinken. Ich stöpselte meinen Computer ein und nutzte die Stille, um kurz nachzudenken. Maya Patel würde ebenso wie Tim verstehen, wie bedeutsam mein Fund war. Guy wusste, dass meine Theorien umstritten waren, doch wie viel verstand er tatsächlich davon? Die Primatologin würde ebenfalls mehr Kontext brauchen. Mit gesenktem Blick bemühte ich mich, allen Mut zusammenzunehmen.

»Vielleicht erzählen Sie uns als Erstes, warum wir Ihnen Geld geben sollten?« Damit brach Guy das allgemeine Schweigen und signalisierte seinen Führungsanspruch.

»Die letzten Jahre habe ich mit einer eingehenden Prüfung aller archäologischen Spuren verbracht, die wir von den Neandertalern haben«, setzte ich an. »Ich verglich sie mit ähnlichen Spuren von anatomisch modernen Menschen, die zur selben Zeit lebten. Wir wollten besser verstehen, warum die Neandertaler verschwunden sind. Wie Sie wissen, wird ihr Aussterben normalerweise mit der angeblichen Überlegenheit der anatomisch modernen Menschen erklärt. Es wird allgemein postuliert, der *Homo sapiens* habe nicht nur über größere kognitive Fähigkeiten und eine höher entwickelte

Kultur verfügt, sondern auch über die Fähigkeit, Neuerungen einzuführen, und aus diesem Grund habe er überlebt und der Neandertaler nicht. Unsere Prüfung war ein Versuch herauszufinden, ob diese Annahmen tatsächlich der Wahrheit entsprechen.«

Nun, da ich mich in meiner Komfortzone befand, lief ich mich warm. Die steinerne Umgebung wirkte auf mich nicht kühl und einschüchternd, sondern stärkend. Alle vier Gesprächspartner hatten sich vorgeneigt und hörten aufmerksam zu. »Wir haben die meisten Studien geprüft, die innerhalb der letzten zehn Jahre angefertigt wurden. In dieser Zeit hat sich unser Bild von den Neandertalern beträchtlich geändert, vor allem wegen der neuen DNA-Spuren, die unser Verständnis für ihre biologische Beschaffenheit erheblich erweitert haben. Wir verglichen anatomisch moderne Menschen und Neandertaler, die zur selben Zeit lebten, und fanden heraus, dass die archäologischen Aufzeichnungen nur wenige Unterschiede bei den kognitiven und technischen Fähigkeiten zwischen den beiden Gruppen aufwiesen. In beiden Bereichen ist es nicht korrekt, die Neandertaler als unterlegen zu bezeichnen.«

Maya Patels Finger schoss in die Höhe. »Dürfte ich, Dr. Gale?«

»Ja, nur zu.«

»Ich habe Ihre Abhandlung gelesen und war fasziniert. Aber – verzeihen Sie – falls die Neandertaler in technischer oder kognitiver Hinsicht tatsächlich nicht benachteiligt waren, könnten Sie mir erläutern, warum sie Ihrer Theorie nach ausgestorben sind?«

»Das ist eine gute Frage«, erwiderte ich. Mir war bewusst, dass sie mit Bedacht formuliert war. Wahrscheinlich hatte ich Maya auf meiner Seite.

»Das müsste dann auch eindeutig dargelegt werden.« Guy presste Daumen und Zeigefinger beider Hände zusammen; in seinem glänzenden Manschettenknopf fing sich das Licht.

»Ich möchte nicht behaupten, ich hätte die definitive Antwort«, sagte ich und wandte mich direkt an Guy. »Wenn Sie eine Beteiligung der Öffentlichkeit möchten, schlage ich vor, die Debatte über die Neandertaler dringend voranzutreiben. Es ist unwahrscheinlich, dass es für ihr Aussterben einen einzigen Grund gibt. Sie hatten eine stabile Kultur, die über zweihunderttausend Jahre existierte, viel länger, als die der modernen Menschen überdauerte oder vermutlich überdauern wird. Davon abgesehen aber waren die Neandertaler durch ihr Leben in kleinen Verbänden anfällig für Krankheiten, Klimaveränderungen, Inzest und vor allem für Gewalt und Verdrängung durch die anatomisch modernen Menschen. Ihnen fehlte das Sicherheitsnetz einer großen Gruppe, aber es waren großartige Lebewesen.«

»So großartig, dass sie ausstarben?«, konterte Guy skeptisch. »Und genau darum dreht sich doch alles.«

»Wir sind lange davon ausgegangen, dass der anatomisch moderne Mensch sich vor allem durch die Größe seines Gehirns von den anderen abhob. Studien zeigen jedoch, dass die Gehirne von Neandertalern möglicherweise noch größer waren als unsere, obwohl Hirngröße und kognitive Fähigkeiten nicht zwingend in einem direkten Zusammenhang stehen, wie wir früher annahmen. Die physischen Beweise zeigen, dass wir es mit einem Gehirn zu tun haben, das ähnlich wie unseres funktioniert haben könnte, zum Beispiel bei der Herstellung von Werkzeugen. Wichtiger jedoch ist, dass das Gehirn des anatomisch modernen Menschen sich in den vergangenen fünfzigtausend Jahren nicht wesentlich verändert hat.«

»Säße jetzt ein Neandertaler hier auf meinem Stuhl, würde er Ihnen Gelder zukommen lassen?« Tim versuchte, die Atmosphäre aufzulockern.

»Was ich sagen will«, – ich zwang mich zu lächeln –, »ist, dass unser Gehirn sich seit der Zeit der Neandertaler nicht entscheidend verändert hat. Wir lassen die Software des einundzwanzigsten Jahrhunderts auf Hardware laufen, die zum letzten Mal vor fünfzigtausend Jahren ein Upgrade bekommen hat. Wenn das Gehirn des anatomisch modernen Menschen im Wesentlichen unverändert ist und die Neandertaler ziemlich ähnlich lebten wie die modernen Menschen damals, wäre es realistisch davon auszugehen, wir könnten mit einem Neandertaler kommunizieren, der hier auf Ihrem Stuhl sitzt. Dennoch bleibt die Frage: Hätte er eine so vorstehende Stirn wie Sie, Tim?«

Tim brach dankenswerterweise in Gelächter aus.

»Verzeihung«, ich nickte Tim freundlich zu, »ich untergrabe meine eigene Position mit einem Scherz. Wesentlich ist jedoch, dass die Vorstellung vom grunzenden, primitiven Neandertaler nicht nur veraltet, sondern schlichtweg falsch ist. Und darauf sollte sich die öffentliche Debatte konzentrieren.«

»Sie waren also so intelligent wie wir?« Guy zog eine gepflegte Augenbraue in die Höhe.

»Davon bin ich zumindest überzeugt.«

»Und doch waren wir in der Lage, sie alle zu töten.«

»Manche starben durch die Hand anatomisch moderner Menschen, das ist gesichert. Aber andere *müssen* einfach freundlichen Umgang mit ihnen gehabt haben. Wir wissen zum Beispiel, dass sie gemeinsame Nachkommen hatten.«

»Sex ist interessant«, bemerkte Guy grinsend. »Fast so interessant wie Krieg.«

Caitlin, die Primatologin, richtete sich auf und sagte nüchtern zu Guy: »Wenn wir auf meinem Forschungsgebiet einmal ein bestimmtes Verhalten beobachten, neigen wir dazu, es der gesamten Population zuzuschreiben. Wenn ein Gibbon einen anderen ermordet, dann geht die wissenschaftliche Gemeinschaft oft davon aus, dass die gesamte Spezies mörderische Absichten hegt. Doch eine sorgfältige Beobachtung der einzelnen Angehörigen der Spezies zeigt, dass es bei ihnen so unterschiedliche Verhaltensweisen gibt wie bei den Menschen.«

»Ganz sicher gilt das auch für anatomisch moderne Menschen, die zufällig auf Neandertaler gestoßen sind«, fügte ich nickend hinzu. »Manche waren wohl friedlich, andere nicht. Das hing von den Individuen und den Umständen ab.«

»Aber das alles ist nur Theorie«, warf Guy ein. »Wo sind die Beweise?«

»Es gilt als wissenschaftlich gesichert, dass größere Beutetiere in einem Gebiet dezimiert wurden, sobald anatomisch moderne Menschen dort auftauchten. Ich habe keinerlei Zweifel, dass es zwischen anatomisch modernen Menschen und Neandertalern Kämpfe um Territorien und Ressourcen gab. Wegen ihrer niedrigen Populationsdichte stellten Gewalt, Verdrängungswettbewerb, Krankheiten und so weiter für die Neandertaler größere Gefahren dar. Sie konnten dem Druck neuer Nachbarn kaum standhalten. Aber ich bin mit Caitlin einer Meinung, dass es wahrscheinlich auf beiden Seiten eine Vielzahl von Reaktionen auf Kontakt gab, von Gewalt über Sex bis zu Freundschaft. Zugleich bin ich mir aber auch sicher, dass die anatomisch modernen Menschen von damals ein bestimmtes Narrativ über Neandertaler kommunizierten, das sie selbst gut aussehen ließ. Und diese Geschichte erzählen wir immer noch weiter. Dabei sollten wir genau diese Geschichte in Frage stellen.«

Endlich sah ich, dass bei Guy eine Art Schalter umgelegt wurde. »Also: Sex oder Gewalt – was ist die spannendere Geschichte?«

»Beides ist ziemlich fundamental«, bemerkte Maya.

»Aber wir sind ein Museum«, gab Guy kopfschüttelnd zurück. »Wir müssen Ideen ohne endlos lange Erläuterungen übermitteln. Wir brauchen eine Botschaft, die die Öffentlichkeit mit nur einem Blick erfassen kann.«

Da wusste ich, was zu tun war. Mit einem Tastendruck erweckte ich den Computer zum Leben. Auf dem Monitor: das Foto, das Andy von den beiden Skeletten geschossen hatte. Schlagartig wurde es still im Konferenzraum. Bislang hatten wir die zwei Schädel nur so weit ausgegraben, dass man ihre Profile sehen konnte, doch die Umrisse waren deutlich erkennbar. Die beiden Schädel lagen zusammen in der Erde. Sie sahen einander an, ihre Augenhöhlen auf gleicher Höhe, als hätten sie sich in den letzten Sekunden ihres Lebens in die Augen geschaut. Die Neandertalerin lag auf der linken Seite, deutlich erkennbar an der Überaugenwulst, an der fliehenden Stirn und dem nach hinten herausragenden Schädel. Beim anatomisch modernen Menschen war der Schädel runder, und das Kinn ragte weiter hervor. Doch beide schienen geradewegs durch ihre Unterschiede hindurchzusehen. Ihre Verbindung wirkte stark, als hätten sie sie noch im Tod aufrechterhalten.

Maya schlug sich die Hand vor den Mund und seufzte kurz auf.

»Oh, mein Gott«, flüsterte Guy und äußerte sich damit als Erster. »Sie sehen aus wie ein Liebespaar.«

Das Komitee wies mir eine große Summe zu. Tim bestätigte noch mal den groben Zeitplan, den wir am Telefon besprochen hatten. Bis Ende August sollten die Ausgrabungen abgeschlossen sein. Caitlin fragte, ob das realistisch sei, schließlich gehörten die Artefakte dem französischen Staat. Das tat Guy mit der Bemerkung ab, Frankreich brauche dringend Geld. Bis ich meine Ergebnisse veröffentlichen würde, hätte er die Verhandlungen abgeschlossen und eine vorläufige Ausstellung organisiert. Wir könnten einen Kasten mit den beiden Skeletten in dieser Position und Fotos von der Ausgrabungsstätte zeigen. Die weiteren Einzelheiten rauschten an mir vorbei, weil mir dämmerte, dass ich es geschafft hatte. Jetzt machte ich mir keine Gedanken mehr um meine Schwielen, während ich allen die Hände schüttelte. Maya umarmte mich sogar, und Tim schien begeistert, nach so langen Jahren des Austauschs endlich mit mir zusammenzuarbeiten. Guy kam ebenfalls zu mir, um mir die Hand zu geben, doch ich beugte mich vor und küsste ihn auf beide Wangen. Er sah mich an. »Das wird eine ganz große Sache, Rose.« Nach allem, was ich bisher von ihm kannte, war mir klar, dass dies sowohl eine Ermutigung als auch eine Drohung war.

Als ich mich zum Gehen anschickte, kam Caitlin zu mir und legte mir eine spröde wirkende Hand auf den Arm. »Kommt der Zeitplan denn hin?«, fragte sie und blickte auf meinen Bauch.

»Inwiefern?«, fragte ich, gleichzeitig geschockt und in die Enge getrieben.

»Sie werden unter großem Druck stehen.«

»Selbstverständlich.« Ich musterte ihre besorgte Miene. »Aber wieso zerbrechen Sie sich den Kopf darüber?«

Darauf antwortete sie nicht, sondern sah mich nur durchdringend an und nickte dann. »Ich werde Sie unterstützen.« Damit ging sie und ließ mich verwirrt zurück. Konnte Caitlin etwa direkt in meine Gebärmutter sehen? Es gefiel mir nicht, dass sie meinte, ich bräuchte Hilfe oder wirkte schwach.

Doch in diesem Augenblick schlug Tim mir leicht auf den Rücken und begleitete mich hinaus, daher hatte ich keine Zeit mehr, darüber nachzudenken. Kurz darauf saß ich schon im Taxi.

Als ich ins Hotelzimmer kam, warf ich mich sofort aufs Bett. Ich hatte Übernachtungen in einem Hotel nie etwas abgewinnen können, es sei denn, es war jemand dabei, mit dem man gerne Sex hatte. Simon fehlte mir. Ich pfiff auf die Zeitverschiebung, denn jetzt musste ich ihn einfach anrufen.

»Große Neuigkeiten«, verkündete ich, kaum dass er sich meldete.

»Hallo?« Simon wirkte desorientiert.

In London war es mitten in der Nacht. »Wegen des Projekts. Der Ausgrabungen.«

»Ist das irgendeine Sex-Hotline?«

»Ich hab das Geld.«

»Das ist ja wunderbar!«

Wahrscheinlich rieb er sich jetzt die Augen. Ich stellte ihn mir in unserem Bett vor, inmitten hoffnungslos verdrehter Laken.

»Das Meeting ist also gut verlaufen. Obwohl ich daran nie gezweifelt habe. Hast du Blubberwasser, um darauf anzustoßen?«

Das ließ mich verstummen.

»Bist du noch dran, Rose?«

»Ich kann jetzt nichts trinken.«

»Wieso, herrscht in Manhattan Sektknappheit?«

»Ich bin schwanger.«

»Oh.« Nun meinte ich zu hören, wie Simon hochfuhr. Ich wusste genau, wie er jetzt aussah: Seine Augenbrauen, der eindrucksvollste Teil seines Gesichts, waren sicher bis zum Haaransatz hochgezogen. Ich hörte, wie seine Stimme sich veränderte und ein Lächeln zu mir sandte. »Bessere Neuigkeiten gibt's ja gar nicht.«

Kurzes Schweigen trat ein, als Simon sich sammelte und überlegte, was er als Erstes fragen sollte. Schließlich entschied er sich für: »Wie weit bist du?«

»Anfang vierter Monat.«

»Also kommt es im ...«

»Irgendwann Anfang September.«

Wieder schwieg er, wahrscheinlich um zu begreifen, dass sich sein Leben schlagartig geändert hatte. »Das hast du also mit den Neuigkeiten gemeint. Dabei dachte ich, du meinst dein Meeting.«

»Du denkst immer nur an meine Arbeit.«

»Ich bin so glücklich, Rose, wirklich. Du weißt, wie sehr ich mir das immer gewünscht habe. Obwohl ich dachte, wir wären schon zu alt.«

»*Ich* wäre schon zu alt«, berichtigte ich ihn.

Er erkundigte sich, ob ich irgendwelche Veränderungen an mir bemerkt hätte. Ich erzählte ihm die Schauergeschichte, wie ich Andy eines Morgens fast vollgekotzt hätte. Meine Brüste wären erkennbar größer geworden, obwohl mein Bauch noch flach wäre, und meine Brustwarzen wären auf sehr ansprechende Weise dunkler geworden. Als ich ihm das erzählte, musste ich wieder an Caitlins Bemerkung bei meinem Aufbruch denken. Wenn man es noch nicht sah, was hatte sie dann gemeint?

»Weißt du, worauf ich mich am meisten freue?«, fragte Simon.

»Aufs Windelnwechseln?«, riet ich.

»Aber natürlich. Ich kann's kaum erwarten.«

»Mir ist alte fossilisierte Scheiße lieber als frische.«

»Rate noch mal.«

»Gutenachtgeschichten?«

»Nein«, sagte er. »Am meisten freue ich mich auf das, was das für uns bedeutet.«

»Wie meinst du das?«

»Wir werden viel mehr Zeit miteinander verbringen.«

»Das stimmt.«

»Weil du nicht mehr ständig von Land zu Land und von Höhle zu Höhle rasen wirst.«

»Was werde ich denn sonst machen?«

»Du wirst endlich zu Hause sein.«

TEIL II

6

Als Mädchen das Bewusstsein wiedererlangte und merkte, dass sie in dem engen Tunnel auf dem Rücken lag, war alles um sie herum still. Alle Lebewesen in der Umgebung des Flusses schienen verstummt zu sein, doch sie wusste, dass sie die Ohren spitzten. Mädchens nächste Entscheidung konnte eine Chance auf Essen bedeuten. Sie konnte sogar eine Veränderung in der Ordnung des Landes nach sich ziehen.

Die Äste der Bäume bewegten sich ganz sacht. Die Eichhörnchen hörten auf zu keckern und zuckten nur mit den Schwänzen. Die Familie der Dachse, die sich tagsüber verborgen hielt, war zwar wach, blieb aber mit gespitzten Ohren in ihrem Versteck. Auch die Bärin rührte sich nicht, aber ihr Interesse am Ganzen war so gering, dass sie eingenickt war. Ihr langer Waffenstillstand mit der Familie bedeutete, dass sie jetzt Energie sparen konnte, denn falls die Familie bei der Jagd erfolgreich war, hatte sie später etwas zu fressen. Der junge Leopard hielt sich weiterhin vorsichtig vom Wind abge wandt.

Nur der Fluss strömte unbeeindruckt weiter. Irdische Fragen wie die, wer was zu fressen bekam, betrafen ihn nicht. Ihn interessierte nur, wie er am leichtesten an der Bergflanke herunterfließen konnte. Er floss einfach weiter. Nichts konnte ihn aufhalten, und in dieser Hinsicht war er die stärkste Kraft in diesem Land.

In Mädchens Kopf tauchten all diese Gedanken in Form von Bildern auf. Das Bison, Er und Krumm, Große Mutter und Mickerling: Wo waren sie nur? An ihrem Hinterkopf spürte sie den harten Boden unter sich. Die Sonne bemühte sich nach Kräften, ihr Wärme zu spenden. Mädchen holte tief Luft und stellte fast überrascht fest, dass ihr Mund nicht voll Wasser war. Andererseits war der Fluss immer noch teilweise gefroren … lag sie auf dem Eis? Sie hob den Kopf und blickte an sich herunter. Ihre Füße befanden sich noch am Ende ihrer Beine. Ihre Zehen wackelten zur Begrüßung. Zu ihrem Erstaunen hatte ihr Kopf sich nicht von ihrem Fleisch gelöst. »Harz«, murmelte sie. *Klebt noch.*

Sie tastete nach der Muschel, die sie an einem Riemen um den Hals trug. Auch sie war noch da. Sie stützte sich auf den Speer und richtete sich auf. Sofort drehte sich alles, und der Boden kippte unter ihr weg. Sie taumelte zur Seite und versuchte, sich aufrecht zu halten. Wo war Er? Und wo Krumm? Sie tastete über ihren Kopf: da, eine große Beule. Sie war beim Fallen gegen die Felswand geprallt, und weißes Feuer war in ihren Augen aufgelodert. Jetzt rieb sie sich den Kopf und schlich vorsichtig durch den Tunnel zum relativ sicheren Felssims. Große Mutter und Mickerling versteckten sich immer noch zwischen den Baumwurzeln, wo sie sie zurückgelassen hatten. Erst als Mädchen »Aruu?« rief, wagten sie es, sich zu zeigen.

Als Erstes lugte Mickerlings schmaler Kopf zwischen den Wurzeln hervor. Große Mutter hatte den Jungen dicht an sich gezogen, um ihn zu beschützen. Vor lauter Sorge hatte sich sein Gesichtchen zusammengezogen. Seine Haare wirkten wie ein Flecken mit dunklem Moos; auf seiner breiten Stirn fing sich die Sonne. Mädchen fragte sich flüchtig, wie alt er wohl wirklich war. Da er so schmal war, konnte sie das nur schwer einschätzen, aber als sie ihn genauer musterte, erkannte sie, dass er wohlauf war.

Die Zeit schritt stets im Kreislauf der Jahreszeiten voran, doch es gab immer auch leichte Abweichungen. Wenn das Land viel Regen aufnahm, veränderte das den Zeitpunkt der Haselnussernte. Auch die Stärke der Sonne beeinflusste den Zeitpunkt der Ernte. Wenn das Eis schmolz, fingen die Fische an zu springen. Davor aber gingen die Bisons über die Furt.

Als sie jedoch in diesem Moment Mickerling betrachtete, hatte sie trotz der Benommenheit, die der Schlag auf den Kopf ausgelöst hatte, vor Augen, wie die Zeit voranschreiten würde. Das Land würde sich verändern, und Mickerling würde wachsen. Die Erde würde frieren, so wie seine weichen Füße hart und glänzend werden würden. Der Fluss würde vom Regen anschwellen, während sein gewölbter Bauch flach wie eine Eisdecke werden würde. Die Felsen des Landes würden immer flacher werden, während seine breite Stirn härter und runder werden würde, um seine Augen zu schützen. In Mädchens Geist geschah all dies gleichzeitig. Und doch geschah nichts davon. Sie schüttelte den Kopf, um wieder klar zu sehen. Es war gefährlich, dass ihre Zuneigung zu Mickerling sie ablenkte. Sie war mit den Sinnen nicht mehr bei der Jagd. Lauerte irgendwo Gefahr?

Als der Junge sie ansah, hob er seinen kleinen Finger. Das war ihr Zeichen. Als Mickerling am Treffpunkt in ihre Hütte gezogen war, hatte er sehr oft ganz still in einer dunklen Ecke gesessen. Mädchen war einmal in die Hütte gekommen, um sich davon zu erholen, dass sie sich ihren kleinen Finger unter einem Stein gequetscht hatte. Um nicht irgendwo anzustoßen, hatte sie den Finger in die Luft gehalten. Als ihre Augen sich an die Dunkelheit gewöhnt hatten, fiel ihr auf, dass der Junge in der Ecke saß und genau wie sie den kleinen Finger hochhielt. Seitdem war das ihr Zeichen. Zwar konnte es vielerlei bedeuten, je nach den Umständen, aber in diesem Moment wusste sie, dass Mickerling fragen wollte: *Alles in Ordnung mit dir?*

Zur Beruhigung hob auch sie den kleinen Finger. Mickerling nickte und zog wieder den Kopf ein. Da tauchte Große Mutters Kopf auf. Ihr faltiger Mund verzog sich zu einem Lächeln, als sie Mädchen entdeckte. Die Erleichterung hüllte sie ein wie ein Sonnenstrahl und wärmte sie.

Mädchen blickte den Pfad entlang und folgte mit dem Blick den Spuren bis hinunter zum Fluss. Sie sah, dass die Bisonkuh über ihren Körper hinweg aus dem Tunnel gestürmt war. Wieso war sie nicht zerquetscht worden? Das hätte ihr durchaus zustoßen können … oder auch Krumm. Wo war er nur? Der Fluss war immer noch teilweise vereist. Die Hufspuren führten durch den Schlamm bis hinaus aufs Eis, wo es so dick war, dass es das Tier tragen konnte. Und da lag es, lang hingestreckt. Es zuckte noch, aber an einer Flanke hatte es eine große Wunde. Mädchen ging davon aus, dass es sich nicht wieder erheben würde. Eine große Blutlache breitete sich auf dem Eis aus. Und da war auch Er und hielt Wache beim Bison, mit erhobenem Speer, in sicherer Entfernung, aber bereit, wenn nötig zuzustoßen. Offenbar hatte er die Bisonkuh von hinten mit dem Speer angegriffen. Es war gefährlich, in die Nähe eines verendenden Tieres zu kommen. Wie ein Wolf würde Er sich etwas abseits halten, bis es starb.

Mädchen rannte durch den Schlamm. Wo war Krumm? Er war zwischen sie und das heranstürmende Bison gesprungen. Mädchen blickte zurück zum Tunnel und dann zu beiden Seiten des Ufers, aber eigentlich wusste sie es bereits. Krumms

Körper lag auf dem Boden. Er musste von den spitzen Hörnern der Bisonkuh aufgespießt und mitgeschleift worden sein, und dann, als Er sie von hinten angriff, von ihren scharfen Hufen niedergetrampelt. Mädchen hielt kurz Ausschau nach anderen Tieren, aber die hatten sich wegen des Tumults tief ins Wäldchen zurückgezogen. Mädchen rannte zu Krumm und ging in die Knie.

Sein Puls war schwach. Es war viel zu viel Blut. Krumm veränderte sich bereits. Seine Haut sah aus wie ausgewrungenes Leder. In seinem Kopf war ein Loch, aus dem eine breiige Masse drang. Seine Beine lagen in einem unnatürlichen Winkel. Nur sein verkrüppelter Arm wirkte unverändert. Als Mädchen das sah, spürte sie einen Stich in ihrem Herzen. Dies war der einzige Körperteil, den er sich gerne hätte zertrampeln lassen. Sie hob seinen Körper auf und wiegte ihn in ihren Armen. Er fühlte sich schon kleiner und leichter an, als hätte seine Reise auf die andere Seite der Erde bereits begonnen. Sie drückte seinen Kopf an ihre Brust und summte, damit er die Schwingungen spürte.

Vorsichtig stand sie auf und trug Krumm den Pfad hinunter auf das dicke Eis. Große Mutter hatte es wohl ebenfalls schon gewusst, denn sie saß traurig schweigend auf dem Eis und nutzte einen Teil ihres Umhangs als Schutz für ihr breites Hinterteil. Als Mickerling und Er mit Große Mutter einen Kreis bildeten, legte Mädchen Krumm in die Mitte und bettete seinen zertrümmerten, blutenden Kopf auf den Schoß der alten Frau. Alle summten und wiegten sich hin und her, damit Krumm sich *warm* fühlte, geborgen in der Familie. Ein Körper mochte sich nicht allein fühlen, wenn er seine letzte Veränderung durchlief. Wenn ein Körper starb, war dies oft die letzte Bitte, verdeutlicht, indem man die Hände aufs Herz legte: *Halte mich fest.* Es war das Wichtigste, mit der Familie in Verbindung zu bleiben. Und so hielten sie Krumm abwechselnd fest. Sie alle summten gemeinsam, damit er auch hörte, dass er nicht allein war. Dies spürte die sterbende Bisonkuh ebenfalls. Schon bald fühlte auch sie sich getröstet. Auf diese Art ließen alle die Veränderung geschehen.

Mädchen blieb jedoch wachsam. Eigentlich hätte die Traurigkeit sie überflutet, aber die Zeit nach dem Erlegen eines Tiers war gefährlich. Für Fleischfresser war ein frisch getötetes Beutetier wertvoller als ein lebendes. Wenn ein anderes Tier es wagen würde, die Familie herauszufordern, dann jetzt. Der Aufruhr hatte bestimmt schon alle Lebewesen im Umkreis alarmiert.

Als Mädchen von hinten ein Geräusch hörte, schnellte sie herum. Was war das? Ein Blöken. Ein kaum merklicher Lufthauch streifte ihre Wange – nicht stark genug, um Gefahr zu vermelden. Dennoch schaute sie genauer hin.

Das Bisonkalb kauerte auf dem kalten Schlamm am Ufer. Mädchen konnte seine Angst als unangenehmen Luftzug an den Lippen spüren. Seine dürren Beine zitterten. Es hielt die Augen gesenkt. Überleben würde es nicht. Die Strecke bis zur Sommerweide konnte es nicht alleine schaffen. Die anderen Bisons aus der Herde, die nach dem Aufruhr ins Wäldchen zurückgeflüchtet waren, würden es wahrscheinlich nicht aufnehmen, sondern an ihm vorbeitrampeln und es allein in der Kälte zurücklassen. Nur in den besten Zeiten, zum Beispiel mitten im Sommer, lohnte sich das Risiko, ein junges Kalb aufzunehmen. Schon bald würde es durch die Kälte der Nacht oder die Wölfe in der Nähe verenden. Seine letzten Stunden würden voller Angst und Schmerzen sein. In Mädchens Augen wirkte das Kalb wie das einsamste Wesen der Welt. Sie konnte sich nicht vorstellen, wie es sich anfühlte, ohne Familie zu sein. Ein einzelner, einsamer Körper.

Über das Eis ging Mädchen zum Kalb. Es rannte nicht weg, sondern ließ zu, dass sie eines seiner kleinen Hörner packte. Sie drückte seinen Kopf gegen ihren Oberschenkel, tätschelte es, spendete ihm einen Moment der Wärme. Sie hauchte es an, damit es ihren warmen Atem spürte. Als sie Schritte hinter sich hörte und sich umdrehte, sah sie, dass Er sich näherte. Sie nickte und wandte sich wieder dem Kalb zu. Sie packte die Hörner und hielt es fest. Er stieß seinen Speer in seine Flanke, drehte ihn und hebelte ihn hoch, um dafür zu sorgen, dass das Kalb nicht weglaufen konnte. Mädchen zog ihren Arm mit dem Speer zurück und stieß ihn dem Tier tief in den Hals. Auch sie drehte die Steinspitze darin herum, damit das Blut besser herausströmte. Das Kalb knickte ein, sank in die Knie, sodass sein ganzes Gewicht darauf ruhte. Ihr Bruder drückte es mit einem weiteren Stoß seines Speers auf die Seite. Das Blut spritzte heraus, bis es zusammenbrach. Da presste Er ein Knie auf den Hals des Kalbs, drückte mit beiden Händen zu und bedeutete Mädchen, sich als Erste zu bedienen. Mädchen hielt ihren Mund an die Ader am Hals und trank. Sofort spürte sie die Hitze seines Körpers. Das Leben des Kalbs war vorbei. Sein Leben würde der Familie vor dem Fischsprung Kraft verleihen. Krumms Leben würde in ihr und dem Rest der Familie weitergehen. Dieses Versprechen nahm sie beim Trinken in sich auf. Und Krumm starb kurze Zeit später.

7

Mädchen war bis zu den Schienbeinen blutüberströmt, und ihre Hände glänzten rot vor der weißen Eisdecke. Obwohl sie um Krumm trauerte, hatte sie doch Hunger. Ihr Bruder Er hielt den Huf der Bisonkuh fest, damit Mädchen den ersten Schnitt machen konnte. Sie platzierte ihren Steinzahn, einen Faustkeil, den Große Mutter hergestellt hatte, an den Hufansatz, wo das Fell begann. Sie lehnte sich darauf, drückte die Klinge in den Pelz und schlitzte ihn auf. Das Werkzeug war scharf, der Schnitt sauber. Sie zog das Fell hoch bis zum Knie des Bisons, wo rot das erste Fleisch leuchtete. Vorsichtig schnitt sie die Sehne an der Rückseite des Beins ab und achtete darauf, sie in einem Stück zu lösen, da sie eingeweicht, getrocknet und geflochten werden sollte, um als Riemen genutzt zu werden.

Als nächstes schnitt sie mit dem Faustkeil hoch bis zur Brust. In der Herzgegend war das Fell besonders dick. Mädchen keuchte und schnaufte vor lauter Anstrengung. Das meiste Fleisch, das sie verzehrten, wurde vorher gekocht, aber es war Brauch, die ersten Bissen von einem frischen Kadaver roh zu essen. Die Wärme des Fleischs erfüllte sie mit Freude. Mädchen würde jedem von ihnen ein Stück abschneiden, bevor sie das Fleisch weiterverarbeiteten.

Ihr Bruder spannte das Fell mit beiden Händen, damit sie leichter schneiden konnte. Als er Mädchens starke, blutverschmierte Hände sah, spürte er einen Stich im Herzen. Er schnüffelte und bewunderte ihre kräftigen Rückenmuskeln. Sie hatte ihren Umhang abgestreift, und ihre nackte Haut kam ihm vor wie das weichste Leder, das er je gesehen hatte.

Als Mädchen geboren wurde, war sie eine winzige dunkelrosa, zusammengekrümmte Kreatur gewesen. Sie hatte ganz anders gerochen, als sie jetzt roch, und er hatte sich kaum für sie interessiert, obwohl er ihr manchmal das Essen gestohlen hatte. Einmal, als sie nur wenige Jahre alt war, hatte sie in ihrem kleinen Fäustchen ein Stück getrockneten Baumsirup gehalten, eine besondere Leckerei. Er hatte aufs Feuer gezeigt, damit sie dort hinsah. Als sie das tat, hatte er ihr lachend das Stück Sirup entrissen und war damit weggegangen, weil er dachte, sie könnte nichts dagegen machen. Er lutschte gerade daran und starrte in die Bäume, als ein winziger Fuß aus dem Unterholz hervorschnellte und ihn zum Stolpern brachte. Ehe er sich's versah, lag er mit dem Gesicht nach unten auf dem Boden. Er spuckte den Dreck aus, den er im Mund hatte, und blickte auf seine Hand. Kein Sirup mehr. Die meisten Kinder wären geblieben, um ihn aufzuziehen, aber Mädchen war wohl eher darauf erpicht, die Beute zu sichern. Er hatte sie nicht mal fliehen sehen.

Jetzt war Mädchen groß und stark geworden. Ihre Gliedmaßen waren schnell, und ihre Gedanken schienen ihrem Körper vorauszueilen. Alle in ihrer Nähe wollten sie schützen, woran man merkte, sie war wichtig. Mit ihren Instinkten würde Mädchen eindeutig eine der besten Jägerinnen werden. Der Jagdinstinkt war eine Eigenschaft wie rotes Haar oder eine große Nase: Entweder man hatte ihn oder man hatte ihn nicht. Allerdings konnte man diese Fähigkeit auch durch sorgfältiges Beobachten und Zuhören verbessern. Mädchen konnte die Geschichten von Große Mutter mit dem verbinden, was sie beobachtete. Sie hatte die seltene Gabe, alles was sich veränderte, und alles, was gleich blieb, zu berücksichtigen.

Jetzt spürte Er, wie ihm vor lauter Vorfreude auf das Fleisch das Wasser im Mund zusammenlief. Und dieses Gefühl, sein verzehrender Hunger und die Lust zu essen, vermischte sich mit dem Anblick seiner arbeitenden Schwester. Als er schnüffelte, wurden seine Sinne überwältigt vom Kadaver, dem Rauschen des Flusses, dem Dampf, den das tote Tier in die kalte Luft abgab. Dem Fleisch. Gleich würde er essen. Während er zusah, wie sich Mädchens Muskeln unter ihrer Haut bewegten, wie ihre Arme fuhrwerkten und ihre Beine sich spannten, vermischte sich alle Ehrfurcht, aller Respekt vor ihrer Stärke und Tüchtigkeit mit seinem Appetit. All seine Begierden und der starke Drang eines Körpers, sich zu füllen, kamen zusammen. Mädchen wurde der Inbegriff all dessen.

Er sah nur noch Mädchen, aber dann hörte er einen dumpfen Aufprall. Vor seinen Augen blitzte ein helles Licht auf, und sein Kopf wurde zurückgeschleudert. Er verlor das Gleichgewicht und fiel aufs Eis. Als er die Augen öffnete und sich aufsetzte, sah er, dass Mädchen ihn überrascht und besorgt anblickte. Dann drehte sie sich um und schaute hinter sich.

Es war Große Mutter, die auf dem Eis stand. Sie hatte Er ertappt, wie er Mädchen anstarrte. Vielleicht hatte sie seine Gedanken gespürt, denn sie hatte einen Stein auf ihn geworfen, um ihn zu warnen. Jetzt hatte sie noch einen Stein in ihrer knorrigen Hand, bereit, Er damit zu bewerfen. Sofort senkte Er den Blick. Er rieb sich die Stelle an der Stirn, um zu zeigen, dass sie wehtat, und auch, um zu sagen, dass ein zweiter Stein nicht nötig war. Auch wenn Große Mutter alt war, konnte sie immer noch großartig werfen. Mädchens Aufgabe war es, am Treffpunkt beim Fischsprung eine neue Familie zu finden. Seine war es, sie nicht anzurühren.

Ein anderes Geräusch. Diesmal kam es von Mickerling. Der kleine Junge hatte sich so weit dem Kadaver genähert, wie er es wagte. Mit gesenktem Blick blieb er nun einen Schritt vom Huf des Bisons entfernt stehen und starrte so intensiv darauf, als könnte ihm dieser Huf die Erlaubnis erteilen, ihn anzufassen. Da wandte Er dem Jungen den Rücken zu.

Mädchen sah, dass Mickerling sich immer noch als Neuankömmling betrachtete, weil ihm die Finger zitterten. Er war noch nicht mal einen vollen Kreislauf der Jahreszeiten bei ihnen und wusste nicht genau, wo sein Platz war. Nach der Jagd war er sich unsicher, ob und wann er etwas abbekommen würde. Vor lauter Unruhe roch sein Atem ziemlich übel. Er starrte unentwegt durchdringend aufs Eis. Mädchen schnalzte mit der Zunge und hielt ihm das Fleisch direkt unter die gesenkten Augen, damit er es sehen konnte. Zuerst reagierte er nicht, sondern schien ungläubig auf ihre Hand zu blicken, als bildete er sich die dicken Finger mit den schartigen, blutüberströmten Nägeln nur ein.

Dann aber kam Leben in ihn. Er umklammerte mit beiden Händen das Fleisch und bohrte seine Schneidezähne hinein. Knurrend riss und zerrte er daran, bis sich ein Bissen davon löste. Mädchen wusste nicht mal, ob er ihr entzücktes Lachen hörte, das die Luft über dem Eis kurz kräuselte. Seine ganze Aufmerksamkeit galt dem Bissen Fleisch, das in seinen Mund glitt. Der Saft kam an seine Zunge. Es war eines der besten Fleischstücke, aus der fetten Herzgegend, und davon hatte er bislang nie kosten dürfen. Er schloss die Augen und nahm die Wärme in sich auf.

Und weil Mickerling die Augen geschlossen hatte und Mädchen ihn so entzückt beobachtete, sah keiner von beiden Er kommen. In dem einen Augenblick schwelgte Mickerling noch im Geschmack des Bluts, im nächsten jedoch setzte er sich hart auf sein Hinterteil. Überrascht riss er die Augen auf. Mädchen zuckte zurück. Viel zu nah stand Er an dem Jungen. Mit grimmiger Miene entriss er Mickerling das Stück Fleisch. Der Junge duckte sich, schirmte mit den Händen die Augen ab, weil die Erinnerungen an einstige Misshandlungen noch frisch waren, und drehte den Kopf weg, um den nächsten Schlag nicht kommen zu sehen.

Aber Er schlug ihn kein zweites Mal. Mickerling war der Mühe nicht wert. Da es Fleisch im Überfluss gab, überließ Er dem Jungen ein Rippenstück, das er mit seinem Faustkeil abbrach. Das war immer noch ein gutes Stück, und Mickerling senkte klug den Kopf und grunzte dankbar. Dann trollte er sich, um im Schutz eines Felsens zu essen.

Mädchen wollte Er schon finster anstarren, hielt aber inne, als sie sah, dass Große Mutter langsam näher kam. Die beiden unterbrachen ihr kleinliches Gezanke und senkten die Köpfe, als sie heranschlurfte.

»Hom«, brummte sie und schnaubte.

Jetzt duckte sich Mädchen und senkte noch mehr den Blick, als die alte Frau zu ihr kam. Es war Brauch, dass Große Mutter entschied, wie sie jagen würden und wie das Fleisch verteilt werden sollte. Vor den Winterstürmen, die dieses Jahr besonders lang und hart gewesen waren, wäre es jedenfalls so gewesen. Doch in diesem Frühling war Große Mutter sichtlich geschrumpft. Es schien, als hätte Mädchens Körper runde Muskeln und Brüste bekommen, um den Raum auszufüllen. An der Haltung von Große Mutter war zu erkennen, dass sie an Mädchens Verhalten Anstoß nahm. Sie hatte die Augen leicht zusammengekniffen und blickte Mädchen über ihre breite Nase hinweg an.

Mädchen musste zeigen, dass sie immer noch wusste, wo ihr Platz war. Wenn sie die Autorität der alten Frau in Frage stellte, konnte das zum Kampf führen. Und das war das Letzte, was Mädchen wollte: mit der alten Frau kämpfen, die sie liebte und aufgezogen hatte. Zwar war Große Mutter im Alter milder geworden, doch konnte sie manchmal immer noch wütend aufbrausen. Das war der Grund, warum sie so lang über die Familie hatte bestimmen können. Sie war in der Lage, alle Gefühle beiseitezuschieben, um, wenn nötig, ihre Stellung zu behaupten. Daher bemühte sich Mädchen jetzt, sich so klein und unbedrohlich wie möglich zu machen. Sie schlang die Arme um die Rippen und drückte ihre Brüste nach unten. Aber da Mädchen jetzt die Hitze hatte, wusste sie, dass Große Mutters Misstrauen vielleicht noch größer war.

Möglicherweise fand Große Mutter, Mädchen hätte sich benommen, als wäre es ihre Jagd gewesen. Von ihrer Zuflucht zwischen den Baumwurzeln aus hatte sie vielleicht nicht gesehen, was im engen Tunnel geschehen war. Glaubte sie, Mädchen hätte Krumm befohlen, sich auf die Bisonkuh zu stürzen?

»*Nc, boh.*« Mädchen schnaubte wie ein Bison und schwenkte den Kopf hin und her, um zu zeigen, dass sie demütig und eingeschüchtert war. Das Bison zu töten, das Blut des Kalbs zu trinken und die ersten Schnitte zu machen gebührten demjenigen, der die Jagd anführte. Ohne nachzudenken, hatte sie das Vakuum gefüllt und diese Aufgaben übernommen.

Große Mutter blieb neben den Hufen stehen und starrte Mädchen finster an. Mickerling kam, um Mädchens Hand zu ergreifen, aber sie schob ihn rasch weg. Dies ging den Jungen nichts an. Mädchen erfasste den Körper ihrer Mutter mit einem Blick und spürte, wie ihr Inneres erzitterte. Sie fragte sich, ob der Berg wackelte oder das Eis brach, aber es waren nur die Vorboten ihrer Handlungen, die sich ihren Weg bahnten. Sie spürte ihre Lippen zittern, und dann erst wusste sie, was als Nächstes kommen würde. Langsam ging sie zu der alten Frau und kniete sich mit gesenktem Kopf vor ihre Füße. Dass sie Kopf und Nacken direkt in Reichweite eines anderen Körpers brachte, hieß: *Du kannst alles mit meinem Körper machen, was du willst.*

Mädchen starrte auf das Eis und die Füße ihrer Mutter. Die alte Frau hatte Bisonfelle um die Fußsohlen gebunden, die sie vor der beißenden Kälte schützen sollten. Ihre Haut war so dünn, dass sie fast durchscheinend wirkte, und hing schlaff an ihrem Körper. Ihre Fußnägel waren so dick wie Baumrinde. Die Schwielen an ihren Zehen und Fersen erinnerten eher an Stein als an Haut. Mädchen hatte diese Füße schon freundlich erlebt, aber sie hatte auch viele Tritte von ihnen abgekommen. Jetzt spürte sie die Hand von Große Mutter auf ihrem Kopf. Sie zuckte zusammen und hielt den Atem an. Die Hand drückte gegen ihr dichtes Haar.

»Hom«, brummte Große Mutter und schnaubte.

Sie presste ihre Hand fest auf Mädchens Kopf und behielt sie dort, sandte mit dem Druck die Botschaft, dass die Entscheidung noch ausstand. Dann, nach einer Weile, setzte sich die alte Frau und schnalzte einmal mit der Zunge. Sie wollte, dass Mädchen sie fütterte.

Mädchen setzte sich in Bewegung. Sie nahm ein Stück vom fettesten Fleisch aus der Herzgegend. Als Erstes steckte sie der alten Frau ein Stück vom weichsten, weiß marmorierten Fett in den Mund. Als Nächstes kaute sie ein Stück Fleisch vor und achtete darauf, den Saft nicht auszusaugen. Sie kniete neben

Große Mutter und half ihr zu essen. Vergebung wurde zuerst im Magen gespürt.

Das Gleichgewicht in der Familie mochte gestört sein, aber Mädchen war jung. Sie wusste noch nicht, dass sie sich etwas Unmögliches wünschte. Es war ein neues Gefühl, so frisch wie das warme Fleisch, das sie kaute. Obwohl Große Mutter offensichtlich schwach war, wollte Mädchen, wie so viele ihrer Art, dass alles beim Alten blieb. Während sie die gebrechliche Frau fütterte, erlaubte sie sich einen Anflug von Hoffnung. Sie wollte den anderen zeigen, dass sie noch nicht die Verantwortung übernahm. Sie würde noch jung bleiben. So durfte sie vielleicht – trotz ihrer Hitze – in der Familie bleiben.

8

Krumm fehlte ihnen noch mehr, als sie mit der mühsamen Arbeit anfingen, den Kadaver zu zerlegen und das Fleisch zu der nahe gelegenen Höhle bei ihrer Frühlingshütte zu bringen. Mädchen befürchtete, dass sie auf dem Weg hin und zurück von Fleischfressern angegriffen werden könnten. Ihr Bruder wollte beim Kadaver eine Schutzhütte aufstellen und dort lagern, aber Große Mutter war dagegen, da ihnen zu dieser Jahreszeit das Eis wegschmelzen konnte. Sie entschied, dass das Fleisch zur Höhle gebracht wurde, und zeigte dies, indem sie sich sofort in Marsch setzte. Mädchen versuchte, ein lautes Stöhnen zu unterdrücken, obwohl sich Trauer und Erschöpfung wie eine schwarze Kugel in ihrer Brust zusammenballten. In der Höhle konnte sie sich wenigstens ausruhen. Sie würden innerhalb der sicheren Felswände das Fleisch in einem großen Fest zurechtschneiden und essen.

Im Lager verstaute Mädchen das Fleisch, das sie nicht sofort verzehren würden, in ihrem Vorratsspeicher. Sie hatten dafür Gruben gegraben, die bis tief in den gefrorenen Boden reichten. Mickerling und Krumm hatten sie mit Steinen ausgekleidet. Jetzt verstaute Mädchen das Fleisch in den Gruben, legte mehr Steine darauf und goss Wasser aus einem Ledersack darüber. Das Fleisch würde schnell gefrieren und so lange haltbar sein, wie es kalt blieb. Sollten sie etwas davon essen, würden sie heißes Wasser darüber gießen und es auftauen. Wenn sie Fleisch auf einem Baum lagerten, wickelte Mädchen sorgfältig große Blätter um den Stamm, damit die Eichhörnchen nicht daran hochklettern konnten. Allerdings würden sie es dennoch immer wieder versuchen. Dies war ein Grund für Große Mutters Treffsicherheit. Sie konnte sie aus einer Entfernung von zehn Bisonschritten mit einem Stein am Kopf treffen.

Krumm hätte mit wurfbereitem Speer auf sie aufgepasst, jederzeit bereit, Alarm zu schlagen, während Er das Tier zerlegte und Mädchen die Fleischstücke zur Höhle brachte. Krumm wäre mit Große Mutter und Mickerling zum Lager zurückgegangen und hätte die Umgebung geprüft, während sie in der Höhle arbeiteten. So hingegen mussten sie selbst immer wieder ihre Arbeit unterbrechen und sich umschauen, während sie das Fleisch für die Dörrgestelle in Streifen schnitten, das Hirn auskochten, um Fett herzustellen, und die Sehnen ablösten, um sie einzuweichen. Es hielt sie auf.

Später würden sie am Feuer essen und sich mit Schatten Geschichten erzählen. Sie vermissten Krumm nicht, weil er etwas Bestimmtes gesagt oder getan hatte, sondern wegen der Arbeit, die er übernommen hatte, damit sie satt und in Sicherheit waren. Ihre Trauer galt nur praktischen Dingen. Ein Körper summierte sich auf die Arbeit, die er im Laufe seines Lebens verrichtete. Über den Tod eines Familienmitglieds hinwegzukommen hieß, sich zu überlegen, wie man nun all die Arbeit neu unter sich aufteilte. Und ein großes Bison mit so wenigen Mitgliedern zu zerlegen war schwer.

Doch das Wetter war auf ihrer Seite. Noch am Mittag war es schneidend kalt. Sorgfältig zerlegte Er den Kadaver und tauchte die Stücke sofort in einen eisigen Tümpel am Rand des Flusses, sodass sich keine Würmer und Fliegen einnisten konnten. Zuerst schnitt er die Vorderbeine ab und dann die Hinterbeine. Er tauchte sie kurz ein und reichte sie an Mädchen weiter. Sie hievte sie sich auf die Schulter und begab sich auf die kurze Strecke zur Höhle. Als Nächstes trennte Er die Hüftgelenke ab und löste das Becken aus. Dabei schaute er sich immer wieder um und hielt Ausschau nach Gefahren. Abgesehen von den Würmern und Fliegen waren die größte Bedrohung – die sie vom Essen abhalten oder ihnen schaden konnten, bevor sie es konnten – andere Fleischfresser. Im ganzen Tal würden alle Tiere von ihrem Erfolg wissen. Neuigkeiten verbreiteten sich über die Bäume. Selbst die leichteste Brise trug die Gerüche einer erfolgreichen Jagd über weite Entfernungen mit sich.

Als die Familie noch mehr Mitglieder hatte, stellte die Verteidigung der Jagdbeute kein so großes Problem dar. Selbst wenn alle angeschlagen und erschöpft waren, reichten ein paar Wachen mit einem Speer in der Hand aus, um mögliche Angreifer abzuschrecken. Die meisten Fleischfresser waren alt und klug genug, um keine Familie zu attackieren. Alle Tiere der Umgebung waren mit den Bedingungen vertraut, die bestimmten, wer zu fressen bekam. Das Essen musste mehr Energie bringen, als die Jagd kostete. Als die Familie noch mehr Speerträger hatte, war dies für die anderen Tiere mit einem Blick zu erkennen.

Aber jetzt hatte die Familie nur noch wenige Mitglieder. Der Verlust von Krumm brachte sie in eine gefährliche Lage. Mickerling und Große Mutter waren schwach, obwohl sie das niemals zugegeben hätten. Mädchen hatte genau dies im Kopf, als sie sich der Höhle mit einer großen Fleischkeule auf dem Rücken näherte. Sie konnte das knackende Feuer hören und den Rauch sehen, der aus der Höhle drang, doch sie nahm das Fleisch von der Schulter und legte es auf den Boden, um sich auszuruhen. Besser, sie tat das, bevor Große Mutter und Mickerling sie sahen. Sie wollte nicht, dass sie sich Sorgen wegen ihrer Erschöpfung machten.

Sie hockte sich auf einen Felsen und stieß schnaubend Luft aus. Ihr Körper verströmte Wärme. Während sie zusah, wie die Dunstwolke sich in der Luft auflöste, stellte sie sich vor, sie hätte in ihrer Brust ein loderndes Feuer. Wenn es heiß brannte, würde Rauch aufsteigen, und ihre Muskeln würden vor lauter Kraft bersten. Aber manchmal brannte es nur schwach, und genau so fühlte sie sich jetzt. Sie hatte kein Holz mehr, das sie in die Flammen werfen konnte.

Da knackte hinter ihr leise ein Zweig. Argwöhnisch legte sie den Kopf schräg. Das Geräusch kam daher, dass ein Zweig unter weichen Sohlen zerbrach, was auf ein Raubtier schließen ließ, das sich anschlich. Dann spürte sie es: den Herzschlag eines Tiers, das in der Nähe des Baums war, dabei befand sich Er doch noch am Fluss. Was war es also?

Sie hob witternd die Nase. Da der Wind aus der anderen Richtung kam, konnte sie es kaum riechen. Sie zog die Lippen zurück, um die Wärme zu spüren. Der Körper war leicht: kein Bär, keine große Raubkatze. Und wo war er? Ihre großen Augen erhaschten einen Blick von einer Schwanzspitze im Unterholz. Da. Sie zuckte. Mädchens Kopf fuhr herum. Der Schwanz war geringelt. Die Ohren hatten schwarze Spitzen. Sie lachte auf, so erleichtert war sie. Es war Wildkater. Sie drückte die Hand auf die Brust, um ihr wild pochendes Herz zu beruhigen.

Wildkater kam hinter dem Busch hervor, um sich zu zeigen. Er sah sie an und krauste sie Nase, als stänke sie. Vielleicht stimmte das auch, aber das war es nicht, was er ihr vermitteln wollte. Damit gab er ihr zu verstehen, dass er Fleisch wollte. Er hatte Mädchen das beigebracht, indem er zuerst die Nase krauste und ihr dann Zuneigung zeigte, wenn sie ihn wie gewünscht fütterte. Einen Großteil des Tages verbrachte Wildkater versteckt in Schatten und Unterholz. Tagsüber ließ er sich nicht oft blicken, aber wenn, dann war sein Gespür für den richtigen Zeitpunkt geradezu erstaunlich. Das war kein Zufall. Er beobachtete Mädchen ständig. Wenn sie ein Tier tötete, einen Kadaver entdeckte oder auch nur ein paar Nüsse fand, war er da und wollte seinen Anteil.

Jetzt kroch die Wildkatze zu ihr und leckte ihr mit der rauen Zunge, die sich anfühlte wie Baumrinde, über die Wange. Mit gesenktem Kopf rieb er seinen Körper an ihren. Dann sah er sie mit leicht zusammengekniffenen Augen an und bot ihr seine Nase, damit sie sie berühren konnte. Sie drückte sanft ihre eigene Nase gegen seine und spürte die feuchte Spitze. Das hatte er ihr beigebracht: sich mit der Nasenspitze zu küssen wie Katzen. Sie lächelte.

Dann griff sie nach der Keule und riss ein Stück vom ausgefransten Ende ab. Das Fleisch hatte immer noch die Wärme vom Leben. Die Wildkatze schnappte sich das Fleisch vom Boden, rieb sich noch mal an Mädchens Bein und flitzte zum Essen unter einen Busch.

Als Mädchen Wildkater kurz beim Fressen zusah, erhaschte sie einen Blick auf seine langen Fangzähne. Sie waren spitz und stark und konnten leicht eine Ader durchbohren, aber er benutzte sie nie gegen sie. Manchmal fragte sie sich, ob ihre Freundschaft nur von ihrer unterschiedlichen Größe herrührte. Er hatte sie eingeschätzt und wusste, dass sie ihn an Muskelkraft übertraf. Da sein Kiefer nicht groß genug war, um sich um ihren Hals zu schließen, fand er als kluge Katze andere Wege, Essen von ihr zu bekommen.

Wenn etwas Schreckliches passierte und statt der Bisonkeule ihr Bein auf dem Weg läge, würde Wildkater das dann auch fressen? Wenn er das Maul weiter aufreißen könnte und die Zeiten hart wären, würde er davon abbeißen, wenn nichts ihn davon abhielte – wie zum Beispiel Ers Fuß oder ein gut gezielter Stein von Große Mutter? Ja, natürlich. Und so hatte ihre Freundschaft nur innerhalb der Grenzen von Hunger und Gelegenheit Bestand. Das schwächte ihre Verbindung keineswegs. Vielleicht war sie genau deshalb so lebendig.

9

Als Mädchen zum Fluss zurückkehrte, hatte Er schon große Fortschritte beim Zerlegen des Kadavers gemacht. Er stand auf dem Eis und tauchte erneut seine Hände in das flache Wasser, um eine Keule herauszuziehen, die Mädchen auf dem Rücken zur Höhle tragen sollte. Obwohl er schnell und hart arbeitete, zogen die nassen Hände Wärme aus seinem Körper. Normalerweise würde er unter diesen Umständen nicht so auskühlen; es war ein Zeichen von Überlastung. Als Mädchen ihn erreichte, schlug er gerade die Hände gegen die Oberschenkel, damit das Blut wieder hineinströmte.

Mädchen hockte sich ans Ufer und rief: »*Aruu.*« Sie hockte lieber statt zu sitzen, da sie so mit dem Körper der Kälte und Feuchtigkeit fern blieb. Ihre dicken Beine und kräftigen Gelenke falteten sich mühelos zu einer Position zusammen, bei der eher die Knochen als die Muskeln das Gewicht ihres Körpers trugen. Hocken war eine bequeme Haltung zum Ausruhen.

Ihr Bruder ging Mädchen gegenüber ebenfalls in die Hocke. Sie nahm seine Hände in ihre und spürte, wie kalt seine waren. Obwohl er darauf geachtet hatte, sie immer nur kurz ins kalte Wasser zu tauchen, hatte die Kälte sein Blut verdrängt, und seine Haut war weiß und knittrig. Sie waren beide erschöpft von der Arbeit und ihrer Angst. Da Ers Hände die wichtigsten Werkzeuge waren, um den Kadaver zu zerlegen und in Sicherheit zu bringen, mussten sie äußerst sorgfältig behandelt werden. Die Notwendigkeit, Er zu wärmen, hieß, dass alle andere Arbeit zum Erliegen kam.

Krumm hätte nur einen Blick auf Ers Hände geworfen und für ihn den Kadaver zerlegt. Dann hätte Er die Wache übernommen, sich ausgeruht und ein Stück Fleisch gekaut. Das brauchte sein Körper jetzt: sein inneres Feuer wieder anzufachen und zum Lodern zu bringen. Aber so zog sich die Wärme aus den Enden seines Körpers zurück, um die wichtige Mitte zu schützen. Das war ein erstes Anzeichen von Gefahr. Wenn ein Körper seine Wärme aus den Fingern zog, würde er schon bald darauf die Wärme aus dem Kopf ziehen. Wenn das Blut sich aus dem Kopf zurückzog, um die Brust und den Bauch zu wärmen, würde der Körper anfangen zu frieren und müde werden. Mädchen wusste, dass ein Körper unvorhersehbare Sachen machen konnte. Sie glaubte, wenn er verrücktspielte, hatte das oft mit der inneren Wärme zu tun.

Aber sie waren nur wenige. Die Familie war so klein, dass sie beide weiterarbeiten mussten. Mädchen musste Ers Hände so gut wie möglich wärmen, und das auch noch schnell, denn sie durften das Bisonfleisch nicht verlieren. Also nahm sie seine Hände zwischen ihre und presste die Handflächen zusammen. Sie umfasste sie und hauchte gegen seine Haut. Das zeigte kaum Wirkung: In der Kälte konnte man Haut nur richtig wärmen, indem man die Hitze von innen entfachte, aber ihr heißer Atem wirkte Wunder in seinem Geist. Er schickte ein deutliches Signal vom einen Körper zum anderen. Sie begriff, dass ihm kalt war. Sie begriff, dass er hart arbeitete. Wohin der Geist geht, kann der Körper folgen.

Mädchen zog seine Hände auseinander und schob sie unter ihre Achseln. In Achselhöhlen ließen sich Hände gut wärmen, und ihre eigenen Achselhöhlen waren dafür besonders gut geeignet. Ihr breiter Brustkorb bot einen prächtigen Landeplatz, und jede Höhle unter ihren Muskeln konnte eine große Hand aufnehmen. Dazu sorgte eine dichte Behaarung dafür, dass die Wärme blieb.

Sofort wurde Er von Dankbarkeit durchflutet. Er schloss die Augen und legte den Kopf auf ihre Schulter. Ihre Knie berührten sich, seine Hände wurden wärmer. Zu anderen Zeiten würde er dasselbe für sie tun. Er atmete ihren Geruch ein, während sie ihn wärmte, und dieser Geruch erinnerte ihn an all die anderen Gelegenheiten, bei denen sie ihm geholfen hatte. Noch mit dem Kopf an ihrer Schulter öffnete er die Augen. In der Hockstellung zeichnete sich die weiche, blasse Haut ihrer geöffneten Schenkel vor dem schlammigen Ufer ab. Auf der Innenseite entdeckte er eine Schleimspur. Das war nicht weiter verwunderlich, wenn man ein Bison getötet und ausgeschlachtet hatte, aber irgendetwas daran fesselte seine Aufmerksamkeit.

Er schnüffelte. Das kam nicht vom Bison. Das kam von ihr. Sie war in der Hitze. Die Gerüche – feuchte Erde und frisches, neu sprossendes Gras – vermischten sich mit ihrer Wärme. Er lehnte sich zu ihr, um mehr davon zu bekommen. Er legte seinen Mund auf ihre Schulter und biss in die prallen Muskeln. Sie zuckte zusammen, wich aber nicht zurück. Stattdessen lehnte sie sich ebenfalls noch näher an ihn. Ihre Oberkörper trafen sich, und dann spürte er ihre starken Arme um seinen Hals.

Er hob ihre Hüfte an, sodass sich ihre Schenkel über seinen spreizten. Grunzend schob er sich hinein. Ein kurzes Schwanken, ein Ringen um Gleichgewicht, dann bewegte sie sich. Und das war richtig. Er spürte, wie ein Glühen wie von heißer Asche von seinem Becken ausging und sich im ganzen Körper ausbreitete. Er war erfüllt von der Hitze ihres Körpers, vom Rhythmus ihrer Bewegungen und vom Geruch der Erde um sie herum.

In ihnen kam das Land zusammen. Alles, was seine Sinne wahrnahmen – die Gerüche und Muster auf dem Sand, das Rauschen des vorbeiströmenden Flusses, das sachte Schwanken der Äste an den Bäumen –, wandte sich nach innen zu ihr hin. Anstatt das Land zu beobachten und auf seine Geräusche zu lauschen, war er mittendrin. Genau hier und jetzt wurde Mädchen das Land. Sie war es, die ihn nährte und am Leben erhielt. Sie bewegten sich gemeinsam. Es war *warm*, so warm, wie sie es noch nie erlebt hatten.

Mädchen hingegen spürte die ganze Zeit: *Ich bin der Körper.* Es war, als wäre sie wie nie zuvor mit der Familie verbunden. Aber sie fühlte sich auch erfüllt. Der Hunger, der in ihr genagt hatte, war endlich gestillt. Sie fand eine Möglichkeit, das Verlangen zu befriedigen, und würde es fraglos auch genießen. Sie schaukelte und drängte in einer Weise, die eher gezwungen als frei gewählt war. Nach einem Jahr hungriger Unruhe hatte sie endlich einen Weg gefunden, satt zu werden. Und ihr Appetit war wie immer gewaltig.

Nachdem es beendet war, verharrten sie so, mit Mädchens Beinen um seine Taille. Wenn sie einatmete, füllten sich seine Lungen ebenfalls mit Luft und atmeten dann wie eine Antwort aus. Friede senkte sich über sie. Das Land schien zu bemerken, was vor sich ging. Die Kiefernzapfen fingen an zu vibrieren, die Vögel zwitscherten, die Bärin regte sich und öffnete ein Auge, und die jüngsten Dachse quietschten neugierig.

Mädchen zog sich zurück und wich Ers Blick aus. Als sie stattdessen auf seine Schulter schaute, überkam sie der Drang hineinzubeißen. Nicht nur sanft, sondern herzhaft. Und da wurde ihr klar, dass sie ein Vielfraß war und schon bald mehr wollen würde. Besorgt merkte sie, dass dieser Drang so stark wie ihr Hunger war und das eigentliche Problem in der dauernden Anwesenheit bestand. Er meldete sich bereits wieder.

Ihr Bruder hob die Hand und zeigte ihr seine Handfläche. Als sie es ihm gleichtat, drückten sie ihre Handflächen zusammen. Angesichts der Umstände eine merkwürdig steife Geste.

Aber Mädchen war unruhig. Für eine ganze Weile hatten sie nicht aufgepasst. Hatten nicht mit hochgezogenen Oberlippen den Wind geprüft, mit den Augen die Landschaft überflogen und die Ohren gespitzt. Die beiden Stärksten in der Familie waren unachtsam gewesen und hatten damit die anderen ohne Schutz gelassen. Das war gefährlich.

Die grausame Wahrheit war, dass sie nicht mehr in Sicherheit waren, obwohl in diesem Augenblick keine Gefahr drohte. Der Leopard, das junge Männchen, das immer am Rand ihres Landes herumschlich, war auf einen Felssims gestiegen, den er als Aussichtspunkt nutzte. Von dort aus hatte er die Furt beobachtet. Das tat der junge Leopard, weil er seine Mutter während der Eisschmelze verlassen hatte. Sie hatte ihm das Jagen beigebracht, so gut sie konnte. Sie hatte ihn und seinen Bruder sogar ein zusätzliches Jahr bei sich geduldet, um ihre Fähigkeiten zu verbessern, aber als sie erneut trächtig wurde, war es Zeit für ihn, sich allein durchzuschlagen.

Wieder und wieder hatte seine Mutter ihn und seinen Bruder mit gefletschten Zähnen verjagt. Der Leopard hatte sie nicht verlassen wollen. Er kannte nichts anderes als ihre Fürsorge und die Fleischbrocken, die sie ihm gab. Für einen jungen Leoparden, und vor allem für ein Männchen, war das erste Jahr allein besonders gefährlich. Ein Männchen musste sich ein eigenes Territorium sichern. Dieses Stück Land musste groß genug sein, um seinen Körper mit einer ausreichenden Menge Fleisch zu versorgen. Seine Bedürfnisse waren denen der Familie sehr ähnlich.

In gewöhnlicheren Zeiten hätte ein Leopard seiner Größe nie daran gedacht, die Familie anzugreifen. Die Furcht vor Zweibeinern, die Steine als Klauen und Speere als Zähne benutzten, war ihm eingeprägt worden. Als er einmal mit seiner Mutter unterwegs gewesen war, hatten sie gespürt, dass eine Familie nahte, und seine Mutter hatte dafür gesorgt, dass sie lange vor einer Begegnung kehrtmachten und in eine andere Richtung gingen. Für seinesgleichen endete der Versuch, sich ihnen zu nähern oder gar in ihr Territorium einzudringen, oft mit dem Tod.

Bei den meisten Spezies bemerken die weiter unten in der Hierarchie Verschiebungen bei denen weiter oben sehr schnell. Als der Leopard auf die Familie traf, hatte er ihre Gewohnheiten studiert. Zu diesem Zeitpunkt des Frühlings kannte er bereits ihre Fähigkeiten und Stärken, aber vor allem ihre Schwächen. Als er die beiden Stärksten in der Gruppe grunzen und keuchen hörte, begab er sich zu seinem Aussichtspunkt, um einen Blick auf sie zu werfen.

Der Leopard versuchte nicht, das Geschehen zu deuten. Er beobachtete die beiden nur und erkannte, dass sie nicht auf sich aufpassten. Für einen jungen männlichen Leoparden, der ein Territorium brauchte, das seinen Körper mit ausreichend Fleisch versorgte, damit er wachsen und sich paaren konnte, lag genau darin eine winzige Chance.

Archie-Comics

Mein Großvater erzählte mir als Erster von den Neandertalern. Er hatte eine Blockhütte an den Ausläufern der Laurentinischen Berge. Meine Großmutter und er wohnten eigentlich in Montreal, verbrachten aber viel Zeit in der Hütte. Wann immer Grandpa meinen Bruder und mich aus der Terrible City – seine Lieblingsbezeichnung für Toronto – locken wollte, lud er uns in seine Hütte ein.

Der Winter, in dem er mir von den Neandertalern erzählte, war besonders kalt. Die Hütte wurde von einem ächzenden Holzofen erwärmt. Grandpa schürte das Feuer, legte neue Scheite hinzu und ging nach draußen zum Schuppen, um noch mehr Holz zu holen. Als sich die Hintertür wieder öffnete, kündete ein Wirbel aus Schneeflocken von seinem Eintreten. Ich zog meinen groben Wollpullover noch enger um mich. Er kratzte an meinen vom Rodeln geröteten Wangen. Mein Bruder, der neben mir auf der Couch saß, erschauerte, las aber weiter in seinem Comic. Nachdem das Feuer im Ofen kräftig brannte, ließ Grandpa sich zwischen uns nieder.

»Hast du schon mal was von den Neandertalern gehört?«, fragte mein Großvater mit seiner dunklen, rauen Stimme. Sein dickes Arbeitshemd roch nach Holzrauch und Kiefernharz. Als ich seine Frage verneinte, nahm er erfreut ein Buch zur Hand, um mir ein Bild zu zeigen.

Mein Bruder schaute gerade lang genug von seinem Archie-Comic auf, um einen angewiderten Blick darauf zu werfen. »Haarig wie du, Rose.«

Grandpa zog nur eine Augenbraue in die Höhe. »Dieses Buch stammt von einem Schriftsteller namens H. G. Wells. Hört euch mal seine Beschreibung an: ›Ein äußerst haariges, hässliches, abstoßend fremdartiges Ungetüm mit fliehender Stirn, pelzigen Augenbrauen, Affennacken und kleiner Statur …‹«

»Was heißt *Statur*?«, fragte ich.

»Er war beim Gehen vornübergebeugt«, erklärte Grandpa. »Wells behauptet, die Menschenfresser in den Märchen hätten die Neandertaler zum Vorbild.«

»Du meinst, sie waren wie Menschenfresser?«

»Nur, dass es sie wirklich gab.«

»Echte Ungeheuer?«

»Und vielleicht aßen sie sogar das Fleisch von ihresgleichen. Kannibalen.«

»Robert, du jagst ihr doch Angst ein«, rief Grandma aus der Küche.

»Aber nie im Leben«, gab mein Großvater zurück und drehte seinen Oberkörper zur Küche. »Dazu ist sie viel zu mutig.«

Mein Bruder nutzte die Gelegenheit, um zuzuschlagen. Er duckte sich hinter Grandpa und brüllte laut. Ich erschrak und schrie auf. Aber ein finsterer Blick von meinem Großvater reichte, und mein Bruder ließ sich wieder zurücksinken und versteckte sich hinter seinem Comic.

»Haben sie sich wirklich gegenseitig gefressen?«, fragte ich Grandpa mit weit aufgerissenen Augen.

»Das wissen wir nicht genau«, erwiderte er ausweichend. »Aber sie hatten sehr primitive Gewohnheiten. Wir haben uns seitdem sehr viel weiter entwickelt.«

»Welchen Teil haben sie denn gegessen? Ein Bein?«

»Deshalb können wir auch mit einem gewissen Triumph auf unsere Geschichte zurückblicken. Die Neandertaler standen irgendwo zwischen den Affen und den Menschen. Wenn du so willst, waren sie ein evolutionäres Bindeglied.« Er tippte sich an den Kopf. »Wir wurden schlau. Das machte uns zu etwas Besonderem. Deshalb kontrollieren wir die Welt um uns herum. Deshalb haben wir es nicht mehr nötig, uns zu so niedrigen Handlungen herabzulassen.«

»Die Arme? Oder den ganzen Körper?«

»Was ich sagen will, Rose, ist, dass die Neandertaler nur von Instinkten angetrieben wurden.«

»Ich hoffe, ich werde nicht gefressen. Leben noch welche in diesem Wald?«

»Sie waren wie wilde Tiere. Nicht wie Menschen.«

»Was war mit den Neandertalerinnen?«, rief meine Großmutter aus der Küche. »Waren die auch so wild?«

»Nein«, rief mein Großvater zurück. »Und sie konnten nicht annähernd so gut kochen.«

Ich hörte, wie meine Großmutter leise lachte, während das schmutzige Spülwasser durch den Abfluss lief.

Nachdem mich Grandma später ins Bett gebracht hatte, konnte ich nicht schlafen, sondern starrte immer noch mit großen Augen in die Dunkelheit. Trotz der Kälte schlüpfte ich unter den dicken Decken hervor und presste meine Nase gegen die Fensterscheibe, um nach draußen in die Finsternis zu spähen. Die schneebedeckten Bäume säumten den Hang hinunter zum eisigen Fluss. Zeigten sich die Neandertaler des Nachts? Am Fuße des Hügels, wo ich tagsüber noch Schlitten gefahren war, bewegte sich etwas. Ein dunkler Schatten mit Fell, aber aufrecht stehend wie ein Mensch. Er hielt inne, als wüsste er, dass er gesehen worden war. Ich bin sicher, er wandte sich zum Fenster. Offenbar hatte er mich entdeckt. Einen Augenblick lang hatte ich Angst, aber dann fiel mir wieder ein, dass mein Großvater gesagt hatte, ich sei mutig.

Ich hatte keine Angst vor dem Neandertaler. Er sollte wissen, dass ich ihm seine Menschenfresserei nicht vorwarf. Wie zum Gruß drückte ich meine Handfläche gegen die Scheibe und hoffte, dass er es sehen würde. Allerdings konnte ich selbst ihn nicht mehr entdecken. Er war weg. Ich wartete so lang, wie ich meine Augen offen halten konnte, sah ihn aber nie wieder.

Als ich Tim Spalding in einer E-Mail mitteilte, dass ich schwanger war und in drei Monaten niederkommen würde, musste ich an meinen Großvater denken. Ich musste mutig sein, dabei hätte ich mich am liebsten in Großvaters Schoß zusammengerollt. Warum es mich so nervös machte, Tim die Neuigkeiten mitzuteilen, wusste ich nicht. Schließlich hatte ich ihm nichts verheimlicht. Man konnte mir nicht vorwerfen, dass ich so lange gewartet hätte, bis ich sicher war, dass die Schwangerschaft glatt verlief. Mittlerweile war ich im sechsten Monat, und man sah es mir an.

Ich bezweifelte, dass man im Museum schon von meiner Schwangerschaft wusste. Zu diesem Zeitpunkt arbeiteten außer Andy noch sechs Studenten und Assistenten an der Ausgrabungsstätte. Ich hatte sie vor Ort und über Kollegen gefunden. Es herrschte eine hohe Fluktuation. Ein französischer Fotograf, der für Museen arbeitete, kam regelmäßig, um unsere Fortschritte festzuhalten. Die vom Museum beauftragte Frachtgesellschaft brachte Dinge und nahm andere wieder mit. Jedem der Beteiligten hatte ich eingeschärft, nichts von dem Projekt zu erzählen. Ich bat sie alle, nichts von dem preiszugeben, was sie über die Ausgrabungsstätte wussten. Vielleicht dachten sie, meine Standardansprache bezöge sich auch auf meinen größer werdenden Bauch, und ich machte tatsächlich ein paar vage Bemerkungen in dieser Richtung, aber hauptsächlich ging es mir darum, die Zahl der Besucher zu begrenzen. Je mehr Menschen kamen, desto größer war die Gefahr der Kontamination oder unsauberer Arbeitsmethoden. Ich hatte den Laden fest im Griff.

Dennoch gingen die Arbeiten langsamer vonstatten als von mir erhofft. Das lag zum Teil an der schwierigen Logistik, vor allem aber daran, dass die Stätte so viele Artefakte barg. Natürlich war das großartig, aber ich erkannte, dass wir bis August nicht fertig werden würden. Daher musste ich diese E-Mail schicken, denn es war klar, dass ich das Baby bekommen würde, wenn die Ausgrabungen noch nicht abgeschlossen waren.

Tim antwortete mir weder an diesem Tag noch die gesamte darauf folgende Woche. Erst zwei Wochen später landete seine Reaktion in meinem Posteingang. Ich war erschöpft von einem schweren Tag und versuchte spät am Abend dennoch, den ständig wachsenden Berg an administrativen Aufgaben abzuarbeiten. Gerade wollte ich ins Bett fallen, da kam Tims Nachricht.

> Was für eine schöne Überraschung! Gratulation an Sie und Ihren Partner! Das Kind kann sich glücklich schätzen, eine so kluge und tatkräftige Mutter zu bekommen.
>
> Wir freuen uns für Sie und haben von uns aus etwas organisiert, damit unser Projekt ohne Unterbrechung fortgeführt werden kann. Großartige Neuigkeiten! Erinnern Sie sich noch an Caitlin Alfonso vom Komitee,

die Sie bei Ihrem Besuch hier kennengelernt haben? Sie wird während Ihres Mutterschaftsurlaubs die Projektleiterin an der Ausgrabungsstätte und kommt in einer Woche, sodass es einen reibungslosen Übergang geben wird.

Ich hörte auf zu lesen und drückte sofort auf *Antworten*. Wie konnten sie eine solche Entscheidung ohne mich treffen? Es war offensichtlich, dass sich der Übergang auf mich bezog – ich sollte weg von der Ausgrabungsstätte. Nur mühsam meine Gefühle im Zaun haltend, fing ich an zu tippen. Eine Primatologin sollte übernehmen, während ich weg war? Wie in aller Welt konnte jemand mit einer ganz anderen Ausbildung wissen, wie die Ausgrabungen korrekt vonstattengehen sollten? Das verstieß gegen alle vernünftigen Grundsätze.

Ganz eindeutig wollte Guy jemandem aus seinem Lager die Kontrolle über das Projekt geben, damit er die Entdeckung so spektakulär ankündigen könnte, wie er wollte. Die Alarmsignale dafür waren bereits mehr als deutlich. Während meiner wöchentlichen Skype-Gespräche mit dem Komitee hatte es ein paar unangenehme Fragen über die Fortschritte der Ausgrabungen gegeben. Ich hatte nicht alle Einzelheiten unter Verschluss halten können. In der Branche sickerten langsam Gerüchte über den Fund durch. Ein paar bekannte Wissenschaftler des Forschungsgebiets stellten die Beweise für eine Beziehung zwischen anatomisch modernen Menschen und Neandertalern in Frage. Guy wollte die Ausstellung mit dem Bild der beiden Skelette eröffnen und sie »Das Liebespaar« nennen, aber die allgemeine Vorstellung, dass unsere Spezies die unterlegenen Neandertaler verdrängt hatte, wurde damit nicht angefochten. Als Menschen ziehen wir die schlichtere Geschichte über unsere Spezies vor: dass wir uns von der

Primitivität zur Perfektion entwickelt haben. Die durchaus komplexere Wahrheit war mit Guys Vermarktungsplänen wenig vereinbar.

Ich wusste, ich würde kaum erfahren, welche Motive dahinterstanden, Caitlin die Verantwortung für das Projekt zu übertragen. Schließlich war ich eine Außenstehende. Selbst wenn ich mir die Zeit nähme, um nach New York zu fliegen, würden mir nur die offiziellen Gründe genannt werden – und zwar in ihrem Territorium. Daher beschloss ich, lieber unangenehme Machtkämpfe zu vermeiden und direkt zum Punkt zu kommen. Ich antwortete mit ein paar knappen Worten und dem Hinweis auf die New Yorker Rechtslage: »Es ist ungesetzlich, wenn ein Arbeitgeber eine schwangere Arbeitnehmerin zwingt, in Mutterschutz zu gehen, es sei denn, die Arbeitnehmerin ist durch ihre Schwangerschaft nicht in der Lage, ihre Aufgaben in zumutbarer Weise zu erfüllen.« Ich bat Tim, mir mitzuteilen, ob er der Ansicht sei, dass ich meine Aufgaben nicht mehr erfüllte. Sollte dies nicht der Fall sein, würde ich selbst entscheiden, wann ich mein eigenes Projekt verließe, um in Mutterschutz zu gehen.

Ich fuhr meinen Computer herunter, stand auf und schob die Zelttür beiseite – mittlerweile genossen wir den Luxus, ein größeres Zelt mit festem Holzboden zu haben. Andy saß in der Nähe und starrte ins Lagerfeuer. Ich zog einen Campingstuhl heran und nahm darauf Platz. Mir war nicht ganz wohl wegen der E-Mail, die ich gerade abgeschickt hatte. Normalerweise nahm ich mir immer etwas Zeit, bevor ich meine E-Mails verschickte, aber in diesem letzten Schwangerschaftsdrittel wurde ich zunehmend aufbrausend. Es widerstrebte mir zwar, meine Stimmungen auf die Hormone zu schieben, aber meine Impulse waren wirklich zusehends schwerer zu kontrollieren.

»Andy?«

»Rose?«

»Bin ich schwierig?«

Er starrte weiterhin ins Feuer. »Meine Frau sagte früher immer, wenn sie eine solche Frage stellte, dass es eigentlich nicht als Frage gemeint war.«

»Aber bin ich schwierig?«

»Sie wollte nur, dass ich lächle und ›Aber nein!‹ sage.« Er lachte leise.

»Du hast mir nie viel über sie erzählt«, erwiderte ich. »Ich würde gerne mehr über sie erfahren.«

»Aber du bist nicht meine Frau. Also: Willst du, dass ich dir deine Frage beantworte?«

Ich nickte und stocherte mit einem Stock im Feuer herum.

»Ja«, sagte er.

Ich boxte ihn leicht auf den Arm. »Falsche Antwort.«

»Das ist doch nichts Schlimmes. Du versuchst einfach, eingefahrene Denkmuster zu verändern. Und dazu muss man die Menschen nun mal anschubsen.«

»Ich will aber nicht schwierig sein.«

»Rose, was ich sagen will, ist: Du bist mutig.«

10

Sie begruben Krumm in der Abenddämmerung. Es war die beste Zeit für den Übergang auf die andere Seite der Erde. Wegen des vereisten Bodens grub Er nur ein flaches Loch. Mädchen schob Krumms Knie bis zur Brust hoch und schlang seine Arme um die Beine. Dann legten sie ihn in die Grube. Sein Kopf wurde so nach vorn gedrückt, dass seine Augenhöhlen seine Knie berührten. Die Füße wurden so abgewinkelt, bis der Körper in genau der Form dalag, in der er auch geboren worden war. Sie küssten Krumm auf die Wangen und glätteten seine Haare. Dann schlossen sie alle die Augen, fassten sich an den Händen und wandten sich nach innen. Totholz. Jeder von ihnen dachte an Zeiten mit Krumm, und so spürten die anderen diese Zeiten ebenfalls. In dieser Weise war Krumm bei ihnen allen.

Eine Botschaft lag in der Form des Toten, für die seltenen Gelegenheiten, in denen sie alles in Frage stellten oder den Tod fürchteten – denn selbst eine so eindrucksvolle Familie bekam manchmal Zweifel ob der Härten des Lebens. Wenn es ihnen schwerfiel, an Verfall und Neuentstehung zu glauben, wenn einer von ihnen sich Sorgen darüber machte, was nach seinem Tod mit ihm geschähe, dann zeigte Große Mutter mit

Schatten genau diese Haltung eines Neugeborenen. Um daran zu erinnern, wie man geboren worden war. Hatte man da gelitten? Hatte man Hunger gehabt oder gefroren? Nein, nichts von alledem. Das wollte sie sagen, wenn sie die Form eines Babys an die Wand warf. Damals hatte der Körper eine andere Form und wird sie einst wieder haben.

Nichts von den Dingen, die Krumm im Leben benutzt hatte, kam mit ins Grab. Mickerling würde seinen Umhang und seinen Faustkeil erben. Mädchen würde seinen Trinksack bekommen, da ihrer bereits Risse hatte. Seinen zerborstenen Speer würde Er reparieren und danach mit sich führen. Es war ehrenvoll, diese Dinge in ihrem Alltag zu benutzen. Denn sie hielten das Andenken an Krumm lebendig. Die Familie würde die Werkzeuge, die er besessen hatte, behalten und verwenden. Sie würden aus Krumms Anstrengungen Nutzen ziehen.

Einmal, vor langer Zeit, hatten sie den Körper eines anderen Bruders – Fetter Junge – unter den Wurzeln eines frisch umgestürzten Baumes begraben. Damals war es warm gewesen, und einen Tag, bevor Fetter Junge starb, hatte Regen das Land aufgeweicht, und eine ziemlich stattliche Kiefer hatte den Halt verloren und war umgekippt. Der Wurzelballen hinterließ ein so großes Loch, dass man nur noch ein wenig graben musste, um einen Körper hineinlegen zu können. Als der Körper in der richtigen Haltung unter dem Wurzelballen lag, befahl Große Mutter ihnen, den Baum wieder aufzurichten. Sie umgaben ihn mit frischer Erde, um den Wurzeln neuen Halt zu verleihen. Schon kurz darauf konnte Mädchen spüren, dass das Leben aus Fetter Junges Körper in den Baum überging. Die Nadeln wurden leuchtend grün, und die Äste reckten sich zum Himmel.

Mädchen wünschte, sie könnten dasselbe für Krumm tun. Wenn ihr dann die Mitarbeit seines Körpers gefehlt hätte,

hätte sie nur eine Hand auf den Stamm legen müssen, um die Stärke seiner Muskeln zu spüren; und wenn sie ihr Ohr an die Rinde gelegt hätte, wäre es gewesen, als könnte sie das Blut durch seine Adern strömen hören. Jeder Baum hatte einen Herzschlag, und sie wollte einen, der sie an Krumm erinnerte, doch sie waren einfach zu wenige, um noch mehr für ihn tun zu können. Eine Beerdigung unter einem Baum war nur möglich, wenn man mehr Hände und mehr Fleisch hatte.

Als Mickerling die erste Handvoll Erde auf Krumm warf, war Mädchen noch nicht bereit. Ein weiteres Zeichen dafür, dass sie die Veränderung nicht so annahm, wie sie sollte: ein Zeichen für nahenden Ärger. Sie hielt Mickerling auf, weil sie Krumm, nackt und zusammengerollt, wie er war, noch ein bisschen länger betrachten wollte.

Sie kniete sich neben Krumms Körper hin und drückte ihren Handrücken an seine kalte Haut. Seine wulstigen Knochen an der Stirn schirmten seine Augen ab. Seine langen Wimpern lagen auf der weichen Haut seiner Wangen. Seine Nase prangte breit im Gesicht. Sie besaß dieselbe Form wie ihre. Als Krumm noch klein war, hatte sie oft so getan, als würde sie sich seine Nase schnappen und sich selbst ins Gesicht drücken. Er musste sich immer schielend vergewissern, dass er seine Nase noch hatte. Dann tat sie, als würde sie sie Er zuwerfen, und ein wildes Fangenspiel begann.

Sie blickte auf zu den bedrückten Mienen von Große Mutter und Er. Sie sagten Mickerling nicht, dass er weiter Erde auf das Grab werfen sollte. Vielleicht wollten sie auch noch ein bisschen mehr Zeit mit Krumm. Große Mutter hatte das Sagen, und ihr Wort wurde nie in Frage gestellt. Nicht nur, weil man dann ganz schnell einen Tritt abbekam, sondern weil sie schon so lange lebte und alle Veränderungen kannte. Sie hatte sie schon mehrmals erlebt und konnte vorhersagen, was als

Nächstes kam. Diese Fähigkeit war selten, und wenn jemand sie besaß, dann wurde er von der ganzen Familie respektiert. Denn sie half ihnen zu überleben.

Doch jetzt war Große Mutter alt und gebeugt. Irgendwie fühlte es sich an, als wären ihre Hörner geschrumpft. Sie wirkte so traurig, dass Mädchen sich fragte, ob ihr mächtiger Kopf nicht abfallen und ins flache Grab zu Krumm kullern würde. Vielleicht war ein weiteres Kind auf der falschen Seite der Erde einfach zu viel.

Alles war ständig im Wandel, aber ganz kurz wünschte sich Mädchen, es würde alles so bleiben, wie es war. Sie kletterte zu Krumm in die Grube und legte sich so hin, dass ihr Kopf neben seinem lag. Sie legte ihren Arm um seine Schultern, schlang ihre Beine um seine und schob mit dem Finger sein Kinn hoch, sodass sie sich in die Augen blicken konnten. Eine ganze Weile blieb sie so und spürte, wie die Wärme ihres Körpers auf Krumms Haut überging. Sie streichelte ihm übers Haar und flüsterte: »Warm.«

11

Die Familie kroch in ihre Hütte, in den Bauch des Bisons, um zu schlafen. In dieser Nacht schliefen sie dicht zusammengedrängt wie so oft zuvor, doch es war nicht mehr dasselbe. Jetzt lag Mädchen nicht mehr in der Mitte des Haufens, sondern ihr Rücken war ungeschützt, und vor Kälte hatte ihre Haut winzige Pöckchen wie ein gerupfter Vogel.

Zwischen Mädchen und der pfeifenden Nase von Große Mutter lag Mickerling. Da er der Kleinste war, brauchte er am meisten Wärme. Mädchen schmiegte sich so gut wie möglich an ihn, aber sein knochiger Ellbogen stach ihr in den Bauch. Doch als sie ihn wegschob, bohrte sich sein spitzes Knie in ihren Schenkel. Als sie abwehrend murrte, legte Große Mutter ihr ihre große Hand schwer auf den Kopf und brachte sie damit zum Schweigen. Mädchen konnte auch deshalb nicht schlafen, weil Wildkater sie anstarrte. Sie spürte geradezu seinen glühenden Blick. Er hatte sich zwar in die Hütte geschlichen, war aber von Große Mutter hinausgescheucht worden. Jetzt saß er am Eingang und starrte sie an, wartete, bis völlige Stille eingetreten war und Mädchen ihm ein Zeichen gab. Dann würde es sicher genug sein, um wieder hereinzukommen.

Mädchen drehte sich um und zog leise grunzend an den Fellen. Erneut legte sich eine große Hand schwer auf ihren Kopf. Diesmal gehörte sie zu Er. Er lag an seiner üblichen Stelle, wo er mit seinem Körper alle abschirmen konnte. Sie schlang ihre Finger durch seine und presste ihre Handfläche gegen seine raue Haut. Sie zog daran, weil sie wollte, dass ein Körper ihren Rücken wärmte.

Ganz kurz hob Er den Kopf und betrachtete die Schlafenden. Sie atmeten ganz flach. Lautlos rückte er zu Mädchen, genau an die Stelle, wo Krumm sonst geschlafen hatte. Er schmiegte sich in die Kuhle, die der Körper seines Bruders hinterlassen hatte. Es war schön, seinen Bruder in der Kuhle zu spüren. Dann legte Er seinen kräftigen Arm um Mädchen. Die Haut an ihrem Rücken war kalt. Er kuschelte sich eng an sie, um sie zu wärmen.

Schon bald darauf wurde es Mädchen heiß. Am Rücken brach ihr der Schweiß aus. Sie fing an, sich unter den Fellen zu bewegen, und Er reagierte sofort. Unwillkürlich streckte er die Hand aus und berührte das dichte Haar zwischen ihren Beinen. Mit einem Finger ertastete er, dass sie feucht war. Dies war wie ein Funken, der seinen Körper auflodern ließ. Er fasste Mädchens Hand und zog daran. Sie folgte ihm hinaus in die Kälte.

Als sie sich ein Stück von der Hütte entfernt hatten, breitete Er ihre Umhänge auf dem Boden aus und zog Mädchen auf sich. Sie versuchten, ganz leise zu sein, damit niemand sie störte. Sie folgten nur ihren Trieben. Wie der Hunger fegte ihr Verlangen jegliche Vorsicht und Vorstellung etwaiger Folgen hinfort. Ihr Atem ging schwer, Finger ertasteten Haut, Körper rieben und verkeilten sich so grob wie bei Bisons während der Brunft.

Später kroch Mädchen zurück ins Nest. Zwar nahm Er

wieder seinen Beschützerplatz ein, aber die Scham nagte an ihm. Seit das letzte männliche Oberhaupt der Familie nicht von der Jagd zurückgekehrt war, hatte Er versucht, seine Rolle zu übernehmen. Als er Mickerling betrachtete, der sich im Nest zusammengerollt hatte, und als er auf das Pfeifen aus der Nase von Große Mutter lauschte, erkannte er, dass er sie schutzlos zurückgelassen hatte, während er mit Mädchen draußen war. Gewissensbisse überfielen ihn. Wenn er die Vaterrolle übernehmen wollte, musste er auf die Familie aufpassen.

Erleichtert, wieder an seinem Beschützerplatz zu liegen, streckte Er sich aus und schloss die Augen. Zwar dachte er an Mädchen und das, was geschehen war, doch seine unmittelbare Sorge galt Große Mutter. Er wusste, dass er Mädchen eigentlich nicht so berühren durfte. Mit den Fingerspitzen fuhr er über die Wunde an seiner Stirn, wo Große Mutter ihn mit ihrem Warnschuss getroffen hatte. Doch was war, wenn er einschlief und von Mädchen träumte? Würde Große Mutter das merken? Schon bald forderte der Körper sein Recht, und er fiel in tiefen Schlaf.

Als Große Mutter aufwachte, war es noch dunkel. Ihre Augen sprangen auf, und sie sog scharf die Luft ein. Von diesem Luftholen wachte Mädchen auf. Mit einer einzigen schnellen Bewegung richtete sich die alte Frau im Nest auf. Zum ersten Mal seit dem Winterschlaf musste sie nicht hochgehievt werden. Die Locke an ihrem Hinterkopf rollte sich wie ein Strudel im Fluss zusammen. Langsam wandte Große Mutter ihren Kopf zu Mädchen, die ganz kurz verwirrt war und nicht wusste, was sich an der alten Frau verändert hatte. Sie sah so klein und nackt aus. Im nächsten Augenblick erkannte sie es. Die Hörner. Zum Schlafen nahm Große Mutter sie ab, setzte sie aber jeden Morgen als Erstes wieder auf. Es war seltsam, den mächtigen Kopf der alten Frau so nackt zu sehen. Sie schloss die Augen und tat, als schliefe sie noch, machte aber den Fehler, die Augen zu fest zuzukneifen. Große Mutter erkannte Täuschungen schnell.

»Hom«, grummelte sie.

Und schnüffelte erneut. Ganz laut, als wollte sie einen Geruch erhaschen. Mädchen biss sich auf die Lippen. Ihr war befohlen worden, sich von Er fernzuhalten. Sie wusste, es war ihre Aufgabe, ihr Verlangen zu zügeln. Sie würden rechtzeitig zum Fischsprung zum Treffpunkt kommen. Dort würden auch andere Familien sein. Sie würden ihre Schwester wiedersehen, Großes Mädchen, die sich eine andere Familie gesucht hatte. Diese Verbindung würde ihnen einen besonderen Wert verleihen, der ihnen erlaubte, einen besseren Platz am Fluss einzunehmen. Je mehr Verbindungen eine Familie hatte, desto wahrscheinlicher war, dass sie willkommen war und einen guten Platz zum Fischen bekam.

Am Fischsprung würden sie zusammen essen und sich begutachten, und Mädchen würde sehen, welche Familien Frauen brauchten, die Kinder bekommen konnten. Sie würde herausfinden, in welcher Familie sie gerne wäre und welche Familie sie haben wollte. Ein festgelegtes Vorgehen gab es dabei nicht. Manchmal passte einfach alles zusammen. In anderen Fällen hatten die Mädchen das falsche Alter oder die Großen Mütter sperrten sich, sodass überhaupt keine Verbindung eingegangen wurde. Wenn ihre Zahl stieg, weil es mehrere Jahre hintereinander große Bisonherden gegeben hatte, herrschte ein wilder Wettbewerb.

In den besten Zeiten, wenn die Familien vollständig waren, konnten die Kämpfe der Mädchen um eine Stellung als Große Mutter tödlich enden. Man erzählte sich Geschichten von legendären Schlachten zwischen möglichen Großen Müttern.

Zwar konnte sich keiner von ihnen noch persönlich daran erinnern, aber diese Geschichten zeugten von Triumph und Stolz, hatte man doch so viele Körper, Nahrungsmittel und Werkzeuge, dass man das Risiko eingehen konnte, miteinander zu kämpfen.

Zuerst verband Mädchen die Schnüffelei von Große Mutter nicht mit dem, was sie getan hatte. Sie rechnete nicht damit, dass Große Mutter eine gute Nase für den Geruch von Paarung hatte. Mädchen war ziemlich spät geboren worden und hatte Große Mutter daher immer als ältere Frau erlebt, die sich nur paarte, wenn es unbedingt notwendig war. Bei ihr wirkte die Paarung wie eine Pflicht, wie das Kauen von Leder, und nicht wie etwas, das sie aus Vergnügen tat.

In ihrer Blütezeit hatte Große Mutter sich die Glieder der stärksten Männer ausgesucht. Sie hatten ihre Spuren in ihr hinterlassen und dies reichlich. Große Mutter hatte alle möglichen Vorstellungen darüber, wie die Flüssigkeit aus dem Glied roch und wie stark sie war und wie sie dem Baby, das daraus entstand, zu Stärke verhelfen würde; auch wie man wusste, dass ein Mann nicht gut war oder wann er seinen besten Samen vergab. Da sie dieses Wissen weise genutzt hatte, hatte sie so viele Erfolge im Leben gehabt.

Jetzt wandte Große Mutter ihren Kopf zu Mädchen, um sie direkt anzusehen. Sie musste gar nicht erst fragen. Sie wusste, wem der Samen gehörte und wohin er gegangen war. Sie wusste auch, was das bedeutete, da sie genug Junge zwischen ihren Beinen hervorgepresst hatte und die Kinder ihrer Schwestern beim Fischsprung gesehen hatte. Sie wusste, was von einer Generation zur nächsten übertragen wurde. Manchmal war es ein Haarwirbel, manchmal eine Nase und manchmal ein krummer Arm. Mädchen und Er, die nur eine Handvoll Familien am Treffpunkt gesehen und immer nur sehr wenige Verwandte gehabt hatten, verstanden das Verbot nicht. In einem großen Land erfüllte es einen mit der Wärme der Vertrautheit, wenn man bei anderen eine körperliche Eigenschaft wiedererkannte. Und dies machte einen Teil der Stärke in der Familie aus.

Aber die Stärke konnte auch eine Schwäche werden. Große Mutter wusste, dass in Dingen, die sich zu ähnlich waren, auch große Gefahr liegen konnte. Sie dachte, das hätte sie ihren Kindern mit den Schattengeschichten beigebracht. Doch damit Furcht sich wirklich einprägte, musste die Bedrohung spürbar sein, und das war ein Schatten an der Wand eben nicht. Mädchen und Er hatten nicht gesehen, was sie gesehen hatte. Sie verstießen gegen das Verbot, weil sie einer anderen Generation angehörten.

Große Mutter kannte die Macht des Paarungstriebs; seine überwältigende Kraft hatte sie selbst oft in jüngeren Jahren erlebt. Ihr war klar, dass sie die beiden Geschwister nicht ständig im Auge behalten konnte. Sie waren schneller und stärker als sie. Manchmal mussten sie abseits der Familie arbeiten. Früher war sie aufgewacht, wenn sie etwas Ungewöhnliches hörte, aber mittlerweile schlief sie so tief und fest, als läge sie schon auf der anderen Seite der Erde. Bis zum Fischsprung, wenn ein anderer Partner gefunden werden konnte, musste einer der beiden gehen.

Daher schob Große Mutter all ihre Liebe zu Mädchen beiseite. Das Wissen, das sie im Laufe ihres Lebens gewonnen hatte, gab ihr die Kraft, gegen ihre Instinkte zu handeln. In Mädchen sah sie eine jüngere Ausgabe ihrer selbst. Sie wusste, die Familie war ausgedünnt, und auch, dass die anderen Familien ebenfalls zu kämpfen hatten. In Mädchen sah sie alle Voraussetzungen für eine Frau, die klug, geschickt und freundlich war. Sie würde viele Babys bekommen. Mochten andere Familien scheitern, aber hier war ein Mädchen, das seine Familie über Wasser halten würde. Allein der Gedanke an das Werk dieses Mädchens erfüllte ihr Herz mit Stolz.

Was Große Mutter als Nächstes tat, war brutal, aber sie tat es, weil sie mit all ihren Überzeugungen und Erfahrungen glaubte, dass es nur einen Weg gab, die Familie zu bewahren, wenn ein Bruder und eine Schwester zu viel Gefallen aneinander fanden. Das geschah manchmal, wenn ein Mädchen zur falschen Zeit in die Hitze kam.

Große Mutter zeigte mit dem Finger auf Mädchen. Sie zischte und spuckte so heftig aus, dass ihre Locke wippte. Mickerling sprang überrascht auf. Ängstlich wollte er sich bei Mädchen festhalten, aber Große Mutter packte seinen Arm und zog ihn zu sich. Sie blickte zu Er, der verwirrt aufgewacht war, und zischte ihn an. Sofort senkte er unterwürfig den Kopf. Und dies zeigte Große Mutter, dass sie die richtige Wahl getroffen hatte. Denn Er gehorchte bereitwilliger als Mädchen. Nach der erfolgreichen Jagd würde seine Kraft vielleicht ausreichen, um die Familie durchzubringen, bis sie zum Treffpunkt zogen.

»Fort!«, knurrte Große Mutter so grimmig, dass die Kiefernzweige unter dem Nest raschelten. Mädchen sollte verschwinden. Das war ein unwiderruflicher Befehl. Wenn einer aus der Familie nicht gehorchte, stellte das Große Mutters Platz als Oberhaupt der Familie in Frage und würde Gewalt nach sich ziehen. Große Mutter hob ihren langen Arm und reckte ihren knorrigen Zeigefinger. Er wies zum Ausgang der Hütte, vor dem ein Fell flatterte. »Fort«, wiederholte Große Mutter. Sie wollte Mädchen verbannen. »Fischsprung«, sagte sie als Nächstes, damit Mädchen wusste, wann sie sie wiedersehen durfte.

Wenn die alte Frau die Folgen verbotener Dinge nicht klar hatte vermitteln können, so würde sie zumindest zeigen, wie ernst es war, nicht auf ihre Warnungen zu hören. Dies war eine der Herausforderungen für einen alten Körper, der von jungen, kräftigen umgeben war, die noch nicht viel vom Leben wussten. In diesem Fall blieben Große Mutter nur Taten, um ihren Standpunkt deutlich zu machen.

Auch wenn Mädchen sich körperlich verändern würde, bliebe ihr freundliches und liebevolles Wesen doch immer gleich. Ihre Mutter wusste, dass es Mädchen mit ihrer Eigenständigkeit schwerer hatte, sich zu unterwerfen, aber auch, dass sie dadurch den Charakter und die Findigkeit hatte, die man zum Überleben brauchte.

Mädchen huschte auf die Seite der Hütte und kauerte sich zusammen, um ganz klein zu werden. Vielleicht würde sie das Schlimmste verhindern können, wenn sie noch mal versuchte, sich zu unterwerfen. Aber die alte Frau ließ sich nicht umstimmen. Die Macht des Triebes war einfach zu stark. Die beiden würden einander nicht widerstehen können, daher musste einer gehen. Es gab kein Zurück. Große Mutter riss die Hörner an sich, hielt sie in die Höhe und brüllte, um ihre Macht zu zeigen, aus voller Kehle: »Große Hörner!« Dann schob sie das Fell vom Eingang weg und kroch aus der Hütte.

Mädchen schluchzte auf. Mühsam zog sie ihren Umhang an und nahm ihren Speer. Sie kam sich vor wie in einem Traum, den keiner der anderen in der Familie fühlen konnte. Sie tastete nach der Muschel, die sie an einem Riemen um den Hals trug, um sich zu vergewissern, dass sie noch da war. Mickerling und Er schwiegen, als sie hinaus in die Morgendämmerung kroch. Die Tiere draußen spürten wohl die Veränderung, denn man hörte keinerlei Zwitschern, Zischen oder sonstige Laute. Große Mutter war den schmalen Pfad hinuntergeschlurft und stand jetzt an der Feuerstelle. Sie kickte ein Holzscheit ins Feuer und entfachte die Glut vom Vorabend neu. Da es keinen anderen Weg gab, folgte Mädchen Große Mutter hinunter zur Feuerstelle. Große Mutter warf noch ein Scheit hinein. Die Flammen loderten auf, als würden sie von ihrem Zorn entfacht. Als Mädchen sich näherte, fletschte sie zischend die Zähne, stampfte mit dem Fuß auf und drohte mit dem Speer.

Mit gesenktem Kopf versuchte Mädchen, sich ihrer Mutter zu nähern. Kämpfen würde sie nicht. Sie wollte sich niederkauern und noch einmal versuchen zu zeigen, dass sie gehorchen würde, sich unterwerfen, und dass Große Mutter immer noch das Sagen hatte. Aber die alte Frau wollte nichts davon wissen. Das war keine Lösung. Mädchen hatte bewiesen, dass sie bereit war, das Verbot zu brechen. Taten waren alles, Gesten bedeuteten nur wenig, und Worte wurden kaum wahrgenommen. Große Mutter spuckte aus und warf ihre Hörner zwischen sie beide. Die Botschaft war eindeutig. Entweder Mädchen würde die Hörner mit Gewalt an sich reißen und aufsetzen, um selbst Große Mutter zu werden, oder sie würde verschwinden und sie erst am Fischsprung wiedersehen.

»Fort«, knurrte die alte Frau.

Große Mutters Zorn kam tief aus ihrem Inneren. Wenn sie Mädchen ansah, loderte ein wildes Feuer in ihrer Brust. Dieses schöne, starke Wesen würde bald ihr bester Jäger sein. Im Laufe der Jahre hatte Große Mutter viele Kinder verloren, und jeder Verlust hatte sie weiter geschwächt. Jeder Tod fühlte sich an, als würden ihr ein Muskel aus dem Bein, ein paar Zähne, ein dicker Knochen und eine Menge Blut genommen. Ein weiterer Verlust würde ihren Körper brechen, und sie würde zu Boden gehen. Aber sie wusste, dass Mädchen ihren klugen Kopf nutzen würde, um zu überleben. Sie war sehr geschickt darin, sich Nahrung zu besorgen. Von ihnen allen war sie diejenige, die es schaffen konnte, allein durchzukommen.

Eine Mutter erschafft ihr Kind aus ihrem eigenen Blut, aus ihren eigenen Knochen. Im ersten Teil des Lebens sind Mutter und Kind eng miteinander verbunden, und danach wird die Verbindung zwar schwächer, verschwindet aber nie ganz. Die Träume ihrer Kinder hatte Große Mutter immer deutlicher gespürt als die anderer Familienmitglieder. Sie hatte das Horn zwischen ihren Rippen gefühlt, als Krumm aufgespießt wurde, und den reißenden Schmerz des Fangzahns, als Junge, einer ihrer Söhne, von einem Löwen geschnappt wurde. Mädchen kannte sie besser als alle anderen. Sie war ihr so ähnlich und hatte alle Anlagen, eine große Familie zu gründen. Da sie einander so ähnlich waren, glaubte Große Mutter aus tiefstem Herzen, dass Mädchen überleben würde. Sie war wie sie.

Als Mädchen nicht gehen wollte, schwenkte Große Mutter drohend den Kopf hin und her; jeder verkümmerte Muskel unter ihrer dünnen Haut zuckte, und die Sehnen an ihrem Hals traten hervor. Sie riss den Mund mit den eingefallenen Lippen auf und brüllte dumpf ihre Angst heraus. Sie drohte mit dem Speer. Es war Zeit zu verschwinden.

Entsetzt wich Mädchen zurück und sah, wie ernst es ihrer Mutter war. Da sie Umhang und Speer bei sich hatte, drehte sie sich einfach um und glitt zwischen die Bäume Richtung Fluss. Ihre Füße führten sie dorthin, vielleicht weil sie den Weg schon so oft gegangen waren. Sie ging, so weit sie ihre Füße trugen, bis sie über einen Ast stolperte und fiel. Sie lag auf der Erde; die Kraft, die sie zum Aufstehen brauchte, hatte sie an der Feuerstelle zurückgelassen. Besorgt erzitterten die Äste, und das Land stieß einen kühlen Luftzug aus. Mädchen wartete einen Augenblick, um zu prüfen, ob sie etwas hörte oder ob sich der Geruch in der Luft änderte, doch da war nichts.

Zum ersten Mal hatte Mädchen ihre Familie verlassen.

Ketchup

Ich blieb so lange wie möglich in Frankreich. Ab dem achten Monat durfte ich in kein Flugzeug mehr steigen. Allerdings versuchte auch niemand mehr, mich in eines zu setzen. Ich hatte dem Team klargemacht, dass es bei nordamerikanischen Frauen ziemlich normal wäre, bis kurz vor dem errechneten Datum zu arbeiten, und dass ich genau das auch vorhatte. Zuerst hatte ich mir Sorgen gemacht, meine spontane E-Mail mit den gesetzlichen Regelungen zum Mutterschaftsurlaub würde zu aggressiv wirken, aber offenbar hatte sie gewirkt. Jedenfalls hörte ich kein Wort mehr über eine vorzeitige Ablösung.

Obwohl Caitlin tatsächlich zur Ausgrabungsstätte gekommen war, übernahm sie nicht die Leitung, sondern fungierte nur als Projektmanagerin und kümmerte sich um die Logistik. Nur mit ihr sprach ich noch einmal über meinen Mutterschaftsurlaub, und zwar direkt, bevor ich für einige Zeit in den Ort fuhr. Simon kam mich besuchen, und ich wollte mich ausruhen, um unsere gemeinsamen Tage genießen zu können, aber es gab noch unendlich viel zu tun. Ich wusste, in den nächsten Monaten würde es schwieriger werden, Entscheidungen zu treffen, weil Simon da war. Also setzte ich mich mit

Caitlin an den Campingtisch, um die Daten des Projektplans noch mal durchzugehen. Als wir auf meinen eigenen Zeitplan zu sprechen kamen, hielt sie sich bewusst zurück und zeigte mir deutlich, dass diesbezüglich alle Entscheidungen bei mir lagen.

»Nur vergiss nicht, dass bei diesem Projekt das New Yorker Gesetz gilt«, bemerkte sie. »Also wird der Mutterschutzurlaub nicht bezahlt.«

»Nicht?« Das erwischte mich kalt. Auch darüber war kein Wort verloren worden.

»Vor einiger Zeit hat das Museum grundsätzlich entschieden, nicht für den Mutterschutzurlaub zu bezahlen. Laut Gesetz steht es dir selbstverständlich frei, in Mutterschutz zu gehen.«

»Aber wird der Mutterschutz wirklich nicht per Gesetz bezahlt?«, erkundigte ich mich.

Das wusste Caitlin nicht.

Simon hatte den ganzen Sommer einen Intensivkurs gegeben. Der dauerte zwar noch eine Woche, aber er hatte mir freundlicherweise angeboten, am Wochenende herzufliegen und mich mit einem Mietwagen heimzubringen, damit ich dort das Baby zur Welt bringen konnte. Er wollte am Freitag kommen und am Sonntag nach London fahren, aber allein bei der Vorstellung, die Ausgrabungsstätte zu verlassen, überkam mich Panik. Nicht nur wegen der drohenden Krise bezüglich meiner Finanzen, sondern auch, weil die Ausgrabungen noch längst nicht so weit fortgeschritten waren, wie ich erhofft hatte. Ständig kamen neue Artefakte zum Vorschein: Knochenfragmente, Stücke von Steinwerkzeugen und Holzkohlespuren. Notgedrungen machten wir nur schmerzlich langsam Fortschritte. Bislang hatte ich lediglich den Schädel meiner Neandertalerin vollständig ausgegraben. Der Rest ihres Körpers fehlte noch, und nach einer ersten Begutachtung sah es so aus, als wären weitere Artefakte um ihren Körper vergraben worden, und zwar eins in Höhe ihres Halses und eins in Höhe ihres Beckens. Ich wünschte mir sehnlichst, sie persönlich ausgraben zu können. Außerdem stieg der Druck, das Projekt abzuschließen, da in der Gemeinschaft der Steinzeitarchäologen bereits zahlreiche Gerüchte über unsere Ausgrabungsstätte kursierten. Ständig musste ich eine Flut von Besuchsanfragen abwehren.

Andy setzte mich in Vallon-Pont-D'Arc in der kleinen Wohnung ab, die Caitlin für etwaige Besucher, überzähliges Personal und Kurzurlaube angemietet hatte. Da ich eine Stunde zu früh dort war, konnte ich mich vor Simons Ankunft noch ausruhen und frischmachen. Ich wollte nicht so ungepflegt aussehen wie üblich. Das Projektteam verfügte im Ort noch über ein größeres Haus, in dem die Mitglieder meistens übernachteten. Es war in vielerlei Hinsicht schöner als die kleine Wohnung, aber ich brauchte dringend Privatsphäre. So würde ich mich besser auf Simon konzentrieren können. Außerdem sollten die anderen nicht sehen, wie träge ich geworden war, wenn ich mich nicht zusammenriss.

Als Simon ankam, lag ich auf dem Schlafsofa in dem kleinen Wohnzimmer. Er trat ohne Ankündigung einfach ein und blickte auf seine Schuhe. Normalerweise wäre ich zu ihm gegangen und hätte mit meiner Hand sein Kinn angehoben, um ihm direkt in die Augen zu schauen; das war unsere übliche Begrüßung. Aber dieses Mal blieb ich einfach auf dem Sofa und blickte ihn an. Er trug einen zerknitterten Leinenblazer über einem gestreiften Hemd, auf dem Flecken von Flugzeugkaffee zu sehen waren. Die Hände hatte er tief in den Taschen seiner Jeans vergraben. Er warf mir einen kurzen Blick zu, nicht widerstrebend, sondern nur, um sich zu vergewissern, dass er willkommen war. Obwohl wir schon fünf Jahre zusammen waren, benahm er sich immer noch etwas förmlich. Ich deutete das mittlerweile als Zeichen von Respekt. Jetzt streckte ich die Arme aus, um unsere Verbindung zueinander wiederherzustellen. Er kam zu mir, streifte die Schuhe ab und legte sich zu mir aufs Sofa.

Ich verschlang meine Finger mit seinen. Simon war so sauber. Er hatte die Hände von jemandem, der nicht den ganzen Tag in der Erde herumwühlte. Jetzt legte er meine Hand auf seine Wange.

»Diese Fingernägel würden gut zu einer Neandertalerin passen«, bemerkte er und küsste, ohne zu zögern, jede einzelne meiner schwieligen Fingerspitzen, die trotz intensiven Schrubbens immer noch schmutzig wirkten. Ich drückte ihm die Hand auf die Brust und spürte, wie warm sein Körper war. Allein von seinem Herzschlag fühlte ich mich bereits getröstet. Ich legte meine Wange an seine Brust und lauschte auf seinen Atem.

Ich sehnte mich nicht nur nach Simons Freundlichkeit, sondern auch nach Stille. Daher lagen wir eine ganze Weile erstmal einfach nur da, bevor ich schließlich fragte: »Bist du überrascht?«

»Dass du dich so lange nicht rührst?«, fragte Simon zurück.

»Ja.«

»Bin ich dicker geworden?«

»Auf sehr schöne Weise.« Seine diplomatische Antwort war perfekt.

»Aber schon sehr, oder?«, hakte ich nach.

»Tja … das bringt eine Schwangerschaft eben mit sich.«

»Wirklich, so viel dicker?«

Er seufzte. »Also … früher sahst du aus wie Rose mit einem Bäuchlein. Jetzt bist du ein Bauch mit Rose.«

»Im Ernst?«

»Als hätte man dich angestellt, einen Babybauch in der Gegend herumzutragen.«

»Er ist schwer.«

»Ich wünschte, ich könnte ihn dir abnehmen«, antwortete er.

Ich hatte Simon auf einer Party eines unserer gemeinsamen Freunde kennengelernt. Richard war vor Jahren mein Laborpartner in einem fiesen Seminar über organische Chemie gewesen. Nachdem er mich einmal zu oft um ein Date gebeten hatte, waren er und ich schnell gute Freunde geworden. Er zog erst eine Weile nach Amerika, kehrte dann aber nach London zurück, um dort ein erfolgreiches Unternehmen zu leiten, das dabei half, verschwundene Verwandte aufzutreiben. Da Richard eine neue Freundin namens Nita hatte, die er mir vorstellen wollte – vielleicht um meine Zustimmung zu bekommen –, schmiss er eine Dinnerparty. Es waren noch zwei weitere Pärchen und Simon eingeladen. Oder auch »Single Simon«, wie er sich mit leicht zittriger Stimme vorstellte, als er zum ersten Mal meine Hand schüttelte. Es war schön zu hören, dass er sich genauso überflüssig vorkam wie ich.

Während des Essens bombardierte mich ein Pärchen mit Fragen zu meiner Arbeit. Sie wollten wissen, welche Ausgrabungen ich bereits gemacht und was ich dabei entdeckt hatte. Schon bald beteiligte sich der gesamte Tisch an dieser Unterhaltung. Damals steckte ich gerade bis zum Hals in der Begutachtung der neuesten Forschungsergebnisse über Neandertaler und genoss es, Hof zu halten und dabei Mythen zu entkräften.

»Also waren sie nicht sehr behaart?«, erkundigte sich Nita.

»Nicht besonders. Ihre Haare dienten nicht mehr als Dämmschicht gegen die Kälte, sondern nur noch als Schutz vor Sonne und Regen, wie bei uns. Allerdings entfernten sie sie nicht durch rasieren, zupfen oder wachsen.«

»Ich habe sie mir immer als grunzende Primitive vorgestellt«, sagte sie.

»Sie grunzten nicht mehr als Richard, aber nicht so subtil. Ich habe mich kürzlich mit einem Stimmexperten unterhalten, der meint, sie hätten wahrscheinlich nur drei Lautstärken gekannt: laut, lauter und äußerst laut.«

»Sie konnten reden?«, fragte Simon und wandte sich zu mir. »Im Ernst?«

Ich erzählte, dass die Neandertaler ebenfalls das FoxP2-Gen hatten, das bei Menschen mit der Entwicklung der Fähigkeit zu sprechen und Sprachen zu bilden in Verbindung gebracht wird. Allerdings müssten wir noch mehr darüber erfahren, wie es bei ihnen funktioniert haben könnte. »Und sie besaßen den Hyoidbogen«, erklärte ich, »aus dem sich unter anderem das Zungenbein entwickelt hat. Aber angesichts ihres gedrungenen Kehlkopfs, der wesentlich höher lag als bei uns, waren ihre Stimmen vermutlich ziemlich schrill.«

»Also kann ich mein Grunzen nicht auf irgendwelche Neandertaler-Eigenschaften zurückführen?«

»Du kannst viele deiner Eigenschaften, genauer gesagt mindestens neunzig Prozent, auf die Tatsache zurückführen, dass ein Großteil unserer menschlichen Vorfahren als Jäger und Sammler gelebt hat. Genau dazu hat sich unser Körper entwickelt.«

»Aber wirst du jemals sesshaft werden?«, fragte Nita mich.

Das Gespräch verstummte. Alle blickten zwischen mir und Nita hin und her.

»Wie bitte?« In den ersten Sekunden der allgemeinen Stille dachte ich noch, Nita hätte sich mit Richard unterhalten und ihm diese Frage gestellt.

»Richard meinte, du hättest immer nur gearbeitet und dich nicht häuslich niederlassen wollen«, versuchte Nita die Situation zu retten. »Damit meinte ich nicht, du würdest deinen Lebensunterhalt als Jägerin verdienen. Ich meine, es hat ja noch weitere Konsequenzen, wenn man nie an einem Ort bleibt. Keine Kinder kriegt …« Sie verstummte, und erneut breitete sich unbehagliches Schweigen aus.

Unter normalen Umständen hätte ich das Gespräch einfach in eine andere Richtung gelenkt. Damals war ich eine alleinstehende Frau Mitte dreißig und hörte ständig Fragen dazu, wieso ich keinen Mann und keine Kinder hätte. Aber an jenem Abend war ich so sehr in unser Gespräch über die Neandertaler vertieft – und wenn meine Arbeit zur Sprache kommt, blende ich gerne alles andere aus –, dass ich nicht merkte, dass sie einfach nur das Thema gewechselt hatte. Ich ließ das Schweigen viel zu lange andauern. Offensichtlich hatten Richard und sie sich über mich unterhalten. Ich hatte nicht von ihnen erwartet, dass sie begriffen, was ein Nomadenleben mit sich brachte oder welchen Druck es für die Kinderaufzucht bedeutete. Jetzt war ich verwirrt und erkannte nicht sofort, dass es ihr eigentlich um etwas Simpleres ging.

Simon begriff es schneller als ich. »Und was ist mit mir?«, hörte ich ihn fragen. »Werde ich Kinder bekommen?«

»Keine Ahnung«, gab Richard zurück und löste erleichtert seinen Blick von mir. »Wirst du?«

»Nun, Richard, ich weiß dein Interesse zu schätzen. Ich würde wirklich gerne Kinder haben, doch bislang habe ich noch nicht die Richtige kennengelernt.«

»Ach, das wirst du schon noch«, gab Richard zurück und trank einen großen Schluck Wein.

»Aber ich fürchte, dass ich langsam zu alt dafür werde«, sagte Simon.

»Der perfekte Zeitpunkt für den Nachtisch«, verkündete Nita, stand auf und fing an, die Teller einzusammeln, um das Thema zu wechseln.

Simon erhob sich ebenfalls, um ihr zu helfen. Mein erster Eindruck von ihm ist auch der prägendste: Er ist ein beweglicher Denker in einer unbeweglichen Welt und dazu ein bisschen aufsässig. Als er zu mir kam, um meinen Teller zu holen, wandte er den Kopf zu mir, sodass nur ich es sehen konnte, und streckte schielend seine Zunge heraus.

Jetzt auf dem Sofa rutschte Simon so beiseite, dass er meine geschwollenen Füße sehen konnte, und erkannte sofort, was zu tun war. Abwechselnd drückte er seine Handfläche gegen meine Sohlen. Meine Haut war heiß, geschwollen und berührungsempfindlich. Sanft rieb er mir über die schmerzenden Waden. Dann wanderte er weiter nach oben, bis er meinen Rücken und meine Brüste erreichte.

Wir testeten ein paar Stellungen, bevor uns Sex möglich erschien. Normalerweise konnten wir die Bedürfnisse des anderen ziemlich deutlich erkennen, aber dieses Mal erforderte es ausführliche Erklärungen, einiges Gekicher und ziemlich viele Korrekturen. Am Ende gelang es, indem Simon über mir hockte und ich mit auseinandergeklappten Beinen auf dem Rücken lag. Für ihn muss es sich angefühlt haben, als hätte er Sex mit einer Wärmflasche, aber er war noch nie wählerisch. Nun war das Ganze eher humorvoll leidenschaftlich. Aber es war auch eine Form der Entspannung.

Danach machte Simon mir die besten gegrillten Käsesandwichs, die ich je gegessen hatte. Und er hatte sogar daran gedacht, meinen Lieblingsketchup mitzubringen: Diese spezielle Marke war auf dem französischen Land nur schwer zu bekommen. Ich gebe zu, dass ich, kaum hatte ich den Ketchup gesehen, mit meinem Gewissen zu kämpfen hatte. Denn die

Frage war, ob ich Andy davon erzählen würde, wenn ich ihn mit ins Lager brachte, oder ob ich meinem Instinkt folgen und ihn für mich horten sollte. Normalerweise teilte ich alles, konnte jetzt aber kaum sagen, was ich tun würde.

Nachdem ich aufgegessen hatte, setzte Simon eine besorgte Miene auf. »Ich habe Neuigkeiten«, erklärte er.

»Gute?«

Er räusperte sich und zögerte. »Von der Uni.«

»Betrifft es die Seminare im September?«

»Ja.«

Mir fielen die Geräusche außerhalb der Wohnung auf: das Aufheulen eines Mopeds in der Ferne, das Schleifen einer Wäscheleine über Kopfsteinpflaster, eine leichte Brise in den Bäumen. Die Wohnung befand sich in einem Natursteinhaus mit niedrigen Fenstern, die für Kühle im Haus sorgten. Auf der Terrasse standen Töpfe mit Lavendel, und der schwere Duft driftete hinein. Normalerweise roch ich Lavendel gern. Eigentlich hatte ich die Wohnung wegen des Lavendels genommen, obwohl sie sehr klein war und nur wenig Stauraum bot. Aber jetzt, während ich darauf wartete, dass Simon etwas sagte, bereute ich diese Entscheidung. Ich empfand den intensiven Geruch als drückend; er überlagerte alles andere. Hätte ich die Energie gehabt, mich zu bewegen, hätte ich die Tür zur Terrasse geschlossen.

»Dieses Jahr haben sie keine Seminare für mich«, sagte Simon.

»Nicht ein einziges?«

»Nein.«

»Oh.«

In den letzten zwei Jahren hatte Simon als Vertretung an der London School of Economics unterrichtet, und dort gab er momentan auch seinen Sommer-Intensivkurs. Dafür hatte er seine zunächst befristete Stelle in Bristol aufgegeben, die in eine unbefristete umgewandelt werden konnte. Wir hatten uns damals entschieden, Veränderungen in unserem Leben vorzunehmen, um mehr Zeit miteinander verbringen zu können. Wegen meiner Arbeit hatten wir befunden, wir müssten uns zumindest zeitweise in derselben Stadt aufhalten. Sein Fachgebiet war Englisch, was für einen Dozenten an der LSE nicht gerade ideal war. Hauptsächlich kümmerte er sich um ausländische Studenten und half ihnen, sich in der Businesswelt zurechtzufinden. Eigentlich unterrichtete er lieber Ausgefalleneres wie zum Beispiel die Erzähltechniken nigerianischer Schriftsteller, die in mündlicher Tradition aufgewachsen sind, oder Hyperrealismus in Margaret Atwoods fantastischen Romanen als Mittel der Sozialkritik.

Wir wussten beide, dass es für unseren Lebensunterhalt besser war, wenn Simon ungeliebte Seminare gab, anstatt auf bessere Angebote zu warten. Jetzt spürte ich, wie mein Gesicht heiß wurde. Ich drehte mich zur Wand und fragte mich mit merkwürdiger innerer Distanz: Musste ich jetzt wirklich weinen? Ich spürte, wie sich meine Nackenhärchen aufstellten, und ballte die Fäuste. Ich hatte schon vieles in meinem Leben überstanden, und wenn mich schlechte Neuigkeiten umwarfen, war meine Reaktion darauf normalerweise, dass ich mir den Staub abklopfte und noch härter arbeitete. Aber im Augenblick kam ich ja ohne Hilfe kaum vom Sofa!

Ich hatte immer genug Geld verdienen können, um über die Runden zu kommen. Ich hatte eine Stelle mit Aussicht auf Entfristung abgelehnt, was Simon unterstützt hatte. Ich hatte forschen und meinen Interessen folgen wollen, anstatt gezwungen zu sein, in einem festgelegten Zeitrahmen zu lehren und zu publizieren und nur hin und wieder ein Freisemester nehmen zu können. Ich würde nie begreifen, wie ein Steinzeitarchäologe mehr Zeit in einem Labor oder Vorlesungssaal verbringen konnte als in der freien Natur. Unsere Forschungsobjekte lebten nicht in Teströhrchen. Wenn ich etwas darüber erfahren wollte, wie Menschen vor vierzigtausend Jahren gelebt haben, musste ich mich wie sie im Freien aufhalten. Das Problem war, dass unser gemeinsames Geld nur reichte, bis wir nach London zogen.

Zwar bekam ich vom Museum eine großzügige Summe, aber die floss ins Projekt, nicht in meine private Kasse. Wenn ich an einer Ausgrabungsstätte arbeitete, hatte ich keine Zeit, wie einige meiner Kollegen, lukrative populärwissenschaftliche Vorträge zu halten oder vor Gericht als Expertin für Begräbnisstätten auszusagen. Und die Lebenshaltungskosten in London waren drastisch gestiegen. Eine Weile hatten wir ganz komfortabel gelebt, aber mittlerweile wurde London vom Strom der Weltwirtschaft mitgerissen. Innerhalb weniger Jahre konnten es sich nur noch Banker, Anwälte und ausländische Investoren leisten, in der Innenstadt zu leben. Die Gehälter und Zuwendungen für Akademiker waren eingefroren und in manchen Fällen sogar gekürzt worden. Mir und meinen nicht fest angestellten Kollegen wurde von den Verwaltungsbeamten unserer Fakultät immer wieder erklärt, wir sollten dankbar sein, dass unsere Stellen nicht ganz gestrichen worden wären. »Sehen Sie sich doch mal die Sponsoren der Fakultät für Wirtschaftswissenschaft an«, sagten sie, »und finden Sie eine Möglichkeit, wie sich die Archäologie auch mit Hilfe von Sponsoren tragen könnte.«

Als Simon noch in Bristol arbeitete, hatte er als Investition eine bescheidene Zweizimmerwohnung in Islington gekauft. Da ich nach seiner Kündigung mehr verdiente als er, hatte ich die Raten übernommen, und wir konnten dort einziehen. Teilweise wollte ich damit zeigen, dass ich bereit war, in London heimisch zu werden, aber ehrlich gesagt betrachtete ich die Wohnung eher als Basislager. Wir konnten uns beide vorstellen, von dort aus Arbeit zu finden und Gelder aufzutreiben, und die Verkehrsanbindung war gut. Aber viele unserer Kollegen mussten London verlassen, weil sie es sich nicht mehr leisten konnten, dort zu wohnen. Unsere Raten waren exorbitant. Wie die Einwohner von New York, Sydney oder Vancouver lebten wir von der Hand in den Mund, ganz gleich, wie sehr wir uns einschränkten. Einen Großteil meines Gehalts mussten wir darauf verwenden, ein Dach über dem Kopf zu haben. Simons Einkommen brauchten wir zum Essen.

Jetzt holte ich tief Luft, was mir unendlich schwer fiel. Das Baby drückte auf den Raum, den normalerweise meine Lungen für sich beanspruchten.

»Alles in Ordnung?«, fragte Simon leise.

»Ja.« Ich bemühte mich zu lächeln, konnte ihn aber nicht anschauen. »Ich mache mir mehr Sorgen um dich. Wenn du nicht unterrichtest, womit sollen wir dich dann beschäftigen?«

Er lachte nervös auf, erleichtert darüber, dass ich bereit war, die Situation humorvoll zu sehen. Aber mein Tonfall sollte nur verbergen, dass mein Kopf von düsteren Gedanken heimgesucht wurde.

Am liebsten wäre ich joggen gegangen. So verarbeitete ich normalerweise Stress. Eine Stunde schnelles Joggen beruhigte mich und dämpfte das Flattern in meiner Brust, das ich häufig spürte. Aber wegen des Babys war ich nur noch eine einzige träge Masse. Das Adrenalin fand keinerlei Ventil und ließ mein Herz immer heftiger klopfen. Konnte Simon das hören?

Ich stand auf und watschelte unbeholfen durch den Raum. »Muss mir nur kurz die Beine vertreten.«

Simon ließ mich nicht aus den Augen. Als mein Herzschlag

sich so weit beruhigte, dass er wohl nicht mehr zu hören war, beugte ich mich zu ihm und gab ihm einen Kuss auf die Wange. »Wir kommen schon klar.«

»Wenn ich mich öfters mal an der Uni blicken lasse, kann ich bestimmt was abgreifen.«

»Ja. Großartig.«

»Ich werde mein Bestes geben.«

»Das weiß ich doch.«

Mich überkam ein neues Gefühl, das sich mit dem intensiven Lavendelgeruch vermischte. Mein Gesicht wurde plötzlich bis zum Hals rot und fühlte sich gereizt an. Hatte ich eine Allergie? Und was war Simons Bestes? Bislang hatte ich nie auch nur eine Minute daran gezweifelt, dass er für uns sorgen könnte. Er hatte das auch gesagt. Aber jetzt, wo ich nicht mehr arbeiten konnte, war da sein Bestes genug? Ich hasste mich für solche Gedanken, konnte sie aber nicht verdrängen.

Ich sah mich in der kleinen Wohnung um und kämpfte gegen den Drang, mir die Haut vom Leib zu reißen. Die winzige Küchenzeile war in eine Ecke gezwängt. Es gab noch eine in ein Schlafzimmer umfunktionierte Besenkammer, und im Wohnzimmer war lediglich Platz für einen kleinen Esstisch und das Sofa. Die Wohnung befand sich im ersten Stock eines ehemaligen Stallgebäudes, in dem jetzt ein alter, verstaubter Peugeot untergebracht war. In der Hoffnung auf Erleichterung ging ich die Flügeltür zur kleinen Terrasse schließen.

Simon hatte seine Tasche auf eine Seite und seine Laufschuhe auf die andere Seite der Tür gestellt. Um die Flügel zu schließen, musste ich beides wegschieben und mich schwerfällig bücken, dicht vor den grässlichen Lavendel. Mein Werkzeuggürtel war vom Haken an der Wand gefallen, und als ich versuchte, die Türen zuzudrücken, schleifte er mit. Meine kostbare Handschaufel fiel aus einer der Taschen. Ich versuchte, den Gürtel wieder aufzuhängen, aber an dem Haken hing auch mein Helm, und an dem anderen hatte jemand, der in der Woche zuvor in der Wohnung übernachtet hatte, seine Windjacke gelassen. Das war alles zu viel für mich. Nirgendwo konnte man vernünftig seine Sachen unterbringen. Ein typisch französisches Problem: kein Stauraum. Der gesamte Kontinent war das Problem: mit seinen schmalen Gebäuden und dem Widerstreben, Altes abzureißen und Neues aufzubauen. Es war ein Fehler gewesen, hierherzukommen. Ich hätte in Kanada bleiben oder in die Vereinigten Staaten ziehen sollen. Dann hätte ich wenigstens einen großen Schrank. Früher fand ich es aufregend, wegzuziehen und Neues kennenzulernen, aber jetzt war ich nur noch überfordert. Und der verdammte Lavendel stank immer noch! Erneut blieb mir die Luft weg, und meine Lungen kämpften mit meinem Baby um Platz. Ich drückte die Hand auf die Brust und wusste, ich musste hier raus.

»Simon?«

»Ja?«

»So kann ich nicht leben!«

»Wie denn?«

Ich blickte auf das Chaos. »Später muss ich noch zur Ausgrabungsstätte, aber vorher möchte ich hier aufräumen. Das ganze Gerümpel kann ich nicht so lassen.«

»Aber natürlich kannst du es so lassen. Wir fahren doch nach Hause.«

»Hilfst du mir aufräumen, bevor wir Sonntag aufbrechen?«

Simon warf einen Blick auf seine Schuhe am Boden, dann schaute er mich wieder an. Er sah eindeutig nicht das, was ich sah, wusste aber, dass er jetzt besser nicht widersprach. »Na gut … was hast du dir denn gedacht?«

»Ich muss zu Ikea.«

12

Das Land der Familie hatte eine klare Grenze, die zwar durch nichts Sichtbares angezeigt wurde, aber dennoch nicht nur eingebildet war. Die Entfernung vom Lager betrug in jede Richtung etwa eine Tagesreise. Es war durchaus möglich, dass jemand das Land betrat, ohne es zu bemerken, es sei denn, er hatte eine scharfe Nase und roch die Markierungen, die Dachse und Wölfe gesetzt hatten. Aber Mädchen wusste genau, wo sich die Grenze befand. Für sie war es die Gemarkung der Familie.

Zwar durfte Mädchen nicht länger bleiben, doch ohne die Familie war es schwierig zu wissen, was sie tun sollte. Wenn sie bei den anderen war, wachten alle morgens hungrig auf und verbrachten den Tag damit, ihre Bäuche zu füllen. Sie entschied nicht bewusst, sondern rein instinktiv, wohin sie ging. Auch wenn Große Mutter die Richtung vorgab, lenkten doch die Jahreszeiten ihre Bewegungen, die Tiere zeigten ihnen den Weg, und das Wetter entschied, wie schnell sie vorankamen. Aber nichts von alldem geschah jetzt. Ohne Familie hatte Mädchen nichts und niemanden, dem sie folgen konnte. Sie hockte sich an den Fluss und wartete auf die Morgendämmerung. Als grau der Tag anbrach, wurde ihr der Ernst der

Lage klar. Im fahlen Licht des Morgens begannen sich hellgrüne Triebe durch den Waldboden zu drücken, doch die Farben wirkten gedämpft, und die Wolken hingen tief. Der Nebel löste sich in einen leichten Nieselregen auf, der auf sie niederging, während sie sich unter die Felsen nahe der Furt kauerte. Es gab nichts Tröstliches.

Als es heller wurde, setzte sie sich in Bewegung. Es hatte aufgehört zu regnen; wahrscheinlich verließ die Familie jetzt die Hütte, daher konnte sie es nicht riskieren, so nah beim Lager entdeckt zu werden. Das würde Große Mutter als Bedrohung betrachten. Mädchen folgte dem Fluss mit der Strömung bergab. Diesen Weg nahmen sie auch zum Fischsprung, daher beschloss sie, bis zur Grenze ihres Landes zu laufen. Sie würde sie überqueren und dort bleiben. So konnte sie in der Nähe der Familie sein, ohne Große Mutter herauszufordern. Allein war sie noch nie so weit weg gewesen.

Mädchen blieb oft stehen, um sich auszuruhen. Wann immer sie einen schönen runden Felsen oder einen bequem aussehenden Baumstamm sah, hockte sie sich mit ihrem kräftigen Körper hin und rieb sich die Füße. Ihre Muskeln waren eher für kurze Strecken, große Sprünge und kräftige Tritte gedacht. Es ermüdete sie, lange zu laufen.

Sie setzte sich auf einen großen Felsen, nahm einen Fuß in die Hand und betrachtete ihre Wade. Sie war rund und geschwungen, und die glänzende Haut spannte sich wie das beste Leder darüber. Sie musste an Große Mutter denken, die oft ihre kräftigen Oberschenkel getätschelt und »Fettbeißen« gesagt hatte, was als Ermutigung gedacht war und hieß: »Behalte nur weiter so viel Fleisch an deinen Knochen.« Wenn sie sich ausruhten, hatte Große Mutter auch oft ihren Kopf getätschelt und »Harz« gemurmelt, was hieß: »Behalte deinen Kopf an dein Fleisch geklebt.«

Für Mädchen fühlten sich ihre Beine an wie Baumstämme. Ein mächtiger Muskel verlief über jeden ihrer beiden kräftigen Oberschenkel, darunter kam ein rundes Knie. Dann folgte eine geschwungene Wade, die bis zu einem robusten Fußgelenk verlief. Während Mädchen sich die Füße rieb, machte sie sich Sorgen, dass diese Gelenke schmaler werden könnten. Ihr Körper brauchte jeden Tag große Mengen von Nahrung, um zu überleben. Ohne die Familie würde sie nicht jagen und Fleisch essen können. Schon bald würden ihre Beine aussehen wie die dürrsten Zweige am Baum, die beim leisesten Windhauch zerbrachen. Mädchens Aussehen war sehr wichtig. Nur die stärksten und eindrucksvollsten jungen Frauen bekamen die Gelegenheit, Große Mutter zu werden. Die anderen konnten bei ihren Familien bleiben oder in andere wechseln, um dort Kinder zu gebären, aber die Macht einer Großen Mutter bekamen sie nicht. Und ein gutes Zeichen für die Stärke – und damit den Wert – eines Körpers waren die Beinmuskeln.

Mädchen wusste, dass sie zu viel an die Zukunft dachte. Das war gefährlich. Zum Überleben musste sie ihren Geist auf das richten, was unmittelbar um sie herum geschah. Sie zwang sich, ihre Sinne nach außen zu lenken: zog die Oberlippe hoch, um Körperwärme zu erspüren, und richtete ihre Nase in den Wind, um Witterung aufzunehmen. Der Leopard folgte ihr nicht, obwohl sie das befürchtet hatte. Er beobachtete sie schon eine ganze Weile. Nun, da sie allein war, sah er vielleicht die Gelegenheit, etwas zu fressen zu bekommen, obwohl er wusste, dass sie keine leichte Beute war.

Als Mädchen die Luft einsog und keinerlei Spuren vom Leoparden roch, war sie fast enttäuscht, dass er nicht da war. Ein Leopard beobachtet seine Beute und wartet geduldig auf eine Möglichkeit zuzuschlagen. Er kann das Verhalten der

Beute deuten. Er ahnt voraus, wo sie sein wird, und wartet auf einem Baum. Wenn er sich auf sie stürzt, dann oft aus einer Höhe von mindestens drei Metern. Er zielt auf den Nacken, um dort mit seinen großen Reißzähnen zuzustoßen. Wenn die Beute nicht sofort tot ist, legt er sich auf sie und schnürt ihr mit dem mächtigen Maul die Luft ab. Er wartet, bis sie erstickt und sich nicht mehr rührt, dann frisst er sie. Mädchen wusste, dies wäre ein schneller und sicherer Tod. Die Vorstellung war tröstlich. In gewisser Weise fühlte sie sich schon halb tot. Jemanden aus der Familie zu verbannen war, als würde ein Körperteil abgetrennt.

Gegen Ende des Tages kam Mädchen an eine Stelle, wo das Flusstal schmaler und felsiger wurde. Ein paar Jahre zuvor hatte Große Mutter auf einen Pfad gezeigt, der durch eine Kluft in den Felsen hinauf zur sinkenden Sonne führte. Sie hatte die Handflächen aneinandergelegt, um zu zeigen, dass dort oben ein kleiner Bergsee lag. Jetzt bahnte sich Mädchen einen Weg hinauf und entdeckte, was ihre Mutter angedeutet hatte. Es war ein kleiner, von Quellen gespeister See, der das leuchtende Blau ihrer Augen hatte. An einem kleinen Kiesstrand ging sie in die Knie und schöpfte mit der Hand Wasser. Es verschaffte ihrer Kehle Linderung.

Hier war das Land felsig. Die Flanke des Berges endete in einem großen Plateau, das einen weiteren Blick bot, als Mädchen ihn sonst auf dem Land ihrer Familie hatte. Jetzt konnte sie durch die Bäume hindurchsehen, und dadurch fühlte sie sich schutzlos, als wäre ihre Schädeldecke abgehoben worden. Wie ein Vogel hatte sie die Möglichkeit, die endlos scheinende Weite von oben zu überblicken. Was hieß, dass die Vögel sie ebenfalls sahen.

Aber Mädchen wusste, dass es kein Zurück gab. Jetzt war sie wirklich weg, also hockte sie sich ans klare Wasser und blickte hinauf zum tief hängenden Mond. Er zeigte sich bereits am Himmel, obwohl die Sonne noch nicht untergegangen war. Der Mond war groß und rund und kam ihr bedrohlich vor. Die Familie glaubte, dass er aus dem kältesten Eis bestand. Man konnte nicht auf der Oberfläche laufen, weil sonst die Fußsohlen festfroren und die Kälte innerhalb weniger Herzschläge durch den ganzen Körper strömte. Auf dem Mond war nur Ödnis, es gab keinerlei Wiesen, wo die Bisons weiden konnten. Es gab keinen Fluss, keine Furt, keine donnernden Hufe, keine süßlich stinkende Bisonscheiße. Auf dem Mond würde man sich nie *warm* fühlen.

Mädchen schaute sich um und betrachtete die scharfkantigen Felsen und die seidenglatte Oberfläche des Wassers. Momentan lag keinerlei Bedrohung in der Luft. Sie vermutete, dass es hier oben zu karg war, um andere Fleischfresser anzulocken. Als es Nacht wurde, zeichnete sich der Mond deutlich vor dem Himmel ab, was bedeutete, dass er jetzt die beherrschende Macht in diesem Land war. Das Licht des Mondes und der Sterne erstreckte sich über den ganzen Himmel. Mädchens Körper glänzte vom Schweiß der Reise. Ihre Muskeln brannten schmerzhaft. Sie wollte sie abkühlen, damit sie schlafen konnte. Also zog sie am Riemen um ihre Taille und streifte ihren Umhang ab.

Dann watete sie ins Wasser, bis sie knietief darin stand. Es war kalt, aber klar. Eine gute Quelle aus den Tiefen des Berges speiste den See. Mädchen schloss die Augen, hob die Hände zum Berg und spürte, wie er an ihrer Haut zog.

Nachdem sie tief Luft geholt hatte, tauchte sie unter. Vor lauter Kälte stockte ihr der Atem. Als sie wieder auftauchte, brüllte sie sich den Schreck aus dem Leib. Dann tauchte sie wieder unter, aber diesmal langsamer. Unter Wasser war es ruhig und still. Sie tauchte auf und sog tief die frische Luft in sich ein. Sie schwamm nicht, ließ sich aber treiben. Da es flach war, legte sie ihren Kopf zurück. Mit dem Hinterteil im Sand hob sie die Füße.

Als ihre Zehen an der Oberfläche auftauchten, betrachtete sie die Felsen, die den See umgaben. Sie wusste, dass es die Berge schon länger gab als die Familie. Auch die Bäume hier lebten schon länger und waren weiser als sie. Das ganze Gebirge war bereits seit Ewigkeiten da, und der Mond und die Sterne hatten mehr gesehen, als sie sich vorstellen konnte. Sie würde sich schneller verändern als der Fels, und das fühlte sich richtig an. Das waren seltsame Gedanken, doch es gab einen Grund, warum sie so frei umherschweifen konnten. Jetzt war sie kein Teil der Familie. Zum ersten Mal hatte sie keine Pflichten zu erledigen. Kein Bison zu jagen. Keine Zweige im Nest auszuwechseln und kein Feuer anzufachen. Und noch etwas durchströmte sie: ein seltsames Gefühl von Freiheit. Obwohl das nicht unbedingt angenehm war. Ihr Sinn dafür, wie die Zeit verging, war ihr verloren gegangen. Um die Leere zu füllen, beschlichen sie neue Gefühle und Gedanken. Sie gruben neue Pfade in ihrem Gehirn, wie Würmer, die sich durch die Erde bohren und alles umwälzen.

Mädchen ließ sich treiben und betrachtete das unbekannte Land des Mondes. Sie empfand nichts als tiefste Einsamkeit. Unwillkürlich musste sie an den Tod des Bisonkalbs denken und wünschte sich, jemand würde ihr ebenfalls diese Gnade erweisen.

Erst nachdem sie aus dem See gewatet und sich ihren Umhang übergeworfen hatte, kam der dunkle Himmel auf sie nieder und umschlang sie. Angst überfiel sie. Nachts war sie noch nie allein gewesen. Ein paar größere Felsen am See sahen aus wie furchterregende wilde Tiere. In den Bergwänden gab es dunkle Spalten, die wirkten, als wollten sie sie verschlucken. Sie fragte sich, ob sie jemand in der Dunkelheit beobachtete, und ein Gefühl beschlich sie, als ob überall fremde Wesen lauerten, die sie nicht sehen oder riechen konnte. Wenn sie es nicht auf sich nahm, so spät noch ein Feuer zu machen, würde die ungeheure Nacht um sie herum nicht kleiner werden.

Nur eines wirkte freundlich auf sie. Etwa fünf Meter vom Bergsee entfernt stand eine hohe Kiefer. Es war der größte Baum im Umkreis und hatte das nahe Wasser offensichtlich zum Wachsen genutzt. Vielleicht war auch unter ihr irgendwann ein Körper vergraben worden. Mädchen schlich zu dem mächtigen Stamm und legte ihre Arme darum. Ihre Hände konnten sich nicht berühren. Sie schloss die Augen und schnüffelte. Der würzige Geruch war durchdringend und warm. Spürte sie etwas im Baum? Mädchen fragte sich, ob es etwas von der Familie war. Aber da war doch … ein Geräusch. Ein Zweig knackte in der Dunkelheit. Was war das? Sie war nicht allein.

Durch die Finsternis schlich sich ein warmer Körper heran. Genau wie sie kam er vom Pfad, war ihr wahrscheinlich gefolgt. Sie rührte sich nicht und zog ihre Oberlippe hoch. Ihr erster Impuls war, auf den Baum zu klettern, aber möglicherweise handelte es sich um ein Tier, das ebenfalls klettern konnte. Sie stand neben einer Wurzel und hatte die Arme um den Stamm geschlungen. Es war schwer, ihre Sinne hier auf etwas Einzelnes zu richten. Alles war neu. Alles war anders. Ihre Sinne waren überschwemmt.

Sie roch den Atem einer Raubkatze und den säuerlichen Geruch nach Fisch auf Schnurrhaaren: Der Leopard musste sie gefunden haben. Vielleicht lauerte er schon über ihr im Baum und bereitete sich auf den Sprung vor? Am liebsten wäre sie weggerannt, wusste aber, dass das dumm war. Ein

Raubtier hat den starken Drang, fliehende Beute zu jagen. Für einen anderen Plan hatte sie keine Zeit mehr, denn etwas Weiches strich an ihrem Bein entlang. Sie schrie auf und zog blitzartig den Fuß zurück.

Da unten bewegte sich etwas, aber wo genau? Ihre Augen huschten über die nächtlichen Schatten. Jetzt war es hinter dem Baum. Sie sah sich nach einem Stein um, der ihr als Wurfgeschoss dienen könnte. Ihr Speer lag am See, also zu weit weg. Konnte sie sich einen abgebrochenen Ast schnappen? Sie kannte sich hier nicht aus. Nichts war nah genug. Ihr Atem ging schnell und zittrig. Dann hörte sie, wie sich ein Kiesel verschob – und mit einem Mal einen Laut: wie ein Zirpen. Aus einer Kehle, die kleiner war als die eines Leoparden. Es war eine Katze. Wildkater war gekommen.

13

Jeden Tag wanderte die Sonne den Himmel hinauf und ließ sich wieder nach unten gleiten. Mädchen lernte, was sich an diesem Ort wiederholte. Lernte die Gerüche kennen. Das sachte Schwanken der Bäume wurde ihr vertraut. Ihre Beine wurden nicht zu dürren Zweigen, sondern ähnelten immer mehr den Ästen des Baumes, an dem sie schlief. Sie fragte sich, ob sie sich selbst in einen Baum verwandeln würde. Vielleicht fühlten sich Bäume deshalb immer so lebendig an: Sie waren verlassene Töchter, die den Berggrat bewachten.

Nach und nach erkannte sie, dass hier eine Familie gelebt hatte. Nicht ihre, eine andere. Sie fand einen Steinzahn, einen Faustkeil, der entweder verloren oder zurückgelassen worden war. Aber wer war so leichtsinnig, einen Faustkeil liegen zu lassen? Er sah anders aus als diejenigen, die sie kannte. Der Stein war von der Mitte her in einem anderen Muster abgeschlagen worden. Sie stieß auch auf eine alte Feuerstelle, die Brandnarbe eines Feuers, das viele Nächte hintereinander angezündet worden war. Sie entdeckte Stellen an der Rinde ihres Baumes, die von den Händen und Füßen der Familie beim Klettern glatt gewetzt worden waren. Es war ein Aussichtsbaum, von dem aus man das Land überblicken konnte. Sie fragte sich, wie die Familie gewesen war und warum sie diesen Ort verlassen hatten. Darüber hatte Große Mutter keine Geschichten mit ihren Schatten erzählt. Am Baum haftete nur noch kaum wahrnehmbar der Geruch längst vergangener Zeiten.

Sie jagte nicht. Wildkater jagte. Er bot ihr den schlaffen Körper einer Maus an, doch sie lehnte seine Freundlichkeit ab. Daraufhin sah er sie mit zusammengekniffenen Augen merkwürdig an und ließ sich bei ihr nieder, um seine Beute selbst zu verschlingen.

Zwar gab es auch Essbares rund um den See, aber das meiste davon war grün. Sie mochte kein grünes Essen und aß nur gerade so viel davon, dass sich ihr knurrender Magen beruhigte. Sie trank auch Wasser, weil der Durst so beißend war, aber mehr gab sie ihrem Körper nicht.

Hauptsächlich wartete sie auf das Naheliegende: den Tod. Sie fühlte sich lustlos, dumpf und leer. Aber jeden Morgen, wenn sie aufwachte, klebte ihr Kopf immer noch an ihrem Fleisch. »Harz«, zischte sie dann wütend und ohne jede Ermutigung oder Wärme. Sie war eher entsetzt, dass ihr Körper immer noch in einem Stück war.

Ihre Pechsträhne dauerte an. Der Leopard wollte einfach nicht kommen, sie packen und ihrem Leben schnell ein Ende setzen. Die Krähen pickten ihr nicht die Augen heraus. Kein Blitz fuhr in ihren Schädel. Ihr Körper blieb stur auf der falschen Seite der Erde. Nichts wandelte sich. Es war, als hätte das Land in seinem unaufhörlichen Kreislauf innegehalten. Sie wurde nicht älter. Sie veränderte sich nicht – was sie sich wenige Tage zuvor noch gewünscht hatte. Aber jetzt zog sich jeder Augenblick in die Länge und wollte nie enden. Ohne ihre Familie ließ Mädchen die Zeit hinter sich.

Und dann, gerade als sie überzeugt war, alles würde für

immer im Stillstand verharren, stürmten die Veränderungen heran. Die angehaltene Zeit begann zu rasen. Als sie an diesem Morgen am See stand, verlagerte sich etwas in der Luft. Ein warmer, fast heißer Luftzug strömte durchs Tal. Mädchen schloss die Augen, zog die Oberlippe hoch und versuchte ihm nachzuspüren. Sie neigte den Kopf Richtung Treffpunkt weiter unten im Tal, weil sie dachte, die Familien versammelten sich vielleicht früher. Doch es kam nicht von dort. Die Luft aus dieser Richtung war immer noch kühl, trocken und still. Das Eis blockierte weiterhin die flachen Stellen des Flusses und fing nur langsam an zu schmelzen. Daher konnten die Fische sich nicht zum Treffpunkt bewegen, und Mädchen glaubte nicht, dass dort schon Familien eingetroffen waren oder ihr Lager aufgeschlagen hatten. Also richtete sie ihre Sinne über das Tal hinweg zur nächsten Gabelung des Flusses. Dorthin war ihre Schwester gegangen, als sie Große Mutter wurde. Aber es war zu weit weg, um dort irgendwelche Veränderungen zu erspüren.

Und doch war da etwas, eine dünne, aber intensive Strömung in der Luft. Sie wurde vom Fluss herangetragen, schmeckte nach Eisen und war dick wie Blut.

Mit weit aufgerissenen Augen blickte sie zum Land ihrer Familie. Rannte zum Baum. Kletterte, Hand über Hand, hinauf und stemmte sich mit ihren rindenharten Fußsohlen gegen die Äste. Während sie hinaufkletterte und immer wieder eine Stelle für einen Fuß oder eine Hand ertastete, spürte sie die Körper der Familie, die hier gelebt hatte. Die Rinde hielt, wenn auch nur schwach, die Erinnerung an sie fest. Jetzt spürte sie die Stellen, die die Familienmitglieder glatt gewetzt hatten, als sie diesen Baum hinaufgeklettert waren. Sie selbst verschmolz mit ihnen, weil sie auch genau dorthin ihre Hände und Füße setzte. Sie fragte sich, ob es ihr Blut war, das sie roch, die Geschichte von dem, was mit ihnen geschehen war und was sie in der Nacht zuvor geträumt hatte. Vielleicht aber war es auch nur das, was sie erhoffte.

Sie setzte einen Fuß auf einen kräftigen Ast, umfasste mit beiden Armen den Stamm und presste ihren Körper daran. Der warme Baumstamm zog sie an sich, sodass ihr Körper wie weich gewordenes Harz damit verschmolz. Ihre Gliedmaßen drangen tief in die Erde ein, und Baumsaft strömte wie Blut durch ihre Adern. Dies war die Stärke des Waldes. Ihre Angst verwandelte sich in ein Zittern der Nadeln. Leichte Schwingungen. Lauschen. Was geschah?

Die Bäume standen am Berggrat zusammen wie eine ganze Familie. Sie unterhielten sich mit ihren schwankenden Ästen und erzählten einander, was sie sahen. Einer zuckte mit einem Ast. Ein paar welke Blätter, die trotz der Winterstürme noch nicht abgefallen waren, raschelten. Die Zweige übermittelten sich Geheimnisse. Sie knackten, und vor Unbehagen wippten die Nadeln und rieben sich leicht aneinander.

Lebendiges Fleisch verströmt Hitze in die Luft. Sie kommt vom Feuer im Körper. Wenn diese Wärme in die Luft abgegeben wird, bewegt sie sich in Strömungen um die Bäume herum. In ganz besonderer Weise schiebt und zieht sie an den Blättern. Genau wie die Oberfläche eines Flusses anzeigt, was darunter liegt, übertragen die Muster in der Luft, was die Störung verursacht hat. Die Bäume im Tal nehmen die Bewegung auf und verstärken sie. So geben sie die Nachricht weiter. Wenn Mädchen nur gut aufpasste und die Muster in den Blättern erspürte, würde sie sie empfangen können.

Sie legte den Kopf schräg und hielt die Luft an. Nur der Baumsaft strömte weiter. Die Blätter kündeten nichts Gutes. Etwas stimmte nicht. Es war zu weit weg, um es genau zu erkennen, aber da war etwas Unruhiges, eine Erschütterung.

Mädchen löste sich vom Stamm. Jetzt strömte wieder das Blut in ihren Körper.

Am Himmel flogen Vögel vorbei. Mädchen riss den Kopf nach oben. Dort flatterten drei schwarze Krähen mit ihren Flügeln. Die Sonne ließ ihre glänzenden Schnäbel aufblitzen. Krallen rollten sich ein, und schimmernde Federn breiteten sich aus. Krächzend und kreischend flogen die Vögel das Tal hinauf. Sie strebten zum Land der Familie.

Mädchen kletterte wieder hinunter, und als sie den Boden erreichte, gab sie Wildkater zu verstehen, dass sie zurückgehen würde. Sie rannte zum Rand des Plateaus und dann den Hang hinunter. Schon bald fand sie den schmalen Pfad am Fluss und lief hinauf bis zur Furt. Sie verstieß gegen das Gebot von Große Mutter, aber ihre Familie war zu ausgedünnt, zu schwach. Sie würde es riskieren, an der Feuerstelle zu erscheinen. Nichts konnte sie aufhalten. Nichts hielt sie auf.

14

Mädchens Wunsch, zu ihrer Familie zurückzukehren, war ein so dringendes Bedürfnis, dass sie es sich, ohne zu zögern, erfüllte. Gegen Mittag überquerte sie die Bisonfurt und wandte sich dann vorsichtig, mit der Nase im Wind und hochgezogener Oberlippe, zu ihrem Lager.

Sie wusste nicht, dass der Leopard ihr, als sie die Feuerstelle verließ, länger gefolgt war, als sie ahnen konnte. Ihrer Erfahrung nach waren Leoparden ziemlich scheue Tiere. Sie nutzten ihren besseren Geruchssinn nicht, um der Familie nachzuspüren, sondern um sich von ihr fernzuhalten. Aber als Mädchen verschwand, bemerkte der Leopard, dass sich die kleine Gruppe noch mehr auflöste. Er folgte Mädchens Spuren so lange, bis er sicher war, dass sie sich weit vom Lager entfernte. Vielleicht hätte er ihr weiter nachgespürt, weil er immer wissen wollte, was die Jäger taten, doch dann nahm er eine andere Witterung auf. Diese war ihm vertraut.

Vorsichtig folgte er ihr, bis er einen Körper sah, der genau war wie seiner. Er hatte glattes Fell und Flecken, die vollkommen mit dem welken Laub und den gefallenen Baumstämmen im Wald verschmolzen. Ein weiblicher Leopard war in das Land eingedrungen. Kaum sahen sie sich, schlichen sie auf einander zu. Dann stürzte sie sich auf ihn, und sie balgten miteinander, aber nur kurz. Er versetzte ihr eine kleine Wunde an der Spitze ihres Ohrs, aber schon bald hörten sie auf, ihre Kräfte zu messen, und entwickelten ein anderes Interesse aneinander. Das weckte den Hunger.

Als Mädchen zur Furt kam, dachte sie flüchtig an den Leoparden. Sie fragte sich, wo er war und ob er ihr nachspürte. Doch der Leopard folgte Mädchen nicht auf das Land ihrer Familie. Er und sein Weibchen waren bereits da.

Mädchen hörte ein scharfes Kreischen. Es hallte dröhnend von den Felsen an der Furt wider und verwirrte sie, weil sie nicht sagen konnte, von welcher Art Tier es kam. Alle Härchen an ihrem Rücken stellten sich auf. Sie zog die Oberlippe hoch. Die Luftströmungen waren stark. Es hatte einen Kampf gegeben. Und zwar an der Feuerstelle.

Langsam näherte sich Mädchen dem Lager ihrer Familie, schlich sich an. Sie kannte alle Bäume hier, wusste, auf welche sie klettern konnte, und wo es gute Wurfsteine gab, aber das bot ihr noch nicht genug Schutz. Daher umklammerte sie ihren Speer; unter ihrer Achselhöhle pochte es. Ein intensiver Geruch nach Blut lag in der Luft. Es hatte einen Kampf gegeben, und da war noch immer ein warmer, sich bewegender Körper.

Sie schlich sich noch näher heran. In einem Kampf musste sie alle Sinne nach außen richten und ganz da sein. Überlegte Handlungen haben ihre Grenzen. Instinktive sind schnell. Der nicht denkenden Teil ihres Geistes übernahm die Führung. Nun war sie ganz nah am Lager. Ihr war klar, dass der Leopard wusste, wo sie war. Noch konnte sie ihn nicht sehen, aber sie spürte seine Hitze. Sie schmeckte ihn auch, aber an zu vielen Stellen, als wäre er nicht nur einer. In dem Versuch, ihn zu hören, spitzte sie die Ohren. Nichts.

Um eine Reaktion hervorzurufen, brüllte Mädchen los. Sie stampfte mit den Füßen und reckte den Speer in die Luft, um so groß wie möglich zu wirken. Aber sie spürte keinen Lufthauch. Er schrak nicht zurück. Er rannte nicht weg. Wo war er? Verzweifelt umherblickend, drehte sie sich um die eigene Achse. Doch bevor ihr Verstand die Antwort liefern konnte, löste sich der Leopard hinter ihr aus einer Baumkrone. Sie drehte sich gerade noch rechtzeitig, um seine zurückgelegten Ohren und gefletschten Zähne zu erkennen.

In dem Moment stoben die Krähen von ihren Ästen auf. Sie waren nach dem ersten Kampf gekommen, um den richtigen Moment abzupassen, an den Knochen zu picken, aber das Gebrüll zeigte ihnen, dass es dafür noch zu früh war. Krächzend und flatternd suchten sie fürs Erste das Weite.

Der Leopard klammerte sich an ihre Brust. Mädchen zischte, spuckte und brüllte aus voller Kehle. Er hielt sich fest und bohrte seine Krallen in Mädchens Umhang; mit den Zähnen suchte er nach Zugang zu ihrem Hals. Angst loderte so heftig in ihr auf, dass ihr ein dumpfes Stöhnen entfuhr. Das Feuer in ihrer Brust drohte zu erlöschen. Einen Augenblick lang zog der Boden sie an. Sie könnte unter dem Gewicht des Leoparden zusammenbrechen. Sie könnte sich auf die Erde legen und auf die andere Seite gelangen. Es würde ein rascher Tod sein. Sie würde die Wange an die kühle Erde schmiegen, und die Raubkatze würde mit ihren Zähnen ihren Hals durchbohren. Sie würde ihr die Haare abreißen, und ihr Kopf konnte sich vom Körper lösen. Ihr Fleisch würde in den Leoparden übergehen und seine Form annehmen. Sie würde nicht länger Teil der Familie sein.

»*Aruu!*« Mädchen riss die Augen auf. Das war Große Mutter. Nicht auf dem Boden, aber irgendwo in der Nähe. Der Ruf war ein Echo der unzähligen Warnungen in ihrem Leben. Es war ein Ruf, der Ermutigung und Stolz vermitteln sollte. Es war der Ruf ihrer Familie. Da wusste Mädchen, dass sie kämpfen musste. Sie wirbelte abrupt herum mit dem sich festkrallenden Leoparden. Sie zückte den Speer, um ihm das spitze Ende zwischen die Rippen zu stoßen. Knirschend drang es bis zum Schaft ein. Der Leopard jaulte auf und ließ los.

Zornig und mit zusammengekniffenen Augen beobachtete das Weibchen von einem Baum aus das Geschehen. Sie war bei ihrem Festmahl unterbrochen worden. Als ein Stein angeschossen kam und ihr Ohr streifte, duckte sie sich noch tiefer auf ihren Ast. Sie wog Mädchens Stärke und Gesundheit ab, fürchtete sich vor dem aufrechten Körper. Zweibeiner hatte sie nur selten gesehen. Um die Schultern hing loses Fell. Das Fell war bunt gefleckt. Die Leopardin legte die Ohren an, denn sie fühlte sich von dem Anblick gleichzeitig angezogen und abgestoßen. Als ein überwältigendes Drängen in ihr aufkam, schob sie ihre übliche Angst vor dem Unbekannten beiseite. Sie wollte fressen und sich paaren. Also spannte sie ihre Muskeln an, spreizte ihre Krallen und wartete, bis der Zweibeiner nah genug war, damit sie sich auf ihn stürzen konnte.

Mädchen taumelte, richtete sich mühsam auf und zückte ihren Speer für den nächsten Angriff. Ein kalter Schauer rann ihr über die Wirbelsäule. Sie hörte sich selber knurren; mit wildem Blick und gesträubten Rückenhaaren zeigte sie, dass sie zum Kampf bereit war. Der Speer war Teil ihres Körpers, wie ein Arm, der ihre Kraft weiterleitete. Sie brüllte und spuckte, fletschte die Zähne und starrte die Raubkatze an.

Der Leopard stürzte sich erneut auf sie und versuchte, Mädchen näher zum im Baum wartenden Weibchen zu drängen. Er sprang sie an. Sie sah, wie die großen weißen Fangzähne sich ihrem Hals näherten, wie der gefleckte Körper durch die Luft schwebte und seine Krallen sich nach ihr ausstreckten. Mädchen stieß mit dem Speer zu. Die Spitze traf den Leoparden im Maul. Er klammerte sich daran fest, und beide fielen zu Boden. Sein heißer Atem traf sie. Krallen zerrissen ihren Umhang und drangen in ihre Haut. Sie fegten über ihr Gesicht und ihre Brust. Fauchen und Kreischen, gefletschte Zähne und starr aufgerissene Augen. Sie hatte Fell im Mund und Erde zwischen den Zähnen. Als sie den Speer zur Seite ruckte, schlug der Kopf des Leoparden auf den Boden. Er ließ sie los und zog sich wieder zurück.

Mädchen wollte sich aufrappeln, aber sofort attackierte er mit den Zähnen wieder ihr Gesicht, als wollte er sie absichtlich zurückdrängen. Das Maul des Raubtiers war direkt über ihr, ihr blieb keine Zeit, den Speer zu zücken. Als sie den linken Arm schützend vors Gesicht riss, bohrten sich seine Zähne hinein. Wieder und wieder stach sie ihm den Speer in die Flanke. Bei jedem Stich schnaubte er auf – heißer Atem mit dem Geruch von Blut –, doch er verbiss sich immer weiter in ihren Arm und riss sie schließlich zu Boden. Sie rollten über die Erde. Ihre Schulter schmerzte, es war, als würden die Fasern ihres Arms zerreißen. Sie zog die Beine an und schaffte es, ihre Füße zwischen sich und den Leoparden zu bringen. Dann trat sie so fest zu, dass er sie losließ. Überrascht riss er die Augen auf und jaulte laut. Er sprang zurück.

Mädchens Körper blutete und war von allen Seiten schutzlos der Luft ausgesetzt. Keine Familie, die ihr Deckung gab. Sie wusste nicht, wo Große Mutter war. Als sie ihren blutenden Arm enger zum Körper zog, sah sie, dass ihre Haut in Fetzen hing und das Fleisch daraus hervorquoll. Ganz kurz flackerte der Gedanke auf, sich einfach hinzulegen, aber der sengende Schmerz erinnerte sie zu sehr an die Sonne. Der Leopard kauerte sich zusammen, sammelte neue Kraft und würde sich schon bald wieder auf sie stürzen. Sie blutete nicht nur am Arm. Mit einem Mal wusste sie, dass nur einer von ihnen überleben würde. Bald würde er Fleisch zu fressen bekommen.

In ihrem Mund schmeckte sie Stein und Fell und Erde. Ihr schmerzender Arm baumelte nutzlos an ihrem Körper. Sie hatte nur noch einen Arm, einen Versuch. Die Augen des Leoparden glühten auf. Er bestand nur aus Fell, Muskeln und Kraft. Sie zielte mit dem Speer auf ihn, umklammerte ihn fest, verlor aber zu viel Blut. Ihre Bewegungen wurden langsamer. Der Blick des Leoparden husche kurz zur Spitze des Speers. Dann verdichtete sich die Luft zwischen ihnen, und ihre Bewegungen verlangsamten sich. Er sprang, aber auf ihren Speer. Sie zögerte kurz und stach einen Herzschlag zu spät zu. Der Speer glitt an seinem Kopf ab. Einen zweiten Versuch gab es nicht.

Der Leopard jagte seine Klauen in ihren Umhang und krallte sich fest. In dem Moment spürte Mädchen die zweite Raubkatze. Mit dem ganzen Gewicht ließ sich das Weibchen auf ihren Rücken fallen und löste Mädchens Verwirrung auf. Noch nie hatte sie einen einzelnen Leoparden so kämpfen sehen. Ein Höhlenlöwe mochte eine ganze Familie angreifen, aber keine kleinere Raubkatze, die ganz allein unterwegs war. Doch jetzt waren es zwei, ein Pärchen. Beide krallten sich an ihren Umhang und ließen sich nicht mehr abschütteln. Da durchzuckte es Mädchen wie ein Blitz: Sie war das Fleisch, das gefressen wurde.

Gummiband

Am Freitagabend stießen Simon und ich zum Team, das sich am Lagerfeuer versammelt hatte. Die meisten von ihnen machten übers Wochenende Pause und fuhren in den Ort. Der nächste Tag sollte mein letzter an der Ausgrabungsstätte sein; am Sonntag würden Simon und ich zurückfahren. Er und ich saßen zusammen auf einer Bank. Während er sich im Kreis der Leute umsah, von denen er so viel gehört hatte, rieb er mir die Schultern. Andy spendierte Bier, und einer der Studenten holte einen Flachmann heraus. Der wurde herumgereicht, und jeder freute sich, einen Schluck daraus zu nehmen und dann mit hervorquellenden Augen aufzukeuchen. Simon trank zwei Schlucke. Ich wedelte abwehrend mit der Hand und reichte den Flachmann an Andy weiter, der etwas Platz in seiner Dose Dr. Pepper hatte und ein kleines Spektakel draus machte, als er den Whisky hineinkippte. Sofort ertönte rund ums Feuer ein kollektives »Ey!«. Daraufhin gab er den Flachmann an Caitlin weiter, doch die bedeckte ihren Becher Tee mit der Hand. »Ich sollte zum Wagen, bevor es dunkel wird.«

»Ich bringe Sie.« Simon stand auf. Er schien begierig, sie zu begleiten; vielleicht weil er wusste, dass ich mich erst nach ihrem Abgang würde entspannen können.

»Wir sehen uns morgen Nachmittag, Rose«, sagte sie und drückte mir mit ihrer kalten Hand die Schulter. Was sie meinte, war unser abschließendes Übergabemeeting.

Ich nickte nur.

Simon geleitete Caitlin den Pfad vom Lager hinunter zu dem Schotterparkplatz. Wir anderen sahen ihnen nach. Nach kurzem allgemeinem Schweigen unterdrückte Michael, Praktikant und jüngstes Mitglied des Teams, ein Lachen.

»Sagen wir einfach mal, sie macht sich nie locker.« Andy hob seine Dose und nickte Michael zu. Die anderen fühlten sich mutig genug zu kichern.

»Ich finde nicht, dass wir über Caitlin lachen sollten«, bemerkte Anais, eine Postdoktorandin, die mich beeindruckte. »Schließlich ist sie aus gutem Grund so diszipliniert.«

»Und der wäre?«, fragte Andy, stets bereit, mir die Drecksarbeit abzunehmen.

»Sie hatte in Kenia einen Nervenzusammenbruch.« Anais sah mich an. »Das wissen wir doch alle, oder?«

»Ich kenne sie nur rein beruflich«, antwortete ich.

»Ich hab davon gehört«, meldete sich Michael. »Es heißt, sie wäre zu lange draußen im Busch gewesen und hätte dabei den Verstand verloren.«

Anais legte ihm die Hand auf den Arm und rief vorwurfsvoll: »Michael!«

»Was denn, stimmt das etwa nicht?« Michaels Blick huschte zu mir, seiner anerkannten Chefin. »Oh, Mist, Rose. Tut mir leid, bist du jetzt angefressen?«

»So zart besaitet bin ich nun auch nicht, Michael. Aber danke, dass du so besorgt um mich bist.«

»Ich wollte ihr Geheimnis nicht ausplaudern …«

»Die eigene Vergangenheit ist reine Privatsache.«

»… oder dich wütend machen, schon gar nicht, wo du doch

schwanger bist.« Michael ritt sich immer tiefer hinein. »Ich meine, ich sollte nur nicht … du bist ja schwanger … sorry.« Er kam ins Stottern: »Du läufst immer noch schneller als ich.«

»Ganz genau«, erwiderte ich, »und ich habe größere Brüste.«

»Ich frage mich, ob sie wegen ihres Zusammenbruchs nicht mehr draußen vor Ort arbeitet«, bemerkte Andy. »Ich habe ihr Buch über die Gibbons gelesen. Das ist zwar überholt, aber richtig gut. Vor Kenia war sie in Bestform.«

Peinlich berührt lehnte sich Anais etwas unbeholfen vor. »Ich fühle mich schrecklich, als hätte ich gerade verraten, dass sie geisteskrank ist oder so.«

»Wir alle haben eine Vergangenheit«, antwortete Andy freundlich und zuckte die Achseln.

Sie hob ihre Bierdose. »Darauf trinke ich.«

Gerade als der Flachmann ein zweites Mal herumgereicht wurde, tauchte Simons Gesicht wieder zwischen den anderen auf. »Was habe ich verpasst?«

Nach einer Stunde unverfänglichen Plauderns verließ das Team das Lager, um zurück in den Ort zu fahren. Andy, Simon und ich hatten uns bereit erklärt, in den Zelten zu übernachten, damit die anderen genug Platz in den Wohnungen hatten. Zwar kamen Einwände auf, dass eine Hochschwangere nicht im Zelt schlafen sollte, aber die wehrte ich ab und beteuerte, ich fände das gemütlich. Das stimmte zwar nicht, aber ich konnte mich immer noch nicht von der Ausgrabungsstätte lösen.

Kurz darauf kroch ich in meine Schlafkoje. Andy und Simon blieben noch bis spät in die Nacht auf. Als ich einschlief, hörte ich, wie Andy am Feuer von Patricia erzählte. Patricia, Patricia, Patricia. Seiner Frau. Ich dachte daran, dass er sie mir gegenüber so gut wie nie erwähnte.

Als ich am nächsten Morgen aufwachte, war ich verwirrt und durstig. Hatte ich am Abend zuvor eine wilde Party gefeiert? Ja, aber ich hatte nichts getrunken. Es war mein letzter Tag an der Ausgrabungsstelle. Simon und ich würden bald nach London zurückfahren. Panik ergriff mich. Mein Geist kam in Bewegung, aber mein Körper wollte ihm nicht folgen.

Ich versuchte, mich aufzusetzen, stellte aber fest, dass ich in der engen Schlafkoje nicht hochkam. Simon schlief in der anderen Koje; hätte er sich zu mir gelegt, hätte ich ihn wohl zerquetscht. Offenbar hatte Andy im anderen Zelt übernachtet. Ich beschloss, Simon schlafen zu lassen, um noch mal zur Ausgrabungsstätte zu gehen, bevor er anfing, mich Richtung Wagen zu bugsieren. Geistesabwesend rieb ich mir über die linke Leiste. Meine Bänder wurden weicher, um Platz für das Baby zu machen. Und dann war da noch das Problem mit meinen Lippen. Sie waren geschwollen und rissig. Von meiner Unterlippe drückte sich spitz ein Hautfetzen in meine Oberlippe. In dieser Gegend war es im Sommer zwar heiß, aber jetzt erinnerten mich die Bedingungen wirklich an meine Zeit in der Wüste Gobi. Noch nie hatte ich mich so ausgedörrt gefühlt.

Ich wusste auch ohne Abschluss in Biologie, dass ich am Vortag nicht genug getrunken hatte. Das Problem war nur, dass jeder Schluck Wasser meine Blase daran erinnerte, dass ein Baby darauf lastete. Und da ich an der Ausgrabungsstätte nicht pinkeln durfte, müsste ich kostbare Zeit verschwenden, wenn ich auf die Latrine ging. Also war meine Lösung gewesen, weniger Wasser zu trinken – gerade genug, um dem Baby zu geben, was es brauchte. Da mein Körper weniger Flüssigkeit bekam, griff er auf andere Ressourcen zurück, damit das Baby gesund blieb, was ja auch gut so war. Zumindest versuchte ich, mir das einzureden. Mein Körper hatte ein eindeutiges Ziel – ein Kind geburtsreif werden zu lassen –, aber nun schien er sich gegen mich zu wenden. Waren mein Körper und ich noch eins?

Ich griff mit beiden Händen an die Metallseiten der Schlafkoje, schwang meine Beine über den Rand und stieg vorsichtig aus, um Simon nicht zu wecken. Als ich das tat, veränderte das Baby seine Position, und ich verspürte einen scharfen Stich. Mir stockte der Atem, aber dann schaffte ich es, den Druck auf den Nerv in meiner linken Hüfte zu verlagern. Meine persönlichen Sachen waren dort, wo sie hingehörten: Meine Arbeitskleider hingen an Nägeln, die in das Holzgestell des Zelts gehämmert worden waren, mein treuer Laptop befand sich unter einer Staubschicht auf meinem überfüllten Schreibtisch, mein Werkzeuggürtel mit der Erweiterung für den wachsenden Bauch wartete auf dem Boden auf mich. Aber jetzt war alles anders – ich würde sie nicht mehr benutzen.

Auf einer Holzkiste neben meiner Koje stand eine Flasche Wasser, die offensichtlich noch kalt war, denn Kondenstropfen perlten daran herunter. Ein Zeichen, dass Andy hier gewesen war. Mühsam streckte ich den Arm aus, ergriff die Flasche und trank. Zwar hatte ich Andy schon vorher geschätzt, aber als ich die Flasche geleert hatte, betete ich ihn geradezu an. Auf der Kiste befand sich auch eine Plastikbox, fest versiegelt, um Schädlinge fernzuhalten. Darin warteten ein Apfel, ein Müsliriegel und ein kleines Stück Schokolade. Andys langjährige Ehe war ein gutes Training gewesen. Er konnte ganz wunderbar meine Bedürfnisse erspüren oder voraussehen. Ich blickte zu Simon, der sich im Schlaf zusammengerollt hatte. Obwohl wir eine enge und gute Beziehung hatten, waren wir beide doch ziemlich autark geblieben. Wenn ich

Hunger hatte, holte ich mir was zu essen und aß. Das gleiche erwartete ich auch von ihm. Keiner von uns wollte das anders haben. Aber Schokolade? Sehr nett von Andy.

Ich nahm weder klapperndes Frühstücksgeschirr wahr noch den Geruch von Kaffee, der auf dem Campingkocher warm gehalten wurde, aber dann fiel mir ein, dass Samstag war. Ich setzte mich und strich mir durchs Haar, das völlig verstaubt und vom Schlaf platt auf einer Seite am Kopf klebte. Ein Blick auf mein Handy zeigte mir, es war neun Uhr. Nachdem ich etwas gefrühstückt hatte, setzte ich mich in Bewegung. Vielleicht konnte ich heute noch ein bisschen graben? Ich hatte eine besondere Stelle rund um die Halswirbelsäule markiert, wo sich ein Gegenstand abzeichnete, der vielleicht handgemacht war. Ich brannte vor Neugier und wollte unbedingt erfahren, was es war. Zwar war mir klar, dass ich an nur einem Tag keine großen Fortschritte würde machen können, aber meine Karriere war bisher immer mit Hindernissen gepflastert gewesen, und nur meine Bereitschaft, alle Zweifel beiseitezufegen, hatte mich so weit gebracht. Jetzt wollte ich unbedingt wissen, was das für ein Gegenstand war. Unbeholfen watschelte ich zu meiner Hose, die gewaschen und gefaltet auf mich wartete.

Wie konnte es sein, dass ich quasi über Nacht einen so mächtigen Bauch bekommen hatte? Ich zwängte meine wurstigen Beine in meine Arbeitshose und zerrte an dem Gummiband, mit dem ich den Hosenbund zusammenhielt. Ich hatte es durchs Knopfloch gefädelt und wollte es um den Knopf haken, damit der Hosenschlitz so weit wie möglich geschlossen war. Während ich daran zerrte, schnappte das Gummi gegen meine Finger zurück und flog weg. Ich sah mich nach einem anderen um, konnte aber keines finden. Mein Hosenschlitz stand weit offen.

Vor langer, langer Zeit hatte ich den Entschluss gefasst, niemals bei der Arbeit zu weinen. Zwar waren Tränen eine natürliche Reaktion auf Widerstände, doch meiner Meinung nach verstärkte Weinen die negativen Vorurteile, dass Frauen nicht in der Lage seien, mit schwierigen Situationen umzugehen. Also hatte ich während all der Irrungen und Wirrungen, die eine akademische Laufbahn mit sich brachte, keine einzige Träne vergossen: nicht in der Türkei, als an der Ausgrabungsstätte eine große Palette vom Lieferwagen rutschte und mir den Fuß brach. Und auch nicht, als einer der externen Gutachter meiner Doktorarbeit mich noch mal um zwei Jahre zurückwerfen wollte, weil er die neuen Datierungsmethoden in Frage stellte. Weder als ich auf einer großen Konferenz öffentlich von einem bekannten Wissenschaftler verspottet wurde – »Sie klingen ja, als würden Sie sich am liebsten mit einem von Ihren Neandertalern anfreunden«, hatte er bei einer Fragestunde bemerkt –, noch als daraufhin der gesamte Saal in nervöses Gelächter ausbrach und die Bemerkung genau das bewirkte, was sie sollte: nämlich dass all meine Ausführungen diskreditiert wurden. Alles habe ich mit Fassung ertragen.

Ich habe nicht ein einziges Mal bei der Arbeit geweint – bis ich kein zweites Gummiband fand, um meine Hose zu schließen. Dieser Umstand allein bewirkte nun, dass ich anfing, lautlos zu schluchzen. Ich schaffte es, mir auf die Lippen zu beißen, um Simon nicht zu wecken, und hoffte, man würde mir die Tränen nicht ansehen, aber dann hörte ich draußen Schritte.

»Rose?«

Ich zögerte, zog die Nase hoch und biss mir noch stärker auf die Unterlippe.

»Rose?«

Andy. Glücklicherweise war es nur Andy.

»Hallo? Ich suche nach Dr. Rosamund Gale?«

»Hi, Andy«, sagte ich schwach.

»Was ...« Simon rollte sich in seiner Koje herum.

»Bist du schon auf?«, fragte Andy.

»Ja«, sagte ich.

»Hast du was gegessen?«

»Ja, Mama.«

»Jetzt fang nicht mit deiner Mutter an. Sie hat schon zweimal angerufen.«

»Wo bin ich?«, tönte es erschrocken aus Simons Koje.

Da ich nicht wollte, dass er mich vom Arbeiten abhielt, riss ich mich zusammen, wischte mir die Augen mit dem Ärmel ab und zog meine Boots an. Mit einer Hand schnappte ich mir meinen Werkzeuggürtel, schob mit der anderen die Zelttür zur Seite und stürzte nach draußen auf Andy zu. Der trat instinktiv einen Schritt zurück, als ich aus dem Zelt platzte. »Rose?«

»Haben wir einen Spanngurt?«

»Ja, irgendwo.«

»Den brauche ich. Ich will nur noch etwas an der Ausgrabungsstätte erledigen.«

»Ich wollte dich holen, Rose. Caitlin ist da.«

»Was? Wo?«

»Ich weiß ... Überraschung!« Er zeigte zur Höhle. »Sie ist schon rauf.«

»Ohne mich?«

»Sie nahm an ... du würdest schlafen, weil sie Schnarchen gehört hat.«

»Das war Simon«, sagte ich.

»Hey, ich schnarche nicht«, kam ein gedämpfter Protest aus dem Zelt.

»Caitlin ist in der Höhle?« Ich eilte zum Pfad hinauf. »Du hättest mich sofort holen sollen.«

»Caitlin meinte, du bräuchtest Ruhe«, gab er zurück.

»Wir treffen uns oben«, bellte ich. Allein bei dem Gedanken, dass jemand ohne mich zur Ausgrabungsstätte ging, geriet ich in Rage. Und dann auch noch eine Primatologin! Caitlin war an erster Stelle Vertreterin des Museums und erst an zweiter Stelle Projektleiterin. Die Ausgrabungsstätte besuchte sie äußerst sporadisch und war insgesamt nur wenige Wochen vor Ort gewesen. Sie schien wesentlich mehr am Zeitplan und der Logistik als an den eigentlichen Ausgrabungen interessiert zu sein. Obwohl ich Caitlin nicht besonders gut kannte, hatte sie nicht den nötigen Hintergrund, um meine Deutung des Funds wirklich einschätzen zu können. Derjenige, der die Kontrolle über eine Ausgrabungsstätte hatte, hatte Einfluss darauf, wie die Funde von Experten beurteilt und schließlich von der Öffentlichkeit gesehen wurden.

»Bring noch mehr Schokolade mit«, rief ich zurück, während ich mich schwer atmend an den Aufstieg machte.

»Du solltest noch etwas wissen …«, brüllte Andy.

Ich blieb stehen und drehte mich um.

»Sie hat einen Journalisten bei sich.«

»Bring mir einen Spanngurt!«

»Von *National Geographic*, glaube ich …«

»Vielleicht kannst du auch eine deiner Hosen mitbringen!«, brüllte ich zurück.

Bevor ich mich wieder umdrehte, sah ich noch, wie Simon den Kopf aus dem Zelt steckte und Andy einen verwirrten Blick zuwarf. Dann hörte ich ihn fragen: »Sie will eine Hose von dir?«

Mir sank das Herz, als ich um die letzte Kurve des Pfades

bog und sah, dass die Plastikplane vor der Höhle beiseitegeschoben worden war. Sie waren hinein gegangen, was schon schlimm genug war, hatten aber außerdem nicht mal die Plane wieder vorgezogen. Damit war die Höhle allen möglichen Verunreinigungen ausgesetzt, die die Ausgrabungsstätte gefährden konnten. Und mir kam das wie ein böses Omen vor. Ohne größte Vorsichtsmaßnahmen gegen Kontaminationen bestand die Gefahr, dass die Funde als nicht eindeutig beurteilt wurden. Möglicherweise galten sie dann als verunreinigt oder wurden gar als Beweis *gegen* meine Erkenntnisse und nicht *für* die Antworten benutzt, die ich meiner Überzeugung nach gefunden hatte.

»Was zum Teufel macht ihr da!«, brüllte ich.

Ich sah, dass Caitlin und ein Mann in der Höhle standen. Am liebsten wäre ich hineingestürzt und hätte sie verscheucht, aber mit meinem dicken Bauch war einfach nicht genug Platz. Würde ich einen von ihnen ungünstig schubsen, könnte dabei ein Artefakt beschädigt werden. Caitlins grauer Pferdeschwanz zuckte, als hätte sie sich erschreckt. Das wollte ich auch hoffen!

Caitlin kam als Erste heraus. Sie wirkte leicht verlegen und blinzelte ins Morgenlicht.

»Ich muss die Kontrolle über die Ausgrabungsstätte behalten«, sagte ich mit geballten Fäusten. »Sowohl über die Höhle hier als auch über die Deutung der Funde.«

»Ja, das hast du mehr als deutlich gemacht«, erwiderte Caitlin und hob wie zur Kapitulation die Hände. Ganz offensichtlich wollte sie jetzt nicht darüber debattieren. »Ich versuche nur zu helfen.«

»Indem du die Ausgrabungsstätte gefährdest?«

Sie warf dem Mann, der hinter ihr aus der Höhle auftauchte, einen entschuldigenden Blick zu. »Ich weiß, du wolltest morgen fahren, Rose. Ich hoffe, unsere Finanzierung ist gesichert, damit du in der Gewissheit gehen kannst, dass alles in Ordnung ist.« Sie wies nickend auf den Mann neben ihr. »Fred ist ein guter Freund, dem man vertrauen kann. Ich habe ihn hergebracht, um für unsere Sache einzutreten.«

»Und Neuigkeiten durchsickern zu lassen?«

»Es geht um den Nachrichtenwert der Ausgrabungsstätte. Das Museum vertraut auf Freds Meinung.«

»Aber sicher doch.«

»Wir haben schon in der Vergangenheit so zusammengearbeitet. Erinnerst du dich an die Gibbons in Sansibar? Durch Freds Artikel in seiner Zeitschrift bekam ich genügend Unterstützung, um mehr finanzielle Mittel aufzutreiben.«

»Dir ist die Vermarktung wichtiger als die Forschung.«

»Wenn es nur ausschließlich um Forschung ginge, Rose! Wir wissen doch beide, dass es auch um den Showeffekt geht. Die Einsparungen trafen uns im Primatenschutz zuerst, aber jetzt trifft es auch die Archäologie.«

»Dies hier sind keine Gibbons!«, zischte ich.

Sie zuckte zusammen und warf dem Journalisten ein verkrampftes Lächeln zu. »Wenn du uns kurz entschuldigst, Fred?«

Als er sich ein Stück entfernt hatte, ergriff Caitlin meinen Arm. »Ich möchte doch um etwas mehr Professionalität bitten.«

»Ich verhalte mich professionell.«

»Du wirkst etwas unbeherrscht. Und du zitterst.«

Da erst bemerkte ich, dass mir tatsächlich die Hände zitterten. Ich war so wütend, dass es sich anfühlte, als liefe ein Motor auf Hochtouren in mir. »Bei allem Respekt, Caitlin. Aber ich lass mir nicht gerne sagen, was mein Körper tut. Zufällig stecke ich nämlich drin.«

»Wenn man schwanger ist, werden die Instinkte stärker, Rose.«

»Würdest du über Gibbons reden, würde mich das interessieren.«

Ich hörte ein Räuspern und wandte meinen Kopf in die entsprechende Richtung. Andy war am Ende des Pfads aufgetaucht. Er wirkte besorgt, vielleicht sogar geschockt. Ich konnte es nicht genau einordnen. In den Händen hielt er einen Spanngurt und eine seiner Hosen, aber zuerst wusste ich nicht, wieso. Dann wurde mir bewusst, dass noch ein Mann in unserer Mitte war, ein Journalist. Eine wütende Schwangere, die eine ältere Frau mit grauen Haaren attackierte, würde sich in der Presse nicht besonders gut machen.

Caitlin spürte die Veränderung in mir. »Vielleicht möchtest du jetzt Fred Long kennenlernen?« Sie wies auf den Mann. Ich klebte ein absurdes Lächeln auf mein Gesicht, was ihm wahrscheinlich nur einmal mehr bewies, dass er es mit einer Irren zu tun hatte.

»Er kommt von *National Geographic*«, führte Caitlin aus.

»Hallo.«

»Dr. Gale, es ist mir eine Ehre, hier sein zu dürfen.«

Er kam mir vage vertraut vor. Normalerweise merkte ich mir Namen und Gesichter sehr gut, aber ihn konnte ich nicht einordnen. »Sind wir uns schon einmal begegnet?«

»Ich hatte nicht erwartet, dass Sie sich an mich erinnern würden.« Fred schenkte mir ein freundliches Lächeln. »Auf der Konferenz der archäologischen Gesellschaft, letztes Jahr in San Diego.«

»Schön, Sie wiederzusehen«, sagte ich und streckte ihm meine Hand entgegen. Ich mochte schwanger und neben der Spur sein, hatte aber zumindest immer noch einen festen Händedruck.

Als ich die Hand ausstreckte, ließ ich meine Hose los. Hastig versuchte ich sie festzuhalten, aber der Bauch war mir im Weg. Sie sank bis zu meinen Fußknöcheln. Mein Gesicht verzerrte sich, ich konnte einfach nichts dagegen machen. Zum zweiten Mal an diesem Tag verstieß ich gegen meine Nichtweinen-Regel.

TEIL III

15

Der Leopard richtete sich auf, um Mädchen mit den Vorderpfoten zu attackieren. Er versuchte, ihren Rücken zu erwischen, sie niederzudrücken und dann festzuhalten, um seine Zähne in sie zu bohren. Das Weibchen tat es ihm gleich, sie schlug nach Mädchens Umhang aus und vergrub die Krallen darin; die scharfen Spitzen drangen tief in ihre Haut. Vor ihren Augen verschwamm alles zu Kampf, Schlamm und Angst. Mädchen hörte ein Knurren und Reißen, und dann klaffte ihr Umhang vom Hals bis zur Achselhöhle auf und begann ihr vom Körper zu gleiten. Ohne ihren Umhang wäre ihre Haut schutzlos den scharfen Krallen ausgesetzt, die sie bis zu den Knochen aufreißen würden. Mädchen stöhnte laut auf. Die Leoparden nahmen das als ermutigendes Zeichen und bedrängten sie noch stärker.

Da erwachte etwas in Mädchen. Es war keine Idee – dazu geschah es viel zu schnell –, sondern eher ein Aufblitzen, wie wenn die Sonne plötzlich durch die Wolken bricht. Ein Körper, der die Sonne sieht, erkennt den Weg. Mädchen duckte sich und tauchte seitwärts aus ihrem Umhang heraus. Beide Leoparden spürten, wie ihr Körper Richtung Boden sank, und stürzten sich auf den Umhang. Dem Männchen lief das

Wasser im Maul zusammen; es verspritzte Speichel und verbiss sich in die Stelle, die Mädchens Nacken umschlossen hatte, während das Weibchen seine Zähne in die Schulterpartie bohrte. Dann bissen beide kräftig zu, um ans Fleisch zu kommen und die Beute zu erlegen. Sie krallten sich daran fest. Der Pelzumhang unter ihnen ruckte und zuckte. Das Männchen traf aber kein Fleisch, weder Muskeln noch Knochen, sondern bekam nur Erde in Nase und Maul.

Das Weibchen spürte, dass das Männchen die Beute nicht erlegen konnte, und bemühte sich, ihre Stärke zu zeigen. Sie drückte das Fell mit einer Pfote zu Boden und schnappte danach, bohrte ihre Fangzähne wild hinein. Sie spürte den Pelz und biss noch stärker zu, um Blut zu schmecken. Der Leopard jaulte auf, sprang zurück und zog seine Pfote hoch. Das Weibchen hatte sie erwischt. Da merkten beide Leoparden, dass sie nur den Umhang attackiert hatten. Eine Beute, die ihr Fell abstreifen konnte, hatten sie noch nicht erlebt. Dies war das erste Mal, dass jemand aus der Familie so etwas getan hatte.

Ihre Verwirrung gab Mädchen die Möglichkeit, mit ihrem Speer fest zuzustoßen und den Leoparden zu treffen. Verwundet wich er ein paar Schritte zurück. Mädchen bedrängte ihn weiter und trieb ihn zu einem dichten Wäldchen. Er wollte sich noch weiter entfernen, zuckte dann aber aufjaulend zusammen. Ein dumpfer Aufprall. Da er die Gefahr spürte, drehte er sich um. Was war das?

Von hinten ertönte ein Ruf: »*Aruu!*«

Mädchen sah, wie der Leopard abgelenkt wurde, und nutzte die Chance, noch mal mit dem Speer zuzustoßen. Als sie seinen Kopf traf, krachte es laut. Doch bei diesem Geräusch stürmte die Leopardin auf sie zu. Ein Schrei, ein Krachen, dann Schmerzenslaute, und das Weibchen sackte zusammen. Wie betäubt lag es auf der Erde, mit einer blutenden Kopfwunde und heraushängender Zunge. Mädchen wusste nicht, was die Leopardin getroffen hatte, aber es gab kein Zögern. Sie sprang auf, stürzte zum Tier und jagte den Speer mit ihrem unversehrten Arm tief in seine Flanke. Immer wieder stach sie zu, bis beide Leoparden tot waren.

Sie wartete so lange, bis sie sicher war, dass die Raubkatzen sich nie wieder rühren würden. Dann erst sank sie auf die Knie, immer noch im Schock des Kampfs. Keuchend rollte sie sich auf den Rücken und versuchte, wieder zu Atem zu kommen. Der Geruch der toten Tiere drang ihr in die Nase. Sie konnte an nichts anderes denken als daran, wie sehr ihr der Geruch von Katzenfleisch zuwider war. Ganz kurz blitzte ihr durch den Kopf, dass sie und Wildkater vielleicht deshalb befreundet waren: Sie hatte nie das Verlangen gespürt, ihn zu essen. Es war Verschwendung, ein Tier zu töten und es nicht zu essen, aber Katzen waren sehnig und mager. Und sie wusste, dass sie an Wildkater denken würde, wenn sie die Knochen von diesen Raubkatzen abnagte, obwohl er keine besondere Verbindung zu ihnen hatte. Sie rümpfte die Nase. Katzen zu essen war ein Zeichen von Schwäche.

Als ihr Atem sich wieder beruhigt hatte, stand sie auf und prüfte, wo sie blutete. Ihren Arm hatte es am schlimmsten getroffen. Sie würde die Wunden säubern müssen, aber nicht jetzt. Zwar witterte und spürte sie keinerlei Gefahr, doch wer hatte die Leopardin getötet? Neben dem Kadaver lag ein faustgroßer Stein. Der hatte den Schädel des Weibchens so hart getroffen, dass der Knochen direkt über dem Auge gebrochen war. Es war ein perfekt gezielter Schuss gewesen, der Mädchen die Chance gegeben hatte, beide Raubkatzen zu töten.

Vorsichtig ging Mädchen in die Richtung, aus der der Stein geworfen worden war. Nach zehn Schritten entdeckte sie ihren Bruder. Er lag mit dem Gesicht nach unten auf dem Boden, aus einem Dickicht ragten seine Wade und sein großer Fuß hervor. Mädchen legte ihre Hand darauf und tastete das Bein ab. Sein Körper war noch nicht kalt. Aber Er befand sich bereits auf der anderen Seite der Erde. Als sie aufschaute, sah sie, dass die Leoparden gerade erst angefangen hatten, ihre Beute zu fressen. Sie hatte sie unterbrochen, direkt nachdem sie sie erlegt hatten. Mädchen holte tief Luft und spürte, wie sie Trauer um Er überkam. Dabei durfte sie sich nicht erlauben, dass ihr Geist in die Vergangenheit oder Zukunft wanderte. Er musste jetzt hier bleiben.

Wo waren die anderen? Mädchen schnüffelte ein bisschen in der Luft und versuchte, sich nicht von Ers Blutgeruch ablenken zu lassen. Sie schob das Dickicht beiseite und schlich weiter voran. Was?

»*Aruu*«, ertönte es ganz leise.

Mädchen näherte sich dem Wäldchen. Da schwankten ein paar Äste, und dazwischen wurde etwas sichtbar: Große Mutter und Mickerling. Sie klammerten sich in der Baumkrone aneinander. Obwohl ein Leopard ihnen dorthin hätte folgen können, saßen sie so hoch, dass er wohl gezögert hatte. Denn wenn die Krallen zum Klettern genutzt wurden, konnten sie nicht kämpfen.

Zittrig kletterte die alte Frau herunter, klammerte sich mit den Händen und dünnen Armen am Stamm fest, um ihren entkräfteten Körper zum Boden zu bringen. Sie freute sich nicht über ihren gut gezielten Wurf. Ihre Miene zeugte nur von Trauer. Nach ihr kam Mickerling heruntergeklettert. Er war blass und still. Als sie unten ankamen, sanken sie alle gemeinsam zu Boden. So saßen sie da, ganz eng aneinandergedrängt, am Rand der Lichtung, am Fuß des Aussichtsbaums. Sie schwiegen.

Mickerling löste sich als Erster aus ihrem eng verwobenen Knäuel. Da kein Wort des Trostes von Mädchen oder Große Mutter kam, füllten sich seine Lungen unwillkürlich mit Luft. Er konnte nicht länger ruhig sein. Die Stille wurde nur von Große Mutters pfeifender Nase unterbrochen. Sie schnüffelte, als wollte sie damit ihre Gedanken ausdrücken. Mickerling versuchte, es ihr nachzumachen, und holte tief Luft. Er roch nichts Besonderes. Die Kiefer, Große Mutters nach Bisonhintern riechenden Atem, Mädchens Schweiß in ihren dichten Haaren, die erdige Mischung aus Blut und Fleisch. Er wusste, dass Mädchen verletzt war, aber die Gerüche verrieten ihm kaum etwas, daher drückte er sein Ohr an ihre Brust und spürte, wie sie sich hob und senkte. Das reichte nicht. Er musste unbedingt die schlimmen Gefühle in seiner Brust loswerden und seine Angst kundtun. Seine eigene Stimme war so dünn und zittrig, dass er selbst überrascht war: »Bärden.«

Als Mädchen ihr Gewicht verlagerte, um erneut ihren unverletzten Arm um Mickerling zu legen, keuchte Große Mutter auf. Zum ersten Mal ließ sie sich anmerken, dass auch sie verletzt war. Alles Blut wich aus Große Mutters Gesicht. Mädchen war zu sehr in sich gekehrt gewesen, um den Geruch zu bemerken, doch jetzt kam Bewegung in sie. Sie legte Große Mutter auf den Boden und hob den Umhang, den die alte Frau tief heruntergezogen hatte, um die Verletzung zu verbergen. Sie hatte zwei klaffende Wunden in der Seite. Scharfe Krallen hatten ihr das Fleisch bis zu den Rippen heruntergerissen. Aus dem Schnitt quollen Eingeweide, die ebenfalls aufgeschlitzt waren.

Rasch untersuchte Mädchen den Jungen. Er hatte eine kleine Wunde im Bein, weil ein Leopard ihn angesprungen hatte, um ihn daran zu hindern, auf den Baum zu klettern. Die Leoparden hatten erst die Schwächeren gejagt, bevor Er eingeschritten war. Sie mussten Er von beiden Seiten angegriffen oder ihn niedergerissen haben, als er versuchte, in den Baum zu fliehen. Zwei Leoparden waren stärker als ein junger Mann. Mickerlings Wunde musste zwar versorgt werden, aber er würde überleben. Mädchen wandte ihre Aufmerksamkeit Große Mutter zu. Sie blutete. Wahrscheinlich hatte das Klettern die Wunde noch weiter geöffnet und die Blutung verstärkt. Sie mussten die alte Frau in den Schutz der Höhle bringen. Sonst würden andere Raubtiere das Blut riechen. Mädchen beugte sich vor, um Große Mutter aufzuheben, aber als sie sie berührte, schüttelte die Frau ihren großen Kopf. »*Ne.*« Sie wollte nicht getragen werden.

Mickerling ließ ein bisschen Wasser aus seinem Ledersack auf Große Mutters Lippen tröpfeln. Mädchen legte der Alten eine Hand auf den Kopf und schaute ihr in die Augen, was sonst nur selten vorkam. Direkter Augenkontakt konnte als feindselig gedeutet werden. Wenn zwei sich gut kannten, konnte das schon mal passieren, um zu prüfen, wohin jemand blickte, oder ob er gesund, bei Kräften oder geistig da war. Da all dies jedoch durch die klaffende Wunde in Große Mutters Flanke zunichtegemacht wurde, wollte Mädchen mit ihrem Blick Trost schenken.

Große Mutter wusste, dass sie nicht mehr gesund und stark war, und auch ihre geistigen Kräfte ließen nach. Also seufzte sie tief auf und überließ sich der Veränderung. Sie hatte viele rastlose Jahre mit der ständigen Suche nach Fleisch für sich und ihre Familie verbracht. Da ihr kaum noch Kraft blieb, dachte sie eher erwartungsvoll an die ewige Ruhe. Sie kämpfte nicht mehr wie sonst dagegen an, sondern freute sich fast auf einen unendlichen Erdenschlaf. »*Ye,* Totholz«, murmelte sie und zeigte schnüffelnd auf ihre Nase, als wollte sie sagen *Ich kann die Erde riechen.*

Große Mutter betrachtete ihre Tochter mit dem wilden roten Haarschopf, mit der blassen, mit Schlamm und Blut bespritzten Haut und schnüffelte erneut. Da war etwas Neues. Unter normalen Umständen hätte sie es sofort bemerkt. Mädchen war schwanger. Eine Mutter roch das oft als Erste im Atem ihrer Tochter.

Ohne jede Schuldzuweisung oder Verbitterung nahm Große Mutter ihre Hörner ab und reichte sie Mädchen. In diesem Moment überlagerte Stolz all ihre Schmerzen. »Harz«, murmelte sie. Nun bedeutete dieses Wort viel mehr als »Behalte deinen Kopf an dein Fleisch geklebt«. Jetzt war es an Mädchen, dafür zu sorgen, dass ihre Familie weiterhin mit diesem Land verhaftet blieb.

Mädchen neigte den Kopf als Zeichen der Zustimmung. Noch einmal hob sich Große Mutters Brust. Sie sog tief den Duft der Schwangeren ein. Dieses Mädchen war fruchtbar. Vielleicht überlebte die Familie. Die alte Frau wandte den Kopf zu Mickerling und öffnete den Mund. Sie wusste, der Gestank ihres alten Atems würde in seine kleine Nase dringen, bevor er auch nur ein Wort hörte. Sie ließ es zu. So würden sie sie in Erinnerung behalten. Der Geruchssinn konnte einen wie kein anderer Sinn durch die Zeit führen. Jedes Mal, wenn Mickerling der Geruch von Bisonfleisch in die Nase drang, würde er daran denken, wie sie ihn aufgenommen und am Leben erhalten hatte.

Ein letztes Mal atmete Große Mutter lang und langsam aus. »Totholz.« Sie und Mädchen wussten beide, wie viel sich innerhalb kürzester Zeit verändert hatte. Ihre Wege hatten sich getrennt wie die Eisschollen im Frühling. Das Eis schmilzt nicht einfach langsam weg. Viele tiefe Risse schwächen die

Fläche, und mit einem Mal brechen große Stücke ab und treiben weiter. Und dann, ehe man die Zeit hat zu staunen, ist das Eis innerhalb eines einzigen Tages verschwunden. Doch darunter bleibt der Fluss so, wie er immer gewesen ist.

16

Kurz bevor die Sonne am Himmel erschien, wachte Mädchen auf, verließ die Hütte und ging schweigend hinunter zur Feuerstelle. Sie hockte sich davor, hielt die Hände über die Asche und spürte die Wärme vom Vorabend. Dann neigte sie sich vor und blies auf die noch glimmenden, mit Asche bedeckten Scheite, worauf eines heiß und grellrot aufglühte. Sie holte tief Luft und blies noch einmal. Darauf züngelte eine Flamme an den Zweigen und der Rinde, die sie darüber gelegt hatte. Knackend fingen sie Feuer. Die Wärme berührte ihre Haut. Ein neuer Tag begann.

Schon bald erschien das leuchtende Rund der Sonne am Himmel und überzog ihn mit Farben. Mädchen beobachtete, wie sie den Felsgrat hinaufwanderte und dahinter verschwand. In ein paar Tagen würde sie sogar die Bergspitze küssen. Dann war es Zeit, sich auf den Weg zum Fischsprung zu machen. Beim Gedanken an das orangefarbene Fleisch lief ihr das Wasser im Mund zusammen. Mit diesem Gefühl war jede Entscheidung überflüssig, es blieb allein der Drang aufzubrechen. Sie würde zum Treffpunkt gehen. Sie würde in Fisch schwelgen. Ihr Bauch würde voll sein.

Mädchen erhitzte Wasser in einem Ledersack, um Bisonfleisch aufzutauen. Wenn sie heißes Wasser in die gefrorene Vorratskammer goss, konnte sie ein paar Stücke von dem Fleisch lösen, das sie nach der Jagd gespeichert hatten. In nächster Zeit würde es mehr als genug zu essen geben. Statt sich von Traurigkeit ablenken zu lassen, bewegte sie den Speichel in ihrem Mund. Sie konnte ihren sonstigen Anteil verdoppeln und essen, wann immer sie Hunger hatte. Das war ihr bislang nur selten möglich gewesen.

Vorsichtig bewegte sie ihre Hand und sah mit Erleichterung, dass ihre Muskeln unversehrt waren. Zwar hatte der Leopard sie heftig gebissen und dabei ein Stück Fleisch abgerissen, aber die Wunde war nicht so schlimm, wie sie gefürchtet hatte. Bevor Mädchen am Abend zuvor in die Hütte gekrochen war, hatte sie sich gezwungen, ihre Wunden zu behandeln. Dazu hatte sie Senfsamen eingeweicht und gekocht. Diese wurden so lange gekaut, bis sie eine Paste ergaben. Als Nächstes hatte sie einen leeren Schildkrötenpanzer mit Wasser gefüllt und ihre Wunde ausgespült. Mit einem scharfen Stein hatte sie das lose Fleisch abgeschnitten. Um ihre Schmerzensschreie zu dämpfen, hatte sie auf ein Stück Fleisch gebissen. Das Blut stillte sie mit der weichen Seite eines gefalteten Lederstücks. Dann bestrich sie die Wunde mit Senfsamenpaste, bis ihr Arm wieder unversehrt aussah. Sie musste stöhnen, so sehr hatte es gebrannt. Um ihren Unterarm hatte sie fest ein Stück ganz dünn geschabtes Leder gewickelt, wie eine zweite Haut. Ihre Finger konnten sich wie sonst bewegen. Sie schwollen nicht an, was ein erstes Anzeichen fürs Absterben gewesen wäre.

Nun hockte Mädchen am Feuer, bewegte langsam ihre Finger und aß ihren Anteil. So würden ihre Beine wieder kräftiger werden. Schon bald hätten sie Muskeln wie Baumstämme und dicke, runde Knie. Sie würde die Große Mutter sein, die sich alle wünschten.

Da kam Mädchen ein seltsamer Gedanke: Vielleicht passte Große Mutter ja auf sie auf. Aber das verdrängte sie sofort. Große Mutter hatte immer gesagt, Tote könnten die Lebenden auf der anderen Seite der Erde nicht sehen. Dennoch hatte sie ein ganz besonderes Gefühl. Vielleicht musste sie sich mit ihrer Mutter verbunden fühlen, wenn sie wach war, weil sie sie im Schlaf nicht mehr spüren konnte.

Da kam Wildkater, rieb sich an Mädchens Beinen und forderte mit zusammengekniffenen Augen seinen Anteil. Wie immer kam er gerade zur rechten Zeit. Mädchen lachte und gab ihm ein dickes Stück. Er riss die Augen auf, weil es so groß war. Vorsichtig, da er im Laufe der Jahre so viele Tritte von der Familie abgekommen hatte, schnappte er es sich und flitzte davon, um es im Schutz der Büsche zu verschlingen.

Schon bald war er fertig und kam zum Holzstapel am Feuer zurück, weil er hoffte, ein Eichhörnchen zu schnappen. Obwohl Mädchen sich sicher war, dass er die Abwesenheit der anderen bemerkte, änderte das nichts an seinen Instinkten. Er verhielt sich genauso wie immer.

Erst jetzt dachte Mädchen an das eine Familienmitglied, das sich noch in der Hütte befand: Mickerling. Sie stieg wieder den Pfad hinauf und schob das Fell zurück, das am Eingang der Hütte hing. Eine Zeitlang konnte sie im Dunkeln nichts erkennen, nur den Atem des Jungen hören. Nach einer unruhigen Nacht verarbeitete er jetzt schlafend die Schrecken des Vortages. Seine Schlafposition brachte sie normalerweise zum Lachen: Er lag mit angezogenen Beinen auf dem Bauch, sodass sein Po in die Luft ragte. So hatte sie noch nie ein Kind schlafen sehen. Als sich ihre Augen langsam an die Dunkelheit gewöhnten, konnte sie die Umrisse seines Körpers ausmachen. Sein Rücken wirkte schmal und weich. Seine Haut war überraschend nackt; im Licht vom Eingang konnte man nur ein paar feine Härchen wahrnehmen. Sie fragte sich, ob er am Rücken noch mehr Haare bekommen würde. Sie hoffte es, weil er so besser jemanden zur Paarung anlocken konnte.

Mickerling seufzte im Schlaf. Abgesehen von praktischen Überlegungen hatte sie sich kaum Gedanken um ihn gemacht. Wie alle in der Familie hatte sie ihren Teil zu seiner Erziehung beigetragen. Wer kochte, achtete auch darauf, dass er aß; wer schlief, zog ihn an sich; beim Jagen sorgten sie dafür, dass er in Sicherheit war, und im Verlauf des Jahres brachten sie ihm alles Notwendige bei. Die Familie wusste, dass ihre Nachkommen sich von denen der anderen Tiere unterschieden. Dachse konnten ihre Jungen im Nest lassen, während sie sich auf Nahrungssuche begaben, aber ein Kind durfte nicht unbeaufsichtigt bleiben. Rehkitze konnten nur wenige Stunden nach der Geburt laufen, während ein Baby über ein Jahr lang auf den Rücken geschnallt werden musste. Es war viel Arbeit, so langsam großwerdende Nachkommen aufzuziehen, doch die Mühen zahlten sich am Ende aus. Nun aber, da die anderen nicht mehr dabei helfen konnten, für Mickerling zu sorgen, war Mädchen ganz auf sich allein gestellt.

Sie erinnerte sich nur noch undeutlich an den Tag, als sie Mickerling in der Nähe des Treffpunkts am Fluss hatten herumstreunen sehen. Keiner von ihnen wusste, wohin er gehörte. Die Familie, die ihn mitgebracht hatte, lebte weiter stromaufwärts an einer Gabelung des Flusses. Sie hatten in die Richtung gezeigt, um auszudrücken, dass sie ihn auf dem Weg zum Treffpunkt gefunden hatten. Vielleicht war er mit einem Erwachsenen unterwegs gewesen, der durch Krankheit, ein Raubtier oder einen Unfall ums Leben gekommen war. Große Mutter hatte so gut sie konnte Witterung aufgenommen und nachgeforscht. Aber sie hatte nichts herausgefunden.

Mickerlings Gliedmaßen waren merkwürdig dünn. Seine Brust war so lang wie ein Bein. Mädchen hatte sich mittlerweile an sein Aussehen gewöhnt, aber am Anfang hatte sie befürchtet, seine hervorquellenden Augen würden ihm aus dem Kopf springen. Seine Stirn war flach, sein Kinn ragte hervor. Sie bezweifelte, dass er bei diesem Aussehen jemanden zur Paarung finden würde. Als er größer wurde, versuchte er, seine Schwäche durch Einsatzbereitschaft wettzumachen. Zwar schien er sich langsamer zu entwickeln, aber sobald er eine machbare Aufgabe sah, übernahm er sie. Deshalb bekam er von der Familie zu essen. Mickerlings Bestreben, sich nützlich zu machen, erhielt ihn am Leben.

Wieder seufzte der Junge und senkte sein Hinterteil auf das Fell, auf dem er schlief. Da hörte Mädchen etwas: ein Rasseln, wie von trockenen Bohnen in einer Schote. Sie erstarrte. Das war unverkennbar eine Schlange. Ohne sich zu rühren, suchte sie die dämmrige Hütte mit den Augen ab. Wenn sie auf eine Schlange trat, würde diese sie beißen.

Zu dieser Jahreszeit musste man besonders auf Schlangen achten, da es morgens noch kalt war und sie über Nacht auskühlten. Erst beim ersten Sonnenstrahl fingen sie wieder an, sich zu bewegen. Einmal, als Mädchen und Er noch klein waren, hatte Er eine rasselnde Giftschlange gefunden, die er für tot hielt, weil sie sich nicht rührte. Er hatte sie sich um den Hals gelegt und so getan, als wäre es ein Riemen für seinen Spielzeugspeer. Er hatte sogar ihre schuppige Nase geküsst. Als er keine Lust mehr hatte, damit zu spielen, hatte er sie auf einen Felsen gelegt, der sich von der Sonne langsam aufwärmte. Mädchen erinnerte sich noch, wie erschrocken Er gewesen war, als die Schlange von der Wärme aufgeweckt wurde und sich ins Unterholz schlängelte.

Jetzt hatte es Mädchen ebenfalls mit einer Schlange zu tun,

die aufgewacht war: Das Rasseln verriet es ihr. Langsam schob sie das Fell vor dem Eingang noch mehr beiseite, um Licht in die Hütte zu lassen. Die Schlange konnte sich sogar direkt vor ihren Füßen zusammengerollt haben. Dann hätte sie sie beim Eintreten nur knapp verfehlt. Aber auf dem Boden konnte sie nichts entdecken. Mädchen blickte zu den Kiefernzweigen und betrachtete sie sorgfältig. Die Haut dieser Schlangenart war gemustert wie Baumrinde, sodass sie zwischen den Stützästen der Hütte nur schwer zu erkennen war. Normalerweise waren sie nicht länger als ein Arm, aber das war unwichtig, weil ihr Gift so stark war. Ein Biss von einer ausgewachsenen Schlange konnte einen Körper niederstrecken.

Mickerling lag auf dem Bauch. Einen Augenblick spielten Mädchens Augen ihr Streiche. Sie fragte sich, ob Große Mutter ihm eine Kette gebastelt hatte, als Mädchen nicht da war, denn da war etwas um seinen Hals. Eigentlich wusste sie, dass es die Schlange war, doch ihr Geist suchte verzweifelt nach einer anderen Erklärung. Wenn Mädchen sich zu ihnen stürzte, biss die Schlange vielleicht zu, um sich zu verteidigen. Das konnte auch passieren, wenn Mickerling sich aufsetzte. Sie wollte ihn schon warnen, doch selbst das konnte die Schlange alarmieren. Sie hatte sie schon mit ihrem ersten Rasseln gewarnt. Schlangen warnten selten ein zweites Mal.

Mädchen tat das Einzige, was ihr in den Sinn kam: Sie hielt die Luft an. Dabei fühlte sie sich schwach und unfähig. Mickerling hatte nur noch sie, und sie hörte lediglich auf zu atmen. Als sie sah, wie er nackt, mit der Schlange um den Hals, im Nest lag, übertrug sich seine Hilflosigkeit auf sie. Es war schrecklich, an einem Schlangenbiss zu sterben. Man quälte sich tagelang, die Haut wurde schwarz, und der ganze Körper schwoll an, weil man von innen abstarb. Vor lauter Angst hämmerte ihr das Herz, denn sie wusste, wenn er leiden musste, war das ihre Schuld. Sie hatte nur eine einzige Chance, eine zweite würde sie nicht bekommen.

Sie wartete und beobachtete die Schlange. Sie lag auf Mickerlings Rücken, dicht am Fell. Es sah aus, als wollte sie darunter kriechen, um es dunkel und warm zu haben, doch das Fell war so fest um Mickerling gewickelt, dass sie keine Öffnung fand. Als sie sich weiterschlängelte, musste Mädchen sich große Mühe geben, nicht vor Schreck aufzukeuchen. Es bestand die Gefahr, dass Mickerling von der Bewegung der Schlange aufwachte. Aber er rührte sich nicht. Seine weichen, dunklen Wimpern lagen weiterhin still auf seinen Wangen. Die Schlange versuchte, unter das Fell zu schlüpfen, gab es aber schließlich auf. Sie wand sich weiter, und schon bald hörte man das Rasseln jenseits von Mickerlings Körper. Die Schlange verschwand in den dichten Kieferzweigen.

Rasch verließ Mädchen die Hütte und holte ihren Speer. Sie ging ein Stück um die Hütte herum und entdeckte, dass die Schlange auf der anderen Seite herausgekommen war. Sie schlängelte sich auf die Felswand, als Mädchen mit dem Speer zustach. Sie nagelte den Kopf am Felsen fest und zertrümmerte ihn mit einem Stein.

Später, als Mickerling aus der Hütte auftauchte und sich die Augen rieb, rief Mädchen ihn hinunter ans Feuer. Dort hielt sie einen Stock hinein, um den ein Stück Fleisch gewickelt war, das langsam gar wurde. Zwar blickte er Mädchen kaum an, als er herunterkam, aber er schob ihren Oberkörper nach hinten, um sich auf ihren Schoß setzen zu können. Dann legte er seinen Kopf an ihre Brust und atmete tief ein und aus, als wäre das ganz normal. Offenbar konnte er seine Zuneigung zu Große Mutter mühelos auf Mädchen übertragen. Vielleicht lag es daran, dass sie älter war als er, vielleicht betrachtete er die beiden Frauen als ein- und dieselbe, vielleicht aber auch war es wieder eine seiner merkwürdigen Verhaltensweisen. Er war in vielerlei Hinsicht einfach anders.

Mickerling streckte die Hand aus, schlug zweimal die Finger gegen den Daumen und wartete. Mädchen legte ihm ein Stück abgekühltes Fleisch in die Hand. Er griff zu, und dann hörte sie, wie er schmatzend kaute. Ein beruhigendes Geräusch. Ein Teil in ihr beneidete ihn um seine Geborgenheit. Er wusste, woher sein Fleisch kommen würde. Er wusste, wer ihn beschützen würde. Sie wünschte, für sie wäre das auch so.

Mädchen wies Mickerling an, eine Weile zu spielen, damit sie zusammenstellen konnte, was sie für den Weg zum Treffpunkt brauchen würden. Jetzt konnte sie die besten Wasserbeutel und die besten Speere für sich wählen. Sie konnte mehr Fleisch als sonst in weiches Leder wickeln und auf dem Rücken transportieren. Sie konnten auch zusätzliche Felle mitnehmen, um es warm zu haben. Wenn sie erst mal am Treffpunkt wären, würde sie eine Schutzhütte aus frischen Kiefernzweigen bauen.

Mickerling hockte sich auf die Erde und spielte mit etwas. Als sie zerstreut den Blick zu ihm wandte, sah sie verblüfft, dass er ihre Muschel hatte. Sie fuhr sich mit der Hand an den Hals und merkte, dass sie wohl abgefallen war. Wieso bemerkte sie das erst jetzt? Sie stürzte sich darauf. Vielleicht erschreckte sie Mickerling, aber sie spürte Wut. Es war nicht seine Muschel. Sie fragte sich, ob er sie ihr im Schlaf gestohlen hatte.

»*Ne.*« Sie entriss sie ihm.

Mickerling erschrak wegen der Schärfe des Worts und ihrer Bewegung. Er riss die Augen auf und starrte sie schockiert an. Und dann verzog er das Gesicht und fing an zu weinen. Mit einem Schlag war sie für ihn so wichtig geworden wie die Sonne. Die Wut in ihrem Gesicht erfüllte Mickerling mit Hitze. Er heulte und schluchzte so heftig, dass es kaum auszuhalten war. Sie hielt sich die Ohren zu, um den Lärm zu dämpfen.

»Schsch«, versuchte sie ihn zu beruhigen, doch vergeblich. »Krähenkehle«, sagte sie und drückte ihre Finger gegen den Daumen, um ihm zu zeigen, dass er so viel Lärm machte wie eine grässliche Krähe. Aber er heulte immer weiter und gab unverständliche Laute von sich. Das ganze Lager hallte von den Geräuschen aus seiner Kehle wider. Für Mädchens Stimme blieb keinerlei Raum mehr.

Schwerfällig ließ sie sich auf einem der Baumstämme am Feuer nieder. Mit gesenktem Kopf hielt sie sich weiterhin die Ohren zu und wartete darauf, dass das Heulen aufhörte. Wie hatte Große Mutter es geschafft, dass er leise war? So hatte sie den Jungen noch nie heulen hören. Nach einer Weile jedoch verstummte er. Sie sackte vor Erleichterung zusammen und nahm die Hände von den Ohren.

Als sie eine Berührung an ihrem Rücken spürte, schrak sie zusammen. Erst dann erkannte sie, wie gefährdet sie gerade gewesen waren. Da sich alle Sinne nach innen gerichtet hatten, hätte sich ohne weiteres ein Tier anschleichen können. Es war lediglich eine Frage der Zeit, bis das geschah. Schließlich waren sie nur noch zu zweit.

Aber es war Mickerling, der sie berührte. Er hatte Schluckauf, seine geröteten Augen quollen noch mehr hervor als sonst, und seine schmalen Wangen wirkten aufgebläht. Ganz kurz senkte er den Blick. Sie schnalzte leise. Das nahm er als Erlaubnis, sich wieder auf ihren Schoß zu setzen. Seufzend ließ sie es zu. Jetzt hielt er etwas anderes in den Händen: die Hörner. Sie hatte vergessen, sie beim Aufwachen aufzusetzen.

Obwohl *vergessen* es vielleicht nicht ganz traf. Eigentlich hatte sie nie daran gedacht, sie aufzusetzen. Jetzt nickte sie, um ihm zu zeigen, dass alles gut war. Er drückte ihr die Hörner auf die Stirn. Sie verknotete den dünnen, von Große Mutter weich gekauten Riemen unter ihrem dicken Haarzopf, der ihr bis auf den Rücken ging.

Als sie den Kopf hob, sah Mickerling sie bewundernd an. Mit seinen dünnen Fingern strich er ihr eine Haarsträhne zurück und schob ein Horn zurecht, sodass es gerade saß. Ein Ausdruck von Stärke und Stolz zeigte sich auf seinem Gesicht. Er hob die Hand und zeigte ihr seine Handfläche. Sie drückte ihre Handfläche dagegen. Seine Finger reichten nur bis zum mittleren Gelenk ihrer Finger. Seine Haut war dunkel und glatt wie Schiefer, ihre war hell und rau wie Granit. Sie drückten noch fester ihre Handflächen gegeneinander. Er wies auf ihren Hals und dann auf die Muschel, als wollte er fragen, ob er ihr helfen sollte, sie wieder umzubinden. Große Mutter hatte sie Mädchen geschenkt, als sie in Mickerlings Alter war.

Die Muschel hatte etwa die Größe einer Walnuss, und man konnte ein Rauschen hören, wenn man sie ans Ohr drückte. Große Mutter hatte es Mädchen gezeigt. So erkannte Mädchen, dass sie zu den Schattengeschichten passte. Sie wusste, dass die alte Frau weit weggegangen war, bis zu dem Ort, wo das Wasser schmeckt wie schweißbedeckte Haut. Es gab schlimme Geschichten über das Meer, aber auch gute: Es fließt eine ganze Weile immer weiter ins Nichts, bis der Untergrund zu einem Land abfällt, das dem größten Fisch gehört. Wenn der Fisch taucht, bildet das Wasser eine große Welle. Diese Welle setzt sich vom Land des großen Fisches fort bis zum Ufer, wo sie rauschend den Sand aufwühlt. Manchmal strömt sie so heftig heran, dass das Wasser schäumt wie in den Stromschnellen.

Mädchen zeigte Mickerling, wie man sich die Muschel ans Ohr drückt. Er lauschte auf das Rauschen der Wellen, die sich am Ufer brechen. Als er die Augen schloss, spürte er vielleicht das Schäumen der Brandung, den feinen Sand zwischen den Zähnen und den Geruch nasser Felsen. Es war nicht nur das Rauschen; vielleicht konnte er das Meer auch schmecken, riechen und fühlen, wie ein Echo aus der Vergangenheit. Es war etwas, das durch sein Blut strömte. Mit der Muschel am Ohr sah er aus, als wäre er dort.

Später in der Nacht warf Mickerling sich im Schlaf unruhig hin und her und streckte sein Hinterteil in die Luft. Als sie die Augen einen Spalt öffnete, konnte sie seinen Haarschopf sehen, der so schwarz war wie Moos, seinen breiten Mund und die weißen Zähne. Dann wachte er auf und rutschte näher zu ihr, um zu sehen, ob sie schlief. Er wusste nicht, ob er Ärger bekommen würde, wenn er sie weckte. Sein sanfter Atem strich über ihre Wange. Er roch nach Pfefferminze, weil er die merkwürdige Angewohnheit hatte, Grünzeug zu essen. Das machte Wildkater auch. Manchmal ertappte sie ihn dabei, dass er Gras kaute. Aber Mickerling aß noch viel mehr Grünzeug. Er schnüffelte an seltsamen Pflanzen, leckte sich über die Lippen und stopfte sich das Kraut in den Mund, bevor sie es verhindern konnte. Sie befürchtete, dass dies ihn irgendwann umbringen würde. Bislang hatte er Glück gehabt.

Als Mädchen ihm den Rücken rieb, wurde er wieder müde. Sie befahl ihm, in die Kiefernzweige am Eingang zu pinkeln; wenn man das tat, schreckte man in der Nacht die Tiere ab. Danach aß er einen kleinen Streifen Trockenfleisch, trank einen Schluck Wasser und gähnte. Zum Einschlafen schmiegte er sich an sie. Sie beobachtete, wie sich sein Bauch langsam hob und senkte. Die kleinen Hände hatte er unter seine weiche Wange gesteckt. Seine Lippen erschlafften. Aber Mädchen fand noch keine Ruhe. Sie legte sich auf den Rücken und starrte blinzelnd in die Dunkelheit. Morgen würde ein arbeitsreicher Tag werden: Die Reise zum Fischsprung musste vorbereitet werden. Sie kniff die Augen zu, konnte aber einfach nicht einschlafen. Obwohl Mickerling direkt neben ihr lag, fehlte ihr die Wärme der Familie.

17

Noch bevor die Sonne aufging, stand Mädchen auf und machte Feuer. Als die Sonne immer weiter stieg, erreichte sie auch die Spitze des Bergs. Schon bald würden die Fische den Fluss hinaufschwimmen. Es war Zeit, zum Treffpunkt aufzubrechen.

Ihre Hörner setzte Mädchen nicht auf. Stattdessen steckte sie sie in eine Falte des Fells, das sie auf ihrem Rücken tragen wollte. Zwar sah man noch nichts, aber sie war schwanger. Das roch sie, wenn sie morgens pinkelte. Sie war sich unsicher, wie man sie in diesem Zustand am Treffpunkt empfangen würde. Wenn die anderen Familien kein Jagdglück gehabt hatten, konnte eine unbekannte Erwachsene als Rivalin beim Fischen betrachtet werden. Dann versuchten sie vielleicht, sie zu vertreiben, um zu sehen, ob sie stark genug war, sie abzuwehren. Wegen ihrer Fruchtbarkeit konnte sie auch als Bedrohung angesehen werden. Aber wenn die Zeiten gut gewesen waren, hießen die Familien sie möglicherweise willkommen. Dann erkannten sie vielleicht ihre Ähnlichkeit mit Große Schwester oder erinnerten sich, dass ihre Familie gutes Land hatte. Die Möglichkeiten, wie man sie empfangen könnte, waren so zahlreich wie die Verästelungen des Flusses. Sie hatte einfach nicht genug Erfahrung, um zu wissen, wie es werden würde.

Dass sie die Hörner nicht trug, war ein Zeichen der Unterwerfung, aber auch ein Zeichen dessen, was in ihr vorging. Mit der Schwangerschaft schienen sich ihre Gefühle zu verändern. Der Mut, den sie so oft in ihrer Brust gespürt hatte, war mit dem schmelzenden Eis und Schnee zurückgewichen. Jetzt fühlte sie sich seltsam ängstlich und zaghaft. Deshalb hatte sie die Hörner versteckt. Sie würde den Treffpunkt als Mädchen betreten. Das zumindest würde sich nicht verändert haben. Sie konnte sich als Mädchen anschleichen und die anderen beobachten, bevor sie den nächsten Schritt unternahm.

All die Zeiten, in denen sie beim Fischsprung gewesen war, taten sich vor ihrem inneren Auge in einem einzigen großen Bild zusammen: wie sie die Bären riechen würde, schon lange, bevor sie sie sah; wie sich der dunkelgrüne Nadelwald unter ihr erstreckte; die verlockende Aussicht auf neue Familien und neue Nahrungsmittel. Sie sehnte sich nach den Tagen zurück, in denen sie sich unbekümmert unter die fremden Körper hatte mischen können und doch wissend, dass sie immer noch einen festen Platz in der Familie von Große Mutter hatte.

Während Mädchen aß, ließ sie Mickerling in der Hütte noch einmal richtig lange ausschlafen. Die besten Schalen und Werkzeuge, die sie nicht mitnehmen würden, vergrub sie. Als Mickerling aufgestanden war, setzte sie ihn an die Feuerstelle, damit er Fleisch essen und etwas trinken konnte. Währenddessen stapelte sie die Schlafpelze in der Mitte der Hütte auf, damit sie geschützt waren. Den Rand der Hütte verstärkte sie mit großen Steinen, falls der Wind stärker werden sollte. Aus einem Baum holte sie ihre versteckten Beutel mit Vorräten und befestigte Wasserbehälter daran.

Mickerling wartete unruhig an der Feuerstelle. Sie ging mit der Muschel zu ihm und band sie ihm um den Hals. Daraufhin grinste er breit und fuhr mit den Fingerspitzen den Rand der Muschel nach. Sie schenkte ihm das Meer, damit er Kraft für die Reise hatte.

Als er bereit war, drehte er ihr den Rücken zu, und sie schnallte ihm einen Tragebeutel mit Vorräten um die Schultern. Damit er nicht das Gleichgewicht verlor, ließ sie eine Hand auf dem Beutel. Er beugte leicht die knubbeligen Knie, wappnete sich und nickte, dass er bereit war. Sie ließ den Beutel los. Seine Beine zitterten wie dünne Zweige, aber sie knickten nicht ein. Mädchen warf sich ihren eigenen Transportbeutel auf den Rücken. Er war schwerer, als ihr lieb war, doch sie wusste nicht, wie lange sie unterwegs sein würden. Am Treffpunkt würde sie dafür verantwortlich sein, ein Lager zu errichten. Da es ein Jahr dauerte, alles dazu Nötige herzustellen, musste sie Beutel, Fußbedeckungen, Riemen und Faustkeile mitnehmen. Das alles war zusammen mit einer Ersatzspeerspitze, Schlafpelzen, einem zusätzlichen Umhang und Trockenfleisch für die Reise ziemlich schwer. Wenn man nur noch zu zweit war, konnte man nicht mehr mit leichtem Gepäck reisen.

Mädchen ließ Mickerling vorangehen, damit sie ihn immer im Blick hatte. Mehr schlecht als recht stolperte er Richtung Fluss. Sie biss sich auf die Lippe und fragte sich, ob er nicht eher seitwärts als vorwärts ging. Als er über einen Ast auf dem Boden steigen musste, verlor er das Gleichgewicht, und seine Knie knickten ein. Der Tragebeutel verlagerte sich zur Seite und zog den Körper des Jungen zu Boden.

Mit drei großen Schritten war sie bei ihm. Er sah aus wie eine umgedrehte Schildkröte, denn er lag auf dem Rücken und ruderte wild mit Armen und Beinen. Sie beugte sich zu ihm, weil sie ihn am Tragesack packen und hochheben wollte.

»*Ne, ne*«, sagte er.

Er wehrte sie mit den Händen ab, als wollte er sich nicht helfen lassen. Offenbar war er wild entschlossen, es allein zu schaffen. Schließlich konnte er sich mit einer Hand an einer Wurzel festhalten und so auf den Bauch drehen. Dann mühte er sich auf die Hände und Knie. Vor lauter Anstrengung fletschte er die Zähne und sah aus wie ein wildes Tier. Mädchen presste sich die Hand vor den Mund, weil sie sonst laut losgelacht hätte.

Mickerling setzte einen Fuß auf den Boden und drückte. Brüllend stieß er sich mit dem anderen Fuß ab und stand. Er schwankte vor, zurück und zur Seite, und seine Füße trippelten hin und her, weil er versuchte, sein Gleichgewicht wiederzuerlangen. Schließlich schaffte er es. Mit ausgestreckten Armen und gespreizten Fingern konnte er lange genug still stehen, dass auch der Tragesack nicht mehr hin und her schwang. Mickerling hielt die Luft an, tat vorsichtig einen Schritt vorwärts und dann noch einen. So bahnte er sich langsam seinen Weg zum Fluss. Stolz überkam Mädchen, weil er sich so anstrengte, während sie gemütlich hinter ihm herlaufen konnte. Sie hatte das Gefühl, dies würde ein langer Tag werden. Wildkater schien das ähnlich zu empfinden. Er hatte keine Eile, als er ihnen durchs Unterholz folgte.

Während Mickerling unter seiner schweren Last dahintrottete, wurde Mädchen immer unruhiger. Die beiden letzten Tage ihrer Reise waren besonders unangenehm. Wenn die Sonne so hoch stand, schmolz das Eis schnell. Sobald das Eis ganz verschwunden war, würden die Fische flussaufwärts schwimmen, und alles würde beginnen. Mädchen machte sich Sorgen, man würde ohne sie anfangen. Wenn eine kräftige junge Große Mutter auftauchte, beanspruchte sie vielleicht die beste Familie für sich, bevor Mädchen auch nur die Gelegenheit dazu hatte.

Am Ende brauchten sie drei Tage, um zum Treffpunkt zu gelangen. Sie erreichten eine Bergflanke, an der es wesentlich grüner war. Als sie ankamen, war das Eis geschmolzen, das Gebüsch war dicht und grün, und Mücken umschwirrten sie in großen Wolken. Das Wasser stand hoch und strömte schnell.

Zu einer bestimmten Jahreszeit kamen alle Familien an genau diesem Punkt zusammen, da sich dort die Verästelungen des Flusses trafen. Mädchen konnte sich noch an Zeiten erinnern, als sich fünf Familien hier versammelt hatten. Letztes Jahr allerdings waren außer ihnen nur zwei weitere aufgetaucht. Es gab Geschichten von viel mehr Familien, aber da hatte Mädchen noch nicht gelebt. Großes Mädchen, ihre Schwester, war eine Große Mutter geworden und stand nun einer der anderen Familien vor. Als Großes Mädchen beim letzten Mal den Treffpunkt verlassen hatte, sah man bereits, dass sie ein Kind unter dem Herzen trug. Mädchen fragte sich, ob es jetzt wohl ein pummliges Kleinkind gab. Sie erinnerte sich an die weiche Haut und die flaumigen Haare der Babys, die sie am Treffpunkt im Arm halten durfte. Unwillkürlich legte sie ihre Hand auf den Bauch. Bis jetzt hatte sie sich nur Sorgen gemacht, dass sie dicker wurde. Jetzt fragte sie sich, ob sie stolz sein sollte.

Mädchen fand zwar, dass sie spät dran waren, aber das fanden die anderen offenbar nicht. Als sie die letzte Biegung hinter sich gelassen hatte, blickte sie auf das breite Flussbett voller Sand, Schlick und Kiesel, durch die das Hochwasser des Frühlings strömte. Sie freute sich, wieder hier zu sein. Der durchdringende Geruch der Kiefern, der Duft von knospenden Beerensträuchern und ein Hauch von ganz leicht salzigem

Wasser lagen in der Luft und brachten die Erinnerung an all die Gefühle zurück, die sie hier empfunden hatte. Vor ihrem inneren Auge tauchten die Familien auf. Auch wenn sie sonst kaum an sie dachte, konnte sie jedes einzelne ihrer Mitglieder sehen. Die Bilder und Gerüche weckten auch andere Erinnerungen. Ihr fiel wieder ein, wo die dicksten Beeren zu finden waren. Sie blickte zu ihrem Lieblingsbusch mit den Brombeeren, der oft als Erster reife Früchte hatte. Die Felsplatte in den Stromschnellen, wo Große Mutter immer am liebsten gestanden hatte, war dieses Jahr vielleicht weniger rutschig. Es war die beste Stelle, um ganz ruhig darauf zu warten, dass Fische vorbeisprangen, und sie dann zu schnappen. Vor lauter Vorfreude lief Mädchen das Wasser im Mund zusammen.

Aber als Mädchen und Mickerling den letzten felsigen Hang hinunterliefen bis zu der Stelle, wo der Fluss sich verästelte, sahen sie zu ihrer Überraschung, dass am Rand des Waldes noch kein Unterstand aufgebaut war. Normalerweise errichteten die Familien in der Nähe einer Felswand ihre Behelfshütten. Davor lag ein Kiesstrand, der sich weit bis zum Fluss erstreckte. Dies war der Ort, wo alles stattfand: das Beschnüffeln und Umkreisen, das Kämpfen, die Wahl der Gefährten und manchmal sogar die Paarung selbst. Jeder wusste, was geschah, und zeigte lebhaftes Interesse daran. Das wurde nicht als aufdringlich empfunden. Denn all das hatte einen Zweck. Man konnte sich hinter eine Anwärterin stellen und sie unterstützen. Oder man konnte kleine Steine auf sie werfen, um sie zu entmutigen. Es ging unverfälscht, roh und brutal zu. Aber es betraf sie alle, denn ihr Überleben hing vom Ergebnis ab.

Mädchen suchte sich einen Platz an der Felswand, der zwar gut war, aber nicht der beste. Sie wollte die Große Mutter, die als nächste kam, nicht herausfordern. Aber die Stelle ragte in den Fluss hinein und bot mit dem Fels im Rücken Schutz und nach vorne eine gute Aussicht auf alles. Mädchen schnürte junge, noch grüne Äste zum Rahmen des Unterstands zusammen. Darüber kam ein dünnes Leder. Mit Bändern aus Weinranken befestigte sie es am Rahmen. Wenn die Ranken trockneten, würden sie sich zusammenziehen und das Leder spannen. Als Mädchen leicht daraufklopfte, wippte es unter ihrer Hand, so straff war es bereits. Darüber hievten Mickerling und sie ein dickes Fell mit viel Bisonfett, das den Regen abhalten würde. Im Unterstand verteilte Mädchen Kiefernbüschel und legte die Schlafpelze darauf.

Wildkater tauchte aus dem Gebüsch auf und zirpte. Mädchen steckte ihren Kopf aus dem Unterstand heraus, um nach ihm zu sehen. Das Tier blinzelte Mädchen langsam an, um zu zeigen, dass er die gewählte Stelle billigte und wiederkommen würde, wenn es Fisch gäbe. Dann huschte er davon, wahrscheinlich, um Mäuse zu fangen.

Mickerling stellte ihre Speere an eine Stelle am Eingang. Er legte flache Steine neben das Nest, wo sie ihre Wasserbeutel, die Hörner und seine Muschel ablegen konnten. In der Mitte baute er ein Sims für ihr Licht, einen ausgehöhlten Stein mit einem Klumpen Bisonfett und einem Faserdocht. Ein Licht war gut, ein Zeichen ihrer Tüchtigkeit, obwohl sie es kaum brauchen würden. Denn die Sonne blieb am Himmel, um sich die Vergnügungen dieser Jahreszeit anzusehen. Licht würde es im Überfluss geben.

Sie kochten am Kiesstrand, da die Wolken hoch standen und es trocken war. Mädchen grub eine flache Feuerstelle. Sie und Mickerling suchten eine Menge Holz zusammen. Als sie mit allem fertig waren, fühlten sie sich erschöpft, aber glücklich. Sie hatten es geschafft. Sie setzten sich ans Feuer und warteten.

Aber es kamen andere, als sie erwartet hatten. Auf der gegenüberliegenden Seite des Flusses tauchte eine Familie Braunbären aus dem Dickicht auf. Normalerweise erschienen die Bären erst, nachdem alle Familien angekommen waren. Sie wollten, dass die Familien zuerst ihre Standorte auswählten, denn es war bekannt, dass die Zweibeiner launisch und wehrhaft sein konnten. Wenn die Familien sich niedergelassen hatten, war es leichter für die Bären, ihnen ausreichend Raum zu lassen. Das verhinderte Ärger. Allerdings war es ein Zeichen von Stärke, dass sich die Bären damit begnügten, erst als Letzte aufzutauchen. Mit ihren kräftigen Muskeln, den großen Zähnen und den scharfen Klauen konnten sie sich sicher sein, genug Fisch abzubekommen.

Mädchen und Mickerling saßen da und sahen zu, wie die Bären auftauchten. Für Mädchen waren sie wie alte Freunde, da es Jahr für Jahr immer dieselben waren. Im Vergleich zu den Familien waren es große, schwerfällige Tiere. Allerdings erinnerten sie Mädchen ein bisschen an Große Mutter in ihren späteren Jahren. Vielleicht lag es an dem wiegenden Gang. Aber ihre Köpfe und Schnauzen waren viel, viel größer. Es war merkwürdig, dass die Bären noch vor den anderen Familien gekommen waren. Mädchen zog die Oberlippe hoch, spürte aber nichts Neues.

Auf der Bärenseite des Flusses gab es ebenfalls einen breiten Kiesstrand. Mädchen sah ein Weibchen, das wirkte wie eine Große Mutter. Zwei Junge tollten um sie herum und knabberten an ihren Beinen, während sie versuchte zu gehen. Mickerling war auch so ein Quälgeist – wenn er doch nur so flauschige Ohren gehabt hätte! Abwesend strich sich Mädchen über ihren leicht gewölbten Bauch.

Ein wenig abseits stand ein großer männlicher Bär. Wenn Mädchen sich nicht irrte, war er im Vorjahr noch viel kleiner gewesen. Er war nicht der Vater der Jungen, da er im Jahr zuvor nicht groß genug gewesen war, um sich das Recht auf Paarung zu ergattern. Jetzt saß viel Speck auf seinen Schultern und seinem Nacken und zeigte seine Macht.

Die Bärenmutter witterte das große Männchen ebenfalls. Argwöhnisch musterte sie es. Mädchen wusste, dass der Bär sogar die Jungen töten könnte, um sich mit dem Weibchen paaren zu können. Das hatte sie schon mit eigenen Augen gesehen. Ein paar Jahre zuvor hatte Große Mutter Alarm geschlagen, als auf der anderen Flussseite der Ärger losging. Sofort waren sie auf Bäume geklettert, um zuzusehen und deutlich zu machen, dass sie sich nicht einmischen würden. Nur so kamen die beiden Gruppen miteinander aus. Sie achteten darauf, sich Freiraum zu lassen.

Aber in Zeiten wie diesen, wo es massenhaft Fisch gab, würde das Männchen vielleicht nicht auf die Jungen losgehen. Dann verlegte es sich möglicherweise eher darauf, dafür zu sorgen, dass es Fett ansetzte und sein Fell schön glänzte. Aber es war immer schwer vorherzusehen, was der Bär als Nächstes tun würde. Die Mutter würde gut auf ihre Jungen aufpassen müssen, genau wie Mädchen auf Mickerling.

Während sie auf die anderen Familien und die Fische warteten, zeigte Mädchen Mickerling, wie man ein Netz herstellte. Dazu wateten sie stromaufwärts an eine seichte Stelle, wo das Flussbett sich krümmte wie ein Ellbogen. Dort herrschte kaum Strömung, sodass Schilf wachsen konnte. Mit Hilfe ihrer Faustkeile schnitten sie es ganz unten am Stängel ab und nahmen es dann mit zur Feuerstelle, wo Mädchen zuvor Rahmen aus grünen Zweigen hergestellt hatte. Sie legte die Schilfgräser über den Rahmen, bog sie über die Kante und führte sie wieder zurück. Das Gleiche wiederholte sie auf der anderen Seite. Wenn eine Reihe fertig war, webte sie quer dazu die nächste Reihe. So entstand schnell ein flacher Korb, durch den das Wasser fließen konnte. Er würde gerade lange genug halten, um so viele Fische zu fangen, wie sie essen konnten.

Ein paar Tage später tauchte ein Fisch auf. Die Bären bemerkten ihn zuerst. Eine einsame Rückenflosse bahnte sich ihren Weg flussaufwärts zu den Stromschnellen. Ein paar der jüngeren Bären sprangen ins Wasser und schlugen nach dem Fisch, um ihn aufs Flussbett zu drücken. Mädchen lag gerade dösend am Strand in der Sonne. Mickerling schlug gegen ihren Arm und zeigte aufgeregt zum Fluss. Eifrig plapperte er etwas über den Fisch und bettelte Mädchen an, schnell dorthin zu rennen. Er wollte auch dabei sein.

Mädchen blickte hinüber zu den älteren Bären. Die lagen ebenfalls in der Sonne. Die Mutter kratzte sich gerade abwesend am Bauch. Sie wussten genau wie Mädchen, dass ein einzelner Fisch sehr schwer zu fangen war. Es war Verschwendung, dazu Energie aufzuwenden. Sie mussten warten, bis der Fluss vor Fischen wimmelte.

Am nächsten Tag begann es heftig zu regnen, und Mädchen und Mickerling blieben im Unterstand, um den Regen dort auszusitzen. Eigentlich hielt sich Wildkater lieber vom Fluss fern, weil er den Bären nicht in die Quere kommen wollte, doch jetzt gesellte er sich zu den Zweibeinern in die Hütte, um nicht nass zu werden. Mädchen schlug mit einem Feuerstein Funken. Sie blies auf eine Handvoll trockener Zweige, um eine Flamme herauszulocken, und zündete das Talglicht auf dem Sims an. Große Mutter hatte Mädchen mit ihren Schatten Geschichten über die Fische erzählt. Jetzt bildete Mädchen mit ihren Händen Schatten, um sie Mickerling zu erzählen: Die Große Fischmutter brachte ihre Eier zu diesem Teil des Flusses zurück, nachdem sie das Salz des Meeres gesammelt hatte. Fische aus ihrer Familie folgten ihr heimwärts. Die Große Fischmutter entschied, dass es der richtige Zeitpunkt war, ihre Eier abzulegen. Kurz darauf starb sie und der Rest ihrer Familie ebenfalls. Die toten Körper der Familie wurden zur Nahrung für die Nachkommen. In dieser Hinsicht waren die Fische wie die Familien. Sie gaben alles, was sie hatten, um ihre Jungen zu füttern und aufzuziehen.

Während Mädchen an diesem Tag ihre Geschichten erzählte, regnete es immer weiter. Das Wasser stieg so hoch, dass die Fische sich ihren Weg zu den seichten Stellen stromabwärts bahnen konnten. Als die Sonne am nächsten Tag aufging, erwachte der Fluss zum Leben, und die ersten Fische sprangen über die Stromschnellen. Die Bären erhoben sich und fingen an, auf ihrer Seite des Ufers hin und her zu gehen. Mädchen freute sich, die Fische zu sehen; auch sie waren wie alte Freunde. Als eine Vorahnung von Essen und Wärme sie durchflutete, sprang sie auf, schnappte sich das Schilfnetz und drängte Mickerling mitzukommen.

Ein letztes Mal blickte sie das Tal hinauf. Sie zog die Oberlippe hoch, um zu prüfen, ob ihr etwas entgangen war, und beobachtete die Blätter an den Bäumen. Aber da war kein warmes Fleisch, das sich dem Treffpunkt näherte. Der Fischsprung begann, aber sie waren die Einzigen, die hierhergekommen waren. Das erzeugte in ihrer Brust ein Gefühl der Leere, so als wäre das Feuer ausgegangen.

Auf der anderen Seite der Stromschnellen hatten sich die Bären in Stellung gebracht. Die Fische, die es bis hierher geschafft hatten, sahen groß aus. Da sprang ein Fisch aus dem Wasser, ein einziges Geflecht aus Muskeln, das die hintere Flosse nutzte, um sich in die Luft zu katapultieren. Der Fisch kannte das Spiel mit den Bären. Die Schlauen machten zuerst kleine Sprünge. Sie würden die Bären im Blick behalten und versuchen, an ihren zuschnappenden Mäulern vorbeizuspringen.

Aber es waren so viele Fische, dass die Bären sehr schnell anfingen, sie zu fangen. Mädchen wusste, es war Zeit. Sie pflanzte Mickerling mit einem großen Stein in der Hand auf einen Felsen und schob sich zum feuchten Rand. Große Mutter hatte sich diese Stelle durch jahrelanges Knurren, Spucken und Drohen erobert. Mädchen hatte erwartet, ohne sie wieder darum kämpfen zu müssen, doch da war niemand, der sie ihr streitig machen könnte. Als sie den Rand der Felsplatte erreicht hatte, zückte sie ihr Netz, um Fische zu fangen.

Ein paar Fische sprangen aus dem Wasser, aber Mädchen lehnte sich nicht zu ihnen hinaus. Es war nicht notwendig, das Risiko einzugehen, den hungrigen Fluss mit ihrem eigenen Fleisch zu füttern. Sie würde einfach abwarten und bei Gelegenheit zuschlagen. Und schon bald schnellte ein Fisch, so groß wie ihr Arm, ganz in ihrer Nähe aus dem Wasser hervor. Geschickt hielt sie ihr Netz darunter. Als der Fisch darauf landete, floss das Wasser zwischen dem Schilfgewebe ab. Trotzdem war er noch so schwer, dass Mädchen unwillkürlich aufstöhnte.

Sie drehte sich um und ließ den Fisch neben Mickerling fallen, der den großen Körper mit einer Hand und einem Fuß festhielt. Er hob den Stein und ließ ihn auf den Fisch niedersausen, aber seine Muskeln waren zu schwach. Der Stein glitt nur am glitschigen Kopf ab, und das klaffende Fischmaul mit den langen Fangzähnen kam gefährlich nahe an seine dünnen Arme. Also nahm Mädchen ihm den Stein ab und schlug genau an der richtigen Stelle zu. Mit einer einzigen Bewegung zerschmetterte sie dem Fisch den Kopf und das Rückgrat. Mickerling warf jubelnd die Hände in die Höhe.

Als Mädchen sich umdrehte, um den nächsten Fisch zu

fangen, bemerkte sie überrascht, dass die Bärenmutter sich ihrer Felsplatte genähert hatte. Es war neu, dass die Bären so nahe kamen. Die Bärin hob ihre Schnauze und nahm über das Wasser hinweg Mädchens Witterung auf. Mädchen folgte ihrem Beispiel: So tauschten sie Neuigkeiten aus. Mädchen spürte, dass es der Mutter gut ging, und nickte, um ihr ihren Respekt zu zollen. So hoffte sie jeglichen Machtkampf zu vermeiden. Zwar war klar, dass Mädchen einen Kampf niemals würde gewinnen können, dennoch fürchteten sich beide vor den Gefahren, die das Ende des Waffenstillstands mit sich bringen würde.

Die Bärenmutter schnüffelte neugierig. Sie hielt die Nase in die Höhe und verharrte in einer Haltung, die Mädchen an Große Mutter erinnerte. Hatte dieser Bär das Fleisch ihrer Mutter verzehrt? War die alte Frau in ihr? Zwar überquerten die Bären auf dem Weg zum Fischsprung nur selten das Land der Familie, aber möglich war es. Die Vorstellung, dass ihre Familie Fleisch war, verstörte Mädchen nicht, sondern war ihr vertraut. Ihre Gefühle zu Tod und Sterben wechselten je nach den Umständen. In guten Zeiten, wenn es viele lebende Körper gegeben hätte, wäre Große Mutter begraben worden, vielleicht sogar unter einem Baum. Aber nach dem Angriff der Leoparden hatte Mädchen die Körper von Er und Große Mutter nur weiter ins Dickicht gezogen. Es war viel Arbeit, den richtigen Baum zu finden und ein Loch zu graben. Es hätte ihre ganze Kraft erfordert, doch sie musste gleichzeitig Nahrung besorgen und Mickerling beschützen. Also konnte sie sich eine Beerdigung nicht leisten.

Die Vorstellung, dass diese Bärin in ihrem Bauch einen Teil von Große Mutter mit zum Treffpunkt brachte, gefiel ihr, da Mädchen selbst sie nicht hätte hierherschleppen können. Sie ertappte sich dabei, dass sie versuchte, Große Mutter in der

Bärin zu erspüren. Die Bärin senkte den Kopf und schien Mädchens Bauch zu beäugen. Mädchen setzte den Netzkorb auf ihrem Knie ab und legte sich die Hand auf den Bauch.

»*Ye.*«

Zum ersten Mal räumte sie damit ein, dass das Baby etwas von ihr Getrenntes sein konnte: mehr als ihr Bauch. Dieses Baby würde zwischen ihren Beinen hervorkommen und später vielleicht fortgehen.

Am Abend hatten sie mehr Fische gefangen, als sie essen konnten. Sie schwelgten in süßem orangefarbenem Fleisch. Sie fanden auch Eier und zerquetschten sie zwischen ihren Zähnen. Wildkater kam, um sich seinen Anteil zu holen. Als Vorsichtsmaßnahme legte Mädchen ein paar Streifen Fischfleisch zum Trocknen aufs Feuer. Später würde sie es für alle Fälle in einem Baum verstecken, aber jetzt gab es Nahrung im Überfluss. Auf ihrer Seite des Flusses waren nicht noch weitere hungrige Mäuler zu füttern. Sie konnten essen, bis ihre Bäuche rund und ihre Gliedmaßen so stark wie der Fluss selbst waren.

In jener Nacht legte sich Mädchen in die Hütte, hielt Mickerlings schlafenden Körper fest und versuchte, sich mit seinen Träumen zu verbinden. Aber da war nichts. Sie konnte mit ihrem Geist nicht in einen anderen Körper dringen. Obwohl ein Baby in ihr wuchs, war sie allein.

Pressspan

Am Sonntag hatte ich mich so weit beruhigt, dass ich mir weniger um Caitlin und die Leitung der Ausgrabungen Sorgen machte, als vielmehr um ganz Praktisches, wie etwa das Einlagern von Sachen. Simon erklärte sich einverstanden, als letzte Amtshandlung vor der Heimfahrt eine Ikea-Filiale außerhalb von Avignon aufzusuchen.

Auf der Fahrt dorthin musste ich ständig an etwas denken, das Caitlin gesagt hatte. Sie hatte erwähnt, am nächsten Tag würde eine Videokonferenz mit dem Museumskomitee stattfinden. Die Vorstellung, nicht daran teilzunehmen, weckte in mir die schlimmsten Befürchtungen.

»Einem Journalisten die Ausgrabungsstätte zeigen?« Ich konnte meine Gedanken einfach nicht für mich behalten. »Das zeigt doch nur, wie wenig sie über die Auswirkungen dieses Projekts weiß. Sie hat bestimmt nicht die geringste Ahnung davon, wie revolutionär meine Deutungen der Funde sein könnten. Die Menschen möchten sich einfach nicht gern vorstellen, dass sie eng mit den Neandertalern verwandt sind, und zwar wegen deren Darstellung in der Vergangenheit. Niemand sieht sich gerne als haariges Ungeheuer.«

»Rose?«

»Simon?«

»Angesichts deiner Lage frage ich mich, ob es tatsächlich sinnvoll ist, jetzt zu Ikea zu fahren.«

»Meiner Lage?«

»Du bist schwanger. Wir sind pleite.«

»Die Einkäufe sind fürs Projekt.«

»Können wir uns auch Fleischbällchen leisten?«

»Ach, wenn du doch das Baby bekommen könntest.« Ich betrachtete die am Fenster vorbeiziehende Landschaft. »Du wärst viel besser dazu geeignet, findest du nicht auch?«

»O ja, ganz großartig.« Simon umklammerte fest das Lenkrad. »Ich würde schwanger, barfuß und einsam durch unsere Wohnung irren und mich fragen, wann mein Mann nach Hause kommt.«

»Wieso barfuß?«

»Da du dich in ein wildes Tier verwandelt hast, Rose, wirst du meine Pantoffeln zum Frühstück verspeisen.«

»Wenigstens bin ich nicht haarig.«

Wir kamen an einem blühenden Lavendelfeld vorbei, dessen leuchtende, duftende Büsche in ordentlichen Reihen gepflanzt waren. In der Mitte stand ein kleines, robust wirkendes Steinhäuschen, das aussah, als hätte es seit eh und je den näher drängenden Pflanzen getrotzt.

»Aber Caitlin ist doch eine renommierte Wissenschaftlerin«, wandte Simon ein. »Habe ich Recht?«

»Auf ihrem Fachgebiet die beste.«

»Und das Museum würde doch auch nur jemanden einsetzen, der sich auskennt.«

»Vielleicht aber auch nicht.«

»Hast du Zweifel, weil sie eine Frau ist?« Er warf mir ein triumphierendes Lächeln zu.

»In diese Falle werde ich dir nicht tappen.« Ich seufzte.

»Obwohl es ehrlich gesagt eine wichtige Frage ist. Ich glaube tatsächlich, dass Guy mit Absicht jemand Fachfremden eingestellt hat, damit eine Art Machtvakuum entsteht und Guy mehr Handhabe hat. So können sich Experten einmischen, und Guy kann sich aussuchen, was er macht – je nachdem, was mehr Besucherzahlen verspricht und seine privaten Investoren zufriedenstellt. Für morgen ist eine Videokonferenz geplant. Dabei nimmt auch einer der von ihm angestellten externen Berater teil. Sehr passend, findest du nicht?«

»Weißt du denn, was dieser Berater sagen wird?«

»Er hat seinen Befund zwar noch nicht veröffentlicht, wird aber von Guy bezahlt. Also wird er das sagen, was Guy von ihm hören will.«

»Wer ist denn eigentlich dieser Guy?«

»Guy Henri.«

»Der Kurator vom Museum in Arles? Ich wusste gar nicht, dass du mit ihm zusammenarbeitest.«

»Caitlin wird nicht wissen, wie die Expertenmeinung zu deuten ist. Die Wissenschaft wird den Kürzeren ziehen. Und auf lange Sicht wird mein Ruf leiden.«

»Verstehe.«

»Und genau deshalb, Simon … will ich …«

»Ja?«

»Ich finde, ich sollte das Baby hier bekommen.«

»Wo? Bei Ikea?«

»In Frankreich.«

Simon schwieg. Ich entdeckte einen leuchtend blauen Quader am Horizont. Ikea hatte seine Filiale nur außerhalb von Avignons Stadtmauern errichten dürfen.

»Ich will weiterhin ein Auge auf das Projekt haben können«, erklärte ich.

An seinem Kiefer zuckte ein kleiner Muskel. »Rose?«

»Simon?«

»Wir leben in London. Ich …«, er zeigte mit dem Finger auf seine Brust, »… lebe in London.«

»Ich weiß.«

»Verdammt: Du bist so *schwierig.*«

»Schieb's nicht auf die Hormone.«

Simon verkniff sich, was auch immer er hatte sagen wollen, und steuerte den Wagen in eine Nische des riesigen, aber bereits überfüllten Parkplatzes. »Lass uns erst mal reingehen«, presste er zwischen zusammengebissenen Zähnen hervor. »Wir reden später darüber.«

Der fensterlose Bau bot keinerlei Möglichkeit, die Umgebung außerhalb wahrzunehmen. Kaum hatten wir ihn betreten, wusste ich, warum: Ich hätte überall auf der Welt sein können. Ich konnte einfach meine Augen schließen, mich auf ein weiches Sofa mit zu vielen Kissen fallen lassen und den Duft der Stoffimprägnierung einatmen.

Simon schien sich ebenfalls zu entspannen. Vermutlich war Ikea für ihn ein schlichteres Abenteuer als die meisten, die ich ihm bislang zugemutet hatte. Da er am Stadtrand von Bournemouth aufgewachsen war, hatte er sich schon in jungen Jahren an Zersiedelung und Big-Box-Läden gewöhnt. Außerdem mochte er die Fleischbällchen, die es nur bei Ikea gab.

Er führte mich die gelbe Linie entlang an den verschiedenen Schauräumen vorbei, in denen ich mir ganz normale Bewohner vorstellte. Für jeden von ihnen erfand ich eine Lebensgeschichte.

»Siehst du, wie sie den Tisch schon fürs Abendessen gedeckt hat, obwohl es erst zehn Uhr morgens ist?«, fragte ich missbilligend. »Weil sie sich einfach nicht entspannen kann. Im Hier und Jetzt leben. Und er regt sich darüber auf, wenn sie den Tisch deckt, weil er eigentlich nur mit einem Teller Nudeln vor dem Fernseher sein Spiel sehen will.«

»Glaubst du, die beiden bleiben zusammen?« Simon rückte ihre Servietten zurecht und betrachtete besorgt ihre Anrichte.

»Auf gar keinen Fall«, antwortete ich. Wir schlenderten zum nächsten Schauraum in der Esszimmerabteilung. »Die Armen, das hält nicht mal ein Jahr.«

»Dies hier sieht verdächtig arrangiert aus, findest du nicht?« Simon zeigte auf einen Tisch in einem weiteren Raum. Dort lagen mehr Utensilien als eigentlich nötig. Und die Teller waren in seltsamen Konstellationen angeordnet. »Kontrollfreaks«, nickte ich.

»Hinter Perfektionismus steckt immer der Versuch, alles zu kontrollieren.« Simon rieb sich nachdenklich übers Kinn. Er machte sich ernsthaft Sorgen um die Bewohner.

Als wir zu den Schlafzimmern kamen, sahen wir ein überdimensioniertes Bett mit besonders vielen Kissen. Simon warf sich darauf und fing an zu schnarchen. Ein kleines Mädchen steckte seinen Kopf in den Schauraum, um einen Blick auf ihn zu werfen. Ich war mir nicht sicher, ob Simon sie bemerkte, aber als sie näher ans Bett trat, rollte er sich plötzlich zu ihr und gähnte laut. Das Mädchen kreischte auf und rannte davon.

Kurz darauf saßen wir vor einem Teller mit Fleischklößchen, Salat und dem merkwürdig leckeren Waffelgebäck, das niemand sonst in Europa so hinkriegt.

»Hast du dich je gefragt«, setzte ich an, während ich meine Augen über die Tische schweifen ließ, »wieso du hier auf diesem Planeten gelandet bist?«

»Ich hatte befürchtet, dass so was kommen würde.« Simon schenkte mir ein mattes Lächeln. »Megastores wie dieser hier ziehen dich magisch an, aber kaum bist du drinnen, kriegst du eine Existenzkrise.«

»Im Ernst, Simon. Warum mühen wir uns so ab?«

»Diese Frage haben sich auch viele große Philosophen gestellt.«

»All diese Wegwerfmöbel in flachen Paketen, die dafür sorgen, dass sich die Pärchen beim Zusammenbauen streiten. Und am Ende landen sie sowieso auf dem Müll. Wieso müssen wir uns so abplagen?«

»Es ist sinnlos.«

»Ich weiß, warum«, sagte ich.

Simon hielt mit einem Fleischbällchen auf seiner Gabel inne und zog die Augenbrauen Richtung der Neonlichter über uns. »Ach ja?«

Wir führten diese Unterhaltung nicht zum ersten Mal. Mindestens einmal pro Jahr, meist öfter, stellte ich ihm diese Frage. Simons Antwort lautete stets, seiner Meinung nach hätte das alles keinen Sinn. Er stand einfach jeden Morgen aufs Neue auf. Wenn man das Bedürfnis nach einer höheren Bedeutung verlor, wurden kleinere Dinge wichtiger. Er liebte Tee am Morgen, vor allem, wenn er kochend heiß war. Für ihn ergaben Tee und eine ungelesene Zeitung Sinn genug. Mich hingegen trieb, solange ich denken kann, die Suche nach dem Sinn des Lebens um. Ich sprach oft darüber. Als ich Simon das erste Mal fragte, ob er seiner Meinung nach aus einem bestimmten Grund auf dem Planeten Erde gelandet sei, hatte er die Frage wirklich ernst genommen. Er blieb stehen, setzte sich auf einen Stuhl und dachte schweigend darüber nach. So lange bis er zu einem Schluss gekommen war. Es war nicht seine Antwort, die mich fasziniert hatte, sondern dass Simon das Denken als etwas betrachtete, das man unabhängig von anderen Tätigkeiten tun musste. Und nachdem er die Frage einmal ganz durchdacht hatte, tat er seine Überzeugung kund.

»Nein.«

»Es gibt keinen Grund dafür, jeden Morgen aus dem Bett zu steigen?«, hatte ich nachgehakt.

»Darüber denke ich nicht nach. Habe ich noch nie.«

»Aber wirst du darüber nachdenken?«

Als er mich ansah, hatte ich erkannt: Er ging bereits davon aus, dass wir unser Leben zusammen verbringen würden. »Mir wird wohl nichts anderes übrigbleiben, weil du mich ständig aufs Neue fragen wirst.«

Da habe ich mich in ihn verliebt.

Diese neue Wendung in unserer aktuellen Unterhaltung – dass ich nach all unseren gemeinsamen Jahren eine Antwort darauf hätte, warum wir hier waren, und zwar eine, die zum selben Zeitpunkt wie ein Teller Fleischbällchen erschien, erwischte ihn kalt. Er schien sich zu wappnen, weil er erkannte, dass er sich nun mit welcher Antwort auch immer abplagen musste. Also aß er das Fleischbällchen auf seiner Gabel und spießte gleich ein neues auf. »Du weißt also, wieso wir auf diesem Planeten gelandet sind?«, fragte er und schwenkte sein Fleischbällchen. »Nach all dieser Zeit findest du ausgerechnet hier die Antwort?«

»Ich frage mich nicht mehr.«

»Genau dasselbe wollte ich auch sagen. Dass ich plötzlich einen größeren Sinn hinter all dem sehe.« Er grinste breit.

»Ich habe sie gefunden.« Ich grinste ebenfalls.

»Das Baby.«

»Die Neandertalerin.«

»Oh.«

»Ich hab da dieses Gefühl, Simon, dass sie meine Theorien bestätigen wird, wenn ich sie erst mal vollständig ausgegraben habe.«

»Ach ja?« Simon steckte sich das Fleischbällchen in den

Mund, wandte den Blick ab und kaute heftig. »Da hast du sicher recht.«

Wir fanden das perfekte Regalsystem für die kleine Nische an der Flügeltür der Wohnung. Zwar machte ich mir Sorgen, es würde nicht in den Wagen passen, aber Simon winkte nur ab. Kein Problem, schließlich wäre alles in einem flachen Paket zusammengepackt. Ich war nicht überzeugt, nickte aber nur, weil ich langsam müde wurde. Wir hatten lange gebraucht, bis wir alle Regalböden, Schubladen und Verstrebungen hatten, die dazu notwendig waren. Mit einem Bleistiftstummel hakte ich alles ab, was Simon auf den Wagen lud. Er musste noch zweimal zurückrennen, um letzte Einzelteile zu holen. Wir hatten einen kleinen Streit über die Aussprache einer schwedischen Bezeichnung und einen zweiten über die Nummern der Gänge. Die Nummerierung erschien mir total unlogisch. Dann war da die Sache mit den Schrauben. Ich war sicher, dass sie schon mit inbegriffen waren, während Simon meinte, wir müssten sie separat kaufen. Wie sich herausstellte, war beides richtig.

Als wir schließlich fertig waren, mussten wir fast eine Stunde an der Kasse warten. Dann wobbelten ich und der Einkaufswagen mit dem schleifenden Rad endlich zum Mietwagen zurück. Simon schob alle Regale in den Fußraum des Beifahrersitzes. Wohin meine Füße sollten, schien ihn nicht zu kümmern, aber sie taten ohnehin so weh, dass ich sie nur zu gerne zurückgelassen hätte. Ich nahm die kleinen Drahtkörbe, um sie auf dem Schoß zu halten – oder dem, was von meinem Schoß noch übriggeblieben war. Die Verstrebungen des Regals kamen in die Lücke zwischen den Vordersitzen.

»Sind wir dann fertig mit Nestbau?«, erkundigte sich Simon. Ihm tat der Rücken ebenfalls weh.

»Ich brauche ein Nickerchen«, sagte ich.

Als letztes musste noch die Regalwand in den Wagen. Ich machte Platz, während Simon versuchte, sie hineinzumanövrieren. Er schob sie ein Stück hinein und drückte. Da das Ende zu weit aus dem Kofferraum herausragte, musste er stärker pressen. Es wollte sich jedoch nicht bewegen. Als mir klar wurde, dass es nicht passen würde, kippte bei mir ein Schalter um. Das hatte ich ihm doch schon im Laden gesagt! Die Vorstellung, wieder zurück zu müssen und mich in die unendliche Schlange am Lieferungsschalter zu stellen, war einfach unerträglich.

»Ich hab dich gewarnt«, sagte ich scharf.

»Aber du hast auch gesagt, wir sollten es versuchen.«

»Du denkst nie vorausschauend.«

»Du rennst ständig in fremde Länder davon.«

»Ich kann nicht rennen. Ich bin so dick wie ein Polstersessel.«

»Ich ziehe nach London, und du haust nach Frankreich ab«, zischte er. »Wie soll ich dafür planen?«

»Du könntest damit anfangen, einen Mietwagen zu nehmen, der groß genug für mich ist.«

»Ich versuche, Geld zu sparen.«

»Weil du keins mehr verdienst.«

Simon wich vom Wagen zurück. Seine Miene verhärtete sich, und einen Augenblick sah er so aus, als wollte er einfach verschwinden, aber dann knurrte er gequält. Es war ein Laut, den ich noch nie von ihm gehört hatte. Plötzlich wirkte Simon sehr groß und wild, hatte die Zähne gefletscht und die Augen weit aufgerissen. All seine Hilflosigkeit und Verzweiflung kamen als Wut heraus. Das kleine Mädchen, das er zuvor versehentlich erschreckt hatte, ging gerade mit seinen Eltern zum Wagen. Es erstarrte vor Angst, riss den Mund auf und kreischte los.

Ich wandte Simon den Rücken zu. Mir taten die Füße weh, und ich war erschöpft. Ich machte mir Sorgen um meine Neandertalerin, die noch ausgegraben werden musste. Ich wollte, dass Simon sich mehr anstrengte. Er sollte sich nicht über die nicht passenden Teile aufregen, sondern die Sache in Ordnung bringen. Er sollte mich wieder in Ordnung bringen, denn mittlerweile fühlte ich mich so kaputt wie noch nie zuvor in meinem Leben. Mein Körper gehörte mir nicht mehr. Er machte einfach nicht mehr, was ich wollte. Also ließ ich mich auf die Stoßstange sinken und hörte mir Simons Knurren an.

Schließlich holte er tief Luft und kam zu mir herum.

»Rose?«, fragte er übertrieben ruhig.

»Ja?«

»Steig ein.«

»Dann haben wir schon zwei Teile, die nicht reinpassen.«

»Wir fahren nach London.«

»Jetzt?«

»Auf der Stelle. Mir reicht's. Das Baby kommt. Ich lass die Regale liefern. Wir fahren nach Hause.«

»Ich nicht. Ich kann nicht.«

»Dir ist diese Neandertalerin wichtiger als ich.«

»Ich habe mein ganzes Leben darauf hingearbeitet.«

»Tja, ich auch.« Er stampfte zum Gebäude davon.

Nach langer, langer Zeit in der Schlange kam er zurück. Ich hatte mich zum Warten auf den Beifahrersitz gezwängt. Simon stieg ein und legte den Kopf aufs Lenkrad. Er wirkte vollkommen geschlagen. »Möchtest du, dass ich hierbleibe?«, fragte er.

»Nein.«

»Ich darf die letzte Seminarwoche nicht ausfallen lassen, sonst habe ich nicht die geringste Chance auf neue Seminare.«

»Ich weiß.«

»Und wo soll ich hier arbeiten? Ich kann ja nicht mal die Sprache. Das ist dir doch alles klar.«

»Ja«, sagte ich.

»Wir müssen dieses Baby ernähren«, sagte er leise und traurig. »Das kann ich nur, wenn ich Geld verdiene.«

Seit ich Simon kannte, war ich stärker und mutiger gewesen, hatte in beruflicher Hinsicht mehr riskiert als zuvor. Er hatte auf mich aufgepasst, sodass ich mich sicher genug fühlte, etwas zu wagen. Durch sein flexibles Denken war auch ich flexibler geworden. Aber vermutlich gibt es kein größeres Risiko, als mit jemandem ein Kind zu bekommen. Und in diesem Augenblick hatte ich Angst. Simon passte nicht auf mich auf. Oder wenn, dann wusste er nicht, wovor er mich schützen musste. Das Baby war in mir. Er hatte keine Ahnung, wie sich das anfühlte.

»Wir sind die einzigen Primaten, die die Futtersuche delegieren«, murmelte ich in dem Versuch, mich zu erklären.

»Wie bitte?« Entnervt sah Simon mich an.

»Das hat Caitlin neulich gesagt. All die anderen Primatenweibchen können schon wenige Stunden nach der Geburt selbst auf Futtersuche gehen. Sie können ihre Jungen mittragen und säugen, während sie für sich selbst Nahrung suchen. Menschen können das nicht. Wir müssen uns dafür auf andere verlassen. Dadurch wird eine Frau sehr verwundbar.«

»Klingt irgendwie bedrohlich.«

»Ja. Caitlin will, dass ich gehe …«

»Bist du sicher?«

»… aber ich muss bleiben.«

»Rose«, sagte er mit leiser Stimme. »Das Baby kommt bald.«

»Erst in zwei Wochen.« Ich zwang mich zu lächeln.

Als wir zurück im Ort waren, stieg ich aus dem Wagen. »Es tut mir leid, Rose«, sagte Simon mit brüchiger Stimme, »dass du das Gefühl hast, ich wäre für die Futtersuche nicht geeignet. Ich versuche, es besser zu machen. Ich besorge mir für September eine Stelle, versprochen.« Er fuhr los, um einen Parkplatz zu suchen. Dann wollte er zur Wohnung kommen, um seine Sachen zu holen. Aber für mich fühlte es sich an, als würde er für immer fahren.

Ich stand da und sah dem winzigen Wagen nach. Der Schmerz in meiner Brust strahlte bis in die letzten Fasern meines Körpers aus. Ich versuchte zu ergründen, ob ich mich schuldig fühlte, verärgert oder wütend, aber mir war körperlich so unwohl, dass ich mich für nichts davon entscheiden konnte. Ich fand einfach keine Worte für das Gefühl, das mich erfasst hatte. Selbst wenn Simon behauptete, er wollte mit mir zusammen sein, war es doch keine Garantie. Das Leben und Arbeitsstellen waren genauso unvorhersehbar wie Bindungen. Es war egal, dass er versuchte, mich vom Gegenteil zu überzeugen. Schließlich war ich diejenige, die das Baby bekam. Er hatte eine Wahl. Ich hatte keine.

18

Mädchen und Mickerling verbrachten den kurzen Sommer damit, in Fisch zu schwelgen und stärker zu werden. Mädchen versuchte, Mickerling nicht zu zeigen, wie einsam sie war, obwohl ihnen nur die Bären Gesellschaft leisteten. Mickerling hingegen fehlten die anderen Familien nicht im Geringsten. Sein Bauch war voll, und er fühlte sich nicht einsamer als zuvor. Im Gegenteil: Er blühte geradezu auf. Sein Platz an Mädchens Seite schien gesichert, er musste nicht mehr befürchten, einen Tritt abzubekommen, und die Bären am gegenüberliegenden Flussufer sorgten für endlose Unterhaltung. Die Luft war warm. Nachts blieb die Lederklappe der Hütte offen, und er liebte es, zum Rauschen des Flusses einzuschlafen.

Am Morgen weckte sie die Sonne. Sie streckten sich gähnend und fragten sich, was als Nächstes geschehen würde. Alle Tiere am Fluss gediehen prächtig: Mädchen und die Bären und Mickerling. Die großen Mengen an Nahrungsmitteln eröffneten neue Möglichkeiten. War ein Tier gesund, konnte es Größeres ins Auge fassen. Es konnte aber auch unruhig werden.

Als Mädchen schnüffelnd die Nase in die Luft hielt, erkannte sie, dass das große Bärenmännchen auf Ärger aus war.

Sie sah, wie es nachlässig nach Fischen schnappte. Eigentlich hatte der Bär schon so viel gefressen, dass er nur protzen wollte, indem er nach den Flossen schnappte, die an seiner Nase vorbeisegelten. Im flachen Wasser raufte er ein bisschen mit einem jüngeren Männchen, aber das war kein passender Gegner. Er verjagte andere Bären von den Stromschnellen, aber auch das war zu leicht. Mädchen zog Mickerling weg vom Fluss. Wenn Ärger im Anmarsch war, brachte man sich am besten in Sicherheit. Sie wies Mickerling an, Haselnüsse zu suchen. Das Beste war, ihn zu beschäftigen.

Daher war Mädchen bereits auf der Hut und passte gut auf, als der große Bär sich die Bärenmutter vornahm. Er richtete seine Nase Richtung Weibchen und schnüffelte vielsagend. Sie tat so, als bemerkte sie es nicht, und fing an, ihre Jungen zusammenzutreiben. Sie unterbrach deren Gerangel, trennte sie mit ihrer Schnauze und schubste sie Richtung Wald. Aber das Männchen ließ sich so leicht nicht abschütteln. Es schnüffelte noch deutlicher in Richtung Bärenmutter.

Mädchen wusste, dass der Bär prüfte, ob die Bärenmutter empfängnisbereit war. Ihre Jungen waren erst in diesem Frühling geboren worden, ihre Milchdrüsen waren noch voll, und obwohl die Jungen bereits Fisch bekamen, wurden sie immer noch gesäugt, was hieß, die Mutter würde nicht trächtig werden können. Die gesamte Energie ihres Körpers floss in die Ernährung ihrer Jungen, und das blieb so, bis sie groß genug waren. Erst dann würde sie sich vielleicht mit dem Männchen paaren wollen.

Der große Bär musste nur einmal schnüffeln, um all dies in Erfahrung zu bringen. Allerdings wollte er nicht mehr warten. Er knirschte mit den Zähnen und schnaubte. Dann ging er auf die Bärin los und stieß sie so heftig mit dem Kopf an, dass sie zu Boden fiel. Er versuchte, sie zu besteigen. Aber sie wehrte sich so wild wie jede Mutter, die ihren Nachwuchs schützen will. Sie krallte sich in sein glänzendes Fell und schnappte mit den Zähnen nach seinem Hals. Es gelang ihr, ihren Schneidezahn in seine Nase zu jagen und zuzubeißen. Er jaulte auf und fuhr überrascht zurück.

Ganz kurz herrschte Waffenstillstand. Doch sowohl die Bärenmutter als auch Mädchen wussten, dass er nicht anhalten würde. Als die Bärin zu ihren wehrlosen Jungen stürzte, erfüllte Mädchen derselbe Instinkt.

»*Aruu!*«, rief sie durchdringend, damit Mickerling sich auf einen Baum flüchtete. Wenn die Bären zu kämpfen anfingen, entfernte sich die Familie. Das gehörte zu den Bedingungen des langjährigen Friedens zwischen den beiden Gruppen. Beide zogen aus ihrer Stärke eine Sicherheit, die den jeweils anderen eine Zeitlang erlaubte, das Terrain zu dominieren. Wenn es Streit in der Familie gab, zogen sich die Bären in den Wald zurück. Jetzt musste die Familie das Feld räumen.

Normalerweise flüchteten sie sich auf die Bäume. Aber selbst hoch oben in den Ästen waren sie nicht unbedingt außer Gefahr. Damit zeigte man eher, dass man den Bären das Territorium überließ.

Rasch sprang Mädchen an den niedrigsten Ast des nächstliegenden Aussichtsbaums. Mit Händen und Füßen kletterte sie schnell den Stamm hinauf. Obwohl ihr Bauch im Weg war, hangelte sie sich von Ast zu Ast.

Für die Fische war der Sommer dramatisch gewesen. Sie hatten alles riskiert, um den Fluss hinauf zu den Stromschnellen zu gelangen, doch hatten sie auf den Felsen ihr Herz, ihr Leben und ihre Schuppen verloren. Mädchens Zeit am Treffpunkt aber war elend ereignislos gewesen. Zwar war sie froh, wegen des Landes ihrer Familie nicht herausgefordert oder gar getötet worden zu sein, doch die Ruhe hatte einen hohen

Preis. Es gab weder Imponiergehabe und Muskelspiel, noch die Zurschaustellung von drängenden Bedürfnissen und die Befriedigung einer öffentlichen Vereinigung, die tagelang vorbereitet worden war. Es gab weder Tänze noch Kämpfe noch andere Körperzuckungen. Ihr Herz hatte nicht ein einziges Mal sehnsüchtig gepocht.

Daher war das Drama, das sich vor ihren Augen abgespielt hatte, weitaus besser als ihr eigenes ruhiges Behagen. Jetzt erreichte sie einen hohen Ast, von dem aus sie gute Sicht hatte. Sie zwängte ihr Hinterteil in eine Astgabel und riss ein paar Blätter ab, um noch besser sehen zu können. Sie erkannte, dass der männliche Bär weiterhin das Weibchen bedrängte. Seine Absicht war eindeutig: Er wollte die Mutter von ihren Jungen trennen. Wenn er damit Erfolg hatte, würde er die Kleinen töten.

Mädchen wusste das, ohne dass man es ihr erklären musste. Sie hatte viel gemein mit den Bären und kannte ihr Verhalten so gut wie das ihrer eigenen Familie. Die Bären hatten genauso Hunger und Durst wie sie. Sie aßen und kackten wie sie. Und sie wollten sich genauso wie sie paaren. Sie hatten dieselben grundlegenden Bedürfnisse, und ohne diese Bedürfnisse gäbe es weder die Bären noch die Familien.

Das alles wusste Mädchen und auch, dass es besser für sie war, sich abseitszuhalten. Das Männchen hatte seine Bedürfnisse nach Wasser, Nahrung und Ruhe befriedigt. Jetzt wollte es sich paaren. An jenem Tag stand dafür nur ein Weibchen am Treffpunkt zur Verfügung. Wenn der Bär die Jungen tötete, konnte er hoffen, dass die Mutter ihm ihre Aufmerksamkeit zuwandte.

Die Bärenmutter war stark und eine gute Kämpferin, doch das überzeugte den Bären nur noch mehr, dass sie der Mühe wert war. Je stärker sie sich wehrte, desto deutlicher wurde, dass seine potenziellen Nachkommen unter ihrer Fürsorge überleben würden, und desto mehr verstärkte er seine Anstrengungen. Er griff sie immer wieder an, achtete aber darauf, sie nicht wirklich zu verletzen. Beide richteten sich auf und schubsten sich. Die Bärin schwang ihren mächtigen Schädel herum und erwischte den Bären am Kiefer. Dadurch geriet sie jedoch ins Schwanken, was er nutzte: Er rammte sie mit der Schulter. Daraufhin gingen beide zu Boden und rollten ins flache Wasser.

Die Gerüche und Geräusche, das Brüllen der Bärin und das Knurren des Bären versetzten Mädchen in Erregung. Sie roch Milch und den Gestank von Angst und Kampf. Schon bald überzog Speichel den Pelz der Bären. Ihre Muskeln ermüdeten, und sie taumelten und rollten über das Ufer. Der eine hatte Blut an den Zähnen, der andere Sand in den Augen. Ein Ohr riss, eine Kralle splitterte. Der Kampf würde sich schon bald entscheiden.

Klatschend und spritzend rollten sie in den Fluss. Das Männchen stürzte sich mit seinem ganzen Gewicht auf die Bärin, die ins tiefere Wasser auswich. Zwar paddelte sie hektisch und stieß sich immer wieder vom Grund ab, wurde jedoch von der Strömung flussabwärts gezogen. Das Männchen witterte die Gelegenheit. Es sprang aus dem Wasser und stürzte sich auf die Jungen. Die waren ihrer Mutter ängstlich bis ins flache Wasser gefolgt und stoben nun auseinander.

Da ertönte ein Brüllen. Und zwar aus dem Dickicht.

Zuerst dachte Mädchen, es käme von einem weiteren Bären: Es war ein durchdringendes Grollen. Sie reckte den Kopf, um zu sehen, ob die Mutter schon wieder zurück war, doch diese war von der Strömung weit flussabwärts gedrängt worden. Sie paddelte zwar heftig, aber Mädchen sah, dass sie in einen Strudel geraten war und kämpfte, um sich daraus zu befreien.

Wenn das Brüllen vom Dickicht nicht von ihr stammte, wollte dann ein anderer Bär sie verteidigen? So etwas hatte Mädchen noch nie erlebt. Normalerweise lebten Bären allein. Sie mischten sich nicht in die Angelegenheiten anderer Bären.

Wer versteckte sich da also im Busch, brüllte und störte die Blätter auf? Mädchen kniff leicht die Augen zusammen und lehnte sich noch weiter vor, um besser sehen zu können. Da entdeckte sie einen zuckenden Stock, und mit einem Mal teilte sich das Dickicht, und Mickerling tauchte auf.

Er fuchtelte mit dem Stock und brüllte die beiden Jungen an. Er bellte, als wäre er ihre Mutter, die ihnen befahl, sich außer Gefahr zu bringen. Und dann hob er seinen Stock und richtete ihn auf den heranstürmenden Bären. Dabei fletschte er die Zähne und riss seine hervorquellenden Augen weit auf. Er verzog furchterregend das Gesicht und fuchtelte mit beiden Armen über dem Kopf, während er geradewegs auf das Männchen zuging.

Mädchen hatte das Gefühl, ihr würde das Herz herausfallen und das Ufer hinunterrollen. Am liebsten wäre sie dort unten gewesen, um sich den Jungen zu schnappen, aber sie wusste, das würde sie niemals rechtzeitig schaffen. Dazu stürzte sich der Bär viel zu schnell auf die Jungen. Mickerling hingegen schrie und brüllte mit jedem Schritt lauter, als geriete er immer mehr in Raserei. Zuerst dachte Mädchen, er wäre von dem Grünzeug, das er immer aß, verrückt geworden. Sie fragte sich, ob er dadurch Wahnvorstellungen über seine eigene Stärke bekommen hatte.

Das Männchen ließ die beiden jungen Bären immer noch nicht aus den Augen. Die hatten sich auf zwei Bäume geflüchtet. Der eine klammerte sich gerade an den Stamm, während der andere schon anfing zu klettern. Und da fuhr der Kopf des großen Bären herum, in Richtung Mickerling. Schwerfällig bewegte er sich auf ihn zu. Mädchen beobachtete das, und ihr Herz war bereits in den eisigen Fluten des Flusses. Wenn Mickerling diesen Angriff überstand, würde sie ihr Bestes geben, um ihn zu retten, oder das, was von ihm noch übrig war. Sie musste sich zwingen, nicht den Blick von dem Geschehen abzuwenden.

Der Bär rannte noch ein, zwei Schritte und hielt dann abrupt inne. Seine Vorderpfoten gruben sich in den Uferschlamm, und er straffte die muskulösen Schultern, um sich zu bremsen. Mickerling fuchtelte weiter brüllend mit dem Stock. Der Bär schnüffelte, richtete sich auf und starrte Mickerling an. Er neigte den Kopf und hielt die Nase in den Wind. Und dann ließ er sich auf alle viere fallen, nickte in den Wind und machte kehrt.

Mit offenem Mund sah Mädchen zu, wie der Bär zum Wald strebte und darin verschwand. Schon bald erreichte die Bärenmutter ihre Jungen am Flussufer. Nachdem sie sich die Wunden geleckt hatte, schmiegten sich die Kleinen an sie und fingen an zu saugen.

Langsam beruhigte sich die Luft am Fluss, aber Mädchen brauchte viel länger. Sie saß am Feuer und wendete die Fischstreifen, die auf den Trockengestellen geräuchert wurden. Dabei spürte sie auf ihrer Haut, wie die Sommerluft kühler wurde. Mickerling war schon seit Längerem verschwunden, tauchte aber später am Feuer auf, als wäre dies ein Abend wie jeder andere auch. Er hatte den flachen Schilfkorb dabei, doch darin befanden sich keine Fische, sondern Blätter und Haselnüsse. Der Korb ging langsam auseinander. Mädchen hatte schon fast vergessen, dass sie Mickerling gebeten hatte, Nüsse zu sammeln.

Mickerling stellte den Korb auf dem Boden ab. Schon bald platzten die Nüsse in der Hitze auf. Sie mussten geröstet werden, weil sie sonst Würmer bekommen konnten. Das hatte Mädchen Mickerling beigebracht. Wenn man die Haselnüsse lang genug in die Asche legte, konnte man sie leichter knacken und ihr heißes Öl in eine Muschel gießen. Das Öl konnte man trinken oder vor dem Winter damit Felle bearbeiten, damit sie wasserabweisend wurden. Wenn man das Innere der Nüsse zerquetschte, konnte man daraus Pasteten mit Fisch oder Beeren machen. Jetzt sah Mädchen Mickerling lange und durchdringend an. Er jedoch wich ihrem Blick aus und fing an, die Nüsse rund um das Feuer anzuordnen.

Für Mickerling war es ein Abend wie viele andere auch. Für Mädchen jedoch war er einzigartig. Dieses Mal hatte die Auseinandersetzung mit dem Bären ein friedliches Ende genommen, aber sie glaubte, dass Bären ein gutes Gedächtnis hatten. Der Waffenstillstand mit den Bären war eine heikle Angelegenheit. Er hatte Bestand gehabt, seit sie denken konnte; ihre Energie war nicht mit sinnlosen Kämpfen vergeudet, ihre Familien waren zahlenmäßig nicht verringert worden. Wenn es genug Fisch für alle gab, brauchte man nichts zu ändern. Der Friede wurde weder angezweifelt noch gebrochen. Er bestand einfach.

Und nun hatte Mickerling ihn gefährdet, indem er das große Männchen herausgefordert hatte. Jetzt sah der Bär Mickerling und seinesgleichen vielleicht anders und erinnerte sich an seinen fehlgeschlagenen Versuch, sich zu paaren. Zwar konnte man nicht wissen, ob und wann diese Erinnerung jemals Früchte tragen würde, aber wenn, dann drohte Gefahr. Die Ordnung der Dinge war empfindlich gestört worden.

Mädchen spürte ein Drängen in ihrer Kehle. Sie konnte Mickerling nicht einfach nur ausschimpfen oder anschreien. Sie suchte nach einem Ausdruck für das heikle Gleichgewicht der Kräfte, das für den Waffenstillstand mit den Bären gesorgt hatte. Aber sie fand keinen. Es war zu schwierig, fast so, als wollte sie zu einem Bärenjungen gehen, ihm auf die Schulter klopfen und versuchen, die ganze Sache zu erklären. Mickerling war noch jung. Sein Verhalten war manchmal nicht vorherzusehen, außerdem war er ohnehin seltsam.

Eine Bärenmutter versuchte erst gar nicht, ihrem Nachwuchs solche schwierigen Dinge beizubringen. Es gab nur einen Weg, die Dinge zu tun, und der wurde niemals in Frage gestellt. Eine Bärin schubste ihren Nachwuchs Richtung Nahrung und hielt ihn von Gefahren fern. Wenn ein Junges etwas Dummes tat, bekam es einen Klaps von der Bärenmutter. Auf lange Sicht lernte ein junger Bär entweder, alles richtig zu machen, oder er starb. Mädchen hingegen wusste nicht, wie sie sich jetzt verhalten sollte. Zwischen ihr und Mickerling lag eine genauso große Kluft wie zwischen ihr und den Bären.

Sie starrte ins Feuer. Langsam wurden die Schalen der Nüsse schwarz, und die Gerüche weckten Erinnerungen in ihr. Als ihre Schwester im Jahr zuvor noch bei ihnen gewesen war, hatten sie aus dem Nussbrei Teig gemacht, als er gerade anfing, hart zu werden. Großes Mädchen hatte ihr Beeren gegeben, die sie in den Teig stecken sollte. Dann hatten sie ihn um einen Stock gewickelt und übers Feuer gehalten. Das Aroma stieg wie die Hitze aus den Flammen in die Luft. Als der Teig gebacken war, hatten sie und ihre Schwester ihn direkt vom Stock gegessen und die Wärme des Feuers auf ihrer Haut und die Wärme ihres Beisammenseins genossen.

Da Mädchen keine Worte für ihre schwierigen Gedanken fand, richtete sie ihren Geist auf etwas, das sie tun konnte. Sie wollte wie früher gebackenen Teig am Feuer essen. Jetzt reichte sie Mickerling ein kleines Werkzeug, das sie aus einem Stein geschnitzt hatte. Damit konnte er besonders geschickt die Nüsse knacken: Er bohrte zuerst auf der einen und dann auf der anderen Seite ein kleines Loch. Dann goss er vorsichtig das Öl heraus, ohne sich zu verbrennen. Zwar waren seine schmalen Hände nicht besonders stark, aber für solche Arbeiten eigneten sie sich gut. Während Mickerling weiter das Öl ausgoss, zerquetschte sie das Innere der Nüsse auf einem Stein mit einer Mulde.

Mickerling begann, leise vor sich hin zu summen. Sein Tonfall war tiefer als sonst und schien in sie hineinzuströmen. Schon bald schloss sie sich ihm an. Ihre nasalen Laute waren wie die Steine im Fluss, während seine wie glattes Wasser an der Oberfläche flossen. Wildkater verspeiste eine Nuss, hörte zu und nickte langsam ein. Sie verarbeiteten die Nüsse, bis der Korb leer war.

Die Dunkelheit schloss sich um sie, während das Licht vom Feuer auf ihre Gesichter fiel. Sie sangen und arbeiteten. Von Bären und der Ordnung der Dinge wurde nicht geredet. Es gab keine Worte dafür.

19

Mädchen stand bis zu den Knöcheln im Wasser. Sie stieß ihren Speer in den Sand und lehnte sich darauf. Ihre Füße waren wund und geschwollen, und das Wasser kühlte sie. Ihr Bauch war schwerer geworden. Ihr war oft unangenehm warm. Sie hatte ein Lieblingsplätzchen am Fluss gefunden, unter dem breiten Laubdach eines Baumes. Mickerling schleuderte endlos Kieselsteine in die Stromschnellen.

Obwohl Mickerling so mager war, konnte er überraschend weit werfen. Er kam schon an die besten Würfe von Große Mutter heran. Mädchen wünschte sich, Große Mutter lebte noch und könnte das sehen. Es lag daran, wie Mickerlings Arm an seinem Körper hing – oder daran, dass er keine schweren Muskeln hatte –, dass er ihn in einem weiten Bogen schwingen konnte. Außerdem war sein Arm im Vergleich zu seinem Körper ziemlich lang, daher lag in seinem Wurf viel Schwung. Gut möglich, dass er sich zu einem der besten Werfer der Familie entwickelte. Sie war froh darüber, und auch erleichtert. Auch wenn er ihr nicht mehr hässlich vorkam, sah er doch ziemlich ungewöhnlich aus. Er würde sich mehr als alle anderen beweisen müssen.

Im flachen Wasser vor ihr tauchte ein arg mitgenommener

Fisch auf. Seine Schuppen waren leuchtend orange, was anzeigte, dass er bald sterben würde. Für sie ein Hinweis, dass die Fische ihre Reise fast beendet hatten und es für Mickerling und sie langsam Zeit zum Aufbruch wurde. Die Bären würden noch bleiben und sich an den toten Fischen gütlich tun, wie es ihre Art war, aber die Familien wanderten mit Vorräten an Trockenfisch zurück zu ihrem Land.

Daran zeigte sich, wie unterschiedlich die beiden Gruppen den Winter überstanden. Die Bären fraßen sowohl lebende als auch tote Fische. Sie fraßen alles und jedes, um möglichst massig zu werden. Ihr Ziel war es, ihr Fell fettig und glänzend zu bekommen, damit es sie zusätzlich zu der dicken Fettschicht darunter wärmte. Dann würden die Bären sich eingraben und durch die schlimmsten Winterstürme hindurch sicher und gemütlich schlafen. Was sie an Nahrung brauchten, hatten sie direkt am Körper. Sie konnten sich sorglos ausruhen.

Im Laufe der Jahre hatten die Familien jedoch eine andere Vorgehensweise entwickelt. Zwar wurden sie während des Fischsprungs auch dicker, aber ihre Körper waren kleiner, und ihre Haut war dünner als die der Bären, außerdem konnten sie nicht so viel Fett ansetzen. Daher durften sie es sich nicht erlauben, monatelang in tiefen Schlaf zu fallen. Ihre Körper hätten das nicht überlebt. Um das auszugleichen, räucherten sie im Sommer Trockenfisch, brachten ihn in ihr Lager und ernährten sich davon während der Bisonjagd im Herbst. Außerdem sammelten sie Nüsse und Beeren, machten daraus Brei und kochten Fett, um Licht zu haben.

Andererseits folgte die Familie in einigen Dingen auch dem Beispiel der Bären: Sie verschanzten sich im Winter, verschwanden in ihre Hütte und nutzten den Schnee als Dämmschicht. Ihr Puls wurde langsamer, genau wie ihre Bewegungen. Diesen Zustand bezeichneten sie als »Winterschlaf«, und sie erkannten ihn daran, dass sie das Wort vor Müdigkeit kaum herausbringen konnten. Jeder von ihnen kaute einmal am Tag ein Stück Fleisch und trank ein paar Schlucke Wasser. Das reichte gerade so, damit der Körper überlebte, ohne allzu viel Energie zu verbrauchen.

Hin und wieder wachten sie vollständig auf. Den Zeitpunkt legte Große Mutter fest: Er hing von verschiedenen Dingen ab, wie der Heftigkeit der Stürme, der Menge ihrer Vorräte und der Gesundheit ihrer Körper. Dazu kam noch anderes: wie tief die Wolken hingen, wie der Schnee beschaffen war und was die Bäume von anderen Orten übermittelten. War der rechte Zeitpunkt gekommen, zündete Große Mutter ein Talglicht an und weckte alle, damit sie mehr essen, wenn nötig die Hütte reparieren, sich durch den Schnee ins Freie graben und draußen entleeren konnten.

Üblicherweise war dies auch der Zeitpunkt, um sich noch mal zu paaren. War eine Große Mutter nicht am Treffpunkt schwanger geworden, konnte sie ihr Gesicht wahren, indem sie etwas mehr aß, um weiterhin fruchtbar zu bleiben. Sie wusste, wann der richtige Moment gekommen war, und weckte den Auserwählten mit einem schönen Stück Fleisch. Während die anderen wieder in Winterschlaf versanken, paarten sie sich. Ihre Vereinigung war unbeobachteter als bei den ziemlich heftigen und oft öffentlichen Paarungen am Treffpunkt.

Die Kinder, die während des Winterschlafs empfangen wurden, kamen im Spätsommer zur Welt. Das wurde als besonders gut betrachtet, da das Baby dann während der Herbstjagd gestillt werden konnte, während die Mutter vom Fisch noch dick war. So überstand es auch den Winterschlaf. Ähnlich gut war es, wenn ein Baby am Treffpunkt empfangen wurde. Normalerweise kam es dann mitten im Frühjahr zur Welt, wenn es mehr Nahrung gab und die Gefahren des Frühlingsanfangs gebannt waren. Sollte ein Baby wie Mädchen mitten im Winter geboren werden, runzelten die älteren Großen Mütter angesichts dieser Nachricht oft die Stirn. Das war nicht ungefährlich. Die Schwangere, die die schlimmsten Winterstürme verschlafen hatte, würde mit einem Neugeborenen den mageren Vorfrühling überstehen müssen, wo sie nur wenig Milch und Energie haben würde. Das war zwar zu schaffen, aber die ohnehin geringen Überlebenschancen des Babys wurden noch kleiner.

Mädchens Bauch war vom Fleisch der besten Fische ebenso angeschwollen wie ihre Brüste. Ihr Körper nährte sich von ihrem Fett, das sich auf ihrer Haut wie auf den seidigsten Schuppen am Fischbauch verbreitete. Ihre Haare nahmen die Farbe ihres Fleischs an und wurden leuchtend rot. Die Sommersprossen auf ihrer Nase sahen aus wie die Flecken auf den Fischflossen. Sie erstrahlte in der Schönheit der Fische, empfand sie aber nicht.

Jetzt blickte sie hinauf zum Himmel. Die Sonne zeigte sich dort bereits kürzer. Die Wolken grollten. Das war kein Donner, nur ein dumpfes Geräusch, das sie unter ihrer Oberlippe spüren konnte. Schnüffelnd sog sie die Luft ein. Schon bald würde das Wetter umschlagen. Sie hob einen nassen Fuß, lehnte sich noch mehr auf ihren Speer und schloss die Augen. Mit den zarten Knochen ihres Fußes konnte sie spüren, dass der Luftdruck sank. Die Winterstürme waren noch weit entfernt, aber die ersten Vorboten konnte sie schon erahnen.

Vielleicht war es das – eine schwere, tief hängende Wolke –, was sie veranlasste, den Blick auf die Stelle zu richten, wo ein Flussarm den Wald durchschnitt. Zwar hatte sie nichts gewittert, aber eine winzige Bewegung bemerkt: das Zucken eines

Astes. Als er sich ganz sachte bewegte, wusste sie, dass da oben etwas war, auf einem felsigen Ausguck hoch über dem Fluss. Es war ein bekannter Aussichtspunkt, die beste Stelle, um zu sehen, was sich am Treffpunkt abspielte, wenn man sich von diesem Flussarm her näherte.

Schon bald drangen feine Hitzewellen von dieser Stelle. Die Hitze von lebendigem Fleisch. Von ihrem Standpunkt aus konnte Mädchen die Form des Lebewesens erkennen, das sich an den Baumstamm klammerte, sich dahinter versteckte und verstohlen hervorlugte. Es beobachtete sie. Und noch etwas: Der Körper war schmal und hoch. Aufrecht. Das hieß, er kam von einer der Familien.

Mädchens Herz pochte heftig, aber sie rührte sich nicht. Sie beobachtete nur, um den Körper nicht zu verscheuchen. Es konnte jemand sein, der sie mit ihrem dicken Bauch nicht erkannte. Mädchen wartete darauf, dass er ihren Geruch wahrnahm. Ein Körper, der zur Familie gehörte, würde gute Augen haben und sie selbst aus solcher Ferne erkennen können. Sie senkte ihren Speer. Da sie ihn nicht ins Wasser fallen lassen wollte, klemmte sie ihn zwischen die Knie, um zu zeigen, dass sie nichts Böses wollte. Langsam spreizte sie die Finger ihrer linken Hand und hob sie zum Gruß.

So blieb sie längere Zeit stehen, damit das Zeichen ganz deutlich war. Die Gestalt schien sie eine Weile zu betrachten, dann verschwand sie wieder hinter dem Baum. Mädchen starrte hinauf, während die Hitzewellen schwächer wurden. Sie war überzeugt, dass sie und ihr Gruß gesehen worden waren und dass die Gestalt nun zu ihr herunterkommen würde. Wenn sie vom mittleren Flussarm kam, stammte sie wahrscheinlich aus der Familie, die Große Schwester übernommen hatte. Ihre Schwester würde sie und Mickerling willkommen heißen.

Mädchen wartete, aber die Gestalt erschien nicht, um ihren Gruß zu erwidern. Mickerling war das Spielen leid und ging zum Feuer zurück, um es zu schüren. Er rief nach ihr, aber Mädchen entdeckte, dass sie sich nicht vom Fleck rühren konnte. Viel später erst kam sie zum Essen und Schlafen, aber am nächsten Morgen ging sie ganz früh zum Ufer zurück, um nach der Gestalt Ausschau zu halten. Und das Gleiche tat sie am Tag danach.

Am dritten Tag, als Mädchen an derselben Stelle wartete, trieb ein sterbender Fisch an ihren Füßen vorbei. Seine Haut war eingerissen, und seine einst schwarzen Augen waren trüb. Es hatte ihn alles gekostet, seinen Artgenossen den Fluss hinauf zu folgen. Nun war er fast tot. Dennoch zuckte seine Schwanzflosse, und sein Kopf wies stromaufwärts. Mädchen wusste, er würde weiterschwimmen, bis er starb. Nach dem Grund musste sie nicht fragen. Der Fisch folgte einem Instinkt, der ihn zum Ende trieb. Ihre Instinkte taten das auch.

Da fühlte sie den Sog ihrer Familie. Er war so stark, dass sie nicht mal eine Entscheidung fällen musste. Die Familie war für sie so mächtig, wie die Strömung es für diesen Fisch war. Wenn die Familie nicht zum Treffpunkt kam, musste es einen Grund geben. Sie würde aufbrechen und sie suchen.

20

Mädchen und Mickerling verließen den Treffpunkt, nachdem sie ein Bündel mit Trockenfisch, Beeren und Haselnüssen zusammengepackt hatten, so groß, dass sie es gerade noch tragen konnten. Mickerling war stärker als vor dem Fischsprung. Seine Beine waren länger und muskulöser geworden. Seine Bewegungen wirkten nun fließend. Mit einem Mal wirkte er viel älter. Mädchen schätzte, dass er bislang sieben Fischsprünge erlebt hatte, aber wegen seiner merkwürdigen Gestalt konnte man das nicht genau sagen. Sie schob ihm seinen, nun viel schwereren, Ledersack auf den Rücken, aber er schwankte nur leicht und grinste dabei. Mädchen lud sich ebenfalls eine größere Last auf den Rücken, trug aber sonst nichts, denn ihr Bauch und ihre Brüste waren mittlerweile auch viel schwerer und nahmen den meisten Platz auf ihrer Vorderseite ein. Leise, dass Mickerling sie nicht hören konnte, schimpfte Mädchen auf diese Brüste und diesen Bauch. Ihr taten die Hüften und die Fußknöchel weh. Sie verübelte ihrem Körper die Last und murrte dagegen.

Von dem vielen Fisch hatte Wildkater ein dichtes Fell bekommen, auf das er sehr stolz war und das er stundenlang putzte und leckte. Als Mädchen und Mickerling an dem Felsen vorbeikamen, auf dem er saß, sah er sie träge an. Mädchen wusste, dass er sehr von sich eingenommen war – und ja, er würde sich ihnen anschließen, obwohl er so prachtvoll war, dass er überall aufgenommen worden wäre.

Als sie den Hügel hinaufgingen, wandte sich Mickerling in die Richtung, aus der sie gekommen waren. Doch Mädchen schnalzte mit der Zunge, schob sich vor ihn und bog zum Fluss, um über die seichte Stelle zu waten, die zum Land von Große Schwesters neuer Familie führte. Mädchen hatte ihm weder erzählt, noch im Sand oder auf einem Felsen aufgezeichnet, was sie tun würden. Sie wusste, er würde dorthin gehen, wo sie ihn hinführte. Ein Körper musste zu einer Familie gehören. Also würden sie gemeinsam gehen. Sie würden den Fluss überqueren, wo er breit und flach war, und dann dem Pfad am mittleren Flussarm folgen, der aus dem Tal in die Berge führte. Sie würden zu dem Baum gehen, wo sie die Gestalt gesehen hatte. Von dort aus würde sie Witterung aufnehmen.

Während Mädchen vorausging, hörte sie Mickerlings gleichmäßig schnaufenden Atem hinter sich. Er folgte ihr, ohne eine Frage zu stellen. Schon bald fing er an zu schnattern, wie es seine Art war. Er bildete Laute in seiner Kehle, die wie Klicken und Zirpen klangen und sie irgendwie an Wildkater erinnerten. Ein-, zweimal blieb er stehen und zeigte auf eine Blume oder auf einen Käfer, der auf einem Blatt saß. Sie achtete kaum darauf, weil sie vorankommen und nicht Käfer zum Essen suchen mussten. Als sie sich umschaute, konnte sie Wildkater nirgendwo sehen. Er hielt sich lieber im Dickicht, aber sie wusste, dass er ihrem Geruch folgen konnte. Um besser voranzukommen, sang sie im Takt ihrer Schritte: *»Cu-cu-cling, cu-cu-cling, cu-cu-cling.« Mein Kopf ist ein Bison.*

Mädchen trieb sie ziemlich schnell voran. Nach einem schwierigen Anstieg und einer Pause, damit Mickerling pinkeln konnte, erreichten sie den Felsen, wo sie die Gestalt gesehen hatte. Mädchen wies Mickerling an, sich auszuruhen, und gab ihm etwas zu essen. Wildkater ließ sich neben ihm nieder und schnurrte. Mädchen wusste, dass er auf Essensreste hoffte, aber Mickerling hielt das für ein Zeichen von Zuneigung. Er streichelte Wildkater eine Weile am Rücken und gab ihm am Ende ein Stückchen Fisch. Dies war der Grund, warum für die Katze Zuneigung und Essensreste ein und dasselbe waren. Mickerling hob sein linkes Bein und entließ einen Furz, der ungewöhnlich lang dauerte. Entzückt warf er den Kopf zurück und stupste Wildkater an, um ihn darauf hinzuweisen. Die Katze rümpfte die Nase und wirkte unbeeindruckt, stand aber nicht auf, um sich zu entfernen. Wildkater fand das Benehmen des Jungen merkwürdig, und der Junge fand die Katze unnötig ernst, aber beide nahmen die Eigenheiten des anderen hin.

Von ihrem Aussichtspunkt spähte Mädchen hinunter zu der breiten Fläche des Treffpunkts, wo das Wasser durch die Felsenfinger strömte. Der Tümpel, in dem sie gestanden hatte, als sie die Gestalt sah, war deutlich zu erkennen. Sie ging zu dem Baum, hinter dem sich die Gestalt versteckt hatte, und näherte ihre Nase der Stelle, wo die Gestalt den Baum umfasst hatte. Der Geruch war noch frisch, verblasste aber bereits. Ihre Augen hatten ihr keinen Streich gespielt. Aufgeregt nahm sie Witterung auf.

Doch schon bald verwandelte sich ihre Aufregung in Verwirrung. Was war das? Zwar wurde der säuerliche Geruch am Baum schwächer, aber er zeugte von einem Aasfresser, der alles aß, was er finden konnte. Der Atem bestand aus einer sumpfigen Mischung aus Angst und Sorge, den Mädchen mit mangelnder Kontrolle über das Land verband. Sie erhaschte einen Hauch dessen, was der Körper verzehrt hatte, den trockenen, staubigen Geruch von Pilzen aus einem Land, das sie nicht kannte. Vielleicht hatte er auch Käfer zerkaut. Das würde manches erklären. Käfer füllten einigermaßen zufriedenstellend den Bauch, wenn es nicht genug Fleisch gab. Aber da war noch etwas – Knochenmark? Die Gerüche erinnerten sie irgendwie an Hyänen.

Die Gerüche der Gestalt waren anders als die der Familien, und das konnte so viele Gründe haben, wie es nachts Lichter am Himmel gab. So viele Möglichkeiten umschwirrten sie, dass ihr fast schwindelig wurde. Beim Fischsprung im Jahr zuvor hatte Große Schwester eine Schattengeschichte gezeigt. Sie hatte einen Körper geformt und so getan, als röche er schlecht, als gehörte er nicht zur Familie. Er ging aufrecht, und ihre Schwester hatte im Schatten Zähne gezeigt, für die Angst, die er erzeugte. Jetzt wurde Mädchens Schwindel noch stärker, sodass sie unwillkürlich den Kopf einzog. Das Land um sie herum fühlte sich zu groß und zu leer an.

Sie musste die Hand ausstrecken und den Baum berühren, um ihre zitternden Gliedmaßen zu beruhigen. Sie wusste, sie musste auch ihre Gedanken beruhigen und sammeln. Um ihre Beherrschung wiederzuerlangen, bemühte sie sich, ihre Aufmerksamkeit zu bündeln, wie es ihre Familie schon seit Urzeiten tat. Dazu betrachtete sie ein Stück Rinde am Baumstamm und stellte fest, dass es genauso war wie schon immer. Neben dem Baumstamm sah sie einen Grashalm. Vielleicht hatte er sich den Winter über in die Erde zurückgezogen, aber er war erneut gewachsen. Sie achtete auf das, was gleich geblieben war.

Dies hatte dieselbe beruhigende Wirkung auf sie wie schon immer. Mädchens Gedanken bündelten sich, sodass sie das bedenken konnte, was sie wusste. Sie erhaschte auch einen Hauch von Leder. Vielleicht hatte die Gestalt sich unter ihrem Umhang gekratzt. Denn sie trug Leder über ihrer Haut genau wie ihre Familie. Von dem Handabdruck am Baumstamm wusste sie, dass die Gestalt kleiner war, aber an einem halb verwischten Fußabdruck erkannte sie, dass sie aufrecht und auf zwei Beinen ging. Sie stellte sich vor, wohin sie vom Baum aus gegangen war, und bewegte sich langsam Richtung Waldlichtung. An der Lichtung entdeckte sie eine schlammige Stelle, wo sich beim letzten schweren Regen eine Pfütze gebildet hatte und dann getrocknet war. Im Schlamm sah sie etwas Kostbares: einen deutlichen Fußabdruck. Mädchen stürzte sich darauf und legte auf jede Seite eine Hand. Dann näherte sie sich dem Abdruck mit der Nase, schnüffelte und spürte, wie Erleichterung sie durchströmte.

Der Fußabdruck war überraschend klein, schmal und an der Innenseite gebogen. Er zeigte, dass das Gewicht eher von hinten nach vorn und nicht in die Breite verlagert worden war. Es konnte auch der Abdruck eines Kindes sein. Denn Kinder hatten oft komische Fußabdrücke, weil sie immer wieder im Tun abgelenkt wurden und sich oft drehten und wendeten. Kinder kümmerten sich nicht darum, den kürzesten Weg zu gehen und Energie zu sparen.

Wenn es wirklich der Abdruck eines Kindes war, mochte das erklären, warum die Gestalt weder ihren Gruß erwidert hatte, noch zu ihnen heruntergekommen war. Vielleicht war ein Kind aus der Familie ihrer Schwester zum Ausguck geschickt worden, um zu sehen, was beim Fischsprung geschah. Dieses Kind hatte Mädchens Geruch wohl nicht erkannt, zumal Mädchen schwanger war. Deshalb hatte es weder den Gruß erwidert noch den Treffpunkt aufgesucht.

Hätte Mädchen Mickerling auf Erkundungstour geschickt,

hätte sie ihm wohl ähnliche Vorsichtsmaßnahmen aufgetragen. Zwar hatte sie immer noch keine Erklärung dafür, warum die Familie nicht zum Fischsprung gekommen war, aber die brauchte sie auch nicht mehr. Sie musste nur diesen Spuren folgen, bis sie das Lager ihrer Schwester erreichte. Dann würde sie wieder zur Familie gehören. Mädchen bekam Sehnsucht nach der *Wärme* einer Familie. Und sie spürte sie bereits. Ihre Knochen brauchten tiefen Schlaf. Ihr lief auch das Wasser im Mund zusammen. Im Herbst kamen die Bisons auf ihre Winterweiden zurück und sorgten dafür, dass die Familie in der kalten Jahreszeit genug zu essen hatte. Mädchen folgte der Richtung, die ihre Sehnsucht vorgab.

Obwohl sie so viel Fisch im Gepäck hatten, kamen sie gut voran, als Mädchen der Spur nachging. Mickerling war so stark, dass er von Fels zu Fels hüpfen konnte, während sie stromaufwärts der sanften Steigung folgten. Vier Tage lang konnte Mädchen der Spur des Kindes folgen. Zwar hatte es leicht geregnet, seit es sich seinen Weg gebahnt hatte, aber Mädchen hatte sich seinen einzigartigen Geruch gut eingeprägt. Auf der Strecke entdeckte sie auch andere Hinweise – einen kleinen Kothaufen etwa, der von einer grässlichen Mischung aus Pilzen, Grünzeug und Blüten zeugte. Als der Geruch zu ihr drang, wandte sie angewidert den Kopf ab. Ein zweiter Haufen etwas weiter wies noch Spuren von Kakerlakenpanzern auf. Er stammte eindeutig vom selben Lebewesen.

Vielleicht hatte das Kind nicht genug Essen für den Weg mitgenommen und sich von Aas ernährt, um stark genug zu bleiben? Mädchen stellte sich nicht einen kleinen, stinkigen Körper vor, sondern ein findiges Kind. Wenn es etwas gegessen hatte, das bei der Familie nicht üblich war und auch zu viel Energie zum Sammeln kostete, brauchte es keine so schweren Lasten tragen. Das bedeutete, es konnte schneller größere Strecken zurücklegen. Mädchen verspürte ein Gefühl wie Stolz, fast als hielte sie ein großes Stück Fleisch in der Hand.

»Adlerauge«, rief Mickerling hinter ihr aus.

Um ihre Aufmerksamkeit zu gewinnen, hatte er ein ungebräuchliches Wort benutzt. Irgendwann im Sommer hatte Mickerling sie nach einem Wort gefragt und auf seine Augen gezeigt. Wollte er das Wort für scharfe Augen wissen? Mädchen hätte lieber nur auf ihre eigenen Augen gezeigt und dann genickt, um auf die Eigenschaft zu deuten, gut sehen zu können, anstatt ihre Kehle mit dem Wort zu quälen. Es war viel einfacher, *Aruu* zu sagen, um die Aufmerksamkeit eines anderen zu erlangen. Doch hatte sie »Adlerauge« gekrächzt, um auf seine vermutete Frage zu antworten.

Daraufhin hatte er angefangen, das Wort in unterschiedlichen Situationen zu benutzen. Jetzt rief er so nach ihr. »Adlerauge«, sagte er zum Beispiel, wenn er bemerkte, dass die Bären etwas Neues machten. Blickte sie dann zu ihm, tippte er sich an die Augen, zeigte zu den Bären und wartete auf ihre Erklärung. Die natürlich nie kam. Sie *zeigte* ihm nur, was als Nächstes zu tun war.

Aber Mickerling war hartnäckig. Ein Kind der Familie wurde nur langsam groß und hatte viele Bedürfnisse. Es musste fordernd sein, um zu überleben und Nahrung und Fürsorge zu bekommen. Mickerling, der als Findelkind besonders leicht irgendwo hätte zurückgelassen werden können, war sehr erfahren in der Kunst der Forderungen. Man konnte behaupten, dies sei der Grund, warum er überhaupt überlebt hatte.

Adlerauge entwickelte sich sehr schnell zu seiner Art und Weise, einer Bitte oder Forderung Mädchen gegenüber Nachdruck zu verleihen. »Adlerauge«, sagte er, wenn sie ihm helfen sollte, seinen Fisch zu entgräten. »Adlerauge«, erklärte er, wenn er Hilfe brauchte, Beeren im stachligen Gebüsch zu pflücken. Als Mädchen also jetzt hörte, wie Mickerling von hinten »Adlerauge« rief, nahm sie an, er wollte etwas zu essen oder einfach nur Aufmerksamkeit. Sie seufzte entnervt und tat so, als hätte sie ihn nicht gehört. Der Junge plapperte weiter vor sich hin, während sie ihren Weg fortsetzten. Schon bald aber merkte sie, dass er ihr nicht folgte, wie sie ihm befohlen hatte.

Große Mutter hätte solchen Ungehorsam niemals geduldet. Als Mädchen noch klein war, mussten die Kinder in einer Reihe hinter der mächtigen Frau gehen. Ließ sich eines ablenken und blieb stehen, schlossen die anderen auf und liefen weiter. So lernten die Kinder schnell, sich nicht zurückfallen zu lassen.

Doch da Mickerling das einzige Kind war, hatte er es irgendwie geschafft, mehr Freiheiten für sich zu gewinnen. Als Mädchen sich jetzt umwandte, sah sie, dass er neben einer schwarzen Feuerstelle an einem breiten, flachen Felsen stand. Sie konnte riechen, dass das Aasfresser-Kind hier gewesen war, doch hatte es keine Fußspuren hinterlassen. Als sie die Feuerstelle genauer betrachtete, stellte sie fest, dass sie ungewöhnlich war: Drei Stöcke ragten daraus hervor, die sich an der Spitze trafen. Die Brandspuren daran waren dicht über dem Boden. Neben der Feuerstelle lagen noch ein paar unbenutzte Zweige, als wären sie gesammelt und dann einfach zurückgelassen worden. Die Feuerstelle war mit einem Ring aus Steinen umgeben. Daneben hatte man noch ein paar flache Steine aufgestapelt. Mädchen fand, das war viel Aufwand für ein Feuer, das nur ein-, zweimal gebrannt hatte. Mickerling schnatterte aufgeregt, aber sie hob die Hand, um ihn zum

Schweigen zu bringen. Sie wollte alle Geräusche unterbinden, um besser die Gerüche in sich aufnehmen zu können.

Diese Feuerstelle hatte auch viele Gemeinsamkeiten mit denen ihrer Familie. Wie sie erzeugte das Kind mit Hilfe eines zwischen beiden Händen hin- und hergedrehten Stocks eine Flamme und nutzte ein kleines Bündel trockenes Gras als Anzünder. Außerdem hatte es Birkenrinde verwendet, damit die Flammen daran hochzüngeln konnten. Da es in der näheren Umgebung keine Birken gab, hieß das, das Kind hatte die weiche Rinde getrocknet und mitgenommen. Das machte die Familie genauso, wenn sie unterwegs war.

Mädchen drängte das Andersartige an der Feuerstelle aus ihren Gedanken. Da die drei aufrecht stehenden Stöcke ihr nichts sagten, nahm sie sie nur zur Kenntnis und vergaß sie dann. Als Mickerling jedoch einen kleinen Knochen in die Höhe hielt, war sie erneut verwirrt. Am einen Ende des Knochens befand sich ein Loch, das aussah wie ein Auge. Mickerling grinste breit, weil er meinte, seine Bedeutung zu verstehen. Er tat so, als würde er damit seine Zähne reinigen. Ganz eindeutig war das für ihn ein Werkzeug, aber um es herzustellen, waren einige Fähigkeiten vonnöten, und es wurde sicher nicht nur zur Zahnreinigung genutzt. Das konnte man auch mit einem winzigen Stock erledigen. Dann stach Mickerling damit durch seinen Umhang und zog es wieder heraus. Mädchen nahm ihm das Werkzeug ab und betrachtete es genauer. An dem einen Ende hatte es ein perfektes kleines Loch, am anderen Ende aber war es ganz spitz gefeilt. In Mädchens Augen wirkte es nicht besonders nützlich, aber man konnte es verwenden, um Löcher in Felle zu bohren. Sie war neugierig, wozu die Familie ihrer Schwester es wohl benutzen mochte, aber es war ihr ein Rätsel, wieso das Kind es zurückgelassen hatte. Ihre Schwester würde ihren Kindern doch sicher beigebracht haben, wie wichtig es war, Werkzeuge sorgsam zu behandeln. Was ging im Lager vor, um solche Achtlosigkeit zu rechtfertigen?

Mädchen schnüffelte lang und ausgiebig. Sie kletterte auf einen Baum und hielt Ausschau. So konnte sie Spuren der Hitze aufnehmen, die lebendes Fleisch ausgeströmt hatte. Die Blätter gaben sie oder die Erinnerung daran weiter. Hier war eine Familie gewesen, aber auch andere Tiere, deren Gerüche sich mit denen der Familie vermischten. Die Bäume halfen ihr jedoch zu erkennen, in welche Richtung die Familie gegangen war. Mädchen war sich sicher, dass sie und Mickerling bald auf sie stoßen würden.

Telefonkonferenz

Am Montag kroch ich aus meinem Zelt und watschelte zur Ausgrabungsstätte. Überraschtes Luftholen und von Michael ein verwirrtes »Oh, hey, hallo!« empfingen mich dort. Caitlin schüttelte kaum merklich den Kopf. Aber keiner sprach seine Gedanken laut aus. Ich vermutete, dass sie angewiesen worden waren, sich jeglichen Kommentars über meinen körperlichen Zustand zu enthalten. Mit meiner Bereitschaft, auf die New Yorker Gesetzeslage zu pochen, hatte ich sie zum Schweigen gebracht, allerdings um den Preis eines unbezahlten Mutterschaftsurlaubs. Ich hatte vor, an diesem Tag an der Telefonkonferenz mit dem Museum teilzunehmen. Zwar war mein Bauch schwer, und meine Füße taten weh, aber woanders wäre es mir nicht besser gegangen. Da konnte ich mich lieber noch für einen Tag mehr bezahlen lassen und mich mit etwas beschäftigen, das mir am Herzen lag.

Mittlerweile hatten die Laborergebnisse und weitere Gutachten bestätigt, was ich bereits geahnt hatte: Das Neandertaler-Skelett war weiblich, das anatomisch moderne Skelett männlich. Jetzt konnte man auch deutlich sehen, dass der Schädel der Neandertalerin zu dem des modernen Menschen gerichtet war, als hätte sie ihm direkt in die nun leeren Augenhöhlen geblickt. Dies legte Augenkontakt und möglicherweise Kommunikation zwischen den beiden nahe. Obwohl ich noch nichts mit Sicherheit sagen konnte, stellte ich mir manchmal eine Szene wie in Pompeji vor, wo eine pyroklastische Wolke – ein Gemisch aus heißen Gasen und Asche – diejenigen erstickte, die den Vulkanausbruch überlebt hatten. Während ich Erde von ihrem Schädel strich, dachte ich über das nach, was ich über die Katastrophe gelesen hatte. Bei anderen Gelegenheiten stellte ich mir vor, die beiden Skelette wären absichtlich so positioniert worden. Wenn ich sie ansah, musste ich unwillkürlich an mein eigenes Totenbett denken. Wohin würde ich blicken, wenn ich im Sterben lag?

Ein paar Wochen zuvor hatte ich mit einem ganz feinen Pinsel einen kleinen Gegenstand freigelegt, den ich für einen Schmuckanhänger hielt, weil durch sein oberes Ende ein Loch gebohrt worden war. Er hatte die Form einer Muschel. Da der Gegenstand direkt an der Wirbelsäule lag, ging ich davon aus, dass er vom Hals heruntergefallen war. Vielleicht hatte die Neandertalerin eine Muschel an einem Riemen getragen, als sie starb. Andy und auch andere stimmten meiner Theorie zu, vor allem, weil das Loch an einer charakteristischen Stelle angebracht worden war. Dadurch stieg die Aufregung an der Ausgrabungsstätte, denn jeder wusste, dass der Fund von Schmuck bei einem Neandertaler meine Theorie stützen würde, dass sie kognitiv genauso weit entwickelt gewesen waren wie anatomisch moderne Menschen. Diejenigen, die dieser Hypothese nicht zustimmten, wiesen oft auf das Fehlen von Schmuck und Bildern bei den Neandertalern hin, um zu bekräftigen, dass ihnen abstraktes Denken fernlag. Wir hatten den Gegenstand zum Museum gesandt, um die Meinung zusätzlicher Experten einzuholen. Ihre Schlussfolgerungen würden bei der Videokonferenz bekannt gegeben werden.

Bis zur Konferenzschaltung wollte ich weiter an der Freilegung der Wirbelsäule arbeiten, um zu sehen, ob es noch mehr Artefakte gab. Unter normalen Umständen hätte ich mich dazu auf den Bauch gelegt, doch so kurz vor der Niederkunft schied diese Möglichkeit aus. Andy und ich hatten uns eine Vorrichtung ausgedacht, mit Hilfe derer ich trotz meines Zustands arbeiten konnte. Aus zwei langen Holzbrettern hatten wir eine Art Trage gebaut und auf Pfähle gesteckt, die so hoch waren wie mein Bauch dick. Die beiden Bretter wurden mit Riemen verbunden, sodass ich quasi schwebend über der Stelle gehalten wurde, an der ich gerade arbeitete; meine Stirn wurde mit einem Handtuch abgefedert, und mein Bauch hing zwar nach unten, wurde aber leicht von einer Kiste gestützt, die mit einer Decke gepolstert war. Wenn ich mich richtig hinlegte, konnte ich weiterarbeiten, und mein Baby wurde bequem und sicher gehalten.

Ich wusste, dass die Vorrichtung lächerlich aussah, und versuchte erst gar nicht, etwas anderes zu behaupten. Wenn ich mich auf der Trage in Position brachte, konnte Andy sich gerade so lange das Lachen verkneifen, wie er brauchte, um mir dabei zu helfen. Caitlin verdrehte nur die Augen und presste noch fester die Lippen zusammen. Aber als ich anfing zu arbeiten, legte sich das Gelächter rasch. Es kam mir so vor, als wären nur ein paar Minuten vergangen, da war es schon Zeit für die Telefonkonferenz. Allerdings steckte ich fest und brauchte Hilfe, um aufzustehen.

»Soll ich einen Kran holen?«, seufzte Andy, als er zu mir kam.

Kurz darauf saß ich mit Caitlin im Schatten eines Baumes am Picknicktisch. Der Laptop stand aufgeklappt vor uns. Mein dickes Hinterteil nahm so viel Platz ein, dass sich ihr Hüftknochen in mein weiches Fleisch drückte, so sehr quetschte sie sich an mich, um auch auf den Bildschirm zu kommen.

Diese Telefonkonferenz ging ich nicht mit meinem üblichen Selbstvertrauen an. Auf dem Bildschirm sah man die Gesprächspartner, die sich im Konferenzraum des Museums versammelten. Ich erkannte Tim, der eifrig Hände schüttelte, und Guy, der sich mit gekreuzten Fußknöcheln an eine Wand lehnte und alle beobachtete. Meine Wangen waren so geschwollen, dass ich aussah, als wollte ich Nüsse für den Winter horten. Zwar versuchte ich, stolz auf meine gesund wirkende Erscheinung zu sein, aber man gewöhnt sich nur schwer an sein durch Schwangerschaft verändertes Aussehen. Ich achtete sorgfältig darauf, den Monitor so zu kippen, dass man meine Brüste und meinen Bauch nicht sehen konnte. Niemand verlor ein Wort über die Tatsache, dass ich eigentlich schon im Mutterschutz sein sollte. Offensichtlich hatte Caitlin vor der Konferenz bereits Bericht erstattet. Ich stieß sie leicht mit dem Hinterteil an. Ganz sicher musste sie sich mit den Füßen in die Erde stemmen, um in Monitorsichtweite zu bleiben.

Dr. Lawton war Experte darin, mit Hilfe der Radiokarbonmethode die Knochen der ersten Menschen zu datieren. Sein Forschungsgebiet entwickelte sich schnell, und die Technik wurde stetig verbessert. Er war in der Lage gewesen, die beiden Skelette in derselben Zeitspanne zu verorten, indem er Spuren von radioaktiven, gleichmäßig zerfallenden 14C-Atomen maß. Ich hatte keinerlei Zweifel daran, dass die beiden zur gleichen Zeit gelebt hatten, aber es gab auch Mutmaßungen darüber, dass die Knochen des Neandertalers in einer Art Ritual neben die eines neueren Skeletts platziert worden waren. Diese Idee entbehrte allerdings jeglicher Logik. Archäologische Funde, die nicht genau zu einer Theorie passen, wurden gern mit irgendeinem »Ritual« erklärt, denn es war quasi unmöglich zu beweisen, dass ein Ritual *nicht* existierte. Daher freute ich mich, meine Datierung von Dr. Lawton bestätigt zu bekommen. Zwar konnte er nur einen breiten Zeitrahmen angeben, da man nicht davon ausgehen konnte, dass die Menge von Karbon in der Atmosphäre konstant sei, doch versicherte er uns, die Knochen des Neandertalers und des anatomisch modernen Menschen stammten aus derselben Periode. Für mich bedeuteten diese konkreten Daten genau jene Art von Beweisen, die die Menschen der heutigen Zeit brauchten, um etwas zu glauben.

Als Nächstes erklärte uns Dr. Shinkoda, eine Expertin für Mollusken-Schmuck, dass sie eine Probe der Muschel auf Spuren von Kalziumkarbonat untersucht hätte, um sie zu datieren. Da die Probe allerdings nicht ausreichend war, seien auch die Ergebnisse nicht eindeutig. »Es ist schwierig, Muscheln auf andere Weise zu datieren, wenn sie nicht mit menschlichen oder tierischen Knochen im Zusammenhang stehen«, sagte sie.

»Aber die Muschel steht doch mit den Neandertalerknochen in einem Zusammenhang«, warf ich rasch ein. »Denn sie liegt in genau derselben Schicht wie diese Knochen: auf B sieben. Haben Sie die Fotos gesehen, die ich Ihnen geschickt habe?«

»Dass zwei Dinge in derselben Schicht liegen, ist für mich noch keine eindeutige Verbindung«, entgegnete sie.

»Möglicherweise finden wir noch einen Riemen oder eine Kette unter der Wirbelsäule. In der Erde gibt es ein Muster, das darauf hinweist.«

»Das habe ich gesehen«, nickte sie. »Ist aber nicht eindeutig. Könnte auch von einem Wurm oder so etwas stammen, das viel später kam. Auch die Muschel könnte erst nachträglich zum Skelett gelegt worden sein. Es kann nicht mit Gewissheit gesagt werden, dass die Neandertalerin eine Halskette getragen hat.«

Ich räusperte mich. »Ausgehend von dem, was ich in den Sedimentschichten gesehen habe, kann ich nicht zustimmen. Aber da Sie nicht das Umfeld sehen können, verstehe ich Ihr Widerstreben zu bestätigen, dass es aussieht wie Schmuck.« Ich wusste, dass ich sorgfältig darauf achten musste, objektiv zu bleiben.

»Ich weiß nicht, welche Beweise mich von etwas anderem überzeugen sollten. Die Theorie ist doch zu weit hergeholt.«

»Zum Beispiel eine Halskette?« Ich spürte, wie Wut in mir aufkam. »In meinen Forschungen habe ich gezeigt, dass Neandertaler über die intellektuellen Fähigkeiten zum Gebrauch von Symbolen verfügten, und die Benutzung von Halsketten beweist dies.«

»Eine Muschel in der Nähe eines Skeletts zeigt Ihnen, wie ein Gehirn funktioniert?« Dr. Shinkoda klang beinahe beleidigt.

»Die Verbindung zwischen Schmuck oder sonstigen Arten von Verzierung und kognitiven Fähigkeiten ist in der anthropologischen Forschung eindeutig nachgewiesen. Menschen tragen Zierelemente, um zu zeigen, wer oder was sie sind. Je größer die Gruppe, desto mehr Bedarf nach Verzierung.«

»Natürlich bin ich über diese Debatte im Bilde«, erwiderte Dr. Shinkoda. »Allerdings wurde ich nur gebeten, die Molluske zu begutachten. Was ich getan habe. Eine Verbindung zu den Skeletten kann ich weder durch Datierung noch durch andere Beweise bestätigen.« Sie blickte zu Tim und Guy.

»Rose?« Guys Kopf näherte sich dem Monitor. »Vielleicht ist dies ein guter Augenblick, dies zu besprechen. Ich will ja Ihre Forschungen nicht in Frage stellen.« Er machte eine gönnerhaft beschwichtigende Geste mit seinen Händen. »Wir haben nur ähnliche Rückmeldungen von einigen anderen Experten, Rose, die sich die Artefakte ebenfalls angesehen haben. Sie wissen doch, dass Ihre Ideen auch auf Widerstand stoßen. Viele sind der Meinung, dass die Neandertaler uns unterlegen waren. Wie erklären Sie denn, dass sich ihre Kultur über einen Zeitraum von etwa zweihunderttausend Jahren nicht weiterentwickelt hat? Das zeugt doch von einem entscheidenden Mangel an Innovationen.«

»Innovationen entstehen, wenn ein Individuum eine Idee an ein anderes weitergibt«, erklärte ich. »Die Populationsdichte bei den Neandertalern war sehr gering. Höchstwahrscheinlich kamen und gingen Ideen, bevor sie weitergegeben werden konnten. Aber sie hatten durchaus welche.«

»Nur können wir diese Ideen nicht im Sediment finden, oder?«, gab Guy zurück.

In ähnlich abschätzigem Tonfall antwortete ich: »Wir haben herausgefunden, dass Neandertaler und anatomisch moderne Menschen dieselben Techniken anwandten – ein Beispiel dafür ist die Nutzung von Ockerfarbe für Verzierungen.«

»Das Museum muss eine klare und glaubhafte Botschaft vermitteln.«

Genauso gut hätte Guy mich durch den Monitor beißen können. Caitlin spürte meine Anspannung und legte unter dem Tisch ihre Hand auf meinen Oberschenkel. Ihr Hüftknochen bohrte sich in meine Seite, als sie sich vorneigte. »Die Theorie mit der Halskette ist unschlüssig, und es wird vielleicht noch einige Zeit dauern, bis wir mehr entdecken, aber darauf muss man sich auch nicht konzentrieren.«

»Was soll das heißen, Caitlin?«, mischte Tim sich ein. »Wenn wir eine große Ausstellung mit provokanten Thesen ankündigen, können wir nicht zurückrudern, das würde nach hinten losgehen«, erklärte er. »Die Medien würden sich darauf stürzen.«

»Ehrlich gesagt«, begann Caitlin, »glaube ich, dass man ein bisschen betriebsblind wird. Aber ich persönlich bin ja keine Expertin auf diesem Gebiet. Vielleicht habe ich dadurch die notwendige Distanz und bin daher weniger gefährdet.«

Ich senkte den Blick und bemühte mich zuzuhören.

»Neulich hatte ich einen Journalisten hier. Fred Long.«

»Von *National Geographic*?« Tim zog die Augenbrauen in die Höhe.

»Trotz eines Presseverbots«, flüsterte ich.

»Er hat eine Vertraulichkeitsvereinbarung unterschrieben«, antwortete Caitlin auf meine leise Bemerkung. »Aber seine Sichtweise war erfrischend. Ich entschuldige mich schon mal im Voraus, dass ich nicht die Gelegenheit hatte, das vorher mit dir zu besprechen, Rose. Aber Fred hatte das Gefühl, wir seien viel zu sehr mit den Ausgrabungen beschäftigt, um die Geschichte zu sehen, die direkt vor unserer Nase liegt. Die beiden Skelette, die sich in die Augen sehen, werden die Menschen gehörig aus der Fassung bringen. Wir müssen nur sagen, dass das eine von einem anatomisch modernen Menschen und das andere von einer Neandertalerin stammt. Theorien oder Hypothesen darüber sind gar nicht notwendig. Er meint, sein Herausgeber will das Bild für seine Titelseite. Es hat ungeheuren Symbolcharakter.«

»Aber was ist mit der Wissenschaft?« Ich spürte, wie mir meine Autorität zwischen den Fingern zerrann.

»Mit dieser Eröffnung können wir eine Geschichte erzählen, die viel Raum für Interpretation lässt«, sagte Caitlin.

»Rückenwind durch eine Veröffentlichung in *National Geographic?*« Tim strahlte.

Selbst Guys Mund verzog sich zu einem Lächeln. »Ein Bild sagt mehr als tausend Worte.«

Mit Caitlins Ausführungen schienen alle vorherigen Differenzen beiseitegewischt. Meine Theorien konnten trotzdem vorgestellt werden – als Hypothesen –, aber die beiden Skelette legten eine engere Beziehung nahe, die in der Vorstellungswelt der Zuschauer Wirkung entfalten konnte.

Als wir ein paar Minuten später die Telefonkonferenz beendeten, war ich erschöpft. »Danke«, sagte ich leise zu Caitlin, weil mir zu mehr jegliche Kraft fehlte. Sie hatte mich hintergangen und den Verantwortlichen vom Museum damit die Möglichkeit gegeben, meine Arbeit so zu präsentieren, wie es ihnen passte. Aber es würde dem wissenschaftlichen Verständnis wenig dienen, das Ganze ins Reich der Fantasie und Gefühle zu rücken. Wahrscheinlich würde die Meinung der Öffentlichkeit damit in die falsche Richtung gelenkt. Nur fiel mir nichts mehr ein, was ich dagegen hätte tun können. Mir blieb nichts anderes übrig, als mich von der Bank zu hieven und Zuflucht in meiner Arbeit in der Höhle zu suchen.

Ein paar Stunden später ließ ich mich mit einem Becher Pfefferminztee am Picknicktisch nieder. Caitlin saß mir gegenüber. Ihr loser Pferdeschwanz hing ihr schief über der Schulter. Sie sah mich durchdringend an und bot mir einen der Kekse an, die sie ständig bei sich trug. »Übernachtest du heute im Ort?«

»Nein, ich schlafe wieder im Zelt«, antwortete ich. »Wenn ich morgen früh anfangen kann, könnte ich vielleicht Spuren von einem Riemen oder etwas ähnlichem finden. Ich bin überzeugt, dass sie die Muschel als Schmuck um den Hals trug.«

»Und du glaubst, das wird ihre Zweifel beseitigen?«

Darauf erwiderte ich nichts.

»Ich weiß nur eines ganz sicher«, fuhr sie fort. »Es wird der Tag kommen, an dem du die Ausgrabungen verlassen und dein Baby bekommen musst. Und zwar in spätestens einer Woche, oder?«

»Vielleicht erst in zwei.«

»Du wirst dich auf dein Kind konzentrieren müssen.«

»Hmm.« Ich knabberte an dem Keks.

»Ich versichere dir noch mal, dass wir in engem Kontakt bleiben werden, Rose. Wir können gerne feste Zeiten zum Telefonieren vereinbaren. Wie wir beide wissen, bin ich keine Expertin. Meine Aufgabe besteht darin, deine Vorgaben zu erfüllen.«

»Die Welt steht nicht still, wenn ein Kind geboren wird«, bemerkte ich. »Aber mein Leben schon.«

»Wenn nötig, kann ich auch nach London kommen. Es ist ein kurzer Flug.«

»Möglicherweise bin ich hier«, sagte ich.

»Wo?«

»Im Ort. Ich bleibe in der Wohnung.«

»Ach, Rose.«

»In Frankreich werden auch Kinder geboren. Viele sogar.«

»Ja, aber Rose … *menschliche* Babys machen viel Arbeit. Unterschätz das nicht«, erwiderte Caitlin. »Man muss sich ständig um sie kümmern.«

»Im Gegensatz wozu?«

Caitlin rutschte unbehaglich hin und her. »Nun, ehrlich gesagt im Gegensatz zu Gibbons, aber das weißt du ja bereits.«

»Gibbons«, wiederholte ich. »Hast du schon mal die Tragetücher gesehen, die Mütter heutzutage benutzen?«, fragte ich scherzhaft. »So eins kann ich doch auch benutzen. Dann kann ich auch mit einem Neugeborenen auf Nahrungssuche gehen.«

Caitlin lächelte nicht.

Lange Zeit hatte ich Menschen nach ihrer Bereitschaft beurteilt, über die Absurdität des Lebens zu lachen. Caitlin lachte so gut wie nie. Sie schien nicht in der Lage, sich an irgendetwas zu erfreuen. Sie trank dünnen Tee, aß ausschließlich fade Kekse, und bei ihrer Kleidung waren verschiedene Beigetöne schon fast bunt. Sie reagierte auf meine Beobachtungen genauso wie auf meine Scherze: mit leicht geschürzten Lippen und einem durchdringenden Blick. Sie schwieg so hartnäckig auf Bemerkungen, dass ich mich dabei ertappte, wie ich sinnloses Zeug plapperte, nur um das Schweigen zu beenden.

»Ich stecke den kleinen Kerl in ein Tragetuch mit hübschem Blumenmuster«, fuhr ich jetzt fort. »Dann habe ich meine großen Tatzen frei, um im Kühlschrank nach Nahrung zu suchen.«

Caitlin verzog keine Miene.

»Ich habe auch bewegliche Daumen.« Ich wackelte mit den Fingern. »Gut, um sich Kekse zu schnappen.«

»In den ersten Monaten unseres Lebens sind wir äußerst verletzlich«, bemerkte sie. »Der menschliche Nachwuchs ist unterentwickelt und extrem bedürftig. Dadurch ist die Mutter ebenfalls gefährdet.«

»Verletzlich«, wiederholte ich mit düsterer Miene. Simon hatte recht: Es klang wie eine unterschwellige Drohung. Mir stellten sich die Nackenhärchen auf.

»Caitlin?«

»Ja.«

»Ich bin schwanger und nicht krank.«

»Das behaupte ich auch nicht.«

»Bei dir klingt es, als wäre ich ein Tier.«

Caitlin rang sich zu einem knappen Lächeln durch. »Bist du auch.«

Ich lachte und brachte Caitlin damit wie gewünscht zum Schweigen. Die darauf folgende unbehagliche Stille brachte mich erst recht zum Kichern, dann erneut zum Lachen. Ich rang nach Luft, als mir aufging, dass ich kaum noch Kontrolle über meine Blase hatte und Gefahr lief, mir unter Caitlins bohrendem Blick in die Hose zu machen. Meine absurde berufliche Situation verbunden mit Schlafmangel bescherte mir einen hysterischen Anfall. Ich lachte so lange und versuchte gleichzeitig, mir dabei nicht in die Hose zu machen, bis Caitlin schließlich aufstand und murmelte: »Ich geh wohl mal Andy holen.«

Als sich das Team für das tägliche Treffen am Picknicktisch versammelte, beruhigte ich mich. Ich war es gewohnt, am Abend alle zu informieren und Aufgaben zu verteilen; so musste ich nicht meine Arbeit unterbrechen, wenn die Mitarbeiter morgens einzeln eintrudelten. Andy versuchte, ein paar Dosen Dr. Pepper zu verteilen, aber keiner wollte noch was davon. Leise entschuldigte ich mich bei Caitlin wegen meines Lachanfalls und begründete ihn mit Schlafmangel. Sie nahm meine Entschuldigung mit einem kurzen Nicken an. Falls ich sie verletzt haben sollte, tat es mir aufrichtig leid, doch ich hatte keine Zeit, länger darüber nachzudenken. Meine Gedanken wandten sich wieder der Gruppe und der anstehenden Arbeit zu.

Ich gab einen kurzen Bericht zur Telefonkonferenz und sagte, das Museum würde die beiden Skelette mit Freuden zum Mittelpunkt der Ausstellung machen und unsere Theorien verbreiten. Das entsprach im Großen und Ganzen der Wahrheit, und als ich das verkündete, sah ich das Lächeln auf ihren Gesichtern. Einen Augenblick lang wusste ich nicht mehr, warum ich mich so bedroht gefühlt hatte. Aber so war es gewesen, und zwar weil irgendjemand irgendwas gesagt hatte und ich nicht genug Kraft gehabt hatte, dazwischenzufahren. Jetzt hingegen sagte ich nur, unsere Ausgrabungen würden die Wissenschaft voranbringen. »Da bin ich mir absolut sicher.«

»Also, daran besteht kein Zweifel, Rose«, bestätigte Andy.

Vielleicht war das von Andy nur freundlich gemeint, aber jemand im Team lachte zu laut darüber. Mein Kopf fuhr herum. Ich wollte sehen, wer das war. Was genau meinte Andy, und was war so witzig daran? Mit einem Schlag wurden alle ernst.

»Du hast uns weit gebracht, Rose«, ergriff Caitlin das Wort. »Wir sind stolz auf das, was du vollbracht hast.« Sie sprach in der Vergangenheitsform von meiner Arbeit. Allgemeines Nicken und Gemurmel, um die Spannung zu lösen. Ich spürte, wie sich das Gleichgewicht der Kräfte verlagerte, hin zu Caitlin, als würde der Boden unter mir in ihre Richtung kippen. Die Instinkte treiben Menschen dazu, sich um den Starken zu versammeln. Die Machtverhältnisse hatten sich verschoben. Jetzt waren die Veränderungen in mir abgeschlossen. Ich war nur noch ein Brutkasten für das Baby.

21

Als Mädchen und Mickerling das Lager von Große Schwester erreichten, waren ihre Spuren überdeutlich. In der Mitte befand sich eine Feuerstelle; ein Ledersack und ein Steinzahn lagen vergessen auf dem Boden. Oder vielleicht hatte sie derjenige, der sie hergestellt hatte, zurückgelassen, als er auf die Jagd ging. Und unter einem Felsvorsprung befand sich eine Hütte.

»*Aruu*«, rief Mädchen mit erhobener Hand.

Als sie sich der Feuerstelle näherten, hörten sie nur das leise Tappen ihrer weichen Fußsohlen auf dem Boden. Vor lauter Aufregung hatte Mickerling die Augen weit aufgerissen. Zwar waren sie den Sommer über zusammen recht glücklich gewesen, doch sehnten sie sich jetzt beide nach der Gesellschaft anderer. Wildkater würdigte das Lager nur eines kurzen Schnupperns und verschwand dann im Dickicht.

»*Aruu!*«

Keine Antwort.

Mädchen schloss die Augen, legte eine Hand ans Ohr und zog ihre Oberlippe hoch. Dann stand sie ganz still und ließ die Luftströmungen an sich vorbeidriften. Ihr Geist flog über das Land und achtete auf die Schwingungen, die von den

Baumwurzeln ausgingen. Wenn es in der Nähe eine Familie gab, würde sie sie erspüren. Die Leere, die ihren Körper umgab, würde sich auflösen, und zum ersten Mal seit dem Frühjahr würde sich Wärme auf sie ergießen.

Aber da war nichts.

Mädchen beschloss, noch einmal ihre Sinne zu schärfen. Sie bemühte sich, die neuen Gerüche auszublenden und nur auf das zu achten, was gleich geblieben war. Vielleicht konnte Mädchens Nase die Gerüche der Familie nicht mehr erkennen, weil sie so lange getrennt gewesen waren. Aber nachdem Mickerling und sie sich ein bisschen umgesehen hatten, erkannten sie, dass im Lager niemand war, der ihnen hätte antworten können. Die Familie, die hier gelebt hatte, war bereits seit einiger Zeit fort. Und doch war Mädchen überzeugt, dass dies nur vorübergehend so war. Sie kannte das Land nicht. Vielleicht musste man hier andere Abläufe einhalten. Möglicherweise wartete die Familie bereits an ihrer eigenen Furt auf die Rückkehr der Bisons. Oder sie hatten so reiche Beute gemacht, dass es zu aufwändig war, sie zum Lager zurückzuschleppen. Wahrscheinlich waren es zwei oder drei Tiere, so dass sie bei den Kadavern blieben und sich an ihnen gütlich taten. Die Erinnerung an Blut, das ihr bis zum Kinn herunter lief, war noch frisch. Die lastende Vorahnung des Winters lag in der Luft. Es war Zeit, sich den Bauch vollzuschlagen und Fleisch für den Winter einzulagern.

Mickerling rief: »Adlerauge!« Er war ins Lager zurückgegangen, um sich die Hütte anzusehen. Diese war geschickt erbaut und stand geschützt unter einem Felsvorsprung, wirkte aber baufällig, da nur noch der Rahmen mit den Ästen darauf geblieben war. Die dicken Pelze, die Regen und Kälte abhielten, waren verschwunden. Offenbar hatte die Familie sie ins andere Lager mitgenommen. Da sie schwer waren, schleppte man sie nicht ohne Grund mit sich herum. Die dicksten Pelze wurden immer besonders sorgfältig gehütet, da es Zeit und Mühe brauchte, um sie zu bearbeiten, einzuweichen und wieder zu trocknen. Normalerweise machte man das im Hochsommer, wenn Sonne und Hitze dabei halfen. Es wäre schwierig gewesen, jetzt noch welche zu bearbeiten, da es bereits kälter wurde und vor den Winterstürmen nicht mehr genug Zeit blieb.

Eine Krähe, die über sie hinweg flatterte, weckte Mädchens Aufmerksamkeit. *Krah-krah-krah*, krächzte der Vogel, der sich von Blut und Tod nährte.

»Adlerauge«, wiederholte Mickerling. Dieses Mal zeugte seine Stimme weder von einer Frage noch von Staunen. Er befand sich hinter der Hütte, gerade außerhalb der natürlichen Grenzen des Lagers. Und Mädchen wusste, dass er einen Körper gefunden hatte, und zwar eher wegen der Krähe als wegen Mickerlings Tonfall. Ganz kurz wandten sich ihre Gedanken nach innen. Warum nur hatte sie nicht gerochen, dass da ein Körper auf dem Boden lag und sich feuchte, stickige Luft darüber staute? Als sie zu Mickerling ging, kam sie an einem kleinen, flachen Erdhügel vorbei, der mit Pflanzen bedeckt war, dichter als die Umgebung. Durch die Baumkronen rundherum fiel zwar Licht, aber nicht genug, um das üppigere Wachstum zu erklären. Die Nahrungsquelle kam vermutlich von unten.

Als Mädchen Mickerling erreichte, sah sie seine verwirrte Miene. Er hatte den Körper nicht mit Hilfe seiner Nase gefunden, sondern mit seinen Augen. Jetzt hielt er sich mit der Hand vor dem Mund etwas abseits, weil er nicht begriff, was er sah, aber zugleich auch nicht den Blick abwenden konnte. Mädchens erster Gedanke war, dass sie noch nie zuvor etwas so Offensichtliches übersehen hatte. Der Körper war nicht versteckt, sondern für alle erkennbar. Aasfresser hatten sich daran bedient, und er befand sich schon lange auf der anderen Seite der Erde. Allerdings war er weder begraben noch irgendwie entfernt worden. Also musste er entweder allein gewesen sein, als er starb, oder war zurückgelassen worden, weil die anderen zu schwach waren, ihn wegzuziehen. Vielleicht hatten sie es auch einfach nicht gewollt.

Mädchen erkannte nicht, zu wem der Körper gehören könnte, weil ihr als erstes die Fußbedeckungen ins Auge fielen. Große Mutter hatte in den Schattengeschichten erzählt, dass es auch Familien gab, die nicht zum Treffpunkt kamen, doch davon hatte Mädchen nie eine gesehen. Vielleicht umwickelten diese so seltsam ihre Füße, denn sonst machte das kein anderes Tier: weder Bison noch Bär noch Wildkatze. Die Fußbedeckungen waren aus einem sehr sorgfältig bearbeiteten Leder, das dünner war als Bisonhaut; vielleicht stammte es von einem Hirsch. Zarte Riemen, die durch die Lederkanten gezogen waren, hielten die Bedeckungen an Fuß und Unterschenkel fest. An den Sohlen befand sich so etwas wie Harz, vielleicht, um die Füße beim Gehen zu stützen. Die Fußbedeckungen wirkten behindernd, sie waren zu warm und zu eng. Mädchen zog es vor, so viel frische Luft wie möglich an ihren Körper zu lassen. Vielleicht war dieser Körper gestorben, weil er sich überhitzte oder weil die Haut erstickte?

Mädchen drehte die sterblichen Überreste um. Sie brauchte einen Augenblick, um das, was sich ihren Augen bot, zu begreifen. Die Schmeißfliegen hatten nur wenig vom Kadaver übriggelassen. Man sah die Höhle einer breiten Nase und einen roten Haarschopf, der sich beim Umdrehen vom Schädel löste. Es wimmelte von Käfern und Fliegen, die das meiste

Fleisch von den Knochen entfernt hatten, doch um den Kiefer herum blieb noch genug, dass man die Pocken auf der eingefallenen Haut sehen konnte.

»Sonnenbiss.« Sie zeigte darauf.

Die Form des Bisonumhangs am Gerippe überzeugte Mädchen davon, dass es einer aus der Familie war. Ganz allmählich ging ihr auf, dass der Körper aussah wie sie. Ein, zwei Herzschläge lang wusste sie nicht mehr, wo sie sich befand. Vielleicht war sie gestorben und schon halb in der Erde, während sie zu sich selbst hochblickte. In diesem Augenblick schien ihr alles möglich, doch dann holten ihre Gedanken sie ein. Und außerdem war da die Lücke im Gebiss, wo die beiden Zähne vorne nicht hatten am Kopf bleiben können. Sie sah die Bisonhörner auf dem Schädel, während Mädchen selbst doch keine trug. Da erkannte sie es. Mädchen blickte in das Gesicht ihrer toten Schwester.

Sie hatte das Gefühl, einen Tritt in den Bauch bekommen zu haben, und sank auf die Knie. In einem einzigen Aufkeuchen wich ihr alle Luft aus dem Leib. Diese Veränderung war einfach zu viel. Das sorgfältig gewahrte Gleichgewicht in Mädchens Leben war mit einem Mal verschwunden. Zu wenig hielt sie auf den Füßen, sie fühlte sich so zittrig wie ein Baum, dessen Nachbar nach einem zu heftigen Windstoß umkippt. Sie verschloss sich gegen alles. Konnte nichts mehr sehen. Verlor jedes Gespür für das Land um sie herum. Ihr Kopf füllte sich mit einem so lauten Geräusch, dass sie ihre Hände an die Ohren presste. Es waren ihre eigenen Schreie, obwohl sie sie kaum erkannte.

Wenn der Sonnenbiss kam, wurde der Körper begraben, um ihn von der brennenden Sonne fernzuhalten. Nur so konnte man das Feuer löschen, das das Fleisch aufzehrte. Wenn dieser Körper so nahe am Lager gelassen worden war, hieß das entweder, dass ihre Schwester als Letzte gestorben war oder dass die anderen gezwungen gewesen waren, sie zu verlassen. Mädchen ließ sich auf den Boden sinken, schloss die Augen und lag lange Zeit einfach nur da. Wenn ihre ganze Familie auf der anderen Seite der Erde war, dann wollte auch sie sterben. Sie spürte die Sonne auf ihrem Gesicht und wollte sie zwingen, sie unter die Erde zu bringen.

Aber als sie nach einer Ewigkeit die Augen öffnete, sah sie Füße – vier pelzige Pfoten. Sie gehörten zu Wildkater, der sie mit seiner feuchten Nasenspitze anstupste und das Gesicht verzog, als wollte er fragen: *Könnte ich etwas Trockenfisch bekommen?* Mädchen hatte keine Zeit für solche körperlichen Bedürfnisse, da sie damit beschäftigt war, die Erde zu verlassen. Sie schloss wieder die Augen.

Als sie sie das nächste Mal öffnete, sah sie wieder Füße, diesmal aber keine behaarten. Im Gegenteil, sie waren bemerkenswert nackt, außerdem waren es nur zwei. Sie gehörten Mickerling. Sein Gesicht war lang und traurig, er drückte seine Wange an ihre und stupste sie wie Wildkater mit der Nase an. Obwohl sie keine Katzen waren, hatten sie von Wildkater gelernt, dass es manchmal schön war, sich mit den Nasen zu küssen. Mickerling wollte sie damit aufmuntern, ihr aber auch zu verstehen geben, dass er Hunger hatte. Diese beiden machten es ihr unmöglich, auf die andere Seite der Erde zu gehen. Dann meldete sich noch das Baby in ihrem Bauch und trat sie so fest, dass ihr Magen zu grollen anfing. Mädchen hatte nicht die Kraft, all die Bedürfnisse der kleinen Körper zu missachten. Es war leichter, wieder aufzustehen.

Mickerling machte ein großes Feuer. Mädchen wusste, dass sie zuerst prüfen musste, ob der Sonnenbiss immer noch drohte. Als sie die Außengrenze des Lagers abschritt, entdeckte sie einen größeren Erdhügel mit frischem Bewuchs. Mit einem flachen Stein grub sie darin so tief, bis sie erst einen Fingerknochen und dann einen Armknochen fand. Sie erkannte an der Form der Hügel und daran, wie leicht man in der Erde graben konnte, dass ihre Schwester die Körper vergraben hatte, um sie aus der Sonne zu entfernen.

Sie grub ein neues Loch, das groß genug für ihre Schwester war. Es fiel ihr nicht leicht, ihre Knochen herüberzuschleppen. Jedes Mal, wenn sie den Kadaver anheben wollte, löste sich ein Teil davon. Daher musste sie mehrfach hin- und hergehen, um den ganzen Körper in die flache Grube zu legen. Ohne von ihrer Schwester Abschied zu nehmen, schob sie Erde über die Knochen und die letzten roten Haarsträhnen. Ganz kurz berührte sie den Kiefer ihrer Schwester mit der Fingerspitze an der Lücke, wo die Zähne herausgefallen waren.

Als es dunkel wurde, leistete ihr das Feuer Gesellschaft. Die Verbindung von Feuer und dem Gefühl der Wärme, die sich ihr im Laufe der Jahre eingeprägt hatte, tröstete Mädchen. Sie starrte in die Flammen und stellte sich vor, wie die Schatten ihrer Familie darin tanzten und hüpften. Sie zeigte Mickerling die Umrisse. Zwar wusste sie, dass er sie nicht sehen konnte, aber er nickte. Er drückte sich eng an sie, während sie ihn im Arm hielt. Wildkater schmiegte sich von der anderen Seite an Mickerling. Mit diesen drei dicht aneinander gerückten Körpern konnte sie sich vorstellen, dass die Schatten die Familie waren, die im Feuer tanzte. Wenigstens wären sie in den Flammen immer warm und geschützt.

Wann immer ihr die Familie fehlte, wie jetzt und viele Male danach, machte sie Feuer, denn seine Wärme erinnerte sie an die Wärme der Familie, die nicht nur von den Körpern ausströmte, sondern auch aus der Verbindung vieler schlagender

Herzen, lauschender Ohren und aufpassender Augen. So blieb ein Körper am Leben. Mädchen hingegen musste sich etwas Neues ausdenken. Doch bis dahin konnte sie nur in die Flammen starren und sich erinnern. An *warm*.

22

Mädchen schob sich den Speer unter den Arm. Sie wartete darauf, dass ein Bison auf dem Land ihrer Schwester eine Furt überquerte, und zwar an einer Stelle, wo der Fluss breit und flach wurde. Man sah noch deutlich die Hufabdrücke von der Überquerung im Frühjahr. Aber dort befanden sich kein Tunnel und keine Felswand, durch die die Tiere nur einzeln hindurchkamen, sodass sie die Form des Landes nicht zu ihrem Vorteil nutzen konnte.

An einer solchen Furt mussten die Jäger die Tiere zusammentreiben. Das war gefährlich, außerdem brauchte man dazu viel mehr als zwei Körper. Mädchen wusste genau, dass dies einer der Jagdgründe ihrer Schwester war. Hier musste ihre Schwester im Herbst zuvor mit ihrer neuen Familie Bisons gejagt haben. Es tröstete Mädchen, dort ebenfalls zu jagen, es half ihr, weiterzumachen. Schließlich musste sie irgendwie Fleisch besorgen, um sie alle durch den Winter zu bringen. Allein um nur einen Erwachsenen so lange zu ernähren, brauchte man ein großes Bison.

Mädchen hielt Wache. Jagen hieß warten. Sie hatte alle Spuren rund ums Lager sorgfältig abgeschnüffelt und verfolgt, aber sie erzählten nur die verwirrende Geschichte eines

Durcheinanders, da es zahllose Abdrücke gab, die sich nur in Kreisen und nicht in eine bestimmte Richtung bewegten. Es war schwer zu ergründen, wann oder ob die Körper, die solche Spuren hinterlassen hatten, zurückkommen würden. Dennoch blieben sie und Mickerling im Lager ihrer Schwester. Die Spuren von lebendigen Körpern – Fußabdrücke, rußgeschwärzte Felsen, benutzte Werkzeuge – ermutigten sie. Hier war noch vor Kurzem die Familie gewesen, während im Land von Große Mutter keiner von der Familie mehr lebte. Wenn sie Mickerling wieder dorthin brachte, würde die Reise viel Kraft erfordern und ihnen nicht unbedingt bessere Jagdgelegenheiten bieten. Dorthin würde niemand zurückkehren, hierher vielleicht schon. Ihre Instinkte richteten sich auf diese Möglichkeit aus, so wie sich ein kaltes Gesicht zur Sonne wendet.

Mädchen hatte Mickerlings Ausbildung für diese Zeit des Jahres fortgeführt und ihm gezeigt, wie man kleine Stücke Fleisch finden und andere Nahrungsmittel sammeln konnte, die kein Fleisch waren. Sie nahm ihn mit auf eine Wanderung am Fluss und trat dabei gegen dicke Äste, die vom Baum gefallen waren. Nach ein paar Versuchen hörte sie ein befriedigendes Huschen und Krabbeln. Sofort ging sie auf die Knie und drehte den Ast um. Sie stieß einen Stock darunter und zog ihn nach einer Weile wieder heraus. Am Stock krabbelten schwarz glänzende Käfer entlang. Als sie ihn Mickerling zeigte, grinste er breit. Die Käfer hatten kleine Panzer wie die Schildkröten auf ihrem Rücken. Hektisch krabbelten sie über- und untereinander und strichen mit ihren Fühlern über den Stock. Mädchen nahm ihn zwischen ihre Lippen, zog ihn durch ihren Mund und angelte mit ihrer Zunge nach den Käfern. Mit einem befriedigenden Knacken zerbiss sie sie und kaute darauf herum. Zwar waren sie köstlich, aber bei jedem

Bissen schmeckte sie auch den säuerlichen Geschmack der Scham. Sie zerquetschte die Körper der Aasfresser und wurde damit selbst zu einem.

Am Morgen zuvor hatten Mädchen und Mickerling gegessen und auf einem Baum ein Nickerchen gemacht. Als die Sonne langsam am Horizont auftauchte, weckte sie Mickerling, und sie fingen wieder an, nach Nahrung zu suchen. Mädchen konnte das gut. Obwohl sie sich in einem fremden Land befanden, war ihr das, was Große Mutter ihr beigebracht hatte, sehr nützlich. Aber um auf diese Art ihre Körper zu nähren, noch dazu, wo sie schwanger war, musste Mädchen jeden wachen Augenblick des Tages mit Nahrungssuche zubringen. Hätte sie ein großes Stück Fleisch gehabt, wäre ihr genug Kraft geblieben, um eine sichere Unterkunft für den Winter zu bauen und Lampen und weitere Werkzeuge herzustellen. Aber so brach sie am Ende eines jeden Tages erschöpft zusammen. Nahrung, die gesammelt wurde, kostete sie fast so viel Energie, wie sie lieferte.

Nachts gab es keine Träume von der Familie mehr, die die langen stillen Abschnitte der Dunkelheit zwischen ihren Schlafzeiten füllten. Ohne den Trost der Familie wandten sich all ihre Gedanken zum Fleisch. Sie wollte ihre Zähne in das pochende Herz eines Bisons bohren. Sie wollte ihren Mund an eine Ader halten und aus dem Blut ihre Stärke wiedererlangen. Aber Fleisch war etwas für die Starken, genau wie Freude. Hier war sie nicht das mächtigste Raubtier.

Außerdem arbeitete die Jahreszeit gegen sie. Die Bäume färbten sich bereits und ließen ihre Blätter wie ausatmend zu Boden fallen. Die Luft biss schärfer in ihre Haut. Die Erde unter ihren Füßen verhärtete sich in Vorbereitung auf die Winterstürme. Und das erinnerte Mädchen nur noch mehr an Bisonfleisch.

An diesem Tag versteckte sich Mädchen hinter einem Felsen an der Furt vom Land ihrer Schwester. Während Mickerling sicher auf einem Baum Ausschau hielt, wartete sie. Da zeigte sich ihr Glück. *Knack.* Ein Geräusch. Wo? Mädchen zog die Oberlippe hoch, um die Hitze in der Luft zu spüren. Mit gespitzten Ohren wandte sie den Kopf nach rechts. Da sah sie in der Ferne, wie ein Bison seine Nase aus dem Gebüsch steckte. Dann brach es daraus hervor und galoppierte durch die flache Furt, wo das Wasser an der tiefsten Stelle nur bis zu den Knien reichte. Der dicke Schlamm sog zwar an seinen Hufen, aber die Überquerung war leicht. In diesem Bereich gab es viele Stellen, wo man über den Fluss kam. Danach konnte das Tier in die weite Ebene traben, wo Mädchen keinerlei Möglichkeit hatte, es zu erlegen.

Mädchen spürte ein Grollen in der Ferne. Hufe donnerten über die Erde, und Staub wallte auf. Eine Wolke mit dem vertrauten Geruch nach Bisonkot wehte zu ihr. Eine ganze Bisonherde rannte auf die Furt zu. Es war zwar nur eine kleine Gruppe – sie konnte die Tiere an einer Hand abzählen –, aber es war eine Herde.

Da kam ihr Lieblingsfleisch auf sie zu, aber sehr, sehr schnell. Wenn Tiere dieser Größe die Energie aufwenden, die man zum Rennen braucht, dann nur, weil es unbedingt notwendig ist. Und wenn so viele Tiere in dieser Geschwindigkeit rannten, konnte das nur eines bedeuten: Sie wurden gejagt – von einem Raubtier. Schon fingen die Tiere an, die Furt zu überqueren, und kurz darauf roch sie sie: Wölfe.

»*Aruu*«, warnte sie Mickerling.

Normalerweise streiften Wölfe nur durch Land, in dem es keine Familien gab. Mädchens Land war für sie zu steil und felsig gewesen. Zwar hatte sie nicht viele Erfahrungen mit ihnen gemacht, wohl aber die Abneigung gegen sie geerbt.

Die Familie fand, dass Wölfe zu laut waren und zu viel bellten: Krähenkehlen. Sie forderten die Familie nur selten heraus, aber sie hatten es auf kleinere Tiere abgesehen, die die Familie manchmal jagte. Die Familie hatte wenig Respekt vor den Wölfen und vermutete, dass sie ausschließlich in Gruppen jagten, weil ihre Kiefer schwach waren. Wenn sie es schafften, größere Beute zu erlegen, dann nur, weil sie alle zusammen das Tier anfielen und es zerrissen. Wölfe waren nicht stark genug, um sich ein eigenes Territorium zu sichern. Statt ein Gebiet zu erobern und die Kontrolle darüber zu behalten, mussten sie vor Hunger ständig unterwegs sein. Von ihrer Stelle aus konnte Mädchen an ihrem Atem riechen, dass sie in ständiger Angst lebten.

Mädchen rümpfte die Nase, als sie sah, wie ihr Anführer auf die Furt zuraste. Er war grau, mit fleckig gesprenkeltem Fell und misstrauisch geschlitzten Augen. Sie schnalzte mit der Zunge, aber Wildkater war schon längst weg und hatte sich in einer Astgabel versteckt.

»*Aruu*«, knurrte sie.

Sie hatte keine Angst vor Wölfen, wusste aber, dass es mit ihrem dicken Bauch klüger war, sich nicht zu zeigen. Also ging sie zum Aussichtsbaum, und Mickerling kletterte höher, um ihr Platz zu machen. Rasch schloss sie zu ihm auf und musste warten, bis er sich zum nächsten Ast hochgezogen hatte. Seine Bewegungen waren langsam, und sie fragte sich kurz, ob er gesund war. Doch diese Sorge wurde rasch von einer anderen verdrängt. Während sie immer weiter hinaufkletterte, verspürte sie Scham. Die Wölfe waren zwar schwächere Tiere, aber möglicherweise warfen sie einen Blick zu ihnen und freuten sich, dass sie die Familie auf einen Baum gejagt hatten.

Doch die wahre Demütigung sollte noch kommen. Die Wölfe beachteten Mickerling und Mädchen gar nicht. Offenbar stellten nur zwei von ihnen keinerlei Bedrohung dar. Die Wölfe hatten ausschließlich Augen für die Bisons. Sie umkreisten sie ständig und bissen sie in die Hinterhufe, um sie zusammenzutreiben. An der Furt jagten sie sie als Gruppe durch das Wasser. Die Wölfe waren genug, um sie zusammenzuhalten und ohne Mühe die schwächeren Tiere auszusondern. Ein, zwei langsamere Bisons fielen zurück. Schnell trennten die Wölfe ein älteres Bisonweibchen von der Herde. Es war schon grau ums Maul und bewegte sich, als hätte es steife Schultern. Mickerling tippte Mädchen am Arm und zeigte auf die alte Bisonkuh. Wissend berührte er seine Nase.

Zwölf schnappende Wolfschnauzen arbeiteten gemeinsam. Sie bissen dem Bisonweibchen immer wieder in die Hinterbeine, um sie von den anderen zu trennen. Mädchen konnte sich vorstellen, dass ihre Familie ähnlich vorgegangen wäre. Sie wusste, dass sie manches mit den Wölfen gemein hatte. Also schuldete sie ihnen, wenn auch nur widerwillig, Respekt, obwohl sie nur mit zwölf Körpern etwas schafften, was die Familie einer viel kleineren Gruppe vollbringen konnte.

Auch beim Erlegen gab es Unterschiede. Die Wölfe hatten keine langen Speere, um schneller und friedlicher den Tod zu bringen. Stattdessen rissen sie mit ihren Zähnen faustgroße Fleischstücke aus dem Tier und bellten und jaulten dabei so wild, dass Mädchen sich die Ohren zuhalten musste. Obwohl sie nicht die ganze Zeit dorthin starrte, sah sie, dass der Tod nur quälend langsam eintrat und das Bisonweibchen dabei vor Angst und Schmerzen brüllte. Für Mädchen war der Anblick kaum zu ertragen.

Als es vorbei war, machten sich die Wölfe weiterhin bellend und kläffend am Bison zu schaffen. Im Kampf um den Kadaver bissen sie sich sogar gegenseitig – eine schmutzige, aber gründliche Angelegenheit. Es dauerte nicht lange, da waren die Wölfe satt und zogen sich zum Ausruhen ins Gebüsch zurück. Sie blieben in der Nähe des Kadavers, um sich, wenn möglich, noch mal daran gütlich zu tun, aber eigentlich war ein Bison dieser Größe zu viel für ein solches Rudel. Wölfe horteten ihr Essen nicht. Stattdessen warteten sie hechelnd und verdauend, während die schwächeren Tiere sich ihren Anteil holten. Mädchen kannte das Gefühl gut. Sie hatte so etwas auch schon gemacht.

Die Krähen kreisten erwartungsvoll krächzend über dem Kadaver. Ein Geier kam angeflogen und landete in der Nähe. Aus einem etwas entfernteren Busch wagte sich ein kleiner Kojote hervor. Ein Tier nach dem anderen riskierte einen Blick auf den Kadaver, um zu sehen, ob es an der Reihe war.

Nach einer Weile kletterte Mädchen mit schamesrotem Gesicht vom Baum. Sie wies Mickerling an, ihr zu folgen und auf ihren Rücken zu steigen, da sie nicht wollte, dass er die Wölfe mit seinen dünnen Beinchen in Versuchung führte. Langsam gingen sie zum Kadaver. Sie wurde beobachtet, sie spürte förmlich die glühenden Blicke der Wölfe auf ihrer Haut. Sie hielt ihre Oberlippe hochgezogen, um es zu spüren, falls sich ihr Herzschlag verändern sollte, doch er blieb gleichmäßig, sodass sie wusste, sie würden sie nicht angreifen.

Vorsichtig stellte sie Mickerling neben sich auf den Boden, um zu zeigen, dass er zu ihr und nicht zum Kadaver gehörte. Sie nahm ihren Steinzahn vom Gürtel und schnitt ein Stück Fleisch ab, das von den Rippen herunterhing. Es war weder das fette Fleisch vom Herzen noch das große Stück an den Hinterbeinen. Diese Teile waren längst gefressen. Sie suchte nach den Stücken mit dem meisten Fett. Wer niedriger in der Rangordnung stand, musste sich mit schlechterem, knorpeligem Fleisch begnügen. Sie schnitt Fleisch, brach Knochen und nahm sich so viel, wie sie sich traute. Mit Hilfe ihres

Steinzahns säbelte sie einen Knochen durch und saugte das Mark heraus, wie eine Hyäne. Dabei hielt sie den Kopf und den Blick gesenkt, um ihren Respekt zu zeigen. Und die Wölfe ließen es zu.

Nachdem sie gegangen war, würden andere Einzeljäger wie die gestreifte Hyäne oder der Schakal kommen. Danach würden es vielleicht die Waschbären und sogar die Dachse versuchen.

Mit Fleisch und zwei Beinknochen bepackt schwang Mädchen Mickerling wieder auf ihren Rücken und zog ihn eng an sich. Langsam kehrte sie zum Lager zurück. Wegen ihres kleinen Sieges empfand sie keinerlei Triumph. Sie musste sich erst an ihren neuen Platz in der Rangordnung gewöhnen. Anstatt nach vorn zu blicken, um Beute zu entdecken, musste sie sich immer wieder umgucken, um ihren Abgang zu sichern. Alles hatte sich verändert.

23

Am nächsten Morgen warf Mädchen einen Blick auf Mickerlings in die Höhe ragendes Hinterteil. Der Junge atmete schwer und hatte sich so eng an sie gekuschelt, dass sie kaum aufstehen mochte. Normalerweise wachte sie viel früher auf. Mickerling hatte sie am Vorabend um Fleisch angebettelt, doch sie wollte es noch nicht essen, sondern aufsparen, über dem Feuer trocknen und in einem Baum lagern. Sie bezweifelte, dass sie in nächster Zeit noch mal an solche Fleischmengen kommen würden. Aber sie brauchten die Energie aus dem Fleisch, um kleinere Tiere zu erlegen und so viele Wurzeln, Beeren und Nüsse zu sammeln, wie sie konnten. Um an diesem Tag etwas zu essen zu haben, hatte sie ein paar Eichhörnchen mit Steinen erlegt, so wie Große Mutter es ihr gezeigt hatte, und sie an einem Stock über dem Feuer gebraten.

Mädchen stieß Mickerling an und rollte ihren Körper von dem Fell, auf dem sie schliefen. An diesem Morgen war die Luft kälter und biss ihr in die Nase. Ihre Lippen waren trocken, da ihr Körper große Mengen Wasser brauchte, um sich wohlzufühlen. Außerdem machte sie sich Sorgen um ihre Unterkunft. Sie schob ihren Körper aus der baufälligen Hütte und blickte zum Himmel hinauf. Über den Bäumen breitete sich eine dünne, gerippte Wolkendecke aus. Die Wolken zeigten dasselbe Muster wie der Sand auf dem Grund seichter Stellen am Fluss. Es stand ein Wetterumschwung bevor. Die Winterstürme nahten.

Nun würden sie die Tage damit verbringen, die Hütte zu verkleinern, damit sie sie mit den Fellen abdecken konnten, die sie mitgebracht hatten. Mädchen machte Feuer, rief Mickerling, damit er aufstand, und prüfte die Stützpfeiler der baufälligen Hütte. Im Winter ging es vor allem um Wärme. Wenn sie die Pfähle kürzte, konnten sie sich mit nur zwei Körpern warm halten. Dann konnte sie die dünnen Felle in doppelter Lage anbringen und so viele Dämmstoffe wie möglich dazwischenpressen. Sie griff in die Hütte, um Mickerling anzustoßen, und zog an einem kleinen Stück Leder, das zurückgelassen worden war. Etwas war seltsam daran. Als sie an einem Ende zerrte, dachte sie erst, es würde in zwei Teile zerfallen, doch das geschah nicht, obwohl es in der Mitte auseinandergerissen war. Irgendwas hielt es zusammen.

Mädchen begutachtete es. Es war wie bei den Fußbedeckungen, die ihre Schwester getragen hatte. Zwei Lederstücke wurden mit einer Sehne zusammengehalten, die durch Löcher gefädelt worden war. Mädchen krauste die Nase. Es war etwas leicht Ekelerregendes daran. Sie stellte sich zwei Bisonkörper vor, die so zusammengehalten wurden. Sie würden sich wehren und darum kämpfen, auseinanderzukommen. Es war ein Zustandswechsel: Das Tier hatte eine Form, die es vorher nicht hatte. Ein Leben war an ein anderes gebunden. Ihr drehte sich der Magen um.

Gleichzeitig konnte Mädchen sehen, dass es nützlich war. Damit konnte man ein kleines Fell für eine größere Decke verwenden.

»*Mickerling*«, brüllte sie, um ihn zu wecken. Sie hatte ihre

Lautstärke nie ganz kontrollieren können. Mickerling würde ihre Entdeckung aufregend finden, das wusste sie. Aber der Junge setzte sich nicht auf, sondern hob nur matt den Kopf. Er konnte kaum die Augen öffnen. Irgendwas stimmte nicht mit ihm.

Mädchen hob den Jungen hoch. Sein Körper fühlte sich kleiner an als noch am Vortag. Sie dachte an ihre Schwester und den Sonnenbiss, und Panik überflutete sie. Um seinen Atem zu riechen, neigte sie sich zu ihm. Man sah weder rote Flecken noch Blasen, und man roch auch keine Spur von der Krankheit, noch nicht. Sie betrachtete seinen Rücken, seinen Hals und seine Arme. Was war los? Sie setzte ihn aufrecht hin, hielt ihn mit den Händen an den Schultern fest und blickte ihm direkt in die Augen. Er leckte sich über die Lippen und legte die Hand auf seinen flachen Bauch, um ihr anzuzeigen, dass er Hunger hatte.

Hunger? Das ergab keinen Sinn. Sie hatte auch Hunger, aber ihr Körper war viel größer. Am Abend zuvor hatte er fast mehr gegessen als sie. Sie gab ihm Wasser und überlegte, was sie zu sich genommen hatten. War etwas Gefährliches darunter gewesen, das ihn krank gemacht haben könnte? Sie hatten beide dasselbe gegessen: Käfer, Pfifferlinge, gekochtes Eichhörnchen und ein paar Tage zuvor den säuerlich schmeckenden Dachs. Seine trüben Augen und seine Lustlosigkeit konnten ihrer Meinung nach nur Anzeichen der Fettkrankheit sein. Ihr Körper brauchte Fleisch, aber Fett war genauso wichtig.

Mädchen wickelte Mickerling in ein Fell, damit er nicht fror, und setzte ihn ans Feuer, das sie anfachte, um Trinkwasser abzukochen. Sie holte ein Bisonbein aus dem Versteck und legte es ins Feuer. Als Mickerling das sah, quollen ihm fast die Augen aus dem Kopf. Sie schnitt das gekochte Fleisch ab und legte den Knochen zurück ins Feuer. Als er heiß genug war, legte sie ihn auf einen Felsen und zerschlug ihn mit einem flachen Stein so, dass ein Riss längs durch den Knochen ging. Das wiederholte sie auf der anderen Seite, dann bog sie die zwei Hälften auseinander.

Die besten Fettspeicher eines Tiers waren im Knochen. Selbst wenn ein Tier verhungert war und die Fettspeicher am Kadaver weg waren, hatte es immer noch nahrhaftes Mark in den Knochen. Mädchen hatte das selbst in einer Zeit gesehen, an die sie sich nicht gerne erinnerte, aber dies war eines der Geheimnisse, mit dem Große Mutter sie alle am Leben gehalten hatte.

Mädchen zog Mickerling auf ihren Schoß und hielt ihn fest, während er aß. Er fuhr mit dem Finger den Knochen entlang und steckte sich das glibbrige Fett in den Mund. Dann leckte er jede Knochenhälfte mehrfach ab. An der Gier, mit der er das Mark verschlang, sah sie, dass er wahrscheinlich die Fettkrankheit hatte. Deshalb war er so dumpf und lustlos. Es überraschte sie, dass es ihm so ging, denn sie fühlte sich gesund, dennoch aß sie etwas von dem Knochenmark, und auch sie fühlte sich sofort besser. Aber es schien ihr, dass ihre Körper die Nahrung, die sie zu sich nahmen, unterschiedlich verwerteten.

Mickerling leckte den Knochen so schnell sauber, dass sie ihm noch einen zubereitete. Auch den saugte er aus, und dann gab er ihr mit glänzenden Augen einen dicken, fettigen Schmatz auf die Wange. Er vergrub sich in sein Fell und schlief rasch ein. Ihr blieb nichts anderes übrig, als seine zitternden Lider, seine leichte Atmung und seine Wangen zu betrachten, die so glatt waren wie ein Fischbauch. Er schmiegte sich in ihre Armbeuge. Sie bewegte sich nicht, um keine Körperwärme zu verschwenden. Mit dem Fuß schob sie ein weiteres Holzscheit ins Feuer und lehnte sich wieder zurück, um ihn schlafen zu lassen. Eine kleine Weile fühlte sie sich mit ihm in ihren Armen eins.

Als Mickerling aufwachte, war es wie ein Ausbruch von Energie. Gerade schlief er noch, und mit einem Mal platzte er vor Lebenslust. Jubelnd hüpfte und rannte er ums Feuer. Er lachte und wollte spielen. Eine Zeitlang tat sie ihm den Gefallen, doch dann warf sie einen Blick zum Himmel. Dort rückten die Wolken immer näher und türmten sich auf.

Mädchen schickte Mickerling auf die Suche nach noch grünen Stützpfeilern, die ihnen zur Wiederherstellung der Hütte dienen sollten. Um Sträucher in der richtigen Größe zu finden, musste er sich weit vom Lager entfernen. Daher hatte sie ihm befohlen, in regelmäßigen Abständen zu rufen, damit sie wusste, wo er war. So konnte sie weiterarbeiten, weil sie sich nicht die Zeit nehmen wollte, mit ihm zu gehen.

Schon bald jedoch stürzte Mickerling aus dem Wald. »Adlerauge«, rief er, plapperte aufgeregt und forderte Mädchen auf, ihm in den Wald zu folgen. Sie hatte gerade die Hauptstütze der Hütte gerichtet und wollte ihre Arbeit nicht unterbrechen. Er blieb jedoch beharrlich und zerrte sie tief ins Gebüsch zu einer Lichtung, auf der sich ein großer Felsklotz und ein Baum befanden. Offenbar war es ihm schon länger schlecht gegangen, als ihr bewusst gewesen war, denn mit einem Mal wirkte er zehnmal so stark wie noch am Vortag. Er hatte ihr Handgelenk fest umfasst und wollte sie nicht loslassen.

Mickerling ruckte an ihrem Arm, bis sie den Baum betrachtete. Er war ihr vertraut: eine große Kiefer mit abblätternder Rinde, die wegen der Wetterbedingungen eigentümlich verdreht gewachsen, aber noch jung und biegsam war. Mädchen begrüßte den Baum mit einem Nicken, um höflich zu sein, wusste aber nicht, worauf Mickerling hinauswollte. Da legte er seine Finger auf ein Zeichen, das in der Rinde angebracht worden war: zwei schräge, aufeinander zulaufende Schnitte, deren Spitze nach unten zeigte, als wollten sie in eine Richtung weisen, die weg vom Lager führte. Mickerling wies in dieselbe Richtung. »Adlerauge.«

Mädchen wusste nicht, was er dieses Mal mit dem Wort meinte. Sie folgte seinem Blick und sah einen sanft geschwungenen Abhang. Wenn man eine ganze Weile in diese Richtung ginge, würde man in der Ebene landen. Sie rümpfte die Nase, weil ihr Geschichten einfielen, die Große Mutter über die Ebene erzählt hatte. Die Ebene war trocken und staubig. Dort würde ein Körper unentwegt Durst haben. Es gab keine Furt, keine Bisons, keine Hufe, keinen süßen Gestank nach Kot. Die Familie ging nicht dorthin, weil es dort keine schützenden Bäume gab. Wie sollte ein Körper überleben, wenn man nicht wenigstens ein paar Bäume hatte, auf denen man sich verstecken konnte? Auf der Ebene war der Himmel unendlich groß und hing manchmal so tief, als wollte er einen verschlucken. Die Sonne konnte einem ungehindert auf den Kopf prallen oder die Haut verbrennen und sie zum Platzen bringen. Es hieß, daher käme der Sonnenbiss: von der brennenden Sonne auf der Ebene. Ohne Bäume oder natürliche Hindernisse war es fast unmöglich, Beutetiere zu jagen und in die Enge zu treiben.

Schon allein vom Anblick der Ebene wurde Mädchen durstig.

»*Adlerauge.*«

»*Ne*«, knurrte sie.

»*Adlerauge!*« Mickerling drückte den Zeigefinger auf die Schnitte.

»*Ne.*«

Mädchen wusste nicht, wieso da Schnitte in der Rinde waren, aber von Tierkrallen stammten sie nicht. Sie sahen aus, als hätte jemand geprüft, ob ein Steinzahn scharf genug war. Doch es war seltsam, in lebende Rinde zu schneiden. Es tat dem Baum weh, einfach in seine Haut zu ritzen. Er hatte geblutet, und Baumsaft war aus der Wunde getreten. In Mädchens Augen war das sinnlose Gewalt. Wieso hatte man das Werkzeug nicht an einem toten Ast geprüft? Die Familie verletzte zwar auch Lebewesen, aber nur, um Nahrung und Energie zu bekommen. Dies schien hier nicht der Fall gewesen zu sein.

Mit ihren Fingern verteilte Mädchen den Baumsaft in der Wunde, um die Blutung zu stoppen. Sofort schlug ihr Mickerling auf die Hand, weil er sie daran hindern wollte. Sie wandte den Blick zu ihm und knurrte durchdringend. Mit seiner neuen Energie war er schwieriger und wehrhafter geworden, als hätte ihn unter seinem Umhang ein Käfer gebissen.

»*Adlerauge!*«

»*Ne.*«

Der Wortwechsel führte zu nichts. Außerdem fand Mädchen ihn unnötig. Was sie glaubte, war ihr durch die vorherigen Generationen ihrer Familie weitergegeben worden, und zwar mit Hilfe von Erfahrungen, geteilter Wachsamkeit und Schattengeschichten an der Höhlenwand. Was sie glaubte, fühlte sich so natürlich an wie das Blut, das durch ihre Adern floss. Ihre Art zu leben war durch Stille geprägt. Es gab nur wenige Verbindungspunkte zwischen den Familien. Veränderungen konnten sich kaum verbreiten. Es gab keine anderen Lebensweisen. Man brauchte keine anderen Worte. Die Familie wusste, wie die Dinge gemacht wurden.

Aber Mickerling ließ sich von diesen althergebrachten Gesetzen nicht beirren. Er plapperte, fuchtelte mit den Armen und füllte bis zur Erschöpfung die Luft mit Wörtern. Am liebsten hätte Mädchen ihm wieder das Knochenmark aus dem Bauch geholt, obwohl sie das nicht ernsthaft in Betracht zog. Allerdings war ein matter, lustloser Mickerling einfacher zu handhaben. Sie holte tief Luft und versuchte, geduldig zu sein. Wenn sie doch nur Geschwister gehabt hätte, an die sie das schwierige Kind hätte verweisen können.

Schließlich hielt sie sich die Ohren zu, und zwar nicht so sehr, um Mickerling auszusperren, sondern weil ihr der Kopf von seinem Geschnatter wehtat. Allein vom Gedanken an das Kratzen all dieser unnötigen Wörter in der Kehle bekam sie schon Halsschmerzen. Sie wandte sich von Mickerling ab und ging zurück zu der baufälligen Hütte. Währenddessen wurden die Wolken über ihr immer dunkler. Mädchen spürte, wie die Luft schwer auf ihren Rücken drückte. Nicht mehr lang, höchstens noch zwei Sonnenaufgänge, dann würden die ersten Winterstürme dieses Jahres kommen. Da gab es nichts Wichtigeres als eine Unterkunft, in der sie überleben konnten.

»*Adlerauge!*«

Der Junge folgte ihr und brüllte ihr unaufhörlich etwas nach, nicht nur das Wort, sondern auch einen Strom von Lauten und Geräuschen. Das war zu viel für Mädchens Ohren. Der Lärm schabte auch an ihrem Bauch und dem schweren Baby darin. Mit finsterer Miene marschierte sie weiter und bellte nur: »Krähenkehle!«

Mädchen lief zur Hütte und sah sich nicht um. Mickerling würde ihr folgen, das taten Kinder immer. Wildkater folgte ihr auch stets. Beide wussten, woher ihr Fleisch kam. Das war die Art von Gehorsam und Treue, die sie kannte. An der Hütte ruhte sie sich einen Augenblick aus und betrachtete die dräuenden Wolken über ihr. Auf dieser Seite des Gebirges war es trockener als auf der anderen, da die Wolken nur kurz über die Gipfel streiften und dann zur Ebene hinuntertrieben. Das bedeutete, sie konnte nicht sehen, wie schnell der Sturm auf sie zukam, aber sie konnte es spüren.

Wildkater kam aus der Hütte und setzte sich unter den neuen Stützpfeiler, den sie gerade errichtet hatte. Da sie nur zu zweit waren und immer noch Nahrung sammeln mussten, würde es mehrere Tage brauchen, um die Unterkunft fertigzustellen. Die Katze rieb sich an Mädchens Rücken. Mädchen nahm ein kleines Stück getrocknetes Eichhörnchenfleisch und gab es Wildkater. Dann nahm sie ein zweites und streckte die Hand aus. Wartend verharrte sie in der Luft. Sie rechnete damit, dass Mickerlings rundes Gesicht im Hütteneingang auftauchte.

»*Adlerauge*«, sagte sie. Dass sie sich die Mühe machte, das Wort auszusprechen, war versöhnlich gemeint, als Friedensangebot. Doch sie bekam keine Antwort.

Mädchen kroch aus der Hütte und schaute sich um. Das Lager war leer. Sie stand auf. Schnüffelte. Rief sogar. Der Junge war fort.

Geburt

Es ist eine heikle Angelegenheit, eine Wirbelsäule auszugraben. Ich arbeitete mit einem meiner feinsten Pinsel und hatte das Gefühl, ein Staubkörnchen nach dem anderen zu entfernen. Wirbel haben viele Kurven und Löcher. Ihre waren groß und massiv. Ich ließ ausreichend Erde da, um ihre Lage zu stützen, legte aber genug Knochen frei, damit wir alles sehen konnten.

Bis zum nächsten Abend arbeitete ich am C7-Wirbel. Schon lange zuvor hatte ich das Feld mit Holzpflöcken und Schnur abgesteckt, markiert und präzise auf Andys Karte übertragen. Bevor ich mit dem Pinseln anfing, zeichnete ich ein, was ich sah. Ich hatte mich für einen großen Maßstab entschieden, neun Quadrate auf dem Millimeterpapier für einen abgesteckten Quadratmeter. Während ich die Wirbel freilegte, fotografierte ich sie aus jedem Winkel, um alle Einzelheiten zu erfassen. Anais und Andy trugen die Erde hinaus, die ich entfernte, und siebten sie durch, um sicherzustellen, dass wir nichts übersahen. Stille hatte sich über die Ausgrabungsstätte gesenkt. Glücklicherweise schien mein Baby diese Stille ebenfalls zu genießen. Der Ultraschall hatte verraten, dass es ein Junge war. Er hatte es sich in meinem Bauch bequem gemacht und machte keinerlei Anstalten, auf die Welt zu kommen. Ich wusste, dass viele Erstgeborene spät dran waren, und nutzte jeden Augenblick, als wäre es geliehene Zeit.

»Andy!«

Er zwängte sich durch die Plastikplane. »Wie geht's dem Baby?«

»Welchem?«

»Deiner Neandertalerin«, lachte er.

»Könntest du mir aufhelfen?«

Meine Gelenke waren irgendwie lose und wackelig. Mein Körper bereitete sich auf die Aufgabe vor, ein Kind mit einem großen Schädel herauszudrücken.

Andy streckte seine Hand aus. Wir hatten eine Technik entwickelt, mich vom Boden zu hieven: Er ging hinter mir in die Hocke und schlang seine Arme unter meine Arme und über meinen Bauch; und dann standen wir gemeinsam auf. Gerade als wir dabei waren, erschien Caitlin im Eingang.

»Die Evolution ist eindeutig ein Tüftler und kein Ingenieur«, bemerkte sie und sah uns von oben herab an.

»Wenn Rose doch nur ein Gibbon wäre«, seufzte Andy.

»Allerdings«, nickte Caitlin. Andy wagte es als Einziger, sie aufzuziehen, aber sie nahm viele seiner Scherze für bare Münze. »Der kleinere Kopf und der breitere Geburtskanal machen die Niederkunft bei Gibbons um einiges leichter.«

»Ja.« Andy nickte ernst. »Aber wenn Rose ein Gibbon wäre, würde sie dann nicht alles hier vollmachen?«

Mit einer letzten Anstrengung hievte er mich hoch. Kaum stand ich auf den Füßen, hörte ich ein Knirschen. Ein schreckliches Geräusch, wie von einem zerbrechenden Knochen. Zwar stand ich außerhalb der abgesteckten Felder, dachte aber sofort, ich wäre auf einen Knochen meiner Neandertalerin getreten und hätte ihn zerbrochen.

»Was war das?«, schrie ich auf.

»Mein Rücken«, keuchte Andy.

Als ich mich zu ihm umdrehte, stand er vornübergebeugt da und atmete nur gepresst.

»Ist was gebrochen?«

»Nein, rausgesprungen.«

Caitlin half Andy, sich flach auf den Boden zu legen. Später erfuhr ich, dass sich nur eine alte Verletzung verschlimmert hatte, dennoch fühlte ich mich, als hätte ich ihm etwas gebrochen. Caitlin schob die Plastikplane beiseite und sagte: »Ruf bitte einen Krankenwagen, Michael.«

Da alle davon ausgingen, dass das Baby jetzt käme, wirkten sie geschockt, als Andy auf einer Trage aus der Höhle transportiert wurde. Die Sanitäter hatten eine mit Rollen mitgebracht. Auf dem Rückweg zum Parkplatz fuhren sie auf den flachen Strecken des Weges das Fahrgestell aus, wenn es über Stock und Stein ging, trugen sie ihn. Sie gaben Andy auch eine Spritze gegen die Schmerzen, dennoch war sein Gesicht qualvoll verzerrt.

Als er im Krankenwagen war, setzte ich mich zu ihm und nahm seine Hand. Ich weinte schon wieder, aber dieses Mal war es mir egal, ob es jemand sah.

»Rose?«

»Andy?« »Fahr nach Hause«, sagte er. »Und richte Simon aus, ich wünsche ihm viel Glück.«

»Ich bin sicher, er wird ein toller Vater.«

»Ich meinte nicht mit dem Baby«, entgegnete Andy und verzog das Gesicht. »Sondern mit dir.«

Als ich aus dem Krankenwagen stieg, ging Caitlin hinein, um ihn zum Krankenhaus zu begleiten. Ich sah zu, wie sie davonfuhren.

Ohne Andy konnte ich nicht weiterarbeiten. Kein anderer wäre so verrückt gewesen, mich ohne Kran zur Erde abzusenken und wieder hochzuhieven. Zumindest bot es keiner an. Also blieb mir nichts anderes übrig, als mir Sorgen um Andy zu machen und bei den anderen herumzulungern. Schließlich beruhigten sich alle und machten sich wieder an die Arbeit. Keiner rührte meine Neandertalerin an, aber sie arbeiteten an den Artefakten in ihrer Umgebung. Zwei Studenten säuberten und verpackten die Funde, die wir freigelegt hatten. Anais schrieb mit penibler Sorgfalt die Etikettenziffer, die Maße und die Beschreibung jedes Artefakts auf. Ich hatte mehr als einmal versucht, sie bei einem Fehler zu ertappen, aber sie schien für die Aufgabe wie geschaffen. Als ich versuchte, bei der Zubereitung des Mittagessens zu helfen, verbrannte ich mir das Handgelenk an einer Pfanne. Nach ein paar Stunden konnte ich nicht mehr leugnen, dass ich allen im Weg war. Wie Andy gesagt hatte: Ich musste nach Hause.

Zum Abschied winkte ich nur. Anais wollte einen Besuchsplan erstellen, aber ich unterbrach sie sofort, denn ich wollte wirklich allein sein und mich ausruhen. Simon würde am Wochenende kommen, wenn sein Seminar beendet war. Das Krankenhaus war nicht weit von der Wohnung entfernt. Ich würde klarkommen. Keiner von ihnen verabschiedete sich ausgiebig, da alle annahmen, ich würde mich ohnehin nicht lange von der Ausgrabungsstätte fernhalten können und in ein, zwei Tagen wieder auftauchen. Ich fuhr zu der Wohnung in Vallon-Pont-d'Arc und verstaute meinen Werkzeuggürtel und die Schlüssel in den Ikea-Regalen, die von einem teuren Lieferservice gebracht und aufgebaut worden waren. Blinzelnd setzte ich mich aufs Schlafsofa.

Es war Dienstag, und ich hatte Simon versprochen, das Baby erst am Wochenende zu bekommen. Also fragte ich mich, was ich mit der freien Zeit anfangen sollte, die für mich ganz ungewohnt war. Einen Geburtsvorbereitungskurs hatte ich abgelehnt, da ich meinte, das alles auch aus einem Buch lernen zu können. Vielleicht würde ich Anais am nächsten Tag beim Katalogisieren helfen. Es würde mir guttun, mich auch mal um den lästigen Kleinkram zu kümmern. Außerdem wollte ich Andy besuchen. Doch im Augenblick war ich einfach nur erschöpft.

Als das Baby zu treten anfing, legte ich meine Hände auf den Bauch. Ich hatte schon genug von den Babys meiner Freunde mitbekommen, um zu wissen, dass sie zwar eine Weile brauchten, um sich auszudrücken, aber bereits mit einer fertigen Persönlichkeit auf die Welt kamen. Wer also war dieses Baby? Ich kannte es nicht, obwohl ich eindeutig zur Hälfte für seine Entstehung verantwortlich war. Nachdem ich eine Schale Eis gegessen hatte, entschied ich, dass es danach nur einen logischen Schritt gab, und legte mich schlafen.

Von der ersten Wehe schreckte ich auf. Noch schlaftrunken entwickelte mein Geist eine unausgereifte Theorie. Ich war mir ziemlich sicher, dass ich so lange geschlafen hatte, dass in der Zwischenzeit ein Sturm aufgezogen war. In den Olivenbaum draußen musste der Blitz gefahren, dann um den Metallrahmen des Schlafsofas und um meinen Bauch herumgeschossen sein. Ich stand auf und tastete mich unbeholfen durchs Zimmer. Das Sofa war nass. Hatte ich mein Wasserglas umgestoßen? Erst nach einer Minute dämmerte mir, dass meine Fruchtblase geplatzt war und nun Fruchtwasser auf meine Füße tropfte. Ich fühlte mich wie in einer Slapstickkomödie, aber dann stellte ich mir das Entsetzen vor, das ich an der Ausgrabungsstätte ausgelöst hätte. Warum hatte mich niemand davor gewarnt, wie viel Wasser es sein konnte? Ich war froh, eine Toilette in der Nähe zu haben.

Eine neue Wehe erwischte mich kalt. Fast lachend vor Schmerzen drückte ich eine Hand auf meinen Bauch. Es war, als hätte mein Körper ohne mich eine Reise begonnen. Mein Geist brauchte eine Weile, um hinterherzukommen. Ich wischte die Bescherung auf, zog mich um und erkannte dann, dass ich Simon anrufen musste.

Er meldete sich sofort.

»Die Wehen haben eingesetzt.«

»Oh, Mist!« Er klang, als wäre er in Panik.

»Ich weiß, ziemlich früh. Erstgeborene sollten doch eigentlich oft verspätet kommen!«

»Du meinst, das Baby hält sich nicht an deinen Plan?« Ich wusste nicht, ob er das scherzhaft meinte. »Ach, warum höre ich überhaupt auf dich.«

»Gibt es vielleicht jemanden, der deinen Kurs morgen übernehmen könnte?«, erkundigte ich mich, wieder ganz sachlich.

»Ahh!«

»Wenigstens dauert es bei der ersten Geburt länger. Wir warten auf dich.«

»Mann!« Simon ließ den Hörer fallen. Ich hörte ihn fluchen und herumfuhrwerken, und dann knallte eine Tür.

»Simon?«

Ich nahm an, dass er sich auf den Weg gemacht hatte.

Mir war klar, dass eine Geburt traumatisch sein konnte, aber als ich auf dem Schlafsofa saß und spürte, wie sich während der Wehen all meine Muskeln zusammenzogen, empfand ich nur Ruhe. Ich nahm meine bereits gepackte Tasche, ging über die kopfsteingepflasterte Gasse hinunter zu dem kleinen Dorfkrankenhaus und dachte, die körperliche Betätigung würde mir vielleicht helfen, mich zu entspannen und gleichmäßig zu atmen. Ich zwängte mich durch die Eingangstüren.

»*Je vais avoir un bébé*«, teilte ich der Krankenschwester am Empfang mit.

»*Comment vous sentez-vous?*«

»*Bien*«, antwortete ich. Und das stimmte auch. Es ging mir gut.

Die Krankenschwester brachte mich in einem Zimmer unter und erkundigte sich, wen ich anrufen wollte. Andy lag zwar in einer anderen Abteilung des Krankenhauses, aber ich hatte ihm bereits genug Schaden zugefügt, und er musste sich erholen, daher versicherte ich, Simon sei schon auf dem Weg. Allerdings erklärte ich nicht, dass er aus England kam. Sie fragte aber auch nicht nach.

In einem kratzigen Kittel lag ich auf dem Bett, umhüllt von scharfem, antiseptischem Geruch, und verstand zum ersten Mal den Begriff *Wellen des Schmerzes*. Ich empfand jede Wehe wie eine Überschwemmung. Wenn ich mich einfach mitreißen ließ und dabei versuchte, mich zu entspannen, würde ich auf der anderen Seite wieder ausgespuckt werden. Mit der Fernbedienung richtete ich das Kopfende des Bettes aus. Dann hörte ich ein seltsames Ploppen, als wäre in meinem stoischen Gemütszustand eine Blase geplatzt. Ich wusste nicht, woher das Geräusch kam, aber die nächste Wehe fühlte sich an, als würde mein Bauch mit bis dato nie erfahrener Kraft in einem Schraubstock zusammengequetscht. Ich wollte, dass die Wehen aufhörten, nur für einen Moment, aber sie kamen immer wieder. Mein Geist trübte sich mit finstersten Gedanken. Ich versuchte krampfhaft, mehr Licht hineinzubringen.

Zwischen den Wehen redete ich mir gut zu. Eine Schwester kam herein, um nach mir zu sehen. Ich wollte keine Epiduralanästhesie. Sie rieb mir den Rücken. Da ich wusste, dass Angst vor Schmerzen alles nur noch schlimmer macht, versuchte ich, ganz klar im Kopf zu bleiben. Und dann kam die nächste Wehe, und ich fühlte mich, als hätten zwei riesige Hände meinen Körper erfasst und würden ihn auswringen.

Der Arzt sah nach mir und sagte etwas, aber ich verstand nur das Wort *rapide.*

Die Wehen schritten fort, bis ich mich an der Schwelle des Todes wähnte. Irgendwann veränderte das Baby meine Sichtweise auf meinen Körper. Es war mir mittlerweile egal, ob er verletzt wurde, ob ich von innen nach außen gestülpt wurde oder auch starb. Ich wollte nur, dass mein Baby endlich aus mir herauskam. Ganz gleich wie. Als Liebe kann ich das nicht bezeichnen. Es war ganz anders als das, was ich für meine eigene Mutter oder für Simon empfand. Es war reine Verzweiflung.

Ich war an ein CTG-Gerät angeschlossen, das die regelmäßigen Herztöne des Babys maß. Langsam bekam ich den Eindruck, ich wäre eine Bombe. Zu diesem Zeitpunkt wäre ich mit Freuden explodiert, wenn dadurch nur das Baby herausgekommen wäre. Davor hatte ich angenommen, Angst wäre nur eine Empfindung, die meinen Körper vor Schaden bewahrte. Als die Wehen immer mehr zunahmen, war der Tod nicht mehr nur eine Möglichkeit, sondern wurde zur Wahrscheinlichkeit. Die Statistik, die behauptete, dass ich die Geburt überleben würde, war mir egal. Ich erfuhr eine so ungeheure Angst, dass sie sich wie ein Abgrund vor mir auftat und mich verschluckte.

Aber irgendwann bewegte ich mich auch dadurch hindurch. Nach einer besonders starken Wehe änderte sich meine Einstellung, und alle Angst wich aus meinem Körper. Ich fürchtete den Tod nicht mehr. Stattdessen versuchte ich, mich in ihn hineinzuschrauben. Ich hieß ihn willkommen, wie vielleicht alle Frauen vor mir, die ein Kind geboren hatten.

Im Zimmer brach Panik aus. Sie schien im Zusammenhang mit dem CTG-Monitor zu stehen, der immer langsamer piepte. Menschen in Krankenhauskluft umringten mein Bett. Plötzlich knackte der Monitor und verstummte. Hatte der Herzschlag des Babys ausgesetzt, oder wurde er nur nicht vom CTG weitergegeben? Ich wusste es nicht, aber eine Krankenschwester zeigte auf den Bildschirm.

Ich wandte den Kopf hin und her und suchte wie wild nach dem Piep, das ein Lebenszeichen verkündete. Viele Dinge passierten gleichzeitig, aber ich erfasste nur ein paar. Eine andere Schwester kam mit einem Apparat zurück, der an der einen Seite einen Schlauch und an der Rückseite ein Kabel hatte, doch dazu fiel mir nur der alte Staubsauger meiner Großmutter ein. Der Arzt stürzte zu mir, entfernte das CTG und rückte mit dem Kopf ganz dicht an mein Gesicht. Wir starrten uns mit weit aufgerissenen Augen an, ohne zu blinzeln und schwer atmend. Er konnte sehen, dass ich alarmiert war. Er wusste, ich sprach gut genug Französisch, um ihn zu verstehen, aber ich glaube, eigentlich war das egal. Denn in diesem Moment war unsere Verständigungsmethode direkter.

Er klopfte sich an die Brust. »*Le coeur a cessé de battre.*« Das Herz schlägt nicht mehr.

Ich nickte – das Herz, das Herz.

»*Vous avez un essai.*« Einen Versuch. Einmal Pressen.

Ich wusste genau, was los war. Die Worte des Arztes passten exakt zu meinen Empfindungen; die Dunkelheit kroch heran. Das Herz meines Babys schlug entweder langsamer oder gar nicht mehr. Bei einem so kleinen Lebewesen trat schon nach kürzester Zeit ein Hirnschaden ein. Ich blickte in die Gesichter um mich herum. Eine Krankenschwester hielt einen Schlauch mit einer Glocke am Ende, und eine andere hatte ihre Hände auf den Ansatz meines Bauchs gelegt, als würde sie sich bereit machen, von außen daraufzudrücken.

»*Dites-moi*«, sagte der Arzt. »Wenn Wehe, wenn kommt, sagen Sie. Und pressen.«

Eine neue Wehe baute sich auf. Ich nickte, um allen um mich herum mitzuteilen, dass sie auf dem Weg war. Sie verstanden mich und hielten sich bereit. Ein gut ausgebildetes Team in einem gut ausgestatteten Krankenhaus mit allen Vorzügen der modernen Welt, und doch reduzierte sich alles auf das, was ich im Innern meines Körpers spürte.

Es herrschte Stille, während wir warteten. Kein Piepsen des Monitors. Kein Aufschreien. Kein Keuchen. Meine Angst vor dem Tod hatte ich längst hinter mir gelassen. Entweder er holte mich oder nicht. Ich war so mutig wie noch nie in meinem Leben.

Die Wehe wurde stärker. Eine Krankenschwester sprach mir mit ausgeprägtem Akzent direkt ins Ohr: »Die Augen schließen, die Hände unter die Knie, von der Brust abwärts arbeiten.« Zwei Paar Hände drückten auf meinen Bauchansatz. Ich hörte irgendwas, das mit einem Schlauch und Saugen zu tun hatte. Also rollte ich mich zusammen, knirschte mit den Zähnen und presste.

Ich hörte ein lautes Brüllen; Orange und Rot vermischten sich mit blendendem Licht. Die Farben bluteten vor meinen Augen aus. Ich presste und merkte, wie das Baby sich bewegte, und machte immer weiter, erspürte die richtigen Muskeln und ging weit über meine Grenzen hinaus, mehr als jemals zuvor. Ich knurrte, brüllte und machte immer weiter. Die Zeit verlief nicht mehr linear. Jeder Körper, der vor meinem gelebt hatte, jeder Wechsel in unserem Körperbau seit Anbeginn der Zeiten, jedes Muskelzucken meiner Vorfahren kam ins Spiel.

Ich presste und presste über eine Zeit, die keinen Anfang und kein Ende hatte.

Mein Baby kam mit einem blau leuchtenden Mondgesicht hervor. Die Nabelschnur hatte sich um seinen Hals geschlungen. Der Arzt wickelte sie erst einmal und dann noch ein zweites Mal ab.

Wieder Schweigen, eine lange Pause, ein Augenblick so endlos wie jede Geburt. Dann ein Aufheulen und Jubel vom Personal. Eine Welle der Erleichterung erfüllte das Zimmer. Die Krankenschwester zu meiner Linken beugte sich zu mir und küsste mich auf die Wange. Der Arzt hielt mein Baby, das mit den Armen und Beinen ruderte. Als er es auf meine Brust legte, begann ich zu weinen. Nicht aus Freude. Nur aus Dankbarkeit, dass es vorbei war.

Ich wurde an Stellen genäht, deren Reißen ich nicht mal gespürt hatte. Wir wurden aus dem Zimmer gerollt, zuerst mein Baby in einem Glaskasten und dann ich. Das Baby wurde in eine andere Richtung gefahren. Ich wollte nachfragen, fand aber keine Worte. Das Adrenalin pumpte durch meine Adern. Mir zitterten die Hände, und als ich sie betrachtete, wirkten sie wie nervöse Klauen in meinem Schoß. Die Farben des Krankenhauses waren grell: ein leuchtend roter Feuerlöscher, gelbes Licht unter einer Tür, und als wir mein Zimmer erreichten, die strahlend grünen Vorhänge an meinem Bett. Man hob mich auf die Matratze. Ich keuchte. Eine Hand reichte mir Cracker und Orangensaft. Eine andere Hand tätschelte mir den Rücken und streichelte mir über die Haare. Aus einem Wasserhahn hörte ich es leise tropfen.

Das Baby wurde mir gebracht und in die Arme gelegt. Ich konnte mein Zittern so weit unterdrücken, dass ich es festhalten konnte. Wir hatten einen perfekten Körper erschaffen, mit einem Gehirn und einem komplexen Nervensystem, einem kleinen Penis, weichem Zahnfleisch und einem winzigen, wimmernden Mund. Ich konnte nur noch staunen. Simon und ich hatten ihn erzeugt, aber mein Körper hatte ihn geschaffen. Nur wie? Nicht mit Hilfe meines Bewusstseins. Vor diesem Augenblick hatte ich gedacht, ich wüsste einiges darüber, wie das Leben funktionierte. Doch als ich jetzt meinen Sohn ansah, erkannte ich, ich wusste gar nichts.

Eine Säuglingsschwester kam, um mir beim Stillen zu helfen. Für ein so kleines, weich aussehendes Ding hatte mein Baby Zahnfleisch, das ziemlich scharfkantig war. Er saugte so fest an meiner Brustwarze, dass ich vor Schmerzen aufstöhnte. Die Säuglingsschwester schnalzte mit der Zunge und sah mich missbilligend an.

»*Pardonnez-moi*«, sagte ich. »*Ça fait mal.*« Das tut weh.

Daraufhin runzelte die Schwester nur die Stirn. Frankreich ist bekannt für seine ausgezeichnete Nachsorge, aber die Krankenschwester hatte keine Zeit für Nettigkeiten. Stattdessen packte sie meinen Arm, schlang ihn fester um das Baby und drückte gegen meinen Rücken, um den richtigen Winkel herzustellen. Ich hatte gehört, dass in Frankreich weniger gestillt wurde als in anderen westlichen Ländern, und bekam jetzt eine Ahnung, warum. Sie zog und schob und gab pausenlos Kommentare von sich. Ich machte meine Sache ganz eindeutig nicht gut. Meine Brustwarzen gefielen ihr auch nicht. Größere Brüste wären ebenfalls besser gewesen. Vielleicht sollte ich es auf einem Stuhl versuchen.

Wegen all der Anweisungen kam ich mir selbst wie ein Kind vor, und zwar eines, das in der Schule versagte. Erschöpft und wund zitterte ich immer noch vom Geruch des Todes, der an meiner Haut haftete. Ich fing an zu weinen und versuchte nicht mal, es zu verbergen. Die Schwester nahm mein Baby in ihre Arme. Als würde sie mir einen Gefallen tun, ließ sie mich wissen, dass ich mir einen Moment Zeit lassen konnte, um mich zu sammeln. Sie wandte mir den Rücken zu und wiegte das Baby, wobei sie ihm etwas Tröstliches in sein kleines Ohr flüsterte.

Mein erster Impuls war, aufzuspringen und ihr das Baby zu entreißen. Es war meins! Sah sie denn nicht, was ich vollbracht hatte? Ich hatte dieses Leben erschaffen und es auch noch gerettet. *Gib mir das verdammte Kind und ein Cape, und dann fliege ich wie eine Superheldin aus diesem Zimmer.*

Doch ich sagte nichts. Stattdessen saß ich weinend in meinem blutbefleckten Kittel auf einem Krankenhausbett, das von hässlichen Vorhängen abgeschirmt wurde. Man hatte mir Cracker und Orangensaft gegeben und mich behandelt, als wäre ich krank. Mir war klar, dass ich besser nicht den Mund aufmachte, um kundzutun, dass ich eine Superheldin war. Ich wusste, das würde verrückt klingen.

TEIL IV

24

Mickerling kehrte nicht zurück. Mädchen wartete geduldig, ohne laut zu werden, und doch kam er nicht wieder. Sie tat so, als würden sie Verstecken spielen. Schnaubend wie ein Bison in den Wäldern sah sie hinter jedem Felsen und Baum nach. Er lachte nicht. Er schrie nicht auf. Er sprang nicht hervor und brüllte aus vollem Hals: »Buh!« Sie machte Feuer für den Fall, dass er sich verlaufen hatte. Brannte grüne Zweige ab und fächelte den schwarzen Rauch als Zeichen in den Himmel. Doch selbst wenn er das sehen sollte, machte er nicht kehrt und kam zu ihr zurück. Sie brüllte und schrie und kletterte auf einen Baum, um Ausschau zu halten, so weit ihre Augen reichten. Am späten Nachmittag ging sie jeden Weg ab, den er an diesem Tag eingeschlagen hatte. Mickerling drehte oft Runden hierhin und dorthin, und diese Spuren vermischten sich mit denen von früheren Tätigkeiten im Lager. Jeder Fußabdruck, den sie entdeckte, war wie ein weiterer Verlust für sie.

Als der Abend hereinbrach, erreichte sie eine Stelle fern von dem verletzten Baum, von dem aus Mickerling vermutlich seinen Weg begonnen hatte. Er war über den Felsen gestiegen, der sich wie ein Buckel über dem Land erhob, und dann von Stein zu Stein gehüpft. Hier und da fand sie Fußabdrücke von ihm, verlor die Spur aber wieder. Sie zeugten nicht von einem Kind, das aus Neugier und Freiheitsdrang losgerannt war. Hin und wieder wurden solche Kinder in der Familie geboren. Man nannte sie Suchende, weil sie willkürlich, aus einer Laune heraus, einfach losliefen. Dabei kamen sie oft früh zu Tode, so wie einer ihrer Brüder. Der Junge, nur wenig älter als Mickerling, war ins Maul eines Löwen geraten, noch bevor sie seine Abwesenheit bemerkt hatten. Und am Treffpunkt war ein junges Mädchen aus einer anderen Familie in den Fluss gefallen. Manchmal aber entdeckte ein Suchender etwas Neues – ein verlorenes Werkzeug oder eine Schüssel, die vergraben und vergessen worden war – und brachte es voller Stolz zurück. Doch eigentlich war Mickerling kein Suchender. Es war das erste Mal, dass er weggelaufen war. Und sie hatte gedacht, er wäre alt genug, um es besser zu wissen. Es überraschte sie, wie schnell und weit er gelaufen war. Er hatte sich unentwegt und in einer geraden Linie vorwärtsbewegt. Im Gegensatz zu Mädchen, die oft stehen bleiben musste, um sich ihre geschwollenen Füße zu reiben.

Je weiter sie den Abhang hinabwanderte, desto mehr ächzten ihre Lungen von der trockenen Luft. Sie befand sich auf der Bergseite, die vom Treffpunkt abgewandt war. Auf diese Seite begab sich die Familie nie, weil es im Sommer so trocken und im Winter bitterkalt war. Es gab hier weniger Bäume, die einen Körper vor dem Wind schützen konnten, und der Schnee fiel in dichtem Gestöber, weil nichts seinen Fall aufhielt.

Schon bald war es dunkel, und der Sichelmond schenkte ihr nur wenig Licht. Überall wähnte sie fremdartige, glühende Augen und Mäuler, die beim Anblick ihres runden Bauchs und ihrer dicken Brüste geiferten. Trotz der Dunkelheit und des schwierigen Geländes hatte Mickerling nicht haltgemacht. In ihrem Zustand würde sie ihn nicht einholen können.

Doch das hielt Mädchen nicht davon ab, ihm weiter zu folgen. Noch nie hatte sie einen so starken Drang verspürt, wie ihm jetzt zu folgen. Sie war diejenige, die für seinen Schutz verantwortlich war. Die Vorstellung, dass er ganz allein durch die Dunkelheit lief, weckte dieselbe Furcht in ihr wie die Schlange, die über seinen Nacken geschlängelt war; wie der Bär, der ihn angestarrt; wie die Fettkrankheit, die ihn geschwächt hatte. So lebhaft standen ihr diese Erinnerungen vor Augen, dass sie kaum sehen konnte. Aber als die Morgensonne den Himmel färbte, musste sie innehalten. Immerzu hielt sie Ausschau, aber sie hatte seine Spuren verloren. Ohne seine Fußabdrücke konnte sie nicht weitergehen. Denn möglicherweise bewegte sie sich damit nur von ihm fort. Und wenn er zum Lager zurückgekehrt war, allein am Feuer saß und sich fragte, wo sie blieb?

Der Weg zurück zum Lager war beschwerlich und mühsam, obwohl der Sturm sie vor sich her schob. Große Schneeflocken trudelten vom Himmel. Als Mädchen sich vorstellte, wie Mickerling in dieser Kälte zu überleben versuchte, ballte sich eine schwarze Faust in ihrer Brust, vor allem, als sie entdeckte, dass er nicht zum Lager zurückgekehrt war. Es warteten nur Wolken auf sie, die so tief hingen, dass sie den Boden streiften. Da die Hütte baufällig war, brauchte sie eine sicherere Zuflucht. Das Wichtigste, um einen Sturm zu überleben, fehlte ihr: ein großes Stück Pelz, um die Hütte oben abzudichten. Sie hatte nur das dünne Sommerfell, das sie vom Treffpunkt mitgenommen hatte. Mit hochgezogener Oberlippe konnte sie spüren, wie heftig die Luft gegen ihr Zahnfleisch drückte. Der Sturm würde am Ende dieses Tages zuschlagen, und er würde groß sein. Bislang bedeckte nur eine dünne Lage Schnee den Boden, also konnte sie keine Schneehöhle bauen. Sie entdeckte einen Baum, der sich tief in den Abhang gegraben hatte. Aber unter dem Wurzelballen war der Eingang eines Baus. Es sah so aus, als hätte sich ein Bär dort eingraben wollen. Sie suchte sich einen flachen Stein, der so groß war wie ihre beiden Handflächen zusammen, und fing an, die Erde auszubuddeln.

Sie brauchte nicht lang, um den Bau so zu vergrößern, dass sie – selbst mit ihrem dicken Bauch – und Mickerling und Wildkater darin Platz hätten. Sie arbeitete hart und schnell in der Hoffnung, dass der Junge rechtzeitig auftauchen würde, um sich vor dem Sturm zu schützen. Mädchen grub auch eine Seitennische für ein Talglicht heraus und eine weitere, um dort Wasser und Nahrung unterzubringen. Sie legte den Bau mit Fellen und Lederstücken aus, damit Mickerling es bequem hatte. Den Eingang verstärkte sie mit flachen Steinen, damit er nicht zusammenfiel. Um ihn zu schützen, hängte sie eines der zusammengefügten Lederstücke davor, die sie in Große Schwesters Hütte gefunden hatte.

Während sie arbeitete, hielt sie immer wieder inne und überflog auf der Suche nach Mickerling mit dem Blick das Gelände. Hin und wieder kletterte sie auf einen Baum, um nach einem Zucken in den Ästen Ausschau zu halten. Weit draußen in der Ebene war eine Herde Tiere. Ihre Schwingungen wurden deutlich durch die Bäume übertragen, doch das fand Mädchen in dieser Jahreszeit nicht überraschend. Das Rotwild und die Karibus von der Ebene wanderten beim Weiden immer weiter und suchten im Winter Schutz in den tiefer liegenden Wäldern. Aber ohne die Hinterhalte, wie es sie auf dem Land ihrer Familie gab, konnte sie ganz allein keine Tiere jagen.

Als Mädchen mit dem Bau fertig war, verkroch sie sich darin und wartete. Mickerling kam nicht, aber der Sturm kam und zwar mit Macht. Ein paarmal kroch Mädchen noch nach draußen, um zu sehen, ob es im Schnee irgendein Anzeichen von Mickerling gab. Wind und Eis peitschten gegen ihr Gesicht, aber nichts und niemand kam den Hang hinauf. Als sie endlich ohne Mickerling in den Bau zurückkroch, kam Nebel auf, und dichter Schnee bedeckte den Boden. Nachdem sich Wildkater ebenfalls in die enge Höhle geflüchtet hatte, befestigte sie noch zwei Stücke Leder vor dem kleinen Eingang.

Der Bau war hoch genug, um sich aufzusetzen und zu strecken, aber die meiste Zeit würde sie auf der Seite liegen. Sie hoffte nur, der Sturm würde nachlassen und es würde noch mal tauen. Manchmal geschah das, dann hatte die Familie mehr Zeit, um sich vor dem Winter zu verschanzen.

Doch nun blies der frühe eisige Winterhauch heftig und ausdauernd. Mädchen schmiegte sich Wärme suchend an Wildkater. Als sie einnickte, drifteten ihre Gedanken zurück zu den Erinnerungen an Winterschlaf und ihre Familie. Sie wusste noch, wie sie in einem Haufen Körper gelegen hatte, mit einem fremden Bein über der Hüfte, einem Arm über ihrem Oberschenkel und mit dem warmen Atem eines anderen an ihrem Nacken. Sie erinnerte sich, wie es sich anfühlte, mit anderen schlagenden Herzen, lauschenden Ohren und wachsamen Augen verbunden zu sein. Dies hielt ihr Blut warm. Deshalb hatte sie überlebt. Und jetzt war es fort. *Warm.*

25

Der Winter erinnerte Mädchen an ein Rudel heulender Wölfe. Als sie einen Blick aus dem Bau warf, hatte sich das Land vollkommen verändert. Es war schneebedeckt und grimmig. Nichts bewegte sich außer dem Wind und dem Schnee. Bei einem so heftigen Sturm versteckten sich alle Tiere. Sie verkrochen sich in ihren Bau oder in ihr Nest, um ihren Fettspeicher zu schützen. Fett war nötig, um den Körper warm und das Herz am Schlagen zu halten. Jedes Tier, das sich nach draußen wagte, würde spüren, dass sein Körperfett schnell schwand. Hätte Mädchen ihren Bau verlassen, hätte sie bis zur Hüfte in weichem Pulverschnee gesteckt. Es hätte möglicherweise viel mehr Fett verbraucht, sich zu bewegen, als durch Jagdbeute gewonnen werden konnte.

Als Mädchen noch eine Familie hatte, war ihnen ein Sturm manchmal auch willkommen gewesen. Dann konnte man sich mit den anderen zusammenlegen und ausruhen. Die Tiere im Tal taten alle dasselbe. Die Dachse vergruben sich tief in ihrem Bau. Die Eichhörnchen verschwanden in hohlen Bäumen. Die Bären hatten Höhlen, die der von Mädchen sehr ähnelten. Leoparden und Höhlenlöwen hatten sich ebenfalls verschanzt. Es war eine stille Zeit. Eine Zeit des Friedens.

Hin und wieder kam Mädchen aus ihrem Unterschlupf, um nach Mickerling Ausschau zu halten, dabei wusste sie, dass er nicht da war. Die Grenzen zwischen Tag und Nacht verschwammen, und unentwegt brausten neue Stürme heran, alle Lebewesen blieben in Deckung. Mickerling würde nicht in der Lage sein, sich durch den tiefen Schnee zu bewegen. Selbst ihre Hoffnung, ihn überhaupt noch einmal wiederzusehen, war geschwunden, und manchmal bemerkte sie entsetzt, dass sie gar nichts mehr spürte. Weder Wildkaters weiche Pfote auf ihrer Wange noch ihr Gewicht auf ihrer schmal gewordenen Hüfte noch die Kälte an der Haut ihrer Hand, wenn sie das Leder am Eingang hob, um die Gegend zu überblicken. Dass ihr Körper gefühllos wurde, hieß, dass ihr gleichgültig war, wie ihr Kampf enden würde.

Die Tage und Nächte verschwammen in der dunklen, verlangsamten Zeit der Winterruhe, aber sie konnte nicht richtig einschlafen, weil ihr Baby sie immer wieder wach trat. Mit jedem verstreichenden Tag schwanden ihre Kräfte. Als sie aufstand, um sich zu entleeren, wehten Schnee und kalte Luft in ihren Bau. Sie musste das Talglicht anzünden, damit ihr Körper trocknete und die Luft wieder warm wurde. Sie ertappte sich dabei, dass sie ständig an ihren Trockenfleischvorrat ging.

Mädchen hatte jedes Zeitgefühl verloren, fühlte sich aber, als wartete sie schon eine Ewigkeit, als der erste Schmerz durch ihre Flanke zuckte. Zunächst dachte sie, dies wäre das Zittern des Berges, weil er nach so vielen Jahren aus tiefem Schlaf erwachte. Sie öffnete die Augen und wartete darauf, von unten ein tiefes Rumpeln zu spüren und den Rauch zu riechen, der aus dem Inneren emporstieg. Lange vor Mädchens Geburt hatte die Sonne ihre Macht in den Berg gebrannt. Wenn der Berg erwachte, erzitterte er, um wieder in Gang zu kommen. Das war ein Ausbruch, etwas, das Mädchen nur in den Schattengeschichten von Große Mutter erlebt hatte. Die Schatten, die sie mit ihren Fingern formte, leckten an den Felswänden der Höhlen empor und zuckten, um Flammen und das brennende Fleisch eines sich windenden Körpers zu zeigen.

Aber das Zittern kam nicht vom Berg. Es kam aus Mädchens Bauch. Sie umklammerte ihn. Doch nach einem kurzen Anfall hörte es wieder auf. Sie tätschelte ihren Bauch. Offenbar schien sich das Baby auf die Seite zu drehen und wieder einzuschlafen. Mädchen war erleichtert, obwohl sie wusste, was in Kürze kommen würde.

Draußen heulte und toste der Sturm mit neuer Kraft. Als der tiefste Winter kam, wurde der Schnee vor ihrer Höhle immer höher. Zumindest konnte so die Wärme nicht aus dem Innern entweichen. Mädchen rollte sich herum und zog Wildkater näher zu sich. Nach und nach aßen sie das Essen, das sie eingelagert hatten. Er war bereits zu schmal und mager, und sie hatte ihn in Felle gewickelt, um ihn warm zu halten, was für eine Katze nicht richtig war. Während der Winter zuvor war er wie ein Bär gewesen und hatte sich selbst warm gehalten. Er spürte, wie sie sich rührte, und rückte näher, um seine Nase an sie zu schmiegen. Er war weich, und mit der Wange auf seinem Bauch summte sie vor sich hin.

Sie waren ruhig und träge. Mädchen zündete das Talglicht an und betrachtete seine Bewegungen auf der Höhlenseite. Wenn das rauchige Licht flackerte, tat sie so, als wäre Mickerling da. Sie erzählte ihm Geschichten und bildete Schatten mit ihren Fingern. Er würde der Stärkste im ganzen Land werden, trotz seiner knubbeligen Knie. Sein Brüllen würde so laut werden, dass es alle Raubkatzen vertrieb. Sein Speer würde mühelos durch das Fleisch großer Tiere dringen. Er würde niemals Furcht empfinden, und alle Großen Mütter würden ihn anflehen, in ihr Lager zu kommen. Er würde noch schöner werden als sogar Er, mit stärkeren Muskeln, glänzendem Haar und klugen Augen, die tief unter den Brauen lagen.

Sie stützte sich auf den Ellbogen und suchte nach ihrer Muschel, erinnerte sich dann aber daran, dass Mickerling sie immer noch um den Hals trug. Daher legte sie statt der Muschel ihre Hand aufs Ohr. Die Wirkung war nicht so stark, aber Mädchen konnte so tun, als ob sie in der gewölbten Handfläche das Meer hörte. In ihren Haaren war Sand, und ihre Haut brannte vom Salz. Eine Welle brach sich am Ufer. In der Ferne durchdrang der Große Fisch die Wasseroberfläche und tauchte wieder ein. Seine Schwanzflosse war so mächtig wie ein Baum, und sein Rücken wölbte sich wie ein Berggrat über der Oberfläche des Wassers. Im Innern ihrer Hand befand sich ein neues Land.

Die Zeit verstrich weiter. Als Mädchen aus der Höhle spähte, entdeckte sie, dass Eiszähne nach dem Leder am Eingang schnappten. Abgesehen vom Bauch war sie zu dünn. Ihre Arme und Hände sahen aus wie die eines alten Mannes: Sie hatten keinerlei Muskeln mehr. Ihre Knöchel ragten hervor, und ihre Haut warf Falten. Sie spürte, dass ihre Wangen eingefallen und ihre Gesichtsknochen scharfkantig waren. Ihr Hüftknochen grub sich schmerzhaft in den harten Boden. Ihr Körper aß sein eigenes Fleisch auf, um Energie zu haben. Ein Zeichen dafür, dass es mit ihr bergab ging.

Sie griff nach dem letzten Stück Fleisch. Es war ein dünner Streifen Eichhörnchenfleisch, der sie nicht mal einen Tag satt machen würde. Mädchen spürte einen Tritt in ihrem Bauch. Er war so hart und heftig, dass er wehtat. Als sie eine Hand auf die Stelle legte, spürte sie einen kleinen Fuß. Wieder trat er zu, als wollte er verlangen, dass das Fleisch, das sie gerade in die Hand genommen hatte, nur an *einen* Ort ging.

Sie riss ein Stück davon ab und steckte es in den Mund. Saugte daran, bis es ganz weich war. Alle salzigen Säfte aus dem Fleisch rannen ihr die Kehle hinunter. Einen Augenblick lang war sie von Wärme eingehüllt. Fast, als wäre die Sonne durch die Wolken gebrochen, und beschiene sie nun. *Mehr davon, mehr davon,* bettelte und drängte ihr Körper.

Als Mädchen einen zweiten Bissen nahm, kroch die Wärme ihren Rücken hinauf und half ihr, sich aufzusetzen. So eine Kraft hatte sie schon seit Tagen nicht mehr verspürt. Sie kaute und kaute, und das Baby in ihr beruhigte sich. Das Treten hörte auf, und das Baby wurde still. Die Wärme überzog ihre Haut, und sie wusste, noch ein paar Bissen mehr, und das Baby würde einschlafen. Und auch sie würde schlafen, so tief, dass ihr Körper sich erholte. Der Schlaf würde sie am Leben halten und das hoffentlich lange genug, dass sie bis zum Ende der langen Sturmzeit durchhielt.

Da stupste etwas gegen ihren Arm. Wildkater hatte das Fleisch gerochen und senkte den Kopf. Sie kaute weiter. Er sah sie aus geschlitzten Augen an. Es war nicht schwer, seine Gedanken zu lesen. Wenn möglich, würde Wildkater das Fleisch mit Gewalt an sich reißen. Vielleicht würde ihm dann die Wärme eines menschlichen Körpers fehlen, aber sein Verlangen nach Nahrung war wichtiger. Er würde sie fressen, wenn er könnte, das wusste sie, und sie war ihm nicht böse deswegen. So sah eine Katze eben die Welt.

Aber Wildkater versuchte nicht, ihr das Eichhörnchen zu entreißen oder ihr an die Kehle zu gehen. Er wusste, er konnte es nicht mit ihr aufnehmen, schon gar nicht, wenn er so schwach und hungrig war. Vielleicht hatte er sich auch zu sehr an ihren warmen Körper neben seinem gewöhnt. In ihrer Gemeinschaft lag Trost. Mädchen näherte Wildkater ihr Gesicht, um ihm denselben Respekt zu erweisen. Sie riss ein winziges

Stück von dem Fleischstreifen ab, um ihm das Vergnügen des Essens zu gönnen. Sie sah zu, wie er kaute. Nahm das letzte Stück Eichhörnchen von ihrem Gürtel und streckte die Hand aus, um Wildkater zu streicheln. Sie blickten einander in die Augen, und sie näherte sich ihm, bis ihre Nasen sich berührten. Als sie ihm das Stück Fleisch hin hielt, biss er davon ab und schnurrte.

Während Wildkater kaute, schlang sie ihre Arme um seinen pelzigen Körper. Sie spürte seine Zufriedenheit, und ihr lief das Wasser im Mund zusammen, als sie sich vorstellte, wie der köstliche Saft ihr die Kehle hinunterrann. Sie drückte ihre Wange an die schnurrende Katze und spürte ihre Wärme. Dann umfasste sie mit beiden Händen Wildkaters Kiefer, drückte ihr Knie an seinen Körper und drückte zu. Mit einer raschen Bewegung brach sie ihm das Genick.

26

Das Katzenfleisch war viel zu schnell aufgezehrt. Die Stürme wurden noch schlimmer, und Mädchen erkannte, wenn die Schneeschmelze kam, würde sie diese wahrscheinlich von der anderen Seite der Erde begrüßen. In gewisser Weise hatte sie bereits Vorkehrungen dafür getroffen. Sie hatte sich selbst an der Wurzel eines Baumes eingegraben, vielleicht bauten die Bären aus diesem Grund so ihre Höhlen. Wenn ein Körper während der Winterstürme starb, war er zum Frühlingsanfang schon begraben. Aber das dachte sie, bevor sie den ersten Schmerz der Geburt spürte. Er zerriss ihren Körper und schleuderte sie in einen Zustand, in dem sie sich lebendiger fühlte als je zuvor und lebendiger, als ihr lieb war. Alles in ihrem Körper loderte. Das Baby kam.

Was als Nächstes geschah, hatte keinerlei Ähnlichkeit mit dem, was sie Große Mutter hatte erdulden sehen. Die ewig gelassene Frau hatte es so aussehen lassen wie ein fernes Grollen in ihrem Körper. Mit geschlossenen Augen hatte sie leise stöhnend die Geburt überstanden. Aber Mädchen spürte ihr Kind mit unerwarteter Macht kommen.

Das Baby in ihr war Teil des Landes und wurde von der Kraft begleitet, die einen Berg nach oben aufsprengte. Als ein erneuter Blitz sie durchzuckte, streckte der Berg seine Lavafinger durch ihre Muskeln tief innen. Eine dünne Flamme drang hervor, schnitt sich durch ihren Unterleib und hielt inne. Mädchen wartete und begriff. Der Berg verband sich durch Feuer mit ihr, aber das Beben kam von innen. Es würde das Baby von ihr lösen und herausdrängen. Aus ihrer Mitte heraus strömte die Lava mit derselben Macht. Der Berg übernahm den Körper der Mutter.

Ihre Haut war schweißbedeckt. Sie stöhnte. Ihr Körper bebte. Sie war so weit weg. Und dann schnitt die Lava durch sie, riss und zog. Mädchen hoffte dumpf, sie würde ihren Körper nicht unrettbar zerstören. Aber sie begriff auch, dass es nichts mit ihr zu schaffen hatte. Zu jedem anderen Zeitpunkt hätte sie Angst vor dem Tod gehabt. Aber im Angesicht des Bergfeuers, in seine Hitze getaucht, bot sie sich selbst als Opfer dar. Ihr einziger Daseinsgrund war es, ein Kind zur Welt zu bringen. Sie musste dafür sorgen, dass auf dem Land eine Familie war. Also hockte sie sich auf den fellbedeckten Boden und spürte das brennende Beben. Sie stieß ein Brüllen aus, das im Bau widerhallte und so heftig an den Wänden rüttelte, dass sogar das Land grollte. Jeder Teil ihres Körpers drückte und presste nach unten. Vielleicht würde es sie auseinanderreißen. Dann verlagerte sich etwas in ihr, und Druck baute sich auf. Die Lava strömte, die Hitze brannte, und sie kippte auf die Seite. Sie atmete tief durch, öffnete die Augen, und da war das Baby. Nass. Zusammengerollt. Blau. Es rührte sich nicht.

Erneut durchzuckte sie Schmerz, ein letztes Aufflackern des Feuers in ihrem Bauch. Zwischen ihren Beinen glitt ein großer Fleischfladen heraus und damit auch ihre Kraft. Sie kaute selbst die Nabelschnur durch, da es keine Große Mutter gab, die den ersten wichtigen Biss im Leben des Kleinen übernehmen konnte. Sie spürte, wie sich der harte Boden des Baus in ihre Hüfte bohrte. Die kalte Luft kroch ihr den Rücken hinauf. Ihre Lippen wurden ebenfalls blau, und sie fing an zu zittern. Als sie sich mühsam aufrichtete, sah sie das Baby. Sie griff danach und drückte es sich an die Brust. Etwas heulte auf, und als sie nach unten blickte, sah sie einen weit aufgesperrten Mund, in der Luft fuchtelnde Fäustchen und einen kahlen Kopf, der aussah wie der Vollmond. Sie steckte ihre Brustwarze in den aufgerissenen Mund, und das Baby dockte an. Ein Schmerz schoss ihr durch den Körper, bis hinunter zu den Zehen, die sich sofort verkrümmten. Dies war nicht die Macht des brennenden Berges. Dieser Schmerz war kalt und trocken.

Als sie das nächste Mal erwachte, war das Baby still, zeigte weder Hunger noch Zorn. Sie steckte ihre Brustwarze in seinen Mund, und es dockte an, doch es wirkte kraftlos. Es schien zu schwach, die Milch herauszusaugen. Sie versuchte, es zu locken. Kniff ihre Brustwarze zwischen Daumen und Zeigefinger und drückte sie an seinen Gaumen, wie sie es bei Große Mutter so oft gesehen hatte. Aber es saugte sich nicht fest. Seine Lippen blieben schlaff. Nachdem sie es immer und immer wieder versucht hatte, konnte sie den kleinen Körper kaum noch anschauen. Sie wollte nichts damit zu tun haben. Sie empfand nicht das Geringste für das Baby. Sie lag ebenfalls im Sterben.

Unaufhörlich rann Blut zwischen ihren Beinen hervor, und es gab kaum etwas zu trinken. Sie legte ein bisschen Schnee auf ihre Lippen, um wenigstens ansatzweise den Durst zu stillen. So etwas taten sonst nur Sterbende. Sie zog einen steif gefrorenen Wassersack neben das Fellnest, weil sie hoffte, er würde an den Rändern schmelzen. Sie saugte daran, während das Baby viel zu still war. Sie legte einen nassen Finger auf seine Lippen, damit es daran leckte. Sie empfand ihre beiden Körper als einen. Der schmerzende Hunger ihres Babys war wie ihr eigener. Ihr Essensvorrat war zur Neige gegangen. Der Schnee draußen hielt sie wie in einer Falle gefangen. Die Sonne hatte für immer den Himmel verlassen.

Als sie am nächsten Morgen aufwachte, war es noch kälter geworden. Der Schnee, den sie zum Schmelzen hereingebracht hatte, war nicht aufgetaut. Sie leckte am Eis, blieb jedoch mit der Zunge daran kleben, als schnappte der Mond nach ihrem Körper. Sie riss sich davon los und schmeckte Blut: Die Wärme ihres eigenen Bluts rann ihr die Kehle hinunter. Was nur bedeutete, dass sie noch am Leben war.

Mädchen spürte nichts mehr; nur, dass ihr Körper eisiges Ödland war. Es gab weder Wiesen noch süßen Kotgestank. Keine Hand, um ein Feuer zu schüren, kein Öl zum Verbrennen, keine Nahrung zu essen, keine Milch in ihren Brüsten, um ihr Baby zu stillen. Ihre Familie würde nicht mehr das Land besitzen. Sie würde hier unter diesem Baum erfrieren. Sie würde es nie wieder *warm* haben.

Also zog sie das Baby eng an ihre Brust, barg seinen Hinterkopf in ihrer Armbeuge, kniff ihm die Nase zu und drückte ihre Handfläche auf seinen Mund. Sie sah zu, wie es mit den winzigen Armen fuchtelte, und fühlte nur Eis in ihrer Brust. Der Mond zeigte sein kaltes Gesicht. Sie spürte, wie der kleine Körper kämpfte und dann aufgab.

Überleben

Die folgende Nacht war ein Wirrwarr aus Erinnerungen, Gerüchen und flüchtigen, voneinander losgelösten Momenten. Ich hatte gedacht, das Austragen des Babys wäre die Strapaze, doch nichts hatte mich auf das vorbereitet, was nun folgte. Ich wollte nur zurück in die Wohnung und mich ausschlafen. Denn ich lag mit drei anderen Müttern und ihren Neugeborenen in einem Zimmer. Wir befanden uns alle im Zustand der Fassungslosigkeit. Keine Minute schien zu vergehen, ohne dass sich ein Baby rührte, eine Mutter sich abmühte oder eine Krankenschwester kam, um zu helfen. Nie trat Ruhe ein, und ich konnte immer nur ein paar Minuten vor mich hindösen.

Draußen war es noch dunkel, als irgendwann eine weitere Frau in unser Zimmer geschoben wurde. Sie lag noch in den Wehen. Alle zehn Minuten wand sie sich vor Schmerzen und stöhnte verzweifelt. Jedes Mal zog sich mein Uterus schmerzhaft zusammen, reagierte darauf, wie ein Wolf auf fernes Heulen antwortet. Aber die Geburt ging nur langsam voran. Immer mehr musste ich mich zwischen ihren Wehen wappnen und fürchtete mich vor der nächsten. Als sie schließlich aus dem Zimmer geschoben wurde, sah ich, wie sich draußen kaum wahrnehmbar das erste Licht zeigte. Jacob – der Name war bei einem Telefongespräch mit Simon aufgekommen – fing neben mir an zu wimmern. Ich nahm ihn auf; er hatte ganz kleine Knie und die winzigsten Ohrläppchen, die ich je gesehen hatte. Zwar versuchte ich, ihn zu stillen, aber er saugte sich einfach nicht an meiner Brustwarze fest. Stattdessen quetschte er sie mit seinem zahnlosen Mund; sofort flammten alle Nervenenden auf, und jetzt war ich es, die vor Schmerz aufschrie. Entnervt drehte mir meine Bettnachbarin den Rücken zu und zog sich das Kissen über den Kopf.

So leise ich konnte, stand ich auf, um Jacob zu wickeln. Ich rechnete mit einem Babyhäufchen, das so winzig sein würde wie seine Ohrläppchen; stattdessen erwartete mich dicker grünlicher Kleister. Ich wusste, das war das Kindspech, die Substanz, die sein Gedärm im Mutterleib verschlossen hatte, doch es ist eine Sache, etwas zu identifizieren, und eine ganz andere, sie zu entfernen. Ich verbrauchte ein Feuchttuch nach dem anderen und fragte mich allmählich, ob ich die falschen Werkzeuge für diese Aufgabe hatte. Schließlich kam eine Krankenschwester und half mir mit einem dicken Waschlappen. Mit ein paar raschen Bewegungen löste sie das Problem und tadelte mich dann prompt, weil ich Jacob so lange der kalten Luft ausgesetzt hatte. Sie hatte recht. Er zitterte. Die Frau neben uns stieß einen lauten Seufzer aus. Die Krankenschwester wickelte Jacob und legte ihn in die Wiege neben meinem Bett. Da seine Lippen bebten und ich wusste, dass Körperwärme ihn schnell wieder aufheizen würde, nahm ich ihn auf und steckte ihn zu mir unter die Decke. Sofort erschien die Schwester und entriss ihn mir.

»*Ne dormez pas avec le bébé dans le lit*«, sagte sie tadelnd. Nicht mit dem Baby zusammen in einem Bett schlafen.

Sie steckte ihn zurück in die Wiege. Im Krankenhaus wurden die Dinge anders gehandhabt, als ich sie tun wollte.

Also entließ ich mich selbst, sobald ich meine Unterschrift auf ein Formular setzen konnte. Der Arzt äußerte Bedenken wegen Jacobs Hautfarbe. Da er Simon noch nicht kennengelernt hatte – sein Flieger war gerade erst in Frankreich gelandet –, erklärte ich, Jacobs Vater hätte einen leicht olivfarbenen Teint. Es freute mich, ein Baby mit einem eingebauten Sonnenschutz geboren zu haben.

»*Non.*« Der Arzt schüttelte den Kopf. »*C'est la jaunisse.*«

»Gelbsucht?«

»Ein bisschen.« Er hielt Zeigefinger und Daumen einen Zentimeter auseinander.

Allerdings willigte er ein, uns zu entlassen, aber nur unter der Bedingung, dass Jacob viel Flüssigkeit zu sich nahm. In ein paar Tagen sollte eine Hebamme nach uns sehen. Ich winkte ab und erklärte, das sei nicht nötig, weil mir allein schon von dem Gedanken grauste, eine dieser missbilligenden Schwestern würde bei mir in der Wohnung auftauchen. Für einen derartigen Besuch war ich zu erschöpft. Wir würden in der Klinik vorbeischauen. Ich trug mein neugeborenes Baby aus dem Krankenhaus.

Als Simon in der Wohnung ankam, war er außer sich vor Freude. Seltsam abwesend beobachtete ich, wie ein strahlendes Lächeln in seinem Gesicht erschien, wenn er Jacob ansah. Simons Augen leuchteten, seine Haut glühte leicht, und er verströmte eine Energie, die mir angesichts der Lage nicht angemessen erschien. Ich flehte ihn an, Jacob nicht aus der Wiege zu nehmen. Ich erhoffte mir ein paar kostbare Minuten Schlaf, aber Simon konnte einfach nicht widerstehen. Er zog ihm den Strampler aus und sah sich jeden Körperteil des Babys genau an. Er küsste den kleinen Bauch, zählte die Fingerchen und versuchte zu ergründen, von wem er die Nase hatte.

»Ehrlich gesagt sieht sie aus wie die von meinem Onkel Alec«, erklärte er.

»Dem aus Yorkshire?«

»Onkel Alec ist nie richtig hineingewachsen«, lachte Simon.

»Weil er einen Herzinfarkt hatte«, bemerkte ich nur.

Das brachte Simon zum Schweigen. Zum ersten Mal betrachtete er mich genauer und erkannte, dass meine Erfahrung der Geburt auch eine mit dem Tod gewesen war.

»Ich hätte da sein sollen«, sagte er leise.

»Du hättest sowieso nichts tun können.« Mir drohten schon wieder die Tränen zu kommen.

»Ich hätte deine Hand halten können.«

»Es war meine Aufgabe.«

»Ich hätte dir den Rücken massieren können.«

»Ganz allein meine.«

Schweigen. Simon blickte zwischen Jacob und mir hin und her. Ich sah, wie seine Lippen sich bewegten, sich zusammenpressten und dann andere Worte bilden wollten, die ihm aber irgendwie in der Kehle stecken blieben. Simon, der immer das Richtige gesagt hatte, fand jetzt keine Worte, was mich zumindest ein bisschen tröstete. Vielleicht begriff er endlich, dass sein Baby beinahe gestorben wäre. Selbst wenn er da gewesen wäre, hätte er nichts tun können.

»Schlaf du erst mal«, sagte er und fuhr mit den Daumen über die Schatten unter meinen Augen. Er nahm Jacob mit aus dem Zimmer, aber auf einmal konnte ich nicht schlafen. Eine Last drückte auf mir. Wenn ich dafür verantwortlich war, dass Jacob nicht gestorben war, war ich auch die Einzige, die dafür sorgen konnte, dass er weiterlebte.

»Könntest du ihn zu mir bringen, Simon? Nur, dass ich ihn sehen kann.«

»Ihm geht's gut.«

»Er wird gleich wieder trinken müssen.«

Da hatte ich recht. Simon hatte nicht das Verständnis für Jacobs Bedürfnisse, die ich anscheinend einfach so erspüren konnte. Jacob wollte trinken, saugte jedoch kaum. Es war nicht der starke Zug, von dem ich in den Büchern gelesen hatte. In einem Versuch zu helfen, schob Simon mir mehrere Kissen in den Rücken. Ich richtete mich leicht auf. Wir legten Jacob erst an die rechte und dann an die linke Brust. Schließlich war ich erschöpft und spürte langsam, wie mir flau wurde.

»Wann hast du zum letzten Mal was gegessen?«, fragte Simon.

Das wusste ich nicht.

Jacob schlief ein, und Simon kochte. Da mir von dem Geruch der gebratenen Zwiebeln übel wurde, brachte er die Pfanne nach draußen. Mir wurde bewusst, dass meine Narben wehtaten. Ständig verlagerte ich mein Gewicht, weil ich nicht bequem sitzen konnte. Simon tüftelte schließlich aus, wie die Kissen arrangiert werden mussten, damit ich keine Schmerzen mehr hatte. Er schob zwei unter mein rechtes und mein linkes Knie, sodass ich mich ausruhen konnte, ohne dass mein Gewicht auf den Narben lastete. Ich dankte ihm überschwänglich und schaffte es sogar, ein Ei zu essen und ein ganzes Glas Wasser zu trinken. Zum ersten Mal konnte ich schlafen.

Als ich aufwachte, schlummerte Jacob noch. Gemeinsam saßen wir auf dem Schlafsofa.

»Ich habe gute Neuigkeiten«, setzte Simon an.

»Und welche?«

»Nächstes Semester bekomme ich ein Seminar.«

Einen Augenblick schwand meine Sorge. Offenbar sah

Simon das an meiner Miene, denn er trommelte sich stolz mit den Fäusten gegen die Brust. »Dein Partner ist ein Ernährer!«

»Danke … ich meine, ich bin so erleichtert. Oder besser: froh. Also glücklich.«

»Du kannst jetzt alle Sorgen loslassen.«

»Einstweilen.«

»Ich kümmere mich ums Geld, Rose. Und du kümmerst dich eine Weile um Jacob.«

Sein Ton verriet eine gewisse Unsicherheit. »Aber?«, fragte ich.

»Ich habe versucht, dich und Jacob in dem Krankenhaus anzumelden, das ganz in der Nähe unserer Wohnung liegt. Eigentlich hatte ich vor, Sonntag mit dir zurückzufahren.«

»Klingt doch perfekt.«

»Wäre es auch.«

»Wird es bestimmt sein.«

»Aber ihr beide bekommt keine Unterstützung vom National Health Service.«

»Wie bitte?«

»Für dieses Jahr erfüllst du nicht die Mindestanforderungen. Wir können nicht nachweisen, dass du seit letztem April lange genug in London gelebt hast. Die Rechnungen, die Hypothek, die Steuern laufen alle auf meinen Namen.«

Ich wusste, dass das ziemlich ernste Konsequenzen haben konnte, war aber zu müde, sie mir auszumalen.

»Fahren wir dann trotzdem?«, erkundigte ich mich.

»Es ist riskant. Wenn irgendwas schiefgeht, könnten wir mit einer riesigen Rechnung für medizinische Aufwendungen enden.«

Ich lehnte mich zurück und versuchte halbherzig, mich auf das Problem zu konzentrieren. Bei der Ausgrabung war jede

Einzelheit geplant und abgesichert. Mein eigenes Projekt hatte ich nicht so sorgfältig überwacht, da ich mich in einem natürlichen Prozess gewähnt hatte.

Immer wieder döste ich ein, konnte aber nicht richtig schlafen. Ständig träumte ich, Jacob wäre weg, und schrak auf, um zu prüfen, ob er noch atmete. Ein paar Tage lang ging das so, ohne dass ich echten Schlaf fand. Ich döste vor mich hin und nahm Simons strahlende Miene und Jacobs in der Luft schwebenden Po wahr. Eine Tube Creme für die Brustwarzen. Eine unfassbar winzige Socke. Die Schmerzen von den Narben. Das alles glitt an mir vorbei, als hätte es nichts mit mir zu tun. Ich verstand den Mythos vom Storch und nahm an, Jacob wäre von einem Vogel mit einem großen Schnabel gebracht worden. Eine komplett erfundene Geschichte enthielt mehr Wahrheit als die Wirklichkeit um mich herum.

Am Samstag kam unangekündigt die Hebamme. Ich hörte ihre Stimme und ordnete sie nur als etwas Fremdes ein. Die Hebamme redete mit mir. Ich sah, wie sie die Lippen bewegte, war aber zu erschöpft, eine andere als meine Muttersprache zu sprechen. Lächelnd versuchte ich, so nett und freundlich wie möglich zu wirken. So wie eine Mutter sein sollte. Schon bald zupfte Simon mich am Arm. Wir mussten zurück ins Krankenhaus.

Ich war zwar bei Bewusstsein, aber jedes Mal, wenn ich blinzelte, wirkte die Welt um mich herum anders. Ich sah einen Arzt mit dicker Brille und besorgter Miene. Eine Krankenschwester mit langem, geflochtenem Zopf pikste Jacob am Fuß, um ihm Blut für einen Test abzunehmen. Simon verständigte sich in langsamem Englisch und fragte mich ab und zu nach einem französischen Wort. Wir wurden in eine Spezialabteilung geschickt, wo die Vorhänge um uns herum noch grässlicher waren. Über meinem Kopf summte Neonlicht.

Das Bett glitt rückwärts. Simon hielt Jacob im Arm und zwang sich zu lächeln.

Ich döste, und wenn ich aufwachte, sah ich Jacob in seinem Glaskasten. Seine Haut wurde von hellen Lampen bestrahlt – gegen die Gelbsucht, damit er die Bilirubinmoleküle ausschied, die sich in seinem Blut bildeten. Jacob hatte eine kleine undurchsichtige Brille über den Augen, aber die verrutschte ständig. Ich spürte das grelle Licht, als wären seine Augen meine. Wenn es dunkel wurde, schickten die Krankenschwestern Simon weg, weil Väter angeblich nicht über Nacht bleiben durften. Also saß ich die ganze Nacht aufrecht in meinem Bett und hielt mit einer Hand die Brille an Ort und Stelle, um unsere Augen zu schützen. Dabei fragte ich mich, wohin unser Bilirubin wohl verschwand.

Irgendwann ging es Jacob ein bisschen besser, aber er musste einen weiteren Tag im Krankenhaus bleiben. Jedes Mal, nachdem ich versucht hatte, ihn zu stillen, gab ihm die Säuglingsschwester ein Fläschchen. Wenn ich nicht gerade stillte, dachte ich beklommen an die nächste Stillzeit. Jacob musste jede Stunde trinken, weil er Kraft für den Kampf gegen die Gelbsucht brauchte. Am nächsten Morgen wurden wir entlassen, sollten aber am Tag darauf zur ambulanten Nachsorge kommen. Simon erwähnte etwas davon, dass er die erste Woche seines Seminars schwänzen würde. Ich machte mir Sorgen ums Geld, hatte aber auch große Angst davor, allein für Jacob sorgen zu müssen. Eigentlich sollte eine Geburt doch etwas ganz Natürliches sein, aber ich war eindeutig nicht gesund und brauchte selbst Hilfe. Ich weiß nicht, ob ich das Simon gegenüber laut aussprach oder ob er es spürte, aber er nahm sein Telefon, um einen Anruf zu tätigen.

»Was machst du da?«, fragte ich.

»Du brauchst Hilfe, Rose.«

Simon engagierte ein Mädchen namens Marie, das zwei Häuser weiter wohnte. Sie würde kochen, sauber machen und dafür sorgen, dass ich zur Kontrolle ins Krankenhaus ging. Sie war noch sehr jung, und Simon musterte sie mit besorgter Miene. Wir hatten lang und breit darüber diskutiert, ob wir trotz der fehlenden Krankenversicherung mit nach London gehen sollten, aber mit Jacobs gesundheitlichen Problemen war das zu riskant. Am Ende befand Simon, dass Marie zwei bewegliche Daumen hatte und daher auch telefonieren konnte. Er gab ihr strikte Anweisungen, wie sie sich um uns kümmern sollte, und vergewisserte sich, dass sie die Telefonnummern der Hebamme, des Krankenhauses und dazu noch die von Anais und Caitlin hatte.

»Nein, Caitlin soll nicht kommen«, knurrte ich.

»Sie hat schon zweimal angerufen und gefragt, wie es dir geht.«

»Sie will nur sehen, wie ich scheitere.«

Widerstrebend reiste Simon ab. Offenbar hatte er auch meine Mutter kontaktiert, denn sie bot telefonisch an, sofort nach Frankreich zu kommen. Ich überzeugte sie, den Besuch um einen Monat zu verschieben. Eigentlich dachte ich, sie könnte sich um Jacob kümmern, wenn ich wieder an die Arbeit ging, doch als ich nach dem Telefonat zum Bett zurückschlurfte, bezweifelte ich, jemals wieder arbeiten zu können. Meine Hüften fühlten sich so ausgeleiert an, als könnten meine Beine einfach unter mir wegknicken. Ich konnte mir nicht vorstellen, jemals wieder stark zu sein oder auch nur vernünftig geradeaus zu laufen. Ich konnte weder auf alle viere gehen noch schwere Kisten heben oder mich zu Fuß zur Ausgrabungsstelle begeben. Eine neue Furcht überkam mich: Ich hatte meine körperliche Stärke verloren. Ich war so verletzlich wie noch nie zuvor in meinem Leben. Und Jacob war vollkommen von mir abhängig. Wann würde ich den süßen Mutterinstinkt spüren, der mir dabei helfen würde, mein Baby am Leben zu erhalten? Mein Körper erschauerte vor lauter Angst, mein Kind könnte sterben, weil ich etwas tat oder nicht tat. Die Angst war so tief und mächtig, dass ich spürte, ich musste Wege finden, sie zu beseitigen.

Marie machte mir ein Omelette. Irgendwie schaffte ich es, Jacob zu einem Termin im Krankenhaus zu bringen. Eine Krankenschwester schnüffelte mich ab, als wäre ich ein Hund, den sie begrüßte, doch so entdeckte sie das Ausmaß meiner Entzündungen. Nicht, dass ich das nicht schon selbst bemerkt hätte, nur erschien mir mein eigener Körper wie etwas Sekundäres, für das ich keine Energie aufbringen konnte. Ich bekam Antibiotika für meine Wunden, die nicht richtig heilen wollten. Als ich versuchte, einem Arzt gegenüber meine Bedenken bezüglich der Auswirkungen auf die Muttermilch zu äußern, schlug er vor, Jacob mit der Flasche zu füttern. Dabei hatte in allen Büchern gestanden, man müsste ein Baby stillen, um ihm den besten Start ins Leben zu ermöglichen. Also konnte ich doch nicht einfach damit aufhören.

Die nächsten Tage vergingen in einem verschwommenen Wirrwarr aus Stillen, Wickeln, kurzen Nickerchen, Anrufen und Nachsorgetests. Marie fotografierte mich, wie ich Jacob im Arm hielt, und schickte das Foto Simon. Ich fand es seltsam, mich auf dem Foto zu sehen. Eben noch hatte ich in meiner eigenen Haut gesteckt, aber jetzt befand ich mich außerhalb. Die Frau auf dem Bild wirkte müde und blass, als saugte ihr ein riesiger Blutegel alle Lebenskraft aus. Nur ein blutloses Gesicht blieb dabei übrig. Ich konnte keine Eier mehr sehen, und Marie konnte nichts anderes zubereiten.

Eines Tages rief Andy an. Er war mittlerweile nicht mehr im Krankenhaus, sondern in der anderen Wohnung.

»Darf ich euch besuchen?«

»Ja, bald«, sagte ich.

»Heute noch? Caitlin hat mir angeboten, mich zu fahren.«

»Nutzt sie dich als Vorwand, um an mich ranzukommen?«

»Wie bitte?«

»Nein, ich meinte nur, es ist kein guter Zeitpunkt für einen Besuch. Ich muss mich ausruhen.«

»Ist denn alles in Ordnung?«, fragte er und trank etwas.

»Ja.«

»Bist du sicher?«

»Das Wichtigste ist jetzt Schlaf. Ich hoffe, du trinkst nicht zu viel Dr. Pepper?«

»Lenk nicht ab, Rose.«

Ich wollte keinen Besuch. Ich wollte nicht, dass unangebrachte Sorge mir noch mehr Energie raubte. Marie war schon täglich ein paar Stunden da, damit ich die Möglichkeit hatte zu schlafen. Wenn ich mich hinlegte und eindöste, machte sie sich an etwas zu schaffen, und wann immer ich aufwachte, hörte ich Wasser rauschen, einen Stuhl über die Fliesen scharren oder einen Mopp über den Boden wischen.

Schließlich ging Marie für diesen Tag. Der durchdringende Geruch von Lavendel hing schon wieder in der Luft und haftete an meinen Kleidern. Ich stillte Jacob, so gut ich konnte, und legte ihn in den Stubenwagen neben meinem Bett. Obwohl es draußen warm war, zog ich die Flügeltüren zu, um den Lavendel nicht mehr zu riechen. Ich wollte nur noch meine Augen schließen und schlafen, weil Jacob jeden Moment wieder anfangen konnte zu weinen.

Ich fiel in eine Art Dämmer und hatte das Gefühl, irgendwo über dem Bett zu schweben, doch kaum sank ich tiefer in den Schlaf, fuhr ich auch schon wieder hoch. Ich neigte mich zum

Stubenwagen und warf einen Blick auf das Baby. Lebte es noch? Atmete es noch? Ich staunte über seine perfekten Lippen, die Wölbung seiner Ohren, seine kleinen Fäustchen und das Heben und Senken seines Brustkorbs. Eigentlich hatte ich gedacht, wenn ich ein Baby zur Welt gebracht hätte, würde ich mich unbesiegbar fühlen, stattdessen lebte ich seit Tagen in Angst. Der Sog, der von Jacob ausging, war so stark, dass ich ständig umzukippen drohte. Aber ich musste ihn doch am Leben halten. Dabei war ich so müde. Langsam fragte ich mich, wie viel mehr ich noch aushalten konnte.

Ich musste schlafen. Ein letztes Mal vergewisserte ich mich, dass Jacob atmete, dann legte ich mich steif wie ein Brett auf mein Bett. Wenn ich schliefe, würden meine Muskeln sich entspannen, und ich hätte nicht mehr diesen Drang wegzurennen. Wovor? Das wusste ich nicht. Die riesige Angst, die mein Inneres erfüllte, blendete alles aus, was ich zuvor gewesen war oder gefühlt hatte. Mein Körper schmerzte und blutete, genauso wie der Tag in meine Träume blutete, und es war schwer zu erkennen, was real war.

Die Luft im Raum wurde erdig, als könnten hier Pflanzen gedeihen. Dicke Ranken zogen sich unten über die Mauern der alten Garage. Sie wuchsen aus dem stillgelegten Peugeot und kletterten aus den Fenstern heraus. Sie drangen durch einen Riss in der Wand und barsten durch die Fenster in die Wohnung. Sie wurden zu großen Bäumen, und schon bald schossen Baumstämme durch die Decke. Äste rissen das Dach auseinander. Die Bäume wurden zu groß und fingen schon bald an umzustürzen. Das Land verlor seine Wälder und verwandelte sich in eine grasbedeckte Ebene. Jacob und ich lagen in unseren Betten und waren der Sonne schutzlos ausgesetzt. Unsere zu dünne, helle Haut fing an, Blasen zu bilden. Durch meine Augenlider drang rotes Licht.

Ich hörte, wie sich neben mir etwas regte, aber mein Körper weigerte sich zu reagieren. Das Geräusch drückte mich nur tiefer ins Kissen. Eine Schicht aus Blättern und Erde bedeckte meinen Körper. Immer tiefer und tiefer sank ich nach unten. Ich wurde begraben, aber das war mir egal. Mit jedem Klumpen Erde, der auf meinen Körper drückte, verspürte ich größere, kühle Erleichterung. Schon bald war mein Kopf tief in der Erde, und die Dunkelheit linderte das Brennen meiner Augen. Endlich war ich vollständig begraben. Es war still. Dick und schwer lag die Erde auf meinem Körper. Wurzeln wuchsen durch mich hindurch und hielten mich fest. Und irgendwo in der Ferne hörte ich ein Baby weinen.

Das leise Wimmern schien von ganz weit weg zu kommen. Jetzt träumte ich, vor dem Fenster säße eine Katze. Sie miaute und miaute, und ich versuchte, sie zu verscheuchen. Als ich mich auf die Seite drehte, wachte ich auf und erkannte, dass das Geräusch nicht von einer Katze kam. Sondern von einem Baby in einem Stubenwagen neben meinem Bett. Es war ein kleines Baby. Es war mein Baby. Es weinte, und niemand half ihm. Sonst war keiner da. Mit einem Mal jedoch erfasste mein Geist das Problem und die Ursache. Das Baby hatte Hunger. Das Baby war meins.

Aus dem Traum wurde schlagartig harsche, scharfkantige Realität. Ein Baby, mein Baby, weinte vor Hunger, und ich war doch gerade erst eingeschlafen, in einen schweren Schlaf gesunken, der noch Tage hätte andauern können. Ich fühlte mich ausgetrocknet. Meine Nippel waren Kirschkerne auf meiner Brust und schmerzten, weil Jacob mit seinem Zahnfleisch darauf herumdrückte. Mein Körper war schwach. Mein Geist war so benommen, das er zu nichts nutze war. Meine Haare waren fettig. Ich stank. Mein Bauch war schlaff und leer.

Ich öffnete die Augen und wartete. Hoffte, Jacob würde sich beruhigen, aber sein Weinen wurde nur lauter. Es fühlte sich an, als wären seine Nerven mit meinen verbunden und als würden seine Schreie mir direkt ins Rückgrat schießen. Mir hämmerte das Herz, mein Blut raste, und auf einmal sprang ich so ruckartig auf, als hätte mich jemand mit einer Nadel gestochen. Ich fletschte die Zähne und ballte die Fäuste. Von oben betrachtete ich das kleine Wesen im Stubenwagen und wollte es zwingen, mit dem Brüllen aufzuhören.

»Sei still!«, knurrte ich laut.

Aber Jacob hörte nicht auf, er öffnete nicht mal die Augen, sondern brüllte nur weiter, wie von seinem Instinkt getrieben. Sein Körper machte Dinge, die meinem schadeten. Mein Herz raste. Mir stellen sich die Nackenhärchen auf. Ich krümmte den Rücken und spannte die Muskeln an. Es stand nur ein gewisses Maß an Kraft zur Verfügung, und das reichte einfach nicht. Ich schnappte mir Jacob. Es konnte nur einer von uns überleben.

27

Der Winter tobte weiterhin vor dem Bau. Mädchens Herz schlug immer langsamer. Wie dicker Schleim bewegte sich ihr Blut durch ihre Adern. Sie hatte nichts mehr zu essen. Da ihr Körper keine Nahrung bekam, zehrte er sich selbst auf. Nicht Liebe trieb einen Körper zum Leben an, sondern Hunger.

Als sie nahezu kein Fleisch mehr am Körper hatte, waren ihre einst mächtigen Oberschenkel so dünn wie dürre Zweige. An ihnen konnte kein Laub wachsen. Die Wurzeln konnten den Boden nicht erreichen. Vor der Höhle war die Sonne schwach und fern. Die Wiesen würden weiterhin unter der dichten Schneedecke schlafen. Es würde keine Bisons, keine Hufabdrücke, keinen süßen Gestank geben. Die Fische würden unter dem Eis leben, wo kein Bär an sie herankam. Um sie herum war das Land öd und leer. Ohne Familie. Sie stellte sich vor, sie wäre auf dem Mond.

Mädchen wusste, sie war dem Tode nahe. Er lockte sie. Wie Große Mutter spürte sie, der lange Schlaf in der Erde würde eine Erleichterung sein. Endlich würde sie sich ausruhen können. Doch sie wusste noch etwas anderes. Niemand hatte einen Nutzen, wenn ihr Körper in der Erde lag. Sie war die

Einzige, die überlebt hatte und wieder Nachwuchs bekommen konnte. Sie war jetzt die ganze Familie.

Obwohl Mädchen von außen betrachtet wie tot wirkte, verströmte ihr dünner Körper – der wie eine Ansammlung von dürren Zweigen unter dem Baum lag, wo nur die Toten ruhen – immer noch Wärme. Hätte ein sorgfältige Beobachter sich die Mühe gemacht, seine Wange an ihre Lippen zu halten, hätte er einen ganz schwachen Atemhauch gespürt, der noch immer Spuren von Wärme enthielt. Ein scharfes Auge hätte vielleicht das Zucken ihrer Nase bemerkt, die sachte Bewegung ihrer Härchen, die die Luft erspüren wollten.

Ein Lichtstrahl traf ihre Haut. Mädchen öffnete einen Spalt breit ein Auge und dachte, sie würde unter der Erde liegen und daraus hervor nach oben blicken. Vielleicht hatte ein Dachs ihren Körper ausgegraben, oder eine der Hyänen wollte an ihrem Kadaver nagen. Ganz kurz flackerte das Licht. Ihre Sicht war verschwommen, aber sie erkannte, dass sie auf das Türleder schaute. So lange hatte der Himmel die Farbe von Schnee gehabt. Wolken hatten die Sonne verdeckt. Jetzt strömte Licht von der Sonne. Und der Himmel draußen war blau.

Mädchen mühte sich auf. Ihr Körper, der nun von den Bedürfnissen des Babys befreit war, konnte sich besser von sich selbst ernähren als zuvor. Sie war zwar nicht gerade stark, aber etwas war zurückgekehrt – der Lebenswille, ein Funke, der aufblitzte wie eine Fackel in der Ferne. Und sie spürte Wärme. Das Wetter war umgeschlagen und bot ihr eine letzte Chance.

Leise und vorsichtig griff Mädchen nach den Hörnern, die ihre Mutter getragen hatte, und befestigte sie an ihrem Kopf. So wurde aus Mädchen Große Mutter.

Instinkt

»Rose?«

Rasend vor Zorn stand ich am Stubenwagen, da hörte ich etwas. Eine Stimme, die ich nicht einordnen konnte. Sie kam aus der Wohnung, war irgendwo hinter mir. Ich hielt Jacob mit beiden Armen ausgestreckt vor mir, und er brüllte. Hatte die schmalen Schultern hochgezogen. Meine Haut war schweißbedeckt, meine Zähne waren fest zusammengebissen. Ich dachte nur daran, das Brüllen zu stoppen.

»Ich nehme ihn.« Eine Stimme drang durch meine Wut. Ich spürte eine kühle Hand auf meiner Schulter. Die Wohnung wirkte dunkel. War es Tag oder Nacht? Ich drehte mich um. Vor mir stand Caitlin.

Sanft, aber entschieden sagte sie: »Du ruhst dich jetzt aus.«

Ich ließ das Baby los und erlaubte, dass sie es nahm. Eine Welle der Erleichterung durchströmte mich. Ich ließ mich aufs Bett fallen. Während meine Atmung gleichmäßiger wurde, nahm ich irgendwo in den Tiefen meines Bewusstseins wahr, dass mein Baby mit dem Weinen aufgehört hatte. Ich war so unendlich dankbar, dass es nicht mehr in meiner Obhut war, dass es weg von mir war – und weg von dem, was ich hatte tun wollen. Was ich vielleicht getan hätte. Mein Körper fühlte sich schwer an. Ich sank in tiefen Schlaf.

Nach einer Ewigkeit schrak ich auf und blickte mich um. Nachdem meine Augen sich an die Dunkelheit gewöhnt hatten, sah ich auch sie wieder. Caitlin. Kurz zuvor war ich noch sicher gewesen, ich hätte nur geträumt, dass sie da war. Sie saß auf dem Schaukelstuhl in der Ecke des Zimmers, in dem ich geschlafen hatte. Vorne auf ihrem T-Shirt war ein schmutziger Streifen, als wäre sie an der Ausgrabungsstätte gewesen. Die grauen Haare hatte sie zu einem Pferdeschwanz zurückgekämmt. Sie sah mich an, lächelte aber nicht. Sanft hielt sie das Baby im Arm und gab ihm eines der Fläschchen mit der abgepumpten Muttermilch, die ich im Kühlschrank aufbewahrte. Vermutlich hatte sie es gerade richtig aufgewärmt, denn Jacob hatte die Augen leicht verdreht und trank begierig davon.

Caitlin nickte. Damit bedeutete sie mir, ich könnte ruhig weiterschlafen. Jacob trank die ganze Flasche, und ich schaute dabei zu. Caitlin hielt ihn fest im Arm und ließ ihn danach geschickt ein Bäuerchen machen. Ich sah, wie ihr grauer Pferdeschwanz hin- und herschwang. Sie legte Jacob auf den Schreibtisch, den wir zum Wickeln nutzten, machte ihn sauber und legte ihn zurück in seinen Stubenwagen.

Ich saß auf der Bettkante. Meine Beine zitterten, und ich hatte Tränen in den Augen. Verlust lag in der Luft, vielleicht der, den ich fast hätte ertragen müssen. Die Decke im Schlafzimmer wirkte niedriger, fast so als würde sie gleich auf meinen Schädel drücken. Die Wände um mich herum neigten sich zu mir und verschwammen. Der Boden hob sich an. Ich stützte mich mit der Hand auf den Bettrahmen und stand mühsam auf. Caitlin blieb an der Tür. Sie sah mich prüfend an, als suchte sie nach irgendwelchen Anzeichen.

»Wieso bist du gekommen?«, fragte ich sie.

»Ich wollte dir Bescheid sagen«, antwortete Caitlin leise. »Dass an der Ausgrabungsstätte alles gut läuft.«

Ich starrte sie direkt an. »Das stimmt doch nicht, oder?«

Von hinten fiel das Licht aus der Küche auf sie, sodass ich ihren Umriss sehen konnte: sowohl die ältere Frau, die sie jetzt war, als auch noch etwas anderes – die jüngere Frau von einst. Einen Augenblick trat der jüngere, etwas größere Körper vor, eine kräftige Gestalt mit straffer Haut über scharfkantigen Wangenknochen. Ein roter Haarschopf und blasse Haut. Sie wirkte so stark und muskulös, als könnte sie alles vollbringen. Dann schwand die Vision, und es war wieder nur Caitlin, die an der Tür stand und mich anschaute.

»Nein, das stimmt nicht«, sagte sie.

»Warum bist du gekommen?«, fragte ich noch einmal und ging auf sie zu. Es gab so vieles, das sich nicht in Worte fassen ließ. Ich war nahe genug, dass ich Tränen in ihren Augen glitzern sah. Ich hörte, wie sie rau und stockend atmete.

»Ich habe dir etwas angesehen …«

»Dass ich verrückt werde.«

»… das ich auch bei mir erlebt habe. Es tut mir leid, dass ich nicht mehr getan habe, um dir zu helfen, Rose.«

»Ich bin so müde.«

Sie presste sich die Hand auf den Mund. Aus einem ihrer Augen löste sich eine Träne.

»Fast hätte ich …«

»Ich weiß. Ist schon gut.«

»Woher wusstest du das?«

»Weil ich mein Baby verloren habe.«

Da erlaubte ich mir endlich zu weinen, weil mich Traurigkeit durchströmte und gleichzeitig Erleichterung, dass sie noch rechtzeitig gekommen war. Ich legte die Arme um sie und zog sie an mich. Die Wärme aus meinem Körper verschmolz mit ihrer. Ich ließ los. Ich weinte, und als ich mich ein bisschen beruhigt hatte, bemerkte ich, dass auch sie weinte. Ihre Schultern zuckten. Ich drückte sie noch fester an mich. Trotz meiner Erschöpfung spürte ich, dass ihre Trauer viel größer war als meine.

»Was ist passiert, Caitlin?«

Kaum hörbar flüsterte sie: »Ich war allein.«

28

Mädchen reckte sich im Sonnenlicht. Sie kam aus der Höhle und richtete sich zu ihrer vollen Größe auf: die Letzte der Familie. Sie war groß, mit einem roten Haarschopf und Muskeln, die wieder stark werden würden, wenn sie nur Nahrung bekämen. Ihre Haut würde wieder in der Sonne schimmern. Da stand sie und legte den Kopf in den Nacken. Es war nicht so *warm* wie die Familie, aber doch schon ein wenig.

Sie setzte sich in Bewegung, als sie das Wasser hörte. Zwar brauchte ein Körper auch Nahrung, aber noch wichtiger war Wasser, und ihr Körper benötigte viel mehr, als sie hatte schmelzen können. Mädchen wusste zwar noch nicht, dass eine neue Jahreszeit angebrochen war, aber sie hörte, wie ein schmales Rinnsal Wasser am Baum entlangrann. Nur ein klein wenig weiter weg, und es wäre ihr vielleicht entgangen. Sie ließ sich auf die Knie sinken und trank. Und ihr trüber Blick klärte sich.

Rote Eichhörnchen unterhielten sich schnatternd. Sie hatten sie als Erste entdeckt. Vielleicht hatte sie ja irgendwo Nahrung versteckt, und nun, da sie wach war, würde sie die Stelle verraten. Die Tiere waren auch wegen etwas anderem aufgeregt, aber Mädchen wusste nicht, was es war. Das Schnattern der Eichhörnchen warnte die Spatzen, die sich über die Bäume hinweg etwas zuzwitscherten. Und damit verkündeten sie auch allen anderen Tieren die Nachricht, dass Mädchen aus ihrem Bau herausgekommen war.

Mädchen lauschte auf die Lebenszeichen ihrer Umgebung. Sie döste und trank, döste und trank, und die Sonne wärmte ihre Haut. Schon bald konnte sie wieder stehen. Langsam ging sie zur Feuerstelle in der Mitte des Lagers. Es dauerte einen Augenblick, bis sie es erfasste, aber dort war etwas Seltsames. Blinzelnd schaute sie genauer hin. Da war etwas gebaut worden.

Drei Äste waren fest in die dicke Schneedecke gerammt und oben mit einer getrockneten Ranke zusammengebunden worden. Ein Eichhörnchen umkreiste hektisch die Feuerstelle. Als Mädchen das sah, schaute sie noch genauer hin. Schon bald verstand sie, was das aufgeregte Schnattern des Eichhörnchens zu bedeuten hatte. Die Äste waren geschält worden und dadurch so glatt, dass die kleinen Nager nicht daran hochklettern konnten. Von der Spitze der Stöcke hing ein Beutel, den die Tiere nicht erreichten.

In dem Beutel befanden sich Trockenfleisch, Haselnüsse und noch etwas. Eine Muschel. In ganzen Bereich des Lagers konnte sie Fußabdrücke im Schnee erkennen, so als hätte jemand etwas gesucht. Doch da sie sich nicht bewegt hatte, hatte sie auf dem Land auch keine Spuren hinterlassen, mit deren Hilfe man sie hätte finden können.

Mädchen aß das Fleisch. Es stammte nicht vom Bison, sondern von einem anderen Herdentier, das die Familie nicht besonders schätzte: Es war nicht mal Karibu, sondern Rotwild, das viel zu oft und weit rannte, um ordentlich Fett anzusetzen. Doch obwohl es nicht ihre erste Wahl gewesen wäre, war es doch Fleisch. Also setzte sie sich hin und aß. Während sie verdaute, drückte sie die Muschel ans Ohr. Es war das Meer.

Und nicht nur irgendein Meer, sondern das schwache Rauschen *ihres* Meers. Dies war die Muschel, die sie Mickerling gegeben hatte. Aber wo war er? Schnüffelnd schaute sie sich um. Die Muschel verströmte Mickerlings Geruch. Er haftete auch am Beutel, aber da war auch die Duftspur eines anderen Körpers. Sie steckte einen Finger in die Asche der Feuerstelle und spürte die Wärme von erloschenen Feuern. Die Familie lebte.

Sie blieb, wo sie war, aß alle Nahrungsmittel aus dem Beutel und ruhte sich aus. Ihr Körper war wieder mit Wasser aufgefüllt worden. Sie hatte genug Stärke bekommen, um Wurzeln aus der Erde zu graben, die von den Bäumen gewärmt und dadurch aufgeweicht wurde. Sie erlegte ein paar Eichhörnchen und briet sie. Danach ruhte sie sich wieder aus und spürte, wie Leben in ihre Muskeln kam.

Das Wissen, dass Mickerling lebte, war wie ein Sog, den sie am ganzen Körper spürte. Schon bald fühlte sie sich stark genug, um sich erneut auf die Suche nach ihm zu machen. An bestimmten Stellen schmolz tagsüber der Schnee und wurde nachts wieder hart. Wenn sie morgens früh genug aufstand, konnte sie über die dünne Eisdecke laufen.

Aber sie konnte nicht aufbrechen, ohne etwas Bestimmtes mitzunehmen. Sie ging zum Bau und grub den kleinen gefrorenen Körper aus dem Schnee. Dann machte sie Feuer, schmolz Wasser und kochte die Knochen, um sie vom Fleisch zu reinigen. Nach einer Weile ließ sie die Knochen abkühlen und fuhr mit den Fingern über die glatte Oberfläche und die kleinen Kurven und Löcher des winzigen Gerippes. Bei einem Knochen verharrte sie länger als bei den anderen. Er stammte vom Unterarm und war so gebogen, dass der Daumen in die falsche Richtung wies, genau wie bei Krumms Arm. Sie glitt mit dem Finger über die Biegung.

Mädchen vergrub die Knochen in der Nähe eines Baumes, so würde das Baby in den Stamm hineinwachsen können. Den kleinen Unterarmknochen jedoch behielt sie. Sie wickelte ihn in ganz weiches Leder und befestigte das Beutelchen an ihrem Gürtel. Bis zum Tag ihres Todes wollte sie den Knochen bei sich haben, um sich zu erinnern.

Danach fand sie sehr schnell Mickerlings Spur.

29

Im weicheren Schnee weiter unten am Berg waren Mickerlings Fußabdrücke deutlich zu sehen. Mädchen kannte sie wie ihre eigenen. Sie konnte sich jede seiner Bewegungen ganz genau vorstellen. Er hatte auf der Schneedecke gestanden. Zwar trug er seltsame dünne Lederlappen an den Füßen, aber die Abdrücke und die Art, wie er sein Gewicht verlagerte, waren immer noch deutlich und vertraut. Er oder jemand, der bei ihm war, hatte das Fleisch für sie aufgehängt. Er hatte sich umgeschaut und in der Hütte nachgesehen. Eindeutig hatte er etwas im Lager gesucht. Da er jemand war, der mit den Augen suchte, überraschte es Mädchen nicht, dass ihr Bau unentdeckt geblieben war. Aber als der Schnee morgens hart genug war, um darauf zu gehen, hatte er versucht, sie zu finden.

Doch es gab noch andere Fußspuren. Sie waren schmal und nur ein bisschen breiter und größer als Mickerlings, aber dennoch sehr ähnlich. Es waren die Abdrücke, denen sie vom Ausguck am Treffpunkt gefolgt waren.

Mädchen ging immer mit Blick auf die Spuren den Berg hinunter. Es sah aus, als wären die beiden ganz entspannt gelaufen. Es gab keine Schleifspuren, die anzeigten, dass Mickerling von einem Größeren gezwungen worden war.

Manchmal verliefen die Spuren nebeneinander und fast wie im Gleichschritt, als hätte der andere Mickerlings Hand gehalten. Da der Junge sich nicht bedroht gefühlt hatte, entspannte sich auch Mädchen. Sie hatte diesen Weg eingeschlagen, als sie ihn vor Wintereinbruch gesucht hatte, dann aber angehalten und war zurückgekehrt, bevor sie die Stelle erreichte, an der sie sich jetzt befand. Sie folgte ihnen vom Fluss hinunter in die trockenere Gegend des Bergs, wo nur noch Schnee unter den Felsüberhängen lag, die tagsüber Schatten warfen. Immer weiter ging sie bergab, auf die Ebene zu. Sie nutzte den Tag zum Laufen und die Nacht zum Ausruhen, und marschierte frühmorgens wieder los. Mittlerweile hatte sie Gras unter ihren Füßen, und der Wald war nicht mehr so dicht. Sie hielt sich unter den Bäumen und bewegte sich von einem Stamm zum nächsten. Wenn sie zwischen zwei Bäumen war, fühlte sich ihr Kopf im grellen Sonnenlicht nackt an.

Schon bald roch Mädchen in der Ferne ein Feuer. Sie hätte es viel früher gewittert, hätte der Wind nicht von ihr weggeblasen. Sie kletterte auf einen der Bäume, dessen Äste dick und breit waren von der vielen Sonne, die er ganz für sich allein hatte. Da er noch kein Laub hatte, konnte sie gut Ausschau halten. Sie presste ihren Körper fest an den Ast, um nicht gesehen zu werden. In der Ferne entdeckte sie eine Herde. Zumindest dachte sie das zunächst: Eine Herde Bisons, die mit ihren runden Rücken die Sonne genossen. Aber nachdem sie eine Weile dorthin gestarrt hatte, erkannte sie, dass sie sich nicht bewegten. Und das Fell stimmte auch nicht: Es war seltsam geformt, oben spitz und ganz hell.

Rotwild? Sie wusste es nicht. Noch einmal starrte sie dorthin und dachte nach. Erst später sollte sie erfahren, dass dies eine neue Art Hütte war, denn in diesem Augenblick wurde sie abgelenkt. Sie sah einen Körper, der sich bewegte.

Er war weit entfernt, es würde lange dauern, ihn zu erreichen, aber er kam in ihre Richtung. Ein Zweibeiner mit straff gewickeltem Leder am Körper. Dahinter folgte ein ähnlich aussehender, aber viel kleinerer Körper. Er hatte einen runden Kopf und dunkle Haare. Sicher sein konnte sie sich nicht, aber er wippte beim Gehen so wie Mickerling.

Mädchen beobachtete, wie die beiden näher kamen. Sie kletterte vom Baum und wartete am Stamm. Die Gefahr war ihr bewusst. Wann immer ein Tier auf ein anderes traf, bestand zunächst Gefahr. Andererseits wollte sie unbedingt Mickerling wiedersehen und wusste, er würde ihr ein Zeichen geben, wenn er sich mit einem feindlichen Tier näherte.

Sie trat ein paar Schritte vor und rief verhalten »*Aruu*«, um die Körper zu warnen, dass sie sie gesehen hatte. Der größere Körper schrak zusammen, als hätte er Mädchen vorher noch nicht richtig wahrgenommen. In diesem Augenblick ließ Mädchen ihren Speer fallen, um zu zeigen, dass von ihr keine Gefahr ausging. Mit beiden Füßen fest auf dem Boden behauptete sie ihre Stellung. Dann hob sie die Hand, spreizte die Finger und zeigte ihre offene Handfläche.

Sie betrachtete den Zweibeiner, der da vor ihr stand. Er sah in gewisser Weise aus wie Mickerling, hatte die gleichen moosähnlichen Haare, die gleiche dunkle Haut und die gleichen leuchtenden Augen. Sein Gang war ebenso leichtfüßig, bei jedem Schritt ein langsamer Bogen, und die Füße berührten ganz leise den Boden. Aber der Körper war größer als Mickerlings, mit runden Muskeln – und mit Brüsten. Er trug das Meer um den Hals, aber nicht nur einmal, sondern es waren viele Meere nebeneinander an einen Riemen gefädelt, wie eine zweite Zahnreihe. Es war wie Familie, aber nicht wie ihre Familie.

Dennoch hatte sie seit Monaten niemanden gesehen, der der Familie so ähnelte. Die Unterschiede schwanden, und

Mädchen sah, was gleich war. Ihr Atem stockte, Tränen traten in ihre Augen, und in ihrer Brust entfaltete sich ein großes Staunen.

Die Frau hatte nicht das Gefühl, in tödlicher Gefahr zu sein. Als das Mädchen vor ihr auftauchte, sagte sie in scharfem Tonfall etwas zu dem Jungen, der sie begleitete. Trotz seiner Einwände befahl sie ihm, sich auf einem Baum zu verstecken. Also kletterte er wie geheißen einen dünnen Stamm hinauf, blieb aber auf dem untersten Ast, sodass er gute Sicht auf sie hatte. Als der Junge auf dem Baum war, zögerte die Frau. Sie hatte ihre Waffe, einen dünnen Speer, noch in der Hand. Nervös spielte sie mit den Fingern am Schaft. Sie wollte nicht bedrohlich wirken, aber auch nicht ohne Mittel dastehen, sich zu verteidigen. Schließlich trat sie noch ein paar Schritte vor und blieb stehen.

Sie starrte auf Mädchen, diese ungeheuerliche Kreatur. Nichts hatte sie auf diesen Anblick vorbereitet. Zwar hatte sie Geschichten von solchen Wesen gehört, aber nie eines mit eigenen Augen gesehen. Obwohl der Junge, auf seine stockende Art, den Körper in allen Einzelheiten beschrieben hatte, war er dennoch ein überwältigender Anblick. Wäre Mädchen so groß und stark gewesen wie noch im Sommer zuvor, mit schimmernden Muskeln in Jagdkluft, hätte die Frau Angst bekommen.

Auch so erkannte die Frau nach nur einem Blick, dass sie die Schwächere war, und die Knie wurden ihr weich. Obwohl Mädchen im Winter dem Tode nahe gewesen war, wirkte ihr Körper massiv und stark. Es war ein Körper mit dichterer Muskelmasse, die Kraft und Schnelligkeit verlieh, außerdem verfügte er über ausgezeichnete Sinnesorgane und eine scharfe Intelligenz. Die Augen lagen in tiefen Höhlen unter der Stirn und waren schwer zu deuten. Das Mädchen hatte einen roten Haarschopf, und auf ihrer niedrigen Stirn saßen Hörner.

Die Frau hätte sich, wie vielleicht andere in ihrer Lage, von ihren Eindrücken überwältigen lassen und mit dem Speer zustoßen können. Aber diese Frau war anders. Sie konnte einfach nicht aufhören, Mädchen anzustarren. Außerdem hatte sie dem Jungen zugehört. Er hatte ihr Geschichten darüber erzählt, dass dieses Wesen so freundlich gewesen war, ihm über ein Jahr lang Essen und Sicherheit zu gewähren. Der Beweis dafür war, dass Junge noch lebte. Außerdem hatte er der Frau erklärt, wie sie das Mädchen begrüßen sollte.

Sie legte den Speer auf den Boden, weil ihre Neugier über ihre Angst siegte. Sie beschloss, den Worten des Jungen über dieses Wesen Glauben zu schenken. Langsam ging sie auf Mädchen zu und atmete dabei tief ein und aus, um ihre Angst zu bezwingen. Dann hob sie die rechte Hand und zeigte ihre Handfläche. Wie der Junge ihr beigebracht hatte, spreizte sie die Finger.

Immer weiter trat sie auf Mädchen zu, bis sie direkt vor ihr stand. Sie konnte den säuerlichen Geruch eines hungrigen Magens riechen und die fettigen Überreste einer fremdartigen Fleischmahlzeit auf ihrer Haut. Die Frau blickte Mädchen in die Augen. Dabei kamen ihr die Tränen. Sie drückte ihre Hand gegen Mädchens größere Hand. Das gleiche Blut strömte in ihren Adern. Ihre Herzen schlugen im Gleichtakt. Sie beide dachten dasselbe: *Wir sind nicht allein.*

Menschlich

Ich setze Jacob in die Babytrage vor meinem Bauch. Er ist erst sechs Wochen alt, aber ich staune über sein Gewicht; es ist, als wäre er allein seit letzter Nacht ein Pfund schwerer geworden. An diesem warmen Herbsttag steht die Sonne hoch am Himmel, aber ich nehme für alle Fälle eine Jacke mit, die über uns beide passt. Als ich den Weg vom Parkplatz einschlage, kommt mir jeder Schritt vertraut vor. Ich gehe an den Zelten vorbei und beginne mit dem Anstieg zur Ausgrabungsstätte. Als wir dort ankommen, halte ich wie jeden Tag am Picknicktisch inne, um alle zu begrüßen. Jacob steht im Mittelpunkt der Aufmerksamkeit. Nach kurzer Zeit kommt Caitlin uns begrüßen und nickt, um mir zu vermitteln, dass sie über einiges reden muss. Anais, die ihren hüpfenden Gang seit letzter Woche noch perfektioniert hat, nimmt mir Jacob ab, sodass Caitlin und ich uns ungestört unterhalten können.

Caitlin überreicht mir ein Hochglanzfoto. Es ist der erste Entwurf für die Museumsbroschüre. Mir stockt der Atem, als ich die Nahaufnahme der Skelette sehe: den anatomisch modernen Menschen, der direkt in die Augen meiner Neandertalerin blickt. Darüber steht in Großbuchstaben: *Die Liebenden*. Ich habe ihren Anblick immer als äußerst intim empfunden und stets den Wunsch verspürt, ihre Privatsphäre zu schützen. Jetzt sind sie so deutlich und aus großer Nähe abgebildet, dass ich kaum hinsehen kann. Gerade will ich den Mund öffnen, obwohl ich nicht weiß, was ich sagen soll, da kommt Caitlin mir zuvor.

»Guy möchte, dass du eine Einleitung schreibst«, sagt sie.

»Ich?«

»Ja, du.«

»Die Liebenden.«

»Er möchte, dass wir sie so nennen.«

»Aber wir wissen doch gar nicht, ob das stimmt.«

»Das kommt wohl darauf an, welche Art von Liebe man meint«, erwidert sie. »Aber er möchte, dass du eine erste Kurzfassung schreibst. Das wird dann die Basis dafür, wie wir den Medien und der Öffentlichkeit unsere Funde präsentieren. Deine Deutung wird richtungsweisend sein.« Sie lässt die Broschüre sinken und sieht mich an. »Das betrachtet er als große Ehre.«

Mit einem ironischen Lächeln, das ich wohl vor Kurzem noch als geschürzte Lippen interpretiert hätte, lässt sie mich stehen und geht zu dem Tisch zurück, an dem sie Artefakte katalogisiert hat. Ich spüre, wie ihre unbeholfene Freundlichkeit in mir nachwirkt. Obwohl wir so unterschiedlich sind, habe ich sie ins Herz geschlossen. Außerdem verdanke ich ihr fast schon zu viel. Was werde ich schreiben? Die Aufgabe, meine Neandertalerin der Welt vorzustellen, überwältigt mich. Wie können ein paar Sätze eine Spezies beschreiben, die über ein Jahrhundert lang verkannt wurde? Allein beim Gedanken daran wird mir leicht schwindelig. Mein Kopf ist wie leer gefegt. Jacob zu stillen, zehrt an meinen körperlichen Kräften – und vielleicht auch an meinen kognitiven Fähigkeiten.

Da höre ich, wie eine Dose knackend geöffnet wird.

»Andy?«

»Rose?«

Ich gehe zum Picknicktisch und umarme ihn.

»Wo ist denn der Dritte im Bunde?«

Anais bringt Jacob zu uns, und dann beginnen wir den nächsten Abschnitt unserer täglichen Routine. Morgens kümmere ich mich allein um Jacob. Nach dem Mittagessen bringe ich ihn zur Ausgrabungsstätte und unterhalte mich mit allen, bis Jacob für sein Nickerchen mit Andy bereit ist. Auf diese Lösung kamen wir, als Andy mich darauf hinwies, dass Jacob und er recht ähnliche Tagesabläufe haben.

»Ist Simon schon zurück?«, fragt Andy, während er sich langsam in die Hängematte sinken lässt, die Simon in seinem Zelt angebracht hat. Sie ist so gespannt, dass Andys Rückenmuskeln gedehnt werden.

»Nein, aber morgen kommt er für ein verlängertes Wochenende.«

Als Andy es sich bequem gemacht hat, lege ich ihm Jacob behutsam auf den Bauch. Zum Schutz vor der kühleren Oktoberluft bekommen sie eine Decke.

»Nicht zu schwer?«

»Wie viel wiegt er mittlerweile – acht Pfund?«

»Neun.«

»Alles Muskeln. Hat er von mir.« Andy zwinkert mir zu. »Hältst du meine Dose?«

Er rutscht in der Hängematte hin und her, bis es beide bequem haben. Ich lege noch eine zweite Decke über sie und gebe Andy die Dose, aus der er auch in der Horizontalen trinken kann. Jacob schmiegt sich an seinen warmen Bauch und steckt sein Fäustchen in den Mund. Als ich sehe, wie beiden die Augen zufallen, überkommt mich eine Welle der Liebe.

Mein Baby hat sich an die Moderne angepasst und schläft zum Zischen der Kohlensäure ein.

Ich habe nur etwa eine Stunde für konzentriertes Arbeiten, dann wachen sie wieder auf. Zwar kommt Simon bald, aber am Nachmittag muss Jacob häufig gestillt werden, und ich habe Mühe, alles miteinander zu vereinen. Jetzt befestige ich das Seil um meine Taille noch etwas enger und zwänge mich durch die Plastikplane in die Höhle. Im warmen Licht der Lampe fühle ich mich wie zuhause. Ich streife die Knieschoner über und nehme den Pinsel aus dem Kasten.

Am Tag zuvor habe ich eine Erhebung gefunden, die in derselben Tiefe und im selben Quadranten liegt wie das Becken meiner Neandertalerin: so als wäre es dort hingefallen, oder bewusst dort platziert oder an ihr befestigt worden. Die ganze Nacht habe ich darüber nachgedacht, was es wohl sein könnte. Jetzt fange ich an, die Erde wegzupinseln. Schon bald sehe ich die Umrisse und rücke meine Kopflampe zurecht. Es ist nur etwa acht Zentimeter lang und leicht gebogen. Ich kann mir nicht denken, was das sein soll: Schmuck? Ein Stück von einem Horn? Wenn es ein Werkzeug ist, habe ich so etwas noch nie gesehen.

Behutsam blase ich den Staub weg und arbeite weiter. Staub und Erde, die aus der Höhle stammen, müssen sorgsam durchgesiebt und geprüft werden. Was werde ich schreiben? Ich betrachte kurz die beiden Skelette und lasse meine Gedanken schweifen, während ich weiterpinsle.

Als Wissenschaftlerin darf ich sie nicht einfach so als Liebende betrachten, aber irgendwas an der Bezeichnung hallt bei mir nach. Wir mögen uns den Neandertalern überlegen fühlen und können uns vorstellen, sie ausgelöscht zu haben, aber wie kam es zu Sex mit ihnen? Das ist doch die eigentlich interessantere Frage. Ich kann verstehen, dass Guy diese Gedanken provozieren will. Unsere DNA ist der Beweis dafür, dass es tatsächlich passiert ist. Und da mir all das durch den Kopf schwirrt, brauche ich etwas länger als üblich, um zu begreifen, was ich gefunden habe.

Es ist ein Stück Knochen. Ich neige mich vor und blase behutsam den Staub weg. Um es besser sehen zu können, benutze ich meine Lupe. Der Knochen ist gekrümmt, als wäre er deformiert. Schon bald erkenne ich an der Form, dass es eine kleine Speiche ist, der Unterarmknochen eines Babys, das wahrscheinlich so alt war, wie Jacob jetzt ist. Der Knochen ist gut erhalten. Da er recht breit und gedrungen ist, denke ich, er könnte von einem Neandertaler stammen, aber ganz sicher bin ich mir nicht.

Von meiner Position aus, am Beckenknochen der Neandertalerin, blicke ich zu ihrem Schädel. Sie ist meine ständige Gefährtin, und doch schaut sie jemand anderen an. Sie liegt auf der Erde und blickt in die Augen von … wem? Ihrem Sohn, einem Partner, vielleicht gar einem Feind – erwiesen ist nur, dass es ein anatomisch moderner Mensch war –, der sich entweder neben sie gelegt hat oder neben sie gelegt wurde. Ihre Armknochen sind so zu ihm ausgestreckt, als wollte sie ihn umarmen oder umarmt werden. Seine Arme sind ebenfalls zu ihr ausgestreckt. Ihre Anordnung gibt mir die Gewissheit, dass sie sich kannten. Dass sie oder die Menschen, die sie begruben, nicht das Gefühl hatten, sie wären verschieden.

Was haben wir verloren? Ich werfe einen Blick zur Plastikplane, um mich zu vergewissern, dass niemand kommt. Von den Zelten dringt nur Andys leises Schnarchen zu mir. Ich neige mich vor und stütze meine Hände auf die Klötze, die ich zum Schutz der Skelette rund um sie positioniert habe. Dann nähere ich mich ihrem Schädel und drehe meinen Kopf, um ihr in die Augenhöhle zu schauen.

Einen Moment lang fühle ich gar nichts. Ich warte, und langsam wird mir warm. Diese Felswände haben sie geschützt. Jetzt geben sie die Hitze des Tages ab; es könnte auch ihre Körperwärme gewesen sein. Die Neandertalerin hatte eine ähnliche Haut wie ich. Ihr Blut glich dem meinen. Wir beide hatten ein Herz in uns schlagen. All die Unterschiede zwischen uns verschwinden. Ich weiß, hätte ich jemals das Glück gehabt, ihr zu begegnen, hätte ich ihr in die Augen geblickt und sie erkannt. Und vielleicht hätte sie mich erkannt. Wir gleichen uns so sehr.

Dank

Mein tief empfundener Dank gilt Asya Muchnick, Reagan Arthur, Zea Moscone, Ashley Marudas und Karen Landry bei Little Brown; außerdem Kristin Cochrane, Kiara Kent, Amy Black und Sharon Klein bei Penguin Random House Canada. Und meiner Literaturagentin Denise Bukowski.

Ich danke John Shea, Professor der Anthropologie an der Stony Brook University in New York, und Hilary Duke an derselben Universität, die mir wertvolle wissenschaftliche Informationen für diesen Roman gegeben haben. Dank auch an Adrian Haimovich von der Yale University, der viele meiner Fragen über die DNA beantwortet hat. Dieser Roman verdankt einiges dem klugen Feedback von Yuval Noah Harari. Ian Tattersalls Bücher gaben mir einen Abriss über die Archäologie, und ich bin ihm sehr dankbar für seine Bereitschaft, meine Fragen zu beantworten.

Barbara Gowdys Roman »Der weiße Knochen« schenkte mir den Mut, dieses Buch zu schreiben.

Last but not least danke ich meinen ersten Lesern, die immer an mich glaubten: Elizabeth Boyden, Michael Bourne, Jim Bull, Dave, Ben und Max Cameron, Ian Cameron. Susannah Cameron, Wendy Cameron, Seanna Doherty, Laurie

Grassi, Danielle Gideon, Leigh Anne Graham, Amy Fisher, Keith Lawton, Sarah Murphy, Lindsay Oughtred, Angelique Palozzi, Emily Sewell, Laura Tisdel, Melissa van der Wagt und Sarah Wright.

DIE FAMILIE

Große Mutter

Fetter Junge
(t)

Große Mutter
(geboren als Großes Mädchen), zog zu einer neuen Familie, die sie beim Fischsprung bekam

Er
(jetzt ältestes männliches Familienmitglied)

Krumm
(mit verwachsenem Unterarm geboren)

Mädchen
(kurz vor der Geschlechtsreife)

Schwester (t)
(starb am Sonnenbiss)

Junge (t)
(von einem Höhlenlöwen gerissen)

Mickerling
(Große Mutter unbekannt)

In ihrer Blütezeit belief sich die Anzahl der Neandertaler nur auf etwa hunderttausend. Sie verteilten sich auf ein riesiges Gebiet im heutigen Europa und in Asien. Zur Zeit der Familie in dieser Geschichte allerdings konnten die Angehörigen dieser Spezies an zwei Händen abgezählt werden.

Neandertaler führten ihre Abstammung nicht auf die Väter zurück. Monogamie galt nicht als Tugend, da die Fortpflanzung in einer so kleinen Population sonst gefährdet gewesen wäre.

Sue Monk Kidd

Die Erfindung der Flügel

Roman

496 Seiten, btb 71467
Aus dem Englischen von Astrid Mania

Zwei Frauen, die die Welt verändern

Die elfjährige Sarah, wohlbehütete Tochter reicher Gutsbesitzer, erhält in Charleston ein ungewöhnliches Geburtstagsgeschenk – die zehnjährige Hetty »Handful«, die ihr als Dienstmädchen zur Seite stehen soll. Dass Sarah dem schwarzen Mädchen allerdings das Lesen beibringt, hatten ihre Eltern nicht erwartet. Und dass sowohl Sarah als auch Hetty sich befreien wollen aus den Zwängen ihrer Zeit, natürlich auch nicht. Doch Sarah ahnt: Auf sie wartet eine besondere Aufgabe im Leben. Obwohl sie eine Frau ist. Handful ihrerseits sehnt sich nach einem Stück Freiheit. Denn sie weiß aus den märchenhaften Geschichten ihrer Mutter: Einst haben alle Menschen Flügel gehabt …

»Ein wunderbarer Roman für jeden, der je seine eigene Stimme finden wollte. Es ist unmöglich, dieses Buch zu lesen, ohne danach anders über sich selbst und die eigene Rolle in der Welt zu denken.«

Oprah Winfrey

»Ein Meisterwerk darüber, wie es Frauen gelingen kann, die Welt zu verändern.«

The Chicago Tribune

btb

Elizabeth Strout

Die Unvollkommenheit der Liebe

Roman

208 Seiten, btb 71657
Aus dem Amerikanischen von Sabine Roth

Eine Geschichte über Mütter und Töchter und über die Liebe, die, so groß sie auch sein mag, immer nur unvollkommen sein kann.

Als die Schriftstellerin Lucy Barton längere Zeit im Krankenhaus verbringen muss, erhält sie unverhofften Besuch von ihrer Mutter, die sie seit Jahren nicht mehr gesehen hat. Zunächst ist sie überglücklich. Doch mit den Gesprächen werden Erinnerungen an ihre Kindheit wach, die sie längst hinter sich gelassen zu haben glaubte ….

»Meisterhaft. Leidenschaftlich, heftig, klar.
So gut, dass ich Gänsehaut bekam.
Eine der besten Schriftstellerinnen Amerikas.«

Sunday Times

btb